BASTEI
LÜBBE

Margaret Allan

Maya und der Mammut-Stein

Prähistorischer Roman

Ins Deutsche übertragen
von Susanne Tschirner

BASTEI
LÜBBE

BASTEI-LÜBBE-TASCHENBUCH
Band 13 630

Erste Auflage:
April 1995

Deutsche Lizenzausgabe 1995
Bastei-Verlag Gustav H. Lübbe
GmbH & Co., Bergisch Gladbach
Originaltitel: The Mammoth-Stone
Lektorat: Beate Stefer
Titelbild: Luis Royo,
Norma Agency, Barcelona
Umschlaggestaltung:
Quadro Grafik, Bensberg
Satz: KCS GmbH,
Buchholz/Hamburg
Druck und Verarbeitung:
Brodard & Taupin,
La Flèche, Frankreich
Printed in France

ISBN 3-404-13630-6

Der Preis dieses Bandes
versteht sich einschließlich der
gesetzlichen Mehrwertsteuer.

Für Tom Winger,
meinen ältesten Freund

Der Maienglanz scheint wen'ger hell
Mit jedem Jahr;
Das Weiß des Schnees strahlt wen'ger grell
Mit jedem Jahr;
Des Sommers Blumen blühen nicht,
Des Herbstes Früchte reifen nicht
Wie einst, denn schlimmer wird's
Mit jedem Jahr.

– Albert Pike

Was wir scheinen,
Was wir meinen, schau'n:
's ist doch nur ein Traum
In einem Traum.

– Edgar Allan Poe

KAPITEL EINS

Dyukhtai-Höhle, Sibirien: 21466 v. Chr.

Blut.

Ga-Ya schlang sich ihr sorgsam genähtes Fell enger um die schmalen Schultern und zitterte. Der Wind biß sie wie ein Wolf. Von ihrem Ausguck an die drei Meter hoch über der sibirischen Ebene konnte sie die entfernten Gestalten der Großen Haarigen ausmachen, deren Stoßzähne in der winterlichen Nachmittagssonne aufblitzten. »Gut«, knurrte sie vor sich hin. Sie schätzte, daß der Hauptteil der Herde in weniger als einer Stunde ihren Standort erreichen würde. Die Lederriemen, die sie auf ihrem Platz oben auf dem Mast hielten, auf dem sie saß, schnitten ihr allmählich in die Oberschenkel. Die magischen Gegenstände, die sie brauchen würde, lagen in ihrem Schoß: eine kurze Flöte, sorgfältig aus Rentierhorn geschnitzt, eine Rassel aus einem ähnlichen Material und das geschnitzte Elfenbeinfigürchen eines Mammuts.

Blut.

Der Geruch stieg ihr in die Nase und sandte rote Nebelschwaden durch ihr Hirn. Keines der Mammuts in der weit entfernten Herde war bislang von einem Speer ihres Volkes getroffen worden – doch sie konnte das Tierblut mit jeder Faser ihres Seins riechen und schmecken. Das war Teil ihrer Magie. Es würde Blut fließen, viel Blut. Und bald.

Der Pfahl, auf dem sie saß, bewachte den Eingang eines schmalen, eisverkrusteten Engpasses, der zum Fluß hinunter führte. Das Mammut war über einen nicht weit entfernten Pfad gezogen, soweit ihre Erinnerung zurückreichte – sowohl ihre eigene als auch die sich in den Liedern ihres Volkes spiegelnde, die sie in sich trug. In letzter Zeit indes waren die großen Tiere nicht gesichtet worden, trotz ihrer, Ga-Yas, mächtigen Zauberkräfte. Drei Frühjahre waren gekommen und wieder gegangen, ohne daß auch nur ein einziges Tier unter den Speeren und Äxten ihres Volkes gefallen war. Diesmal jedoch, als die Tage allmählich wieder länger wurden, hatte sie das geschnitzte Mammut an ihre verwelkten Brüste gepreßt, um zu träumen. Sie hatte gefastet, und am vierten Tag hatten die Träume eingesetzt.

In dem Traum sprach sie zur Mutter einer Herde, und die Mutter senkte ihren gewaltigen, behaarten Schädel, als lausche sie den Gesängen, die Ga-Ya ihr in der Traumzeit sang. Als die alte Frau erwachte, versammelte sie die Jäger um sich.

»Schickt Ku-Yak und Be-Dag aus.« Die beiden genannten Männer, die tüchtigsten Fährtenleser des Stammes, hatten genickt, als sie ihnen die Richtung ihrer Suche gewiesen hatte. Das Gebiet, in das sie sie ausgesandt hatte, unterschied sich ein wenig von ihren bisherigen Jagdgründen, lag leicht nördlich von ihrem gewohnten Terrain, doch sie stellten ihre Anweisungen nicht in Frage. Niemand vom Volke des Mammuts stellte Ga-Ya in Frage. Sie war ihre Seele, ihre Mutter.

Zehn Tage später war Be-Dag mit ausgreifenden Schritten ins Lager geeilt. »Mammut!« hatte er gerufen, und innerhalb einer Stunde hatte ein vollständiger Jagdtrupp das halb in die Erde eingegrabene Langhaus am Ufer des Flusses verlassen. Nachdem sie gegangen waren, wies Ga-Ya den Frauen ihre Aufgaben zu: Seile um den geschnitzten Geisterpfahl zu schwingen und ihn zu einem tiefen Loch in der gefrorenen Tundra zu ziehen; und den Sattel vorzubereiten, in dem Ga-Ya reiten würde, hoch oben auf dem Pfahl, nachdem man ihn aufgerichtet hätte.

Nun verfolgte sie den Fortgang der Jagd von ihrem angestammten Sitz, und der Himmel über ihr war so leer und blau wie Eis auf dunklen Wassern, und sanft glitten ihre Finger über das abgegriffene Elfenbein des Mammutfigürchens. Bald schon würde sie ihre Zauber durch dieses Figürchen in den Geist der Großen Mutter senden und von dort weiter zu der Mutter, die über die heranstampfende Herde herrschte.

Sie berühte die Rassel und die Flöte. Der Wind blies gegen

ihre Wangen, zwickte sie. Ihre dürren Finger ballten sich zur Faust, um die Kälte abzuwehren.

Sie wartete.

Blut.

Ku-Yak stützte sich auf seinen Speer, wobei er darauf achtete, den scharfen Schnittkanten der mit größter Sorgfalt behauenen Spitze aus dem Weg zu gehen, die fest an den hölzernen Schaft gebunden war. Er hatte keine Angst, daß die Herde ihn bemerken würde; der Wind stand so, daß er seine Witterung von den Mammuts forttrug, und die Augen der großen Tiere waren bekanntermaßen schlecht.

Er wandte sich an Be-Dag und sagte: »Wir nehmen das da, direkt hinter der Mutter.«

Be-Dag nickte. Die beiden Männer hatten sich gemeinsam mit zehn anderen Jägern seit dem vergangenen Nachmittag an die Herde angepirscht. Nun, da die Sonne sich ihrem Zenit näherte, beobachteten sie, wie die Mutter von ihrem Weg abwich und die Herde auf die schattenhafte Öffnung der eisverkrusteten Flußklamm zuführte.

»Wenn Ga-Yas Magie immer noch stark ist, könnten wir sie gut alle bekommen«, sagte Be-Dag. »Falls nicht, stimme ich dir zu.« Er grinste Ku-Yak an. »Du und ich – wir holen uns das Junge selbst.«

Sie hatten zugesehen, wie das Opfer, das sie sich auserkoren hatten – ein junger, noch nicht ausgewachsener Bulle, dessen Stoßzähne noch nicht voll entwickelt waren –, sich mehrere Male aus dem sicheren Schutz der Herde entfernt hatte. Jedesmal war die Herdenmutter ihm trompetend gefolgt und hatte ihn mit sanfter Gewalt wieder zu der größeren Gruppe zurückgetrieben. Nun, da sich Mammuts und Jäger dem Zirkel von Ga-Yas Magie näherten – die beiden Männer konnten die alte Frau jetzt sehen, wie sie, einer winzigen schwarzen Krähe gleich, auf der Spitze ihres Geisterpfahls hockte –, würde der junge Bulle vielleicht wiederum ausbrechen. Doch sollte er das dieses Mal versuchen, wäre die Herdenmutter zu beschäftigt, um das Jungtier zu retten. Be-Dag leckte sich die Lippen und dachte ans Töten. Er konnte beinah schmecken, wie das heiße Blut in seinen Mund strömte.

»Komm«, flüsterte er. »Laß uns näher rangehen.«

Ku-Yak nickte und schulterte seinen Speer. Zusammen hasteten die beiden Jäger vorwärts, duckten sich in den dicken Teppich aus Steppengras. In der Ferne vernahmen sie unvermittelt schwache Rufe. Die Mammutmutter hielt inne, um dann in einen langsamen Galopp zu verfallen.

Ku-Yak schrie vor Freude auf. Die Mammuts bewegten sich geradewegs auf die Flußklamm zu!

Und jetzt sonderte sich der Jungbulle, der in Panik verfiel, von der Hauptherde ab.

»Eeee-yah!« brüllte Be-Dag und schwenkte seinen Speer.

Ga-Ya straffte sich und beschattete die Augen mit ihrer Rechten. Die Herde hatte sich in Bewegung gesetzt. Zu früh! Dann entdeckte sie den Grund dafür; der Wind hatte sich gedreht und trug der Leitkuh die Duftmarken der Jäger zu. Ga-Ya zerrte an ihren Halteriemen und beugte sich gefährlich weit vor, während sie die Situation wütend überdachte.

Ja! Sicher, die Mutter war in Panik geraten, doch sie floh trotzdem in Richtung der Klamm und der Falle, die sie dort erwartete.

Schnell schloß Ga-Ya die Augen, nahm die Knochenflöte vom Schoß und hob sie an ihre Lippen. Einen kurzen Augenblick lang, inmitten der windgepeitschten Dunkelheit, spürte Ga-Ya etwas Großes und Furchteinflößendes, und sie hielt inne. Doch dann war es schon wieder vorbei. Sie rieb ihre Zunge an dem Mundstück der Flöte, spuckte aus und begann zu spielen. Das Lied ertönte, langgezogen und klagend, webte sich um den größeren Gesang der Windgeister. Ein paar Momente später traten der unter ihrem mageren Gesäß schmerzende Pfahl, die entfernten Schreie der Jäger, das Trompeten der großen Tiere und alles andere aus ihrem Bewußtsein zurück. In der alles umfassenden Dunkelheit, in die Magie ihres Liedes gehüllt, öffnete sich eine Tür, und Ga-Ya betrat das Reich der Traummutter, aus dem alles kam und in das beizeiten alles zurückkehren würde.

Während er rannte, versuchte Be-Dag sich vorzustellen, wie das Ganze wohl von oben aussehen mochte, aus der Sicht eines Vogels: die Herde, wie sie sich, von der Mammutmutter geführt, immer weiter verteilte und mit wachsender Geschwindigkeit auf die Flußfalle zueilte; die winzigen Gestalten der Jäger, die sich untereinander verständigten und einen langgestreckten Halbkreis im Rücken der Herde beschrieben; der verängstigte Jungbulle, der den Kopf hin und her warf und mit wildem Blick von der Herde weggaloppierte, direkt auf ihn und Ku-Yak zu. Er warf dem anderen Jäger einen schnellen Blick zu und rief: »Sieh zu, daß du zwischen ihn und die Herde kommst! Treib ihn zu mir hin!«

Ku-Yak nickte und schwenkte ab, den Blick der schwarzen Augen fest auf die schlingernde Gestalt des Jungbullen gerichtet. Das, was er vorhatte, war gefährlich; sollte es der Herdenmutter in den Sinn kommen, ihre Angriffsrichtung zu ändern, könnte Ku-Yak zwischen die Stoßzähne und Füße der in panischer Angst davonstürmenden Herde geraten.

Be-Dag nahm sich die Zeit, sich nach der einsamen Gestalt Ga-Yas oben auf ihrem Pfahl umzusehen. Seine Lippen strafften sich über den Zähnen, während er rannte. Sie waren ihr nun schon wesentlich näher, so daß er ihre Züge und die Flöte, die sie in einer Hand hielt, ausmachen konnte. Er vermochte sogar den leisen Hauch der Weise zu hören, die sie spielte. Ga-Yas Augen waren geschlossen. Sie befand sich nun in der Traumzeit, bei der Großen Mutter, sandte ihre Zauber aus zu der Herdenmutter. Es war Ga-Yas Aufgabe, zu verhindern, daß die Herdenmutter vom Pfad ihres Todes abwich. Ihr Zauber war das einzige, was die Jäger vor einem solchen Verhängnis bewahren konnte.

Er wandte sich wieder dem jungen Bullen zu, der nur noch weniger als hundert Stocklängen entfernt war. Der scharfe

Gestank der Furcht des Tieres drang in seine Nase. Er richtete sich auf, schwenkte seinen Speer und brüllte seinen Jagdschrei heraus.

»Aaaayaagh!«

Das junge Mammut scheute plötzlich, erschreckt durch den Anblick der Gestalt, die sich ihm in den Weg gestellt hatte. Seine riesigen Vorderbeine gruben sich in den Tundraboden, so daß sein gewaltiges Gewicht es in die Knie zwang. Be-Dag brüllte erneut und stürzte vorwärts.

Das Mammut kam wieder auf die Füße und wirbelte laut trompetend herum. Sein Kopf bewegte sich wild hin und her, während seine panisch blickenden, geröteten Augen nach einer Fluchtmöglichkeit Ausschau hielten. Verschwommen erblickte es den Rest der Herde, der nun eilig in Richtung des Flusses zurückwich, doch als es sich ihnen anzuschließen versuchte, schnellte Ku-Yak aus dem Gras empor und stieß ein langgezogenes Heulen aus.

»Wooeeeoooeeeooooo!«

Das Mammut machte wiederum kehrt, und Be-Dag drängte voran, den Speer vorgestreckt, fast in Reichweite der Stoßzähne des zu Tode erschrockenen Tiers.

Vor Furcht gelähmt, erstarrte das junge Mammut einen kurzen Augenblick, das Gewicht auf die Hinterbeine verlagert, das eine massige Vorderbein erhoben. Be-Dag schwenkte den Speer vor dem Kopf des Tieres, sprang behende beiseite, um den wilden Angriffen des Rüssels auszuweichen. Die gebogenen Stoßzähne, weiß gegen den blauen Himmel, stachen wie zwei Messer über ihm durch die Luft. Obwohl noch nicht ganz ausgewachsen, maßen die Zähne doch mehr als eine Stocklänge und konnten einen Jäger leicht mit einem einzigen blutigen Stoß aufspießen.

»Aaayaagh!« brüllte Be-Dag.

Das Tier drehte sich zur Seite, setzte so jedoch seine ungeschützte Flanke Ku-Yaks hungrigem Speer aus. Ku-Yak stürzte sich vor, und an seinen Schultern war deutlich das Spiel starker Muskeln zu sehen, als er sein ganzes Gewicht in den Stoß legte.

Das Mammut schrie auf.

Ku-Yak fiel zu Boden und rollte sich weg; seine Felle waren plötzlich in einen Schwall dampfenden Blutes getaucht. Be-Dag lachte, wahnsinnig vor Freude, und der Durst nach Blut sang in seinen Adern. Während Ku-Yak seinen zweiten Speer bereitmachte, eilte Be-Dag vorwärts, um seinen Stoß anzubringen.

Schwach war er sich anderer Rufe, anderer Schreie bewußt und des alles übertönenden Trompetens der restlichen Herde, die die Jäger gerade in die eisbedeckte Felskluft trieben, aus der die Tiere nie wieder entkommen würden.

Blut, dick und rot, sprudelte aus der klaffenden Wunde, die sich wie ein Mund um Ku-Yaks Speer öffnete. Etwas von der purpurroten Flüssigkeit spritzte Be-Dag ins Gesicht. Er leckte es sich von den Lippen, und der heiße, rote Geschmack ließ ihn völlig die Beherrschung verlieren.

Er schrie und stieb vorwärts, geradewegs auf den Kopf des verwundeten Tieres zu.

Blut!

In der Finsternis der Traumzeit fühlte sich Ga-Ya von der Wärme der Großen Mutter umhüllt. Das Antlitz der Großen Mutter hatte sie nie erblickt, hatte nur ihre grenzenlose Anteilnahme gespürt, jene Fürsorge, die die Große Mutter allen ihren Geschöpfen angedeihen ließ. Ga-Ya wußte, daß der Großen Mutter ein jedes Mammut nicht weniger am Herzen lag als jemand aus ihrem, Ga-Yas, Volk und daß die Große Mutter dem Volk nur gestattete, die Mammuts zu erlegen, weil dies Teil eines größeren Ratschlusses war, den allein die Große Mutter verstehen konnte. Und so näherte Ga-Ya sich der Großen Mutter in Demut, auf dem dünnen, schimmernden Seil ihres Liedes reitend, die Hände bittend ausgestreckt.

»O Große Mutter«, sang sie. »Gib meinem Volk den Segen deiner Liebe. Lange Zeit haben wir nicht vom Mammut gegessen. Auch wir lieben die Mammutmutter, und wir werden dir ihren Geist anempfehlen, wenn die Zeit gekommen ist.«

Sie hielt in ihrem Gesang inne, und es schien, als lächelte ihr eine allumfassende, mächtige Wesenheit in der Finsternis zu.

Ein weit entfernter Lichtstrahl tauchte auf. Ga-Ya wußte, daß es der Geist der Mammutmutter war. Sie neigte sich vor dem Strahl und sang nun auch für ihn.

»Mammutmutter, die du das Volk mit deinem Fleische nährst, wir singen deinem Geist Lobeslieder. Wir ehren dich, deine Macht, deine große Seele, das Leben, das du bereitwillig unserem Stamme gibst. Das Volk liebt dich, Mammutmutter. Wir rufen zu dir, wir bitten um die letzte Gabe.«

Jetzt tauchten weitere Lichter auf, die den Geist der Kinder von Mammutmutter verkörperten. Es war ein gigantisches Opfer, das sie verlangte, soviel wußte Ga-Ya, doch es war Teil jenes größeren Kreises, den nur die Große Mutter selbst sehen konnte.

Die klagenden Töne der Flöte umgaben sie in der Dunkelheit, während sie die vielen Lichter betrachtete, die nun bald erlöschen würden. Sie spürte Tränen auf ihren Wangen. Dann sprach eine Stimme, die nur für ihre Ohren bestimmt war, zu ihr: *Geh nun, Tochter. Ich werde deine Gebete erhören. Ich werde deine Bitten an Mammutmutter weiterleiten, und sie wird auf mich hören. Geh jetzt . . .*

Nur für einen Augenblick glommen die Lichter heller, um dann, eins nach dem anderen, zu erlöschen. Schließlich war lediglich das Strahlen von Mammutmutter übrig. Ga-Ya blickte diesem Licht entgegen, das Herz voll von Liebe für das Opfer, das gebracht werden würde, und für die Große Mutter, die alle Dinge befahl.

»Danke«, wisperte sie, erst an die Große Mutter und dann an Mammutmutter gerichtet. Es war ihr, als empfänge sie eine entfernte Antwort, ein trauriges Hinnehmen, dann war der Funken vergangen. Die warme Finsternis um sie herum löste sich auf. Der Klang ihrer Flöte dröhnte ihr in den Ohren.

Kurz bevor sie die Augen wieder öffnete und sie noch in dem Raum zwischen Traumzeit und Welt schwebte, vernahm sie die Stimmen der Jäger, die sie riefen. Blindlings tasteten ihre Finger nach der Rassel, die in ihrem Schoß ruhte. Sie ließ die Flöte sinken, nahm die Rassel in die eine Hand und legte die Finger der anderen auf die glatte Mammutnachbildung aus geschnitztem

Elfenbein. Sie stellte sich vor, sie könne den Geist der Mammutmutter dort fühlen, wie er von dem Knochen in ihre Finger und von dort in ihr Herz stieg.

»Danke«, betete sie ein letztes Mal. Sie schlug die Augen auf, schüttelte die Rassel und stimmte den Todesgesang der Mammutmutter an, geleitete sie zu ihrer letzten Ruhestätte.

Die drei Gestalten, die auf ihren gefährlich schwankenden Pfahl zutaumelten, bemerkte sie nicht, nicht das junge Mammut, nicht seine beiden blutrünstigen Angreifer. Doch selbst wenn Ga-Ya sie bemerkt hätte, hätte sie in ihrem Lobgesang nicht gestockt. Mammutmutter hatte dem Volke alles gegeben; sie verdiente diese letzte respektvolle Ode.

Die Rassel klang leise und drängend an ihr Ohr. Sie sang weiter, von Blut und Tod und Liebe.

Die Frauen und Kinder hatten sich entlang der Felsen oberhalb der Kluft versammelt, um das Gemetzel unten zu beobachten. Sie hoben sich von dem saphirblauen Himmel ab wie eine Versammlung von Aaskrähen, und ihre schwarzen Augen blitzten vor Freude, als sich der letzte Akt der Jagd in der Todesklamm zu ihren Füßen vollzog.

Die Mammutmutter war als erste in die Falle gestürmt, ihre mächtigen Füße stampften hart auf die weiche, sumpfige Erde am Grunde der schmalen Schlucht. Ihre Ohren waren wie Fächer ausgebreitet, als sie ihr gewaltiges Haupt hob und wieder und wieder vor Furcht und Verzweiflung trompetete. Ihr folgte der Rest der Herde: drei ausgewachsene Kühe und ein halbes Dutzend kleinerer Weibchen und Jungbullen. Die Frauen des Stammes, die die Mammuts beobachteten, fühlten das dumpfe Stampfen ihrer Hufe als schwaches Beben des Bodens. Sie schwenkten Stöcke, Schabmesser und Handäxte über den vorbeiziehenden Tieren.

Inzwischen hatten auch die Jäger den Eingang zur Schlucht erreicht, dort schüttelten sie ihre Speere, tanzten und brüllten. Der Lärm trieb die verängstigten Tiere noch tiefer in die enge Klamm, wo sie sich zusammendrängten, von Felswänden eingeschlossen. Der Untergrund, aufgeweicht und matschig, ließ ihre Bewegungen allmählich mühsam und schwerfällig werden. Ihre riesigen Körper prallten gegeneinander und gegen die Felswände, die sie gefangenhielten, bis die ganze Herde eine einzige um sich tretende und stoßende Masse kreischender Tiere war. Verzweiflung und blinde Panik ließen sie einander mit messerscharfen Stoßzähnen verletzen. Die Frauen oben auf den Felsen riefen und lachten, als Blutgeruch von unten aufstieg.

Einige der Männer lösten sich aus dem Jagdtrupp am Eingang der Schlucht und kletterten zu den Frauen hinauf, die ihnen Platz machten, und als diese zurückwichen, gaben sie den Blick auf Felsbrocken frei, die sie und die Kinder fast eine Woche lang für eben diesen Tag zusammengetragen hatten.

Vor Erregung und Anstrengung knurrend, hob jeder der Jäger einen Felsbrocken auf und taumelte damit an den Klippenrand. Dort blieben sie stehen, stemmten den Stein hoch über den Kopf, um das todbringende Wurfgeschoß sodann mit einem langen, triumphierenden Heulen auf die sich hebende und senkende Masse tief unten zu schleudern. Zwischen den Felswänden in der Falle, die Schritte durch den sumpfigen Untergrund erschwert, blieb den Mammuts kein Ausweg. Die wenigen Tiere, denen es gelang, sich umzudrehen und den Versuch zu machen, den Weg, den sie gekommen waren, wieder zurückzugehen, sahen sich dem Rest der Jäger und ihren schrecklichen Speeren gegenüber.

Knack!

Die Frauen brüllten und jubelten, als eine alte Kuh in dem tödlichen Hagel zu Boden ging. Ihr zerschmetterter Schädel klaffte weit auseinander, weiße Knochen kamen zum Vorschein und darunter eine wäßrige, graue und rote Masse. Ihr gewaltiger Körper blockierte jegliche Rückzugsmöglichkeit in Richtung des Eingangs zur Schlucht. Der einzige Ausweg war nun der nach vorn, zum Fluß, und die Jäger und Frauen wußten, daß das keine Fluchtmöglichkeit war.

Die kleinsten der Kinder drängten zum Rand der Klamm und kreischten dabei vor Freude. So jung sie auch waren, sie begriffen sehr wohl, daß das gräßliche Schlachtfest ihnen Nahrung lieferte – Berge heißen, dampfenden Fleisches und Schalen frischen, warmen Blutes. Ihre Mütter hatten wachsam ein Auge auf sie, versuchten jedoch nicht, ihnen den Anblick zu ersparen. Das war das Leben des Mammutvolks, unausweichlich mit dem Leben und dem Tod der Mammuts verwoben, die sie sowohl verehrten als auch jagten. Und die Kinder mußten diese Wahrheiten schon mit der Muttermilch aufnehmen, wenn das Volk überleben sollte.

Die Jäger im Schluchtgrund stürzten sich auf den Rumpf der alten Kuh, deren Flanken sich immer noch hoben und senkten, und stießen ihre gezackten Steinspeere mit grausamer Kraft in ihren Bauch. Obwohl sie tödlich getroffen war und das Blut aus einem Dutzend schrecklicher Risse in ihrem Fleisch strömte, gelang es ihr, sich noch einmal hochzuwuchten, und schwang die zwei Meter langen, gebogenen Stoßzähne durch die Luft. Ein als besonders tapfer bekannter Jäger mit Namen Ko-Bak brüllte seinen Jagdschrei hervor und versenkte seinen langen Speer in ihrer Kehle. Noch während er zustieß, drehte er den Speergriff und bohrte die steinerne Spitze bis hinauf ins Gehirn des Tieres. Es war der Todesstoß; der Körper der Mammutkuh krümmte sich in einem mächtigen Zittern, bevor das Tier endgültig zusammenbrach. Der Boden um das Mammut herum war durchtränkt von seinem Blut, als die Jäger über den Kadaver kletterten, um ihren Angriff auf den Rest der Herde fortzusetzen, den Geruch nach Blut und Innereien und unvermittelt freigesetztem Tierkot in der Nase.

Während das widerwärtige Massaker in der Schlucht seinen unerbittlichen Fortgang nahm, legte sich eine Art von zartem Schweigen über die letzte Ruhestätte des großen alten Mammuts, als stünde die Zeit eine Weile still. Dann waren die verschiedensten Geräusche zu vernehmen: das Rutschen von Steinen, das Schaben von Holz, angestrengte Atemzüge. Die Frauen und Kinder stiegen den Hang hinab; eifrig umklammerten ihre Hände scharf behauene Handäxte und Schlachtmesser. Kurz darauf, als die Mammutmutter den Rest der Herde tiefer in die Todesklamm führte, wurde damit begonnen, das Fleisch von den Knochen des ersten Opfers zu schneiden. Selbst die

Kinder waren schon bald blutüberströmt, und als eine der Frauen mit triumphierendem Schrei tief in den Brustkasten des Mammuts griff, um sein triefendes Herz herauszureißen und es hoch über ihrem Kopf zu schwenken, jubelten alle.

Ga-Ya beugte sich vor. Die Sonne erschien ihr unerträglich heiß. Selbst ihre alte Nase konnte den Geruch des Blutes riechen. Die Jagdgeräusche waren schwächer geworden, erstickt von den Felswänden der Kluft und der sumpfigen Senke zum Fluß hinunter. Ga-Ya blieb ein paar Augenblicke so sitzen, den Kopf vornübergebeugt, und eine unaussprechliche Traurigkeit erfüllte ihr Herz. Sie hegte keine Illusionen ob der Notwendigkeit dessen, was ihre Magie bewirkt hatte. Das Volk mußte essen, denn vor allem anderen mußte es überleben. Trotzdem verspürte sie eine Verbundenheit mit der zum Tode verurteilten Mammutmutter. Ga-Ya und sie führten jede ihren Stamm auf ihre Weise, und beide wollten sie dasselbe. Nur das gewundene Schicksalsseil, das die Große Mutter selbst webte, ließ es geschehen, daß ihrer beider Geschicke so miteinander verschlungen waren.

»Aaieee! Töte ihn! Töte ihn!«

Der jähe, furchterfüllte Schrei schreckte sie aus ihren Träumen hoch. Weit riß sie die Augen auf. Sie wandte den Kopf auf ihrem alten, dürren Hals hin und her, wußte für eine Weile nicht, wo sie war. Dann sah Ga-Ya sie; Be-Dag und Ku-Yak und das von ihnen gejagte Mammut, ein einziges schreiendes, kreischendes Knäuel von Leibern, weniger als zehn Stocklängen von ihrem Standort hoch oben auf dem Geisterpfahl entfernt. Sie sah, wie Ku-Yak das verwundete Mammut umkreiste und wild seinen Speer schleuderte. Die schwere Spitze riß die dicke Haut des Mammuts auf, schuf eine klaffende, pulsierende Wunde, prallte von dem festen Fleisch darunter ab. Das Mammut schrie vor Schmerz auf, stieb jedoch mit unverminderter Geschwindigkeit weiter. Völlig kopflos vor Furcht richtete es seinen Angriff geradewegs auf Be-Dag, der unsicher zurückwich und versuchte, den aufwärts gebogenen Stoßzähnen und dem mächtigen Rüssel des sterbenden Bullen auszuweichen.

»Be-Dag!« rief Ga-Ya. »Geh ihm aus dem Weg! Zurück! Es wird bald sterben! Mach, daß du von ihm wegkommst!«

Doch der junge Jäger, angespornt durch die erfolgreichen Angriffe, die sein Freund erzielt hatte, war entschlossen, auch einen, den entscheidenden, Treffer zu landen. Entweder hörte er Ga-Ya nicht, oder er ignorierte ihre Warnungen, denn er erhob wieder seinen Speer und versuchte, den tödlichen Stoß in die Kehle auszuführen. Das junge Mammut schwenkte seinen ehrfurchtgebietenden Kopf hin und her, war möglicherweise nicht einmal in der Lage, seinen Feind zu sehen; doch einer seiner noch nicht ausgewachsenen Stoßzähne, die ziellos durch die Luft schnitten, erwischte Be-Dag an der Schulter.

Für Ga-Ya, von ihrem Platz über dem Geschehen, sah es so aus, als verlangsame der Ablauf der Zeit sich vorübergehend, wie es oftmals geschah, wenn sie in die Traumzeit eintrat. Sie blinzelte verwundert, während die Bilder des Grauens, eins nach dem anderen, vor ihr abliefen.

Der spitze Stoßzahn durchdrang Be-Dags Karibumantel und das darunterliegende Fleisch, als sei es geschmolzenes Fett. Er schnitt sich seinen Weg schräg nach unten, kam Be-Dags Herz gefährlich nah.

Der junge Jäger brüllte in Todesqualen auf. Der Mammutbulle schleuderte sein Haupt hoch und ließ es wieder hinabsausen. Die Kraft dieser Bewegung ließ seinen Stoßzahn vollständig durch Be-Dags Körper dringen und ihn dann den Rumpf von der Mitte bis zur Seite ganz durchtrennen. Der Körper des Jägers flog in hohem Bogen durch die Luft, vielleicht zwei Menschenlängen über dem Boden. Ga-Ya konnte deutlich erkennen, wie eine Fontäne von Blut aus dem riesigen Loch in Be-Dags Seite spritzte. Erneut trompetete das Mammut markerschütternd und wankte vorwärts.

Ku-Yak schrie auf vor Pein, als er den Freund sterben sah, und bückte sich nach seinem Speer. Ga-Ya konnte seine verzerrten Züge erkennen, als er sich ein letztes Mal in den Angriff stürzte und die lange, schwere Waffe zwischen den Rippen des wild um sich schlagenden Mammuts versenkte.

Es war ein glücklicher Stoß, denn diesmal wehrte der Brustkasten des verwundeten Tieres die Speerspitze nicht ab, sondern sie schnitt leicht durch Haut und Muskelfleisch und bloßgelegte weiße Sehnen, um dann die weichen, lebenswichtigen Organe darunter zu erreichen.

Ein letztes Mal erhob das Mammut seine Stimme, doch sein Ruf zerriß jäh, als die Botschaft des nahen Todes von seinem Herzen zu seinem winzigen Hirn gelangte. Bereits tot, obwohl er noch auf den Beinen stand, taumelte der Jungbulle vorwärts, drehte sich wie im Kreis und brach vor dem Geisterpfahl zusammen.

Ga-Ya spürte, daß ihr Sitz wild schwankte, und sich dann zur Seite neigte. Das letzte Stückchen Welt, das sie sah, war der noch pulsierende, blutige Mammutkadaver, der sich ihr entgegenzurecken schien.

Und dann Dunkelheit.

Sie hatte keinen Namen, zumindest keinen, der ihr als solcher bewußt gewesen wäre. Wenn sie überhaupt an sich selbst dachte, war es einfach als Mutter, denn die meisten Mitglieder ihrer Herde waren einmal ihren gewaltigen Lenden entsprungen.

Immer noch in der Blütezeit ihrer Jahre, weniger als fünfzig Sommer alt, hatte sie eine Schulterhöhe von fast vier Metern, über die sich der hohe, gigantische Kopf und starke, gebogene Stoßzähne von zwei Metern Länge erhoben. Um die Last ihres Gewichts tragen zu können, waren ihre Füße breit und großflächig mit Zehen, die sie spreizen konnte. Unter gewöhnlichen Umständen war es überaus schwierig, sie in den Marschen oder im Sumpf in die Falle zu locken. Doch dies hier waren keine gewöhnlichen Umstände.

Plötzlich war ihr in ihrem benebelten Bewußtsein, als verspüre sie eine plötzliche Bewegung, als sei sie von einem hohen Standort aus in die Tiefe gestürzt, und dann schien es, als werde ihr ein dunkles Tuch von den Augen genommen.

Sie hob den Kopf und sah mit wieder geschärftem Blick das tödliche Unheil, das über ihre Herde gekommen war. Hinter ihr zur Linken erstreckte sich eine lange, blutige Spur: die riesigen, aufgeschlitzten Kadaver, die einmal ihre Herde gewesen waren. Ein Teil von ihr verstand das alles nicht; Gedanken wie ›Tod‹ und ›Sterben‹ gehörten nicht zu den Instinkten, mit denen sie ausgestattet war. Schliefen sie? Aber sie bewegten sich nicht, und seltsame kleine Tiere wimmelten auf ihnen herum, hackten und schnitten an ihrem Fleisch.

Ein plötzlicher Schmerz ließ sie herumfahren. Es schmerzte, sich zu bewegen – da steckten Dinge in ihr und zerrten an ihrem Fleisch, wenn sie sich regte. Selbst ihr gewaltiges Haupt schmerzte, und ein roter Strom floß durch das dichte Fell herunter und verschleierte ihre ohnehin schon begrenzte Sicht.

In der Luft hingen fremde Gerüche. Der Gestank nach Blut und Innereien war schon furchterregend genug, doch über all dem lag der Pesthauch des Menschen und wob eine Weise des Schreckens. Mehr als alles andere machte dies sie verrückt vor Angst.

Sie wandte den traurigen Überresten, die einmal ihre Herde gewesen waren, den Rücken und stürzte vorwärts; ihr wilder Ansturm wurde durch die glatten Wände der Schlucht geleitet und vorangetrieben. Ihre großen, breiten Füße fanden selbst auf dem weichen Boden noch guten Halt, und schließlich brachte sie den Spießrutenlauf unter herabprasselnden Felsbrocken hinter sich. Seit sie die Herde in die Klamm geführt hatte, war sie den meisten Speerstößen entgangen, und die wenigen geschleuderten Waffen, die den dichten Pelz und die Fettschicht ihrer Haut durchdrungen hatten, hatten ihr keine tödlichen Wunden zugefügt. Als die Mammutmutter aus der engsten Stelle der Kluft hinaustrat und zu dem von Felswänden eingeschlossenen Fluß hinunterstieg, war sie immer noch ein mächtiges Werkzeug der Zerstörung.

Ko-Bak wußte das, als er seinen Jagdtrupp über die immer noch dampfenden Leiber der toten Mammuts zum Fluß führte. Er näherte sich vorsichtig, suchte Schutz hinter den herabgeschleuderten Steinen und ließ den Fleischkoloß der Mammutmutter vor ihnen nie aus den Augen.

Seine Erfahrung sagte ihm, daß die Wunden, die ihr beigebracht worden waren, an keiner Stelle auch nur annähernd tödlich waren; falls überhaupt, hatten diese Wunden sie nur noch gereizter gemacht, hatten an ihrer furchteinflößenden Kraft wenig, wenn überhaupt gezehrt. Ihm war klar, daß es anderer Mittel als der sonst bereits erfolgreich erprobten bedurfte, um sie zu erlegen.

Rasch versammelte er den Rest der kleinen Gruppe um sich und erklärte, was zu tun sei. Die anderen Jäger, alle in der Blüte ihrer Manneskraft, keiner jünger als sechzehn, keiner älter als achtundzwanzig Sommer, nickten.

Bis zu diesem Punkt der Jagd hatten sie die Mammuts durch lautes Rufen und das Schwenken von Armen und Speeren vorwärtsgetrieben. In der Enge zwischen den Felswänden hatten sie die Tiere mit gezielten, kräftigen Hieben getötet, hatten sich nahe an bereits sterbende Tiere herangewagt, um ihnen den Gnadenstoß zu versetzen. Nun griffen sie in ihre Rucksäcke und holten seltsame Gegenstände hervor; Schäfte aus geschnitztem und bemaltem Holz, beinahe einen Meter lang, die an einem Ende breiter wurden; am anderen in einen flachen Haken ausliefen. Diese Werkzeuge waren eine Gabe der Großen Mutter gewesen, von Ga-Ya aus der Traumzeit geholt und an das Volk weitergereicht. Speerschleudern waren es, und sie befähigten die Jäger, ihr Ziel aus größerer Entfernung anzugreifen.

Ko-Bak schickte einen der Jäger zurück, um die noch intakten Speere einzusammeln, die bei dem Gemetzel weiter oben in die Klamm geschleudert worden waren. Sie würden jedes einzelne Wurfgeschoß benötigen, um die verwundete Mutter zur Strecke zu bringen, und selbst dann mochten die vorhandenen Waffen möglicherweise nicht reichen. Die Mittagssonne stand hoch am Himmel, als er kurz in Erwägung zog, einige der Frauen eine halbe Meile flußabwärts zu ihrem Lager zu schicken, um noch mehr Speere herbeizuschaffen, entschied sich dann jedoch dafür, die Jagd mit den Speeren zu beenden, die sie in der Schlucht zusammentragen konnten.

Er nahm seine eigene Schleuder hervor und ließ das untere Ende seines Speers in den Haken gleiten, der so gearbeitet war, daß er diesen sicher hielt, und ergriff beide Waffenteile mit der rechten Hand. Er kroch vorwärts und hielt erneut nach der Mammutmutter unten Ausschau.

Eine breite Blutspur hinter sich herziehend, kämpfte sich das gewaltige Tier zum Flußufer vor. Seine breiten Fußballen hinterließen große, flache Abdrücke in dem Schlamm, die sich rasch mit Wasser füllten. Ko-Bak schüttelte den Kopf. Er hatte gehofft, die Mammuts, die es bis zum Fluß schafften, würden in dem sumpfigen Boden dort von allein zugrunde gehen, aber es sollte nicht sein. Wenn das Volk sich am Fleisch der Mutter laben wollte, würde es sie wohl eigenhändig erlegen müssen.

Kurz fragte er sich, warum Ga-Yas Zauber das verwundete Tier nicht länger benebelte, doch dann schob er den Gedanken von sich. Die alte Frau hatte ihre Aufgabe erfüllt. Sie hatte die Mutter und ihre Herde in die Felsklamm gebracht. Nun war es Aufgabe der Jäger, das Werk zu Ende zu führen.

Er glitt leise vorwärts, in geduckter Stellung, und versuchte, so nah wie möglich an Mammutmutter heranzukommen, die dem schnell dahinströmenden tiefen Wasser den Rücken gekehrt hatte, um sich den ihr entgegenkommenden Jägern zu stellen.

Eine Windbö blies durch die Schlucht und trug ihr den Geruch der Männer noch eindringlicher zu, während sie sich ihr näherten. Ko-Bak seufzte. Sie hatten keine Chance, auf die windabgewandte Seite zu gelangen. Er konnte nur zu den Geistern des Winds beten, daß die Mutter nicht plötzlich beschloß, wieder zurück in die Schlucht zu preschen und ihn in einem donnernden Angriff niederzutrampeln.

Weniger als zehn Stocklängen von ihr entfernt hielt er an, zur Hälfte hinter dem Buckel eines gerundeten schwarzen Felsbrockens verborgen. Er wußte, daß sie nicht gut sehen konnte, und vielleicht war sie ja in ihrer Panik nicht in der Lage, ihn von den aufragenden Felsen zu unterscheiden – bis es für sie zu spät sein würde.

»Jetzt!« rief er plötzlich. Er richtete sich zu voller Körpergröße auf, die Füße fest auf sicherem Grund, und brachte den Arm so weit nach hinten, wie er konnte. Dann ließ er den Arm vorschnellen. Dank des verlängerten Schafts lag in seinem

Wurf mehr Kraft, als er ohne das Hilfsmittel hätte aufzubringen vermögen; der lange Speer surrte durch die Luft und bohrte sich in die Flanke des Mammuts. Diesmal prallte die Waffe nicht ab. Die tödliche Spitze grub sich tief in das bebende Fleisch der Mutter. Kurz darauf war die Luft erfüllt von einem Speerhagel und den Todesschreien der Mammutmutter. Nicht einmal sie konnte so viele Wunden verkraften. Schließlich floß die Lebenskraft aus ihr heraus, das Blut tränkte die dichte Wolle ihres Balgs und rann in schmalen, glitzernden Strömen über den Boden. Als sie in die Knie sackte, schäumte das Wasser um sie herum rosa und aufgewühlt.

Sie stöhnte langgezogen und brach zusammen, die Stoßzähne immer noch den Jägern zugewandt. Diese wachsam heranschleichenden Gestalten waren das letzte, was sie sah, bevor ein dunkler Vorhang über ihre brechenden Augen sank.

Sie litt keine Schmerzen mehr. Sie hörte weder Ko-Baks Siegesschrei, noch fühlte sie seinen Todesstoß. Die Nacht legte sich über sie, und in der Nacht öffnete sich eine Tür.

Willkommen, sagte die Große Mutter. *Willkommen zu Hause, du meistgeliebte meiner Töchter. Willkommen.*

Die Jagd war vorüber.

Als Ga-Ya erwachte, drang Wehklagen an ihre Ohren. Geräusche und Bilder verwirrten ihren Geist – Be-Dag, der in einer Blutwolke durch die Luft wirbelte; das junge Mammut, das sich im Todeskampf zu ihren Füßen wand; Ku-Yaks Wut- und Schmerzensschreie; die letzte Traurigkeit von Mammutmutter –, so daß sie zunächst nicht wußte, ob sie sich noch in der Traumzeit oder völlig wach in der Welt befand.

Sie blinzelte und leckte sich die Lippen. Ihr Tun bewirkte, daß plötzlich sanfte, beschwichtigende Laute erklangen: »Sscht, Mutter, ganz ruhig.« Etwas Kühles und Nasses netzte ihre ausgetrockneten Lippen, und gierig saugte sie an dem mit Wasser getränkten Moos.

Als ihr Blick sich wieder schärfte, konnte sie Einzelheiten ausmachen: ein Schattengesicht, das über ihr aufragte, gleißendes Sonnenlicht, eine überhängende Wand aus bläulichem Fels.

Sie seufzte und ließ sich zurücksinken, war wieder bei vollem Bewußtsein. Sie befand sich also in Sicherheit, in ihrer Höhle in den Klippen über dem Fluß, etwa eine halbe Meile von der Schlucht entfernt, in der die Jagd stattgefunden hatte. Als sie den Kopf nur leicht bewegte, überfiel ein lange anhaltender, wellenförmiger Schmerz jeden Teil ihres Körpers. Versuchsweise mühte sie sich, ihren rechten Arm zu heben. Die Anstrengung löste weitere Schmerzen aus, und die Stimme ließ sich erneut vernehmen. »Lieg still, Mutter.«

Sie wartete, bis die weißen, schmerzhaften Blitze aus ihren Augenwinkeln krochen. Nun wurde das Gesicht über ihr deutlich: Es war das von She-Ya, dem jungen Mann, den sie seit fast zwei Jahren unterwies, auf daß er ihr Nachfolger werde.

»She-Ya?« hauchte sie.

Seine Hand streichelte über ihre Stirn. Mitfühlend lächelte er auf sie hinunter, und seine sonnengebräunten Züge drückten Liebe und Besorgnis aus. »Ich habe dir doch gesagt, daß ich diesmal den Geisterpfahl hätte besteigen sollen, Mutter.«

Sie verspürte einen Anflug von Ärger, wischte ihn jedoch beiseite. Immer war sie es gewesen, die auf den Geisterpfahl gestiegen war, aber She-Ya war jung und ungestüm. Nach zwei Jahren der Unterweisung war er an einem Punkt angelangt, den alle in seinem Alter am Ende erreichten – der Punkt, an dem sie nach Dingen griffen, die sie zu verstehen meinten, doch noch nicht zu fassen vermochten.

Oder war sie es, die nur glaubte, die Wahrheit zu verstehen? She-Ya hatte mit ihr geträumt. Er war noch jung, seine Macht jedoch schon groß. In manchen Dingen hatte er sie bereits überflügelt – zum Beispiel, was sein Wissen über die Geister betraf, die in den Pflanzen wohnten. Sie hatte ihn alles gelehrt, was sie davon wußte, doch er war noch weiter gekommen. Wie er jetzt gerade bewies.

»Hier«, sagte er sanft, »trink das.«

Er schmiegte seine Hand um ihren Hinterkopf und hob ihn sachte an. Sie ignorierte den plötzlichen, schmerzhaften Stich und konzentrierte sich ganz darauf, aus der gehärteten Tonschale zu trinken, die She-Ya ihr an die Lippen hielt. Das dunkle Gebräu darin war warm und bitter, doch es gelang ihr, den größten Teil davon ihre Kehle hinabzuzwingen. Nach einer kleinen Weile breitete sich eine angenehme, milde Wärme in ihrem Körper aus, und der Schmerz verschwand.

Nun, da sie von ihrer Pein befreit war – auch in ihre Gedanken waren Ruhe und Klarheit eingekehrt –, schenkte sie den Dingen um sich herum mehr Aufmerksamkeit. Von jenseits der Höhlenöffnung erklang unvermindert rhythmischer Gesang. »Be-Dag?« fragte sie.

She-Ya nickte. Ga-Ya spannte ihre Muskeln an und versuchte, sich aufzusetzen, doch die Hand, die der Jüngere ihr auf die Brust legte, hielt sie am Boden.

»Be-Dag«, sagte sie. »Ich werde ihn zur Mutter singen müssen.«

Er schüttelte den Kopf. »Ich werde ihn heimsingen, Ga-Ya. Das Volk hat schon den Scheiterhaufen errichtet und seine Gaben dargebracht.« Er warf einen flüchtigen Blick auf ihre Beine. »Du hast großes Glück gehabt, Mutter. Der tote Leib des jungen Mammuts hat deinen Sturz abgefangen, sonst wärst du jetzt nicht mehr am Leben.« Er lächelte, setzte sich dann auf, die schwarzen Augen wieder ganz ernst.

»So aber ist nur dein linkes Bein wie ein trockener Zweig gebrochen. Du wirst in absehbarer Zeit nicht in der Lage sein zu tanzen, wirst es vielleicht nie wieder können. Ich habe das Bein festgebunden, habe Umschläge mit Pflanzen, in denen heilende Geister wohnen, auf deine Verletzungen gelegt, aber, Ga-Ya – Mutter – du bist sehr alt.«

Sie seufzte. Es stimmte. Sie *war* sehr alt. Vielleicht war ihr vorübergehender Anflug von Ärger über She-Ya nichts als das gewesen: der Widerwille der Alten, die Fäden ihres Lebens loszulassen, weiterzureichen, was weitergereicht werden mußte.

She-Ya griff hinter sich, beugte sich dann vor und legte zwei Gegenstände auf ihre Brust, die sie so leicht ergreifen konnte. »Als du gestürzt bist, hat man mich sofort geholt. Ich ließ dich hierherbringen, suchte nach den geheiligten Zaubern.« Nun verfinsterte der Kummer seine feinen, jugendlichen Züge. »Ich fand die Flöte, und die Rassel auch. Aber den Stein fand ich nicht.«

»Aber du *mußtest* ihn finden.«

Er schüttelte den Kopf. »Er ist verlorengegangen, Mutter. Ich habe sogar den Körper des Jungbullen in winzige Streifen schneiden lassen, so daß wir ihn wegschaffen und unter ihm nachsehen konnten. Wir haben einen ganzen Tag lang gesucht, Mutter. Aber wir konnten den Stein nicht finden. Er ist verschwunden.«

Der Mammutstein? Verschwunden? Aber er war das Herz ihrer Magie!

Furcht umklammerte ihr Herz. Was war mit dem Stein geschehen? Wenn er wirklich verloren war, gab es nur eins, was ihm hatte widerfahren können. Er war der Schlüssel zum Tor der Traumzeit. Vielleicht hatte die Große Mutter selbst ihn zurückgefordert.

Zögernd setzte She-Ya fort: »Ich habe letzte Nacht geträumt«, sagte er. »Ich habe nach dem Stein gesucht und einen kurzen Augenblick lang gedacht, ihn gefunden zu haben. Doch um ihn herum war es finster, und ich konnte ihn nur ganz kurz sehen. Als ich nach ihm griff, entglitt er mir.«

She-Yas Traum ließ ihr Herz erzittern. »Und die Große Mutter? Hat sie zu dir gesprochen?«

Er schüttelte den Kopf. »Nein. Aber der Stein ist verschwunden. Da bin ich mir sicher.«

Ga-Ya war sich dessen ebenfalls sicher. Sie konnte an der Miene des jungen Mannes ablesen, daß er glaubte, der Verlust des Steins bedeute Unheil für das Volk. Doch Ga-Ya glaubte das nicht. Seit jüngstem hatte sie von seltsamen Dingen zu träumen begonnen – von ihren Töchtern, die kommen würden, von dem großen Geheimnis und der Rolle, die die Töchter darin spielen würden. Das Verschwinden des Steins mochte Gefahr bedeuten – es mochte aber auch ein Zeichen für sie sein. Es gab nur einen Weg, um das herauszufinden.

Die Heiserkeit des Alters klang in ihrer Stimme mit, als sie sprach. »Bring mir den Stoßzahn des jungen Mammuts. Den Stoßzahn der rechten Seite.«

Er nickte, ahnte, was sie im Sinn hatte. »Wir haben ihn hier«, erwiderte er.

»Gut. Und meine Werkzeuge.«

Er suchte ihren Blick. »Ein neuer Stein?« flüsterte er. Er versuchte nicht, die ehrfürchtige Scheu zu verbergen, die seine Stimme erfüllte.

»Vielleicht«, antwortete sie. »Wenn mein Zauber noch stark genug ist. Wenn die Große Mutter es so will.«

Er hütete sich davor, seine Hilfe bei der Fertigstellung anzubieten. Einen neuen Stein zu schaffen war allein Ga-Yas Aufgabe. Er erhob sich und blickte auf sie hinab. »Sofort«, sagte er lächelnd.

Sie blinzelte zu ihm hoch, und die Totengesänge für Be-Dag dröhnten ihr in den Ohren. »Sing ihn gut heim«, trug sie ihrem Schüler auf.

»Nicht so gut wie du, aber ich werde es tun. Sein Lied wird gut sein.«

Nachdem She-Ya gegangen war, starrte Ga-Ya mit leerem Blick auf die ausgemeißelte, rauchverkrustete Decke ihrer Höhle. Tiere tanzten dort, rot und blau und gelb; Mammut, Bison, Karibu.

Sie fragte sich, ob sie recht handelte, und darüber hinaus, ob sie immer noch die Kraft besaß, zu tun, was getan werden mußte. Dann senkte sich ein großer Frieden auf sie, als sie begriff, daß es nicht in ihrer Macht lag, für das Gelingen des Vorhabens zu sorgen. Es lag in der Macht der Großen Mutter. Und sie besaß alle Macht der Welt. Und sie hatte den Traum.

»So sei es also«, wisperte Ga-Ya, ließ sich zurücksinken und wartete.

Schritte.

Sie war schon hier gewesen, schon viele Male, doch nie zuvor waren die Dinge ihr so klar, so deutlich erschienen. In der Ferne ragte drohend eine mächtige Gebirgskette auf, die halb mit sattem Grün bewachsen war, während die nadelscharfen Spitzen zu Eistürmen emporwuchsen. Vor ihren Augen erstreckte sich die endlose Ebene, eine Tundra aus Grün und Gold. Helle Seen reflektierten das Licht, das von überallher einzufallen schien. Die Luft selbst hatte einen sanften, bernsteinfarbenen Glanz. Klänge einer traumhaften Weise umfluteten sie.

Nach einer Weile nahm sie in der Ferne Bewegung wahr. Gestalten trieben näher und näher heran, bis Ga-Ya Einzelheiten ausmachen konnte.

Eine große Herde von Tieren, die alle gemeinsam über die heilige Erde schritten. Und in vorderster Reihe . . .

Ihr stockte der Atem. Niemals zuvor hatte sie so etwas gesehen!

Da waren eine riesige Mammutmutter und eine mächtige Höhlenlöwin, ein schlankes Weißschwanzgnu, eine schwerfällig torkelnde Bärenmutter. Doch sie alle wurden von einer Gestalt angeführt, auf die Ga-Ya verwundert ihre Aufmerksamkeit richtete.

Eine junge Frau, deren gewölbter Leib darauf schließen ließ, daß sie in Kürze entbinden würde. Sie schritt nackt vor ihrer Herde einher, ihre Hände ausgestreckt, und während sie ging, wirbelte die goldene Luft um sie wie haarfeines Moos in einer Frühlingsbrise. Wo sie ihre Füße hingesetzt hatte, wuchs das Gras grüner empor. Ga-Ya spürte, wie ihre alten Glieder sich erwärmten, wie ihre Muskeln sich lockerten und anspannten, als die junge Frau näher trat.

Ga-Ya neigte ihr Haupt. Sie hatte Angst zu sprechen, sich zu rühren, ja selbst zu atmen.

»Tochter«, erklang die Stimme, und sie war sanft und doch kraftvoll und mit Donnerhall erfüllt, »hab keine Furcht vor mir, denn ich bin deine Mutter, für immer und ewig, und du hast mir gut gedient.«

Tränen strömten über Ga-Yas zerfurchte Wangen.

»Sieh mich an und jubiliere, denn schon bald werde ich dich zu Hause willkommen heißen«, flüsterte die Große Mutter, und die Tiere, die sich um sie versammelten, erhoben ein Brüllen und Muhen und zustimmendes Grunzen.

Welche Freude! Oh, sie hatte nie gewußt, daß es solche Freude geben könnte.

»Ach, Mutter! Ich bin schwach, doch ich liebe dich! Nimm mich nun zu dir!«

»Nein, geliebte Tochter. Bald, aber jetzt noch nicht. Eine letzte Aufgabe bleibt noch, und du bist das Werkzeug, das ich mir gewählt habe.«

Ga-Ya war verblüfft. Was konnte sie schon vollbringen, alt und verbraucht, wie sie war? Doch sie erwiderte nichts, staunte nur im nächsten Moment darüber, daß die Große Mutter ihre Gedanken gelesen zu haben schien.

»Du wirst es mit meiner Stärke tun, nicht mit deiner«, beschied sie die Große Mutter. »Und ich sehe weit und lange voraus. Nichts übersteigt meine Kraft, und diese meine Kraft gebe ich dir, auf daß du tust, was getan werden muß.«

Da strömte höchste Seligkeit durch Ga-Yas Adern, und sie fiel auf die Knie, doch die Große Mutter trat zu ihr und erhob sie zu sich, und durch diese segnende Berührung wurde Ga-Ya für einen Moment geheilt, und wieder jung und stark gemacht.

»Du wirst Stammutter eines mächtigen Geschlechts von Frauen sein«, sagte sie, »und es wird zurückreichen in die Zeit der Nebel. Und diese deine Töchter, die mein Zeichen tragen werden, die Augen aus Smaragd und Saphir, sollen auch das Symbol meiner Macht erhalten, um meine Schlachten gegen meinen Erbfeind von alters her zu führen, gegen den, der über Feuer und Schlangen herrscht.

Doch frei müssen sie wählen, und die Wahl wird keine leichte sein, denn meine Macht ist weder leicht zu erlangen noch leicht zu tragen, und die Macht meines Feindes, des uralten Widersachers, ist unermeßlich. Und doch werde ich ihnen Zeichen und Symbole geben, auf daß sie mich erkennen.«

Ga-Ya bebte vor Entsetzen beim Klang der Stimme, denn sie war härter geworden als der harte Stein, und das Ächzen des Eises und das Heulen der Winterwinde war in ihr.

»Sieh mich an, Tochter!« befahl die Große Mutter, und Ga-Ya fühlte, wie sie wieder emporgezogen wurde. Sie blickte ihrer Mutter ins Gesicht, das strahlte wie die Sonne, mitten im Zentrum ihres Antlitzes, die Augen – Zwillingsbrunnen aus Smaragd und Saphir –, aus denen das hellste Licht schien.

»Sieh und erkenne!« befahl die Große Mutter.

Und in diesem Moment hob Ga-Ya den Blick und verstand viele Dinge.

Nie hatte sie solche Macht verspürt!

»Befiehl, Mutter, ich gehöre dir!«

»Höre mein Versprechen!« donnerte die Große Mutter. »Mein Volk soll von mir fortwandern und große Not und tödliche Gefahr erleiden. Doch selbst wenn sie mich verleugnen, werde ich da sein. Denn in der höchsten Not werde ich ihnen die Eine senden, die mein Zeichen trägt und die Wahl treffen muß, ob sie mein Symbol der Macht benutzen will oder nicht.

Höre mich, Tochter! Niemand wird das volle Ausmaß meiner Macht kennen außer der Einen, auf die man warten wird, und niemand kann meinen Erbfeind besiegen, den, der über Feuer und Schlangen herrscht, außer der Einen, die mein Zeichen trägt. Und mein Versprechen nun ist, daß ich durch sie mein Volk niemals verlassen werde.«

»Ach, Mutter! Sag, was du von mir willst!«

In ihrer Qual wälzte Ga-Ya sich hin und her, die Augen fest zusammengepreßt. Doch es gab keinen weiteren Befehl. Aber die Weisheit kam auch ohne weitere Worte zu ihr, und der Atem stockte ihr angesichts der Vertracktheit des Versprechens und seiner Erfüllung.

Als sie die Augen wieder öffnete, hatten sich die Tiere zurückgezogen, und mit ihnen, nunmehr in der goldenen Stille verhüllt, ihre Mutter, die Mutter von allem.

Ein Versprechen, ein Geschenk, ein uralter Feind. Ja, sie würde ihren Willen erfüllen, fraglos, so gut sie es vermochte. Und in der Zukunft ...

Doch da erinnerte sie sich an ihre Zukunft, und ein Hauch von Traurigkeit überfiel sie, weil sie diesen Ort des Lichts noch einmal verlassen mußte, um in die Finsternis der äußeren Welt zu reisen.

Doch es war so befohlen, und sie neigte das Haupt. Die Große Mutter und ihre Begleiter waren im Nebel verschwunden, und nur die Berge, mächtig und ewig, standen Wacht über der Ebene und der winzigen Menschenfrau, die dort zitterte, allein, so allein.

»Ich gehorche«, hauchte Ga-Ya. »Ich gehorche . . .«

Sie brauchte beinahe zwei Mondumläufe dafür, doch schließlich war das Schnitzwerk vollendet. Sie legte den Grabstichelstein nieder, der so sorgfältig bearbeitet war und mit dem sie die letzten rauhen Spuren von der fertigen Figur abgeschliffen hatte. Im blendenden Glanz des Großen Lichts – der Hochsommer hier war kurz, aber grell – kniff sie die Augen zusammen und betrachtete ihr Werk.

Der Knochen, vom Stoßzahn des jungen Mammutbullen genommen, der sie um ein Haar getötet hätte, war hervorragend zum Schnitzen geeignet. Sie hatte ihn bearbeitet und geschnitten und geglättet, jede Biegung, jede Linie mit Genauigkeit geschaffen und dabei keine Mühe gescheut. Der Stoßzahn, ursprünglich bogenförmig, war nun gerade. Zwei Abbilder des großen Tiers blickten voneinander fort, in der Mitte von einem schmalen verbindenden Stück zusammengehalten. Die beiden kleinen Mammuts waren fast identisch; die Verbindung aus Knochen war so hauchdünn, daß, wenn Ga-Ya das eine Ende der Schnitzerei ergriff und sie auf und ab schwenkte, das andere Ende vibrierte wie ein Blatt im Wind.

Sie nickte befriedigt. Dies war die beste Arbeit, die sie jemals vollendet hatte, und sie wußte, daß es ihre letzte sein würde. Der kalte Atem des Todes blies durchs Mark ihrer Knochen; die Mammutfiguren – in ihnen aller Zauber, den sie jemals beherrscht hatte – würden ihre letzte Gabe an das Volk des Mammuts sein.

Sie lächelte, ein zahnloser Ausdruck unendlicher Wärme und Liebe. Die Schnitzerei fühlte sich heiß an in ihrer Hand. Sie ließ den Blick zur grauen Linie des Horizonts schweifen, nickte dem blauen und dem Großen Licht zu, umschloß dann die überaus fein gearbeitete Skulptur mit beiden Händen und schlug damit kräftig auf ihr Knie. Leise krachend trennten sich die beiden geschnitzten Tiere genau dort, wo sie es vorgesehen hatte. Ihre Fähigkeiten hatten ausgereicht.

»Eins für mich«, flüsterte sie. »Und eins für meine Töchter, für alle meine Töchter.«

Sie war sechsunddreißig und starb an Altersschwäche.

Ihre Zukunft lag hinter ihr, und doch erstreckte sie sich auch in endlose Weiten, eine hauchdünne silberne Linie, die ihr manchmal so erschien, als könne sie auf ihr spielen wie auf einem Instrument.

Zeit hatte keinerlei Bedeutung. Und doch war Zeit alles. Sie ergriff das Mammut zu ihrer Linken und wickelte es behutsam in ein weiches Lederstückchen ein. Das andere nahm sie in die Hand, genoß die Berührung.

»Für meine Tochter«, sie holte ein letztes Mal Atem und zwang sich ächzend auf die Füße. Ihre Muskeln protestierten harsch gegen die Anstrengung, doch sie war es zufrieden. All ihre Magie war in dieses letzte, wunderbare Schnitzwerk geflossen. Ein klein wenig Magie würde sie noch behalten; den Rest hatte sie bereits weitergegeben. Verschwommen konnte sie vor ihrem geistigen Auge ihre Tochter sehen, die kommen würde. Sie verstand nicht, was sie sagte, doch das erwartete sie auch nicht; daß ihre Tochter leben würde, war genug.

Zwei Steine. Einen, um ihn zu halten, einen, um ihn weiterzureichen.

Von diesem einen Stein hing das Schicksal des Universums ab. Sie verstand es nicht, doch das erfüllte sie nicht im geringsten mit Furcht. Verstehen war nicht erforderlich, nur Hinnahme.

Sie hatte die Bürden ihres Lebens allzeit auf sich genommen. So würde es auch ihre Tochter tun, die kommen würde.

Sie lächelte noch einmal, während sie zu dem Volk hinkte. Zu ihrem Volk. Es nannte sich selbst das Volk des Mammuts. Ga-Ya wußte es besser.

Sie waren das Volk der Mutter, auch wenn sie es nicht wußten. Noch nicht.

Fünfundzwanzig Jahrhunderte lang nicht.

Sie hielt in jeder ihrer knotigen, wissenden Hände ein Mammut hoch.

»Ich liebe dich«, flüsterte sie, als sie auf das Grab zuschritt.

Nur die Zeit mußte nun abgewartet werden, aber auch das war in Wahrheit kein Problem.

Zeit.

Sie hatte alle Zeit der Welt.

Das würde reichen.

She-Yas Augen weiteten sich, als er die Schnitzwerke in Augenschein nahm. Er hielt sie beide in Händen, in weiches Fell gebettet, damit seine männlichen Finger nicht ihre glatte Oberfläche berührten. Diese Warnung hatte sie ihm bereits erteilt.

»Kein Mann darf die Mammutsteine berühren, auf daß ihnen nicht all ihre Magie entweicht und Finsternis über das Volk hereinbricht«, erklärte sie. Ga-Ya hatte die Steine nicht mit einem Fluch belegt, ihre Worte kamen eher einer Art Warnung gleich, doch She-Ya spürte die Wahrheit darin, und hielt sich an das Gebot.

Er blickte auf Ga-Ya hinab. Er hatte recht gehabt; ihr Bein war zu schwer verletzt gewesen, um wieder vollständig zusammenzuheilen, und Ga-Ya hatte nie wieder richtig gehen können. Nun glaubte er zu sehen, wie ihre Kräfte schwanden. Es war, als sei all ihr Geist, all ihre Magie in die Fertigung dieser beiden kleinen Figuren geflossen.

Ihre Augen waren schmale Schlitze, in einem von ihnen leuchtete eine dünne blaue Linie, in dem anderen eine in klarem, hellem Grün. Jedesmal, wenn er ihre Augen ansah, erfüllte ihn wieder andächtiges Staunen. Kein Mitglied des Volkes hatte jemals solche Augen gehabt. Sie waren das Zeichen der Großen Mutter selbst, das sie nur ihren Auserwählten zuteil werden ließ.

Offenbar schwebte sie in einem Zustand irgendwo zwischen Wachen und Schlafen, wie sie es so oft tat, manchmal mitten in ihren Unterhaltungen. Während der Zeit der Unterweisungen hatten sie oft und lange miteinander geredet, die Worte waren in einem nicht enden wollenden Strom über ihre Lippen geflossen, wie getrieben von einer Dringlichkeit, die sie ihm nicht enthüllen durfte, als sei sie entschlossen gewesen, alles weiterzureichen, wie unbedeutend es auch sein mochte, alles, was er brauchen oder sie geben konnte.

Sie schien jetzt zu schlafen. Ihr Brustkorb hob und senkte sich schwach, aber regelmäßig. Vorsichtig legte She-Ya beide Schnitzwerke auf ihre Brust, wo ihre Finger sie leicht ertasten konnten, wenn sie aufwachen würde. Schon bald würde sie das Leben loslassen, das sie so energisch festgehalten hatte, und als er das begriff, widerstrebte es ihm, sie zur Großen Mutter zurückkehren zu sehen.

Sein ganzes Leben lang hatte er ihre Magie für sich gewollt, doch jetzt, am Ende, erkannte er die Verantwortung, die mit der Magie einherging. Er war nicht länger nur er selbst, er gehörte nun vollständig dem Volk und der Mutter. Das Geheimnis – daß schon bald die Große Wanderung beginnen und das Volk zu fernen Ufern führen würde – gehörte sowohl ihm als auch ihr. Er war sich im unklaren darüber, welche Rolle die Mammutsteine bei all dem spielen würden, doch seine Befehle waren klar und deutlich: Der Stein – denn auf der Wanderschaft würde es nur einen einzigen geben – durfte nicht von einem Mann berührt werden. Nur eine Tochter der Großen Mutter persönlich, von ihr gezeichnet – ein blaues, ein grünes Auge –, konnte den Mammutstein aufnehmen und seine ganze Kraft benutzen. Doch die reine Gegenwart des Steins, der sorgsam im Herzen des Volkes bewahrt und bewacht werden sollte, reichte aus, um sie auf ihrer Wanderschaft zu führen.

She-Ya hatte das gemeinsam mit Ga-Ya geträumt, und er wußte, daß es so geschehen würde. Doch obgleich er den Traum mit ihr geteilt hatte, hatten sie nicht wirklich das gleiche gesehen. Sie hatte klar durch die Nebel der Zeit geblickt, wo ihm lediglich ein verschwommenes Verständnis der Jahrtausende, um die es ging, zuteil geworden war. Wenn er an die lange Wanderung dachte, maß er sie an der Spanne der Mondwanderungen. Zeitspannen von ›Jahrhunderten‹ zu denken, lag außerhalb seiner Vorstellungskraft.

Während er auf Ga-Ya hinabblickte, vergaß er all das. Nur seine Liebe zu ihr blieb. Zärtlich reichte er zu ihr hinunter und streichelte ihre alte Stirn.

»Mutter«, wisperte er.

Jäh riß sie ihre Augen auf. Erschrocken zog er seine Hand zurück. Ihr Blick versengte ihn, doch wenn er sich später diesen Moment ins Gedächtnis rief, glaubte er nicht mehr, daß dieser Blick tatsächlich ihm gegolten hatte.

Wie kleine Feuer brannte ihr Blick in ihrem Gesicht. Plötzlich bog sie ihren Rücken durch, und ebenso plötzlich entspannte sie sich wieder, wie ein kleines Tier, dessen Knochen mit einemmal zerschlagen wurden.

Er erkannte, was er sah, und Trauer so schwarz wie die Nacht überflutete ihn.

Ihre Lippen bewegten sich, und er beugte sich zu ihr hinunter. »Mutter . . .«, hauchte sie. Einen Moment lang wollte es ihm scheinen, daß sie ihm noch etwas zu sagen versuchte, doch keine weiteren Laute kamen mehr über ihre Lippen.

Nach einer Weile richtete er sich auf. Er starrte auf ihr Antlitz hinab, das im Tod irgendwie sanfter, jünger war. Ihre Augen standen immer noch weit offen, doch das Licht war aus ihnen gewichen. Behutsam streckte er die Hand aus, berührte die alte Haut ihrer Lider und schloß ihre Augen.

Leise sang er ein paar Minuten vor sich hin, um sich dann zu erheben und aus der Höhle zu treten.

Es würde ein großes Lied werden.

KAPITEL ZWEI

Nordosten der Vereinigten Staaten: 17997 v. Chr.

Der gewaltige, dröhnende Lärm erschütterte die kalte Luft, wie er es Tausende von Jahren zuvor schon getan hatte und noch viele tausend Jahre tun würde. Haut lugte beklommen in Richtung Norden. Er kannte dieses tiefe Donnergrollen von klein auf, war damit vertraut, doch immer noch machte es ihm angst. Er hob eine Hand empor, und der Stamm, nicht ganz hundert Männer, Frauen und Kinder, die mit ihm auf Nahrungssuche waren, hielt an.

Alter Zauber, der direkt hinter Haut ging, kam zu ihm nach vorne, einen Ausdruck der Verständnislosigkeit auf dem Gesicht. »Warum bleibst du stehen?« fragte er. Ein eisiger Nordwind zerrte an der Kapuze aus Fell, die sein Antlitz umschloß.

Haut drehte sich um und blickte dem älteren Mann ins Gesicht. »Kannst du es nicht riechen?« wollte er wissen.

Alter Zauber wandte sich von ihm ab und kniff die Augen gegen den Wind zusammen. Mit zeremonieller Langsamkeit wandte er sich nach Norden, dann nach Osten, wo das Große Licht jeden Morgen wiedergeboren wurde, daraufhin nach Süden und schließlich nach Westen. Während er den Kreis beschrieb, zuckte seine breite, flache Nase. Er fuhr sich mit der Zunge über die Lippen, nickte nachdenklich und deutete dann schnurstracks geradeaus. »Wasser«, verkündete er. »Da.«

Ein gedämpftes freudiges Gemurmel wurde hinter seinem Rücken laut. Der Stamm war viele Licht- und Dunkelzeiten gewandert, ohne eine gute Quelle zu finden, an der sie die groben Ledersäcke, die sie mit sich trugen, wieder hätten auffüllen können. Doch einen Ort mit Wasser gefunden zu haben bedeutete mehr für sie, als nur einfach ihren Durst löschen zu können. Sie würden an einen Ort gelangen, an dem die großen Tiere, die sie jagten, sich versammelten.

Und für Haut bedeutete die Aussicht auf Wasser und Fleisch sogar noch mehr. Vielleicht würde das Volk des Mammuts, wenn das Glück ihm hold war, einen Platz finden, an dem es eine Zeitlang siedeln konnte. Er brauchte diese Zeit. Seine Frau, Baum, war wieder schwanger. Ihre letzten beiden Kinder, beide männlichen Geschlechts, waren Totgeburten gewesen. Haut spürte die ersten Anzeichen des Alters in seinen Knochen. Er wollte einen lebenden Sohn haben, bevor es zu spät war.

Hoffnung stand in seinen weit geöffneten schwarzen Augen, als er das Zeichen zum Weitermarsch gab. Das Volk schulterte Bündel und Zeltstangen und schwankte vorwärts. Selbst die Jüngeren vermochten den feuchten Geruch in der Luft auszumachen.

Baum verließ ihren Platz bei den Frauen und kleineren Kindern und lief, bis sie an Hauts Seite war. Eine stumme Frage lag im Blick ihrer dunklen Augen.

»Vielleicht«, teilte Haut ihr mit. »Wir werden sehen.«

Dieser Marsch hatte zehnmal die Finger einer Hand an Lichtzeiten zuvor begonnen, als das Volk seinen Siedlungsort im Tal des Sandes verlassen hatte, nachdem die nahe gelegene Quelle versiegt war. Mit dem Verschwinden des Wassers hatte es auch kein Jagdwild mehr gegeben; die Frauen hatten in ihren Schlingen keine der winzigen Kaninchen und Bodeneichhörnchen mehr gefangen, die bis dahin tief im Schutz des Tundragrases genistet hatten, und die Männer, die auf die Jagd gingen, hatten weder die Fährte von Bison, Mammut oder dem langhornigen Karibu gefunden, die einst den kleinen Flußlauf regelmäßig aufgesucht hatten. In Zeiten der Not und der Entbehrung gewonnene Erfahrung hatte dem Volk gesagt, daß es sich bereitmachen mußte, erneut auf Wanderschaft zu gehen. Als Alter Zauber drei Tage lang mit dem heiligen Stein verschwunden war, hatten sie gewußt, daß es schon bald sein würde.

Das Volk des Mammuts hatte sich niemanden zum Stammesführer erwählt, nicht einmal Alten Zauber mit all seinem Wissen über die Geister der Erde und des Himmels und des Feuers.

Vielmehr verhielt es sich so, daß derjenige, der in einem bestimmten Fall der geeignetste war, sie zu führen, dies auch tat; Haut hatte sie in der Vergangenheit schon erfolgreich bei anstrengenden Wanderungen geführt. Es war eine ganz natürliche Entscheidung gewesen, ihn auch dieses Mal wieder mit dieser Aufgabe zu betrauen. Nun, da der dreiundzwanzigjährige, im mittleren Lebensabschnitt stehende Mann vorsichtig an der Spitze seines Volkes schritt, verspürte er ein vages Gefühl der Befriedigung. Der Geruch des Wassers drang ihm in die Nase, und er stellte sich vor, das sanfte Plätschern des glitzernden Naß zu hören, wenn es über rundgeschliffene Steine floß. Wieder einmal hatten sein Wissen und seine Erfahrung zum Erhalt seines Volkes beigetragen. Bald würde es jedoch an der Zeit, die Verantwortung abzugeben und einem anderen die Führung zu überlassen. Vielleicht Speer, dem besten ihrer Jäger, oder Stein, der die kostbaren Klingen aus Feuerstein und Chalzedon fertigte, die die Spitzen der Waffen des Volkes bildeten. Selbst Feuer wäre einem seßhaften Volk ein besserer Führer als Haut, der indes nichts Schlimmes daran fand, diese Tatsache zuzugeben. Bald würde Haut sich wieder in seine ihm vertraute Rolle als Fährtenleser und Jäger schicken, neben dem Feuer liegen und Geschichten erzählen und auf die Geburt seines Sohnes warten.

Bald, betete er stumm, während sein Blick über den langgezogenen, sanft ansteigenden und mit kurzem braunen Gras bewachsenen Hügel schweifte, der vor ihnen lag. Seine Nase war in diesem Fall besser als seine Augen. Er konnte das Wasser riechen, bevor er es sah. Dies war einer der Gründe, warum er den Wanderzug anführte: Für das Volk gab es keine kostbarere Fähigkeit als die, Wasser aufzuspüren.

Als der Stamm die langgestreckte Erhebung inmitten der endlosen braunen Tundra langsam erklomm, konnte Haut ganz deutlich das Geräusch des Wassers vernehmen. Es existierte nicht länger nur in seiner Phantasie. Das tiefe, gurgelnde Plätschern erfüllte ihn mit Hoffnung; mit Sicherheit eine große Quelle, möglicherweise gar ein kleiner Fluß. Er lächelte in sich hinein, erfüllt von einem Gefühl der Zufriedenheit. Mit weit ausgreifenden Schritten strebte er vorwärts, begierig darauf, den Ursprung jener Wassergeräusche auch mit Augen zu sehen, so daß er sich beinahe dreihundert Stocklängen vom übrigen Stamm befand, als er endlich den höchsten Punkt erreichte und abrupt zum Halten kam. Ein Ausdruck ungläubigen Staunens machte sich auf seinem flachen Gesicht breit.

Das Herz klopfte ihm in der Brust. Er konnte nur dastehen und hinuntersehen; das Rumoren aus dem Norden, der immer gegenwärtige Wind, sogar das Volk selbst war vorübergehend vergessen.

»Oh, ihr Geister des Wassers!« flüsterte er leise den Gottheiten zu, die ihn führten, ein Gebet tiefempfundender Dankbarkeit. Auch diese Seite des Hügels war hoch oben mit dem braunen Gras der Tundra bewachsen. Doch weniger als zweihundert Stocklängen weiter den Hang hinab endete die Steppe. Dahinter schien die Welt in zwei Hälften geteilt. Mindestens einhundert Stocklängen tief fiel der Felsen steil ab und in der Ferne ragten ebenso hohe Steinkolosse zum Himmel auf. In der Mitte erstreckte sich von Norden nach Süden ein weites Tal. Immer noch war das Wasser seinem Blick verborgen, doch Haut wußte, daß es zumindest ein kleiner Fluß war, der dort in der Tiefe in seinem Bett dahinfloß. Und doch war es nicht dieses Wissen, was ihn ein Gefühl freudiger Erregung empfinden ließ. Was ihn so beeindruckte, daß er in atemloser Stille dort stand, war das, was er tief unten im Tal erspähte.

Bäume. Aber es waren Bäume, wie er sie in dieser Art und dieser großen Anzahl noch nie gesehen hatte.

Alter Zauber schloß zu ihm auf und blieb lange Zeit schweigend neben ihm stehen. Haut konnte hören, wie er ein- und ausatmete, konnte das leise, reibende Kratzgeräusch in der Brust des alten Mannes vernehmen. Er wandte sich um, blickte dem Schamanen ins Gesicht und fragte: »Was ist das? Sie sehen wie Bäume aus, aber ich habe noch nie zuvor solche Bäume gesehen.«

Alter Zauber rieb sich über das Kinn, während er die Augen verengte und angestrengt das Tal beobachtete, als handle es sich um ein fremdartiges Tier. Schließlich schüttelte er den Kopf.

»Das sind Bäume«, verkündete er. Die Feststellung schien ihn nicht gerade glücklich zu machen.

Haut verspürte einen kurzen Anflug von Ärger. Alter Zauber war der weise Mann des Stammes, doch manchmal, besonders nun, da er älter wurde, verkündete er nicht nur die Botschaften der Geister, sondern auch die offensichtliche Wahrheit, die jedermann mit eigenen Augen sehen konnte, als handle es sich um ein großes Geheimnis.

»Ja«, sagte Haut. »Bäume. Aber sie sind fremdartig, anders. Was ist mit ihren Geistern? Sprechen ihre Geister zu dir, Schamane? Heißen sie das Volk willkommen?«

Alter Zauber wandte sich ihm zu. In seinen dunklen Augen spiegelte sich das Licht der hochstehenden Mittagssonne wider, und Haut dachte bei sich, daß der alte Mann in diesem Moment jünger aussah als in all den letzten Jahren. Alter Zauber grinste, seine Lippen teilten sich, gaben den Blick frei auf einen zahnlosen Mund. »Du bist zu ungeduldig, Haut. Wir werden hier unser Lager aufschlagen. Wenn ich fertig bin, werde ich es dich wissen lassen.«

»Was ist mit dem Wasser?«

»Ich weiß nicht«, beschied ihn Alter Zauber. »Ich werde lauschen, was die Geister sagen.«

Haut verspürte eine Woge von Glück. »Kannst du diese Geister denn hören?«

Alter Zauber nickte. »Natürlich«, sagte er. »Ich bin der Schamane.«

Haut entspannte sich. Natürlich. Der schwache Anflug von Zweifel, der ihn zuvor überfallen hatte, war vergangen. Ein Gefühl von Wärme liebkoste seinen Rücken, als die Strahlen der Sonne selbst die sorgsam genähten Felle zu durchdringen schienen, die er trug. Über seinem Kopf erstreckte sich der Himmel in schier endlosem Blau. Die Dinge lagen nun nicht länger in seiner Verantwortung. Er nickte.

»Natürlich«, sagte Haut.

Alter Zauber wandte sich ab. Schon näherte sich ihm Geist, der junge Mann, den er seit vielen Monden unterwiesen hatte; er trug den heiligen Stein und das Bündel mit den anderen

Werkzeugen ihres Zaubers. Haut schritt zu den Frauen zurück und legte seinen rechten Arm um Baums massige Schultern. Die Frau lehnte ihren Kopf an ihn und sagte: »Wir sind einen langen Weg gegangen. Sind wir zu Hause?«

Haut nickte. »Ich glaube schon«, erwiderte er. Er sah an ihr vorbei auf den grünen Teppich und die fremdartigen Geister hinab. Wer wußte schon, welcher Empfang dem Volk dort zuteil werden mochte? Doch Alter Zauber konnte mit jenen Geistern sprechen – er behauptete das zumindest –, und wenn dem so war, würde alles gut werden.

So gut, wie es nur werden konnte. Das Plätschern des Wassers klang ihm laut in den Ohren. Er drückte Baums warme braune Schulter und ließ den Blick zu der deutlichen Wölbung ihres Leibes wandern.

Von weit her drang Donnergrollen an seine Ohren, und Haut preßte für einen Moment die Lippen aufeinander.

»Ich hoffe es zumindest«, sagte er dann.

Alter Zauber ließ sich in seinem Zelt nieder – eine runde Decke aus Karibufellen, die über ein Holzgestell gebreitet war, hier und da von einem sorgsam ausgewählten Rentierhorn verstärkt. Da er hier nur für kurze Zeit zu rasten gedachte, hatten er und Geist es nicht in die Erde eingegraben, wie sie es getan hätten, wenn sie beabsichtigt hätten, sich auf Dauer niederzulassen.

Nun saß er vor dem Eingang des Zeltes und starrte in das Feuer, das sie entzündet hatten. Besorgnis lag in seinem Blick. Er hatte Geist zum Rand der Klippen ausgeschickt, die sich über jenem seltsamen neuen Land tief unten emporreckten, damit er zu jenen schattenhaften Wesenheiten spräche, die dort weilten. Alter Zauber neidete ihm diese Gabe nicht, sondern bewunderte seine Weisheit. Er wußte jedoch sehr wohl, daß Geist in anderer Hinsicht noch recht unreif und wahrhaft nicht weise war. So brachte er den Jägern und ihrem Tun Mißachtung entgegen, ja sogar Stein, der die Klingen fertigte, die für das Überleben des Volkes so wichtig waren. Er schien körperliche

Anstrengungen als unter seiner Würde zu betrachten, als stehe er durch den ständigen Umgang mit den Geistern auf irgendeine Weise über denen, die sie vollbrachten.

Das war, wie Alter Zauber wußte, ein gefährlicher, aber verlockender Wahn. Er selbst war ihm in seiner Jugend einmal erlegen – doch der Schamane, der ihn unterwiesen hatte, hatte ihn am Ende auf den richtigen Weg gebracht, auf dem die Geister und das Volk einträchtig zusammenwirkten, jeder auf seine Art, zum Ruhme des anderen.

Geist war zurückgekehrt und hatte berichtet, daß die Geister des Grünen Tals zu ihm gesprochen hatten, und Alter Zauber zweifelte die Berichte, die sein Schüler ihm übermittelt hatte, nicht an, aber er verstand die Worte der fremden Geister nicht.

Er befand sich in einer mehr als verzwickten Lage. Das Volk erwartete von ihm, daß er sagte, ob die Geister des Grünen Tals ihnen wohlgesonnen waren, und er hatte keine Antworten für sie bereit. Als er den ersten Blick auf das wogende Meer von Grün unter dem Klippenrand geworfen hatte, hatte er nichts als Verblüffung verspürt. Die fremdartigen Bäume, die leuchtend grünen Farben, selbst die silbrig-weißen Wolken, die er in der Ferne erspäht hatte, glichen nichts, was er jemals gesehen hatte. Das alles hatte ihn mehr erschreckt, als er zugeben mochte.

In weit zurückreichenden Überlieferungen des Volkes, die er in Form von Gesängen und Geschichten in sich trug, gab es Andeutungen, daß das Volk schon früher auf neue, erschreckende Dinge gestoßen war und sie bewältigt hatte. Geschichten über die Große Eisschlucht und die mächtigen Jäger, die dem Volk in seinen Notzeiten beigestanden hatten, kamen ihm in Erinnerung, genauso wie andere, geheimere Legenden von den Taten seiner eigenen Vorfahren, der Schamanen, die in ununterbrochener Linie an den Anfang selbst zurückreichten, zu ihr, der Mutter des Volkes.

Er schüttelte sich und zog die Felle zum Schutz gegen den Wind enger um sich, der mit dem Untergehen der Sonne an Kraft gewonnen hatte. Heftige, unberechenbare Böen wirbelten um sein Zelt und peitschten das kleine Feuer, das daraufhin jäh aufflackerte. Es knisterte und knackte und ließ kleine Funkenregen emporsteigen, die ihn ein wenig an die Dinge erinnerten, die er in seinen Träumen sah.

Und das war genau das, was er jetzt brauchte, entschied er: einen Traum. Obwohl ihm als Mann der unbeschränkte Zutritt zur Traumzeit verwehrt war, war ihm doch hin und wieder wenigstens ein kurzer Einblick vergönnt. Manchmal fand er dort, was er suchte, manchmal nicht. Noch einmal bedachte er die furchteinflößende Entscheidung, die er bald treffen mußte. Sosehr er sich auch davor fürchtete, er mußte den letzten Schritt tun und den heiligen Stein an den neuen Ort bringen. Konnte er auch die Geheimnisse dieser neuen Geister nicht entschlüsseln, so vermochte es doch vielleicht die Große Mutter selbst.

Er schwankte langsam vor und zurück, den Blick auf das Feuer gerichtet. Ohne sein Zutun stieg ein Gesang in ihm hoch: »O Mutter«, tönte es leise aus ihm, »o Große Mutter, höre mich an.«

Diese Worte wiederholte er ein ums andere Mal, rhythmisch, ohne Melodie, und der Klang seiner Worte tröstete ihn. Über ihm leuchteten unzählige Sterne am Firmament; schwache, silbrige Lichter, die dem aufgehenden Mond huldigten.

Es war eine Zeit der Magie; sowohl seiner eigenen als auch der dieses neuen Ortes, der Großen Mutter selbst. Er konnte es spüren, wie sie ihn umschloß wie ein vage glühender Nebel. Und schließlich, als sein Gesang verstummte und nichts mehr blieb als das Donnern von Norden, das Knistern und Zischen des Feuers und das Heulen des Windss, fühlte er noch etwas anderes: den Ruf der Großen Mutter.

Sorgsam darauf bedacht, seine alten Knochen nicht mehr als nötig zu strapazieren, erhob er sich und kroch ins Zelt zurück.

Hier war der Ruf stärker, als Alter Zauber etwas in die Hände nahm, das zum Schutz in Felle eingeschlagen war.

Der Mammutstein.

Also würde es am Ende doch nicht seine eigene Entscheidung sein.

Der Großen Mutter sei Dank! Sie wachte immer noch über ihrem Volk.

»Stell den Windschutz hier auf«, wies Haut seine Frau Baum an. Sie standen an einer flachen Mulde in der Steppe, einer Vertiefung von nicht mehr als zwei Fuß vielleicht. Unweit von ihnen erteilte Stein seiner Frau, Gras, ähnliche Anweisungen.

Baum bewegte sich träge, von der schweren Last ihres schwellenden Leibes behindert; nach einer Weile grunzte Haut einmal und kam ihr zur Hilfe. Das hier sollte nur vorübergehend ihr Lager werden, nur so lange, wie Alter Zauber brauchte, um zu entscheiden, ob das Volk das eigenartige Grüne Tal betreten sollte oder nicht. Haut hatte nicht die geringste Ahnung, wie lange Alter Zauber brauchen würde, um seinen Entschluß zu fassen; es hing davon ab, wann die Geister zu ihm sprachen.

Das Gepäck, das die Frauen auf Travois gebunden gezogen hatten, lag verstreut und ungeordnet umher. Nur Alter Zauber hatte sich, von Geist unterstützt, die Mühe gemacht, sein richtiges Zelt aufzuschlagen – doch Haut hatte das nicht anders erwartet. Mit den Geistern, das war bekannt, gab man sich am besten in aller Heimlichkeit ab, wo sie sich unter vier Augen mit dem Schamanen unterhalten konnten. Der Rest des Volkes sah allerdings keinen Sinn darin, ein Lager aufzuschlagen, um es kurze Zeit später schon wieder abzubrechen.

Haut machte sich an seinem eigenen Gepäck zu schaffen und holte mehrere lange, gehärtete Holzpfähle hervor. Während er sich damit beschäftigte, hob Baum, keuchend vor Anstrengung, mehrere kleine Löcher in der kaum aufgetauten Tundraerde aus; fünf Löcher, jedes etwa einen Fuß vom anderen entfernt. Als sie die Arbeit beendet hatte, ließ sie sich schwerfällig auf den Boden fallen und blies sich eine lange Strähne schwarzen Haars aus dem schweißglänzenden Gesicht. »Fertig«, sagte sie, auf die Löcher deutend. »Tief genug, denke ich.«

Haut nickte und trug einen der Holzpfähle herbei. Er prüfte den Grund, steckte sich den Zeigefinger in den Mund und hielt ihn in die Luft. Die Seite, die als erste kalt wurde, zeigte ihm die Richtung an, aus der der Wind blies. Er hatte den Vorgang bereits mehrmals wiederholt, und die Windrichtung hatte sich nicht geändert; er kam immer noch aus Norden, doch die Windstärke hatte im Verlauf des Tages abgenommen.

Zufrieden rammte Haut das dicke Ende des Pfahls in das dafür ausgehobene Loch. Der Pfahl hatte schon beinahe genug Halt, doch als Haut wegging, um den nächsten zu holen, beugte sich Baum ächzend vor, um lose Erde um den Pfahl zu schichten und anzudrücken, damit er ganz fest saß.

Die beiden setzten ihre Bemühungen fort, bis fünf robuste Pfähle nebeneinander aufgereiht waren. Als sie fertig waren, holte Haut mehrere rauh gegerbte Häute aus dem Bündel. Der Gerbprozeß hatte die Häute weich genug gelassen, um sie noch falten zu können, sie aber auch ihrem Zweck entsprechend robust und steif gemacht. Mit dünnen Streifen geflochtener Haut befestigte Baum die Felle an dem Holzgestell. Sobald der Windschutz aufgebaut war, machte sich Haut auf die Suche nach zwei lebensnotwendigen Dingen: Stein und Holz. Das erste für eine Feuerstelle, das zweite, damit man in dieser Feuerstelle auch etwas zu verbrennen hatte.

Als er mit der ersten Ladung zurückkehrte, hatte Baum schon das Bündel weicher, sorgsam gegerbter Bisonfelle auseinandergerollt, das ihnen als Bettstelle diente. Er nickte zufrieden, während er die Steine zu einem kleinen Kreis vor dem Windschutz auslegte.

»Bald habe ich auch Holz«, sagte er. Dann sah er Baum prüfend an. »Geht es dir gut?«

Sie nickte. »Es wird trotzdem nicht mehr lange dauern«, antwortete sie. »Dein Sohn bewegt sich wie ein Jäger. Er tritt hart wie im Kampf um sich.« Sie lächelte. »Nicht mehr lange.«

Haut hörte unterschwellige Besorgnis aus ihrer Stimme heraus. Irgend etwas war nicht in Ordnung, aber sie würde ihm nicht sagen, um was es sich handelte. Es überraschte ihn nicht. Die Geheimnisse und die Geburt neuen Lebens waren den Frauen und der Großen Mutter vorbehalten. Keinem Mann würde man gestatten, Zeuge des heiligen Vorgangs zu werden, damit die Geburt nicht durch die Augen eines Mannes entweiht würde. Haut seufzte und hoffte, daß alles gutgehen würde.

Zärtlich sah er seine Frau an. Baum hatte sich auf den Fellen niedergelassen und löste die Knoten, die ihren Umhang geschlossen hielten, so daß ihre Brüste, prall vor Milch und glänzend vor Schweiß, hervorquollen. Er hielt sie für schön, und einen Moment lang richtete sich sein Penis unter seiner Kleidung auf und wurde steif. Sie las den Gedanken in seinen Augen und schüttelte den Kopf. Haut hätte sie trotzdem nehmen können und hätte es zu einem anderen Zeitpunkt vielleicht auch getan, aber nach dem Tod seiner anderen Söhne war ein merkwürdiger Gedanke in seinem Kopf gereift. Konnte es sein, daß die Geister sich durch solche Dinge beleidigt fühlten? Er war sich nicht sicher, aber diesmal war er sehr vorsichtig gewesen. Seit fast zwei Monden hatte er Baum nicht mehr mit seinem Samen gefüllt, seit sie ihn in der Dunkelheit auf ihrer Bettstelle abgewiesen und gesagt hatte: »Nein, Haut. Es tut weh.«

Die Welle der Lust verebbte so plötzlich, wie sie gekommen war. Die Geburt seines Sohns war bei weitem wichtiger als die Befriedigung seines momentanen Verlangens. »Du bleibst hier«, sagte er sanft. »Ich hole das Holz.«

Drei Tage später sollte sich die Sorge, die er hegte, verstärken.

Alter Zauber war allein gegangen, sehr zum Mißfallen von Geist. Er hatte nur ein paar Schlaffelle, ein wenig Trockenfleisch, ein kleines Bündel mit den Utensilien, die er zu benötigen glaubte – und natürlich den Mammutstein mitgenommen, der sicher in seine Schutzhüllen gewickelt war.

Was Alter Zauber Geist nicht gesagt hatte – weil er es ihm nicht sagen konnte –, war, daß er Angst hatte. In seinem ganzen langen Leben – und es war ein sehr langes Leben; er war beinahe fünfzig – hatte er noch nie zuvor einer solchen Herausforderung gegenübergestanden. Die Geister, mit denen er bis jetzt gesprochen hatte, waren alle mehr oder weniger gleich gewesen: Geister des Grases, Geister der Bäume, des Eises, des Mammuts und Bisons, des Steppenlöwen und Wolfes. Allesamt vertraute Geister. Nun sah er sich etwas vollständig Neuem gegenüber – und als er am Rand der breiten Klippen hoch über dem Tal stand und sich einen Weg hinab suchte, zitterten seine Knie, und sein Herz pochte. Als er schließlich, nachdem er mehrere hundert Stocklängen nach Westen gegangen war, eine schmale Klamm in dem Felsüberhang fand und seinen rechten Fuß auf den zerklüfteten, steinigen Pfad nach unten setzte, vollbrachte er vielleicht die tapferste Tat seines Lebens.

Er rutschte und kletterte den steilen Weg hinunter, stürzte zweimal fast ab, so daß er fast befürchtete, die seltsamen Geister, die in diesem Tal hausten, würden ihn vernichten, noch bevor er auch nur einen Fuß in ihr Reich gesetzt hätte.

Aber ein paar Minuten später gelangte er auf einem Plateau fast am Fuße der Klippen an. Gespannt und still stand er da, wartete, doch immer noch geschah nichts. Schließlich stieß er den Atem in einem gewaltigen Seufzer der Erleichterung aus. Wenn ihm die Geister hier feindlich gesonnen sein sollten, nun, bislang hatten sie es noch nicht gezeigt. *Aber,* so dachte er, während er sich langsam um die eigene Achse drehte, um sich zu orientieren, *diese Geister hier haben auch das Gegenteil noch nicht gezeigt.* So hatte er nicht den geringsten Grund – außer vielleicht der Hoffnung auf sein eigenes Überleben –, sie für wohlgesonnen zu halten.

Während sich schließlich sein altes Herz beruhigte und seine Beine zu zittern aufhörten, begann er seine Umgebung in Augenschein zu nehmen. Ein Teil des Geheimnisses, das die Magie umgab, war, wie er sehr wohl wußte, schlichte Beobachtungskunst; ein Schamane wurde dazu erzogen und erzog sich sein ganzes weiteres Leben selbst dazu, *mehr* zu sehen als andere. Das erste, was ihm auffiel, war die Windstille. Er blinzelte. Ja, der Wind war fort. Er konnte immer noch sein langgezogenes, seufzendes Klagen hören, doch hier unten, einhundert Fuß unterhalb des eisig kalten Tundrahochlands, geschützt von dem hohen Klippenüberhang, war die Luft ruhig. Und warm.

Warm! Vorübergehend war er verwirrt. Dann trat er einen Schritt zurück und legte seine Hand an die Felswand. Der dunkle Stein war an dieser Stelle fast zu heiß, um ihn zu berühren. Er begriff sofort. Da es keine Luftbewegung gab, um ihn abzukühlen, und da er nach Süden hin lag, Großen Licht entgegen, saugte der Felsen Hitze auf wie ein Schwamm. Er wußte, daß der Fels selbst nach Einbruch der Dunkelheit noch von dieser Wärme abgeben würde. Er spähte nach oben.

Der Felsenüberhang ragte bis weit über das Plateau hinaus. Alter Zauber stellte eine schnelle Schätzung an und kam zu dem Ergebnis, daß vielleicht zwanzig Fußbreit des Bodens unter dem Überhang auf diese Weise geschützt waren. Es würde ein ideales Lager für das Volk abgeben, besser als alles, was er jemals erblickt hatte.

Falls die Geister ihnen gestatteten, hier ihr Lager aufzuschlagen.

Schließlich wandte er seine Aufmerksamkeit von den Klippen ab und spähte in das Tal selbst hinab.

Er stand auf einem breiten Plateau, das ungefähr dreißig Fuß weiter vorne endete. Das laute Plätschern von fließendem Wasser trieb ihn weiter. Vorsichtig legte er den Weg über den Felsuntergrund zurück, wich unbekannten, leuchtend grünen Gewächsen aus, die in Felsspalten wuchsen, bis er schließlich das Ende des Plateaus erreicht hatte. Er sog den Atem durch die Zähne ein und machte den letzten Schritt.

»Ohhh . . .«, flüsterte er.

Der Fels schien hier wie mit dem Messer abgeschnitten. Er fiel senkrecht ab und eröffnete den Blick auf eine Szenerie von überwältigender Schönheit, nicht ganz sechs Fuß unter ihm. Zu seiner Rechten sprudelte eine Vielzahl von Quellen direkt aus dem Felsen. Das Wasser dieser Quellen vereinte sich schnell und sammelte sich vielleicht weitere drei Fuß tiefer in einem großen, klaren See, um an dessen entgegengesetztem Ende wieder abzulaufen und sich seinen weiteren Weg zu suchen. Ohne jeden Zweifel wußte Alter Zauber, daß diese Quellen niemals versiegen würden, daß dieser See im Winter nicht zufrieren würde. Kleine, pfeilschnelle Schatten glitzerten unter der leicht gekräuselten Wasseroberfläche des kleinen Sees, und der Wissensdurst der Schamanen erweckte den Wunsch in ihm, hier einfach Rast zu machen und die Schatten aus dem Wasser zu fischen, einfach nur, um sie anzusehen und herauszufinden, wie sie gestaltet waren.

Dann fiel sein Blick auf ein weiteres Wunder: Auf dem gegenüberliegenden Seeufer war die Erde schlammig und ohne Grasbewuchs. Er machte die Fährte des Mammuts, des Bisons und sogar – furchtsam – die des Löwen aus. Die Spur verlief parallel zum anderen Ufer des Flusses, um sich gen Osten zu verlieren.

Wärme, Schutz, Wasser, Nahrung!

Nie zuvor hatte das Volk einen Flecken gefunden, der ihnen so gute Möglichkeiten bot zu überleben. Plötzlich fuhr dem Schamanen ein Gedanke durch den Kopf; bedächtig drehte er sich erneut um die eigene Achse, auf der Suche nach ganz bestimmten Spuren. Einmal hielt er inne und starrte lange und aufmerksam hin, schüttelte dann jedoch den Kopf. Diese Knochen waren schon alt und teilweise durch heruntergefallene Felsbrocken zermalmt.

Endlich gestattete er sich einen weiteren Seufzer der Erleichterung. Nichts, was er erblickte, deutete auf die Gegenwart von anderen Stämmen oder Jägern hin. Sollte er nichts finden, das das Gegenteil bewies, sah es so aus, als sei sein Volk als erstes auf diesen Ort gestoßen. Der Gedanke überraschte ihn nicht sonderlich. Er persönlich hatte nur einmal in seinem Leben einen anderen Stamm zu Gesicht bekommen, und das war in seiner frühesten Jugend gewesen, viele Meilen und Jahre weit weg. Niemand außer ihm selbst lebte mehr, um sich daran zu erinnern. Alle anderen waren längst in die ewige Stille der Tundra gewandert. Er wußte, daß die Jüngeren über Geschichten von anderen Stämmen lachten, und selbst die Erwachsenen hielten solche Erzählungen möglicherweise teils für Mythen, teils für Träume. Er wußte es besser und war froh, keine Spuren möglicher Rivalen zu finden.

Nun hob er den Blick, um das Land am anderen Flußufer zu betrachten. Der zerstampfte Schlamm ging in Land über, auf dem Gras wuchs, das so leuchtend grün war, daß seine Augen bei dessen Anblick schmerzten, und noch ein Stück weiter jene fremdartigen Bäume. Es waren Bäume, daran bestand kein Zweifel, aber solche, die er noch nie gesehen hatte. Ihre Stämme waren, ganz anders als die der knorrigen Kiefern, die er kannte, dick und mit tiefen Runzeln durchzogen. Die Blätter – wenn es denn Blätter waren – wuchsen dicht und schwer an den Ästen, so breit wie die Handspanne eines Mannes. Und hoch waren diese Bäume!

Alter Zauber legte den Kopf in den Nacken, bis er ihre Wipfel sehen konnte. Von der Klippenspitze aus hatten sie wie große grüne Wolken ausgesehen, die das Tal beschatteten. Hier unten bemerkte er zum ersten Mal, was für Giganten sie in Wahrheit waren.

Was für mächtige Geister mußten in diesen Bäumen wohnen!

Diese Überlegung ließ ihn plötzlich wieder seiner Aufgabe gedenken. Es waren die Geister dieser Bäume und auch die anderen neuen Geister, die hier lebten, denen er begegnen und mit denen er sprechen mußte. Bevor er nicht entschieden hatte, ob diese neuen Geister seinem Volk willkommen heißen würden, konnte er keinem von seinen Leuten den Zugang zu dem, was auf den ersten Blick als Paradies erschien, gestatten.

Denn genau das war das Tal: ein Ort des Traums auf Erden, ein Reich der Legende, des Großen Geheimnisses.

Er schüttelte den Kopf. Zu früh, um *daran* auch nur zu denken. Selbst Geist wußte nichts von dem Geheimnis, obwohl Alter Zauber glaubte, daß die Zeit nahte, wo er davon würde erfahren müssen.

Ich werde alt, dachte er. *Meine Zeit geht zu Ende. Doch es muß noch ein letztes Zeichen geben, bevor . . .*

Erneut verbannte er den Gedanken, obwohl sein Herz angesichts der Möglichkeiten freudig hüpfte.

Alles schön nacheinander. Er rückte sein Schulterbündel zurecht und wanderte westwärts, um die Quellen zu umgehen, und so als erster seines Volkes den Fuß auf den Boden des Grünen Tals zu setzen und dem ins Auge zu blicken, was ihn dort erwarten mochte.

Wenn denn die Geister es gestatten sollten.

Doch selbst fremdartige Geister, so sprach er sich Mut zu, müssen sich der Großen Mutter und ihrem Willen beugen.

Er trat in den Wald, hielt nur kurz inne, um seine Hand über die moosbewachsenen, zerfurchten Oberflächen der Baumstämme gleiten zu lassen. Doch nichts sprach zu ihm zu diesem Zeitpunkt, und so setzte er, immer noch ängstlich, aber von wachsender Hoffnung erfüllt, seinen Weg in die Stille unter den Baumriesen fort.

Oben vom Klippenrand aus hatte er etwas weit vorne ausgemacht, das er sich näher ansehen wollte. Wenn die Geister an irgendeinem Ort weilen würden, dann dort.

»Aieeee!«

Ein Gebet an die Große Mutter auf den Lippen, in dem sie ihr für ihre zahllosen Gaben dankte, hatte Alte Beere sich schlafen gelegt. Mit vierzig Jahren war sie die älteste von den Frauen des Volkes. Mit ihrem Wissen über die Gräser und Nagetiere, über das Kochen und die Pflanzen war sie Altem Zauber beinahe ebenbürtig. Und tatsächlich besprach sich der alte Schamane oft mit ihr – sie hatten viel gemeinsam, nicht zuletzt schmerzende Muskeln und brüchige Knochen.

Sie hatte drei Ehemänner und neun Kinder an die Große Mutter zurückgegeben. Und doch zählten noch sechs Angehörige des Volkes zu den Früchten ihres Leibes, und einer von ihnen, Haut, sollte sie bald mit einem Enkelkind beglücken. Das hoffte sie zumindest. Doch der jähe, gequälte Schrei, der sie in der dunklen Stunde vor der Morgendämmerung weckte, erfüllte sie mit Furcht. Sie wußte, was er bedeutete. Fast ohne nachzudenken, sprang sie aus ihrem Bett im Zelt der Frauen und begann den jungen, unverheirateten Frauen, deren schattenhafte, schlafende Gestalten um ihre eigene Bettstatt herum versammelt waren, Befehle zuzuraunzen.

»Steht auf! Aufwachen! Raus aus den Schlaffellen, ihr faulen Mädchen.«

Murrend begannen die Gestalten sich zu rühren. Alte Beere widmete ihnen keine weitere Aufmerksamkeit. In der Dunkelheit fanden ihre tastenden Finger das Bündel, das sie gesucht hatte. Sie hatte in Erwartung des bevorstehenden Ereignisses bereits alles vorbereitet. Nun benötigte sie nur einen kurzen

Augenblick, um sich das Bündel mit allem, was sie brauchte, über die Schulter zu werfen.

Sie hielt kurz inne, um einer der immer noch schlafenden Gestalten einen Fußtritt zu versetzen. »Blüte! Steh auf. Hilf den anderen mit den Schirmen!«

Ohne einen Blick zurückzuwerfen, stürzte Alte Beere aus dem Zelt und wandte ihre Schritte Hauts Windschutz zwei Lagerstätten weiter unten zu.

»Aieeee!«

Baums fürchterlicher Schrei ließ Haut aus seinen Schlaffellen auffahren; seine Hand langte unwillkürlich nach dem Speer. Er brauchte ein paar schlaftrunkene Sekunden, um festzustellen, woher Gefahr drohte: keine Tiere, kein Feuer, aber etwas, das er zugleich ersehnte und fürchtete. Die Zeit der Geburt war gekommen!

Er wandte sich um und starrte seine Frau an. Noch ein herzerweichender Schrei entrang sich ihren Lippen, so daß Haut zurückzuckte. Sie bog ihren Rücken mit einemmal durch, hob Leib und Hüften hoch empor, so daß sie aussah, wie die gebogenen Stangen, über die die Zeltfelle gelegt wurden.

Zu hoch! Ihre früheren Geburten waren – ungeachtet ihrer erschütternden Ergebnisse – nie so gewesen.

Zitternd berührte er ihre Stirn. Heiß! Und auch trocken wie brennender Sand. Irgend etwas war ganz und gar nicht in Ordnung. Und er wußte, daß er, wie alle anderen Männer, vollkommen hilflos war, wenn die Große Mutter beschlossen hatte, daß es für die Frau Zeit war, zu gebären.

Er kroch aus der Schlafstatt und taumelte auf seine Füße. Er floh aus dem Unterstand, torkelte unsicher in der Finsternis umher, bis irgend etwas gegen ihn prallte.

»Aus dem Weg!«

»Beere! Baum ... Ich weiß nicht ... Sie schreit ...«

Alte Beere schob ihn resolut beiseite. In dieser Angelegenheit war sie die Überlegene. Kein Mann durfte sich ihr nun in den Weg stellen.

»Beweg dich!« knurrte sie. »Geh zu den anderen Männern!« Dann wurde ihre Stimme sanfter. »Versuch dir nicht zu viele Sorgen zu machen, mein Sohn.«

Stumm nickte Haut seiner Mutter zu, um dann beiseite zu treten und sie vorbeizulassen. Sie würdigte ihn keines weiteren Wortes, schob sich nur an ihm vorbei, als existiere er nicht mehr.

»Aaaaaghhhhaa!«

Das Blut in seinen Adern gefror ihm zu Eis, als er auf ein anderen Windschutz zutaumelte. Stein war bereits auf, rief nach Feuer, damit dieser Holzscheite anzünden solle. Haut gesellte sich zu ihm. Stein, ein paar Jahre älter, klopfte ihm sanft auf die Schulter. Keiner der Männer sagte etwas.

Nun lag alles in der Hand der Großen Mutter.

KAPITEL DREI

Das Grüne Tal, Nordosten der Vereinigten Staaten:
17997 v. Chr.

»Pressen!« befahl Alte Beere hart, und ihre Lippen berührten fast Baums Ohr. *»Du mußt pressen!«*

Baum, die wieder einen klaren Moment hatte, hechelte wie ein Hund; Schweiß strömte über ihr Gesicht. »So schwer . . .«, konnte sie hervorstoßen.

Alte Beere nahm ein Stück getrocknetes Moos und tupfte damit Stirn und Wangen der gepeinigten Frau ab, wo dünne Blutrinnsale aus ihren Mundwinkeln sickerten. Sie hatte sich so heftig auf die Lippen gebissen, daß das rohe Fleisch hervortrat.

Das Kind kam unter größten Schwierigkeiten. Alte Beere schielte über Baums sich hebenden und senkenden Brustkasten hinweg zu Blatt hinüber, die ihren Blick mit wissender Traurigkeit erwiderte. Die beiden Frauen, die ältesten ihres Volkes, hatten so etwas schon zuvor gesehen. Und fast immer war der Tod das Ergebnis gewesen; entweder für das Kind oder für die Mutter oder auch für beide.

Die übrigen Frauen drängten sich um sie, schirmten Baum vor den kalten Morgenböen ab, die von Norden her über die Tundra bliesen. In weiter Ferne stöhnte der Eiswall unheilverkündend, ein drohender Unterton zu dem Jagdgesang, den die Männer um ihr eigenes Feuer herum angestimmt hatten.

Die Lippen von Alter Beere verzogen sich verächtlich. *Männer!* Sie wußte, was ihnen durch den Kopf ging. Sie sangen, um ihre Furcht zu verbergen.

Und sie tun gut daran, Angst zu haben, dachte sie. Sie mochten ja Jäger sein, mächtige Fährtensucher und Speerwerfer – doch die großen Geheimnisse von Geburt und Tod gehörten den Frauen allein. Wer sonst brachte die Neugeborenen in die Welt und bereitete die Körper der Toten für ihre Reise zur Großen Mutter vor?

Wir tun das, dachte sie grimmig.

»Aahhaaa!«

Baums leises, ersticktes Stöhnen brachte die Gedanken von Alter Beere wieder zu ihrer jetzigen Aufgabe zurück. »Pressen«, flüsterte sie. »Du mußt es herauspressen.« Als Baum, deren Haut ganz kalt und feucht geworden war, der Aufforderung nachzukommen versuchte, nickte Alte Beere Blatt zu. »Mehr Felle«, sagte sie. »Versucht sie warmzuhalten.« Grimmig neigte sie den Kopf in Richtung der anderen Frauen. »Sorg dafür, daß diese faulen Mädchen das Feuer schüren!«

Haut streckte die Hand aus und berührte Steins Schulter. Die Männer hatten sich in einem weiten Kreis um zwei Feuerstellen versammelt, die Feuer aus dem Tontopf, den er überall mit sich herumtrug, entzündet hatte. In dem Topf, von Moospolstern geschützt und genährt, glommen die Kohlenstückchen, die dem Volk Wärme spendeten.

Die Männer waren schließlich des Singens überdrüssig geworden und hatten sich nun, während das Martyrium ein paar Schritte weiter weg fortdauerte, ins Geschichtenerzählen gestürzt. Stein hatte gerade eine Zote über Hauts erste Mammutjagd zum besten gegeben, und die anderen Männer lachten darüber und versuchten so, das Gefühl drohenden Verhängnisses zu verdrängen, das sie alle verspürten.

»Das dauert schon ziemlich lange«, sagte Haut.

Stein nickte, und sein braunes Gesicht blickte ernst. Er biß in ein Stück Dörrfleisch, kaute und schluckte, bevor er Antwort gab. »Sehr lange.«

»Ich wünschte, Alter Zauber wäre hier.«

Beide Männer warfen einen kurzen Blick auf das Zelt, das still und verlassen neben dem von Alter Zauber und jenseits des Kreises stand, den ihre eigenen Lagerstätten bildeten. Geist war heute noch nicht herausgekommen, noch nicht einmal, um ein

Feuer in der Herdstelle vor seiner Behausung zu entfachen. Die Männer wunderten sich darüber. Geist war anders als Alter Zauber – wilder, schneller, zu plötzlichen, unerklärlichen Launen neigend. Aber der Umgang mit den Geistern verwandelte jene, die mit ihnen sprachen, und Geists Macht bei seinen Namengebern war wohlbekannt. Aber auch dieses Wissen machte es nicht einfacher, mit ihm auszukommen. Im stillen befand Haut für sich, daß es keine Eile damit haben sollte, daß Alter Zauber zur Großen Mutter zurückkehrte – aber er wäre nie so vermessen gewesen, diesen Gedanken laut auszusprechen.

»Aaagghhhh!«

Haut erschauerte. Schon stand die Sonne drei Schritt hoch am blauen Morgenhimmel, und immer noch hielten die entsetzlichen Schreie aus seinem Unterstand an. Die Ahnung, daß etwa Unheilvolles drohte, verstärkte sich immer mehr; nie zuvor hatte Baum so gelitten, auch nicht bei Geburt seiner zwei toten Söhne. Alter Zauber war fort, und Geist zog es vor, sich nicht blicken zu lassen. Die Anzeichen ließen das Schlimmste befürchten. Selbst die Entdeckung des Grünen Tals erregte ihn nicht mehr. Wer wußte schon, welche Neuigkeiten Alter Zauber bringen würde? Vielleicht waren die neuen Geister dem Volk feindlich gesonnen, und selbst wenn Baum am Leben bleiben und ihm einen Sohn schenken würde, müßten sie doch möglicherweise weiterziehen.

Plötzlich sagte Stein: »Erinnerst du dich noch daran, als Feuer und Speer in Streit darüber gerieten, wessen Geister mächtiger seien?«

Haut ließ sich auf die Felle zurückfallen. »Ja«, antwortete er und zwang sich, die anderen anzugrinsen. »Die Geschichte ist sehr komisch. Erzähl sie.«

»Ugh! Ughughugh!«

Von Schmerzen und Erschöpfung geschwächt, vermochte Baum nur noch zu grunzen – eine Reihe kurzer, gurgelnder Geräusche, die das Herz von Alter Beere erstarren ließen. Die

Haut der jungen Frau fühlte sich unter ihrer Berührung kalt und genauso glitschig wie ein Fischbauch an. Baums Augen waren völlig verdreht, so daß nur noch das gelbliche Weiß ihrer Augäpfel zu sehen war.

Es wird jetzt bald vorüber sein, dachte Alte Beere. *Auf die eine oder auf die andere Art.*

Zwei der jüngeren Frauen spreizten Baums muskulöse Beine und hielten sie fest, als die Wehen schneller und schneller kamen. Draußen drehte sich der Wind ein wenig, und eine Bö blies scharfen, beißenden Rauch in den Unterstand. Obwohl ihre Augen davon schmerzhaft tränten, ließ Alte Beere sich nicht ablenken. Ihre Blicke klebten an der Stelle, wo Baums Schenkel zusammentrafen – sie hatte bestimmte Zeichen erblickt und wollte sicherstellen, daß die jungen Mädchen, von denen so manches noch nie bei einer Geburt dabeigewesen waren, sie auch sahen.

»Seht«, befahl sie mit scharfer Stimme, »wie die Öffnung sich verändert – *da*. Seht genau hin, ihr dummen Mädchen.«

Und tatsächlich war die Scheidenöffnung plötzlich angeschwollen, als ein kleiner, dunkler, blutiger Schatten dort erschien. »Ahhh«, machten die beiden Mädchen, die Baums Beine hielten.

»Weiter!« befahl Alte Beere. »Macht dem Jungen Platz!« Sie hatte immer noch keine Ahnung, welchen Geschlechts dieses Kind war, aber von ihm als Mädchen zu sprechen, wenn es ein Junge war, konnte es für immer mit einem Fluch beladen, selbst jetzt noch, wo es aus dem Bauch seiner Mutter in die Welt glitt.

Baum bog sich unvermittelt nach hinten. Ihre Zähne knirschten aufeinander, die Augen waren weit aufgerissen. Als es dann geschah, geschah es mit erstaunlicher Schnelligkeit.

»Aieee!« Als Baum den kurzen, schrillen Schrei ausstieß, beugte Alte Beere sich vor und drückte ihr mit aller Kraft auf den Bauch. Der Kopf des Kindes schoß aus Baum hervor wie ein Stück Fleisch, das aus dem Mund eines Jägers ausgespuckt wird. Rasch folgte der Rest des winzigen Körpers, und Alte Beere streckte die Hände aus, um das Neugeborene aufzufangen.

»Das Messer!« befahl sie. Sie hielt das heilige Messer bereits seit mehreren Sonnenumläufen bereit; Stein hatte eigenhändig die wundervoll geschlagene Schneide noch weiter vervollkommnet, bis sie scharf genug war, ein Haar von Alter Beere in der Luft zu zerteilen. Nun reichte Blatt das Messer der älteren Frau, die es ergriff und ein kurzes Gebet an die Große Mutter richtete. Es war ein magischer Moment, dieser Augenblick, wenn die Nabelschnur, die die Mutter und ihren Sohn verband, durchtrennt wurde.

Und es war wirklich ein Sohn, wie Alte Beere feststellte, als sie einen einzigen sicheren Schnitt machte und damit das Kind ein für allemal in der Welt willkommen hieß.

»Hier«, sagte sie und gab Blatt den Jungen, so daß sie den Säugling von Blut und Schleim säubern und ihn in schon zurechtgelegte Felle wickeln konnte. Dann wandte sie sich in der Erwartung, die Entspannung zu sehen, die gewöhnlich einer erfolgreichen Geburt folgte, wieder Baum zu. Doch als sie Baum ansah, wurden ihre Augen vor Erstaunen groß. Baums Kiefer klafften weit auseinander, ein lautloser Schrei äußerster Qual. Ihr Leib war steif wie ein Stock.

Rasch fuhren Alter Beeres erfahrene Hände über Baums Bauch, drückten und kneteten. Dann blickte sie wieder auf. »Blatt!« flüsterte sie. »Es kommt noch ein zweites!«

Blatt reichte das Neugeborene an eine andere Frau weiter und beugte sich vor, um Alter Beere zur Seite zu stehen. »Weiter festhalten!« fauchte Alte Beere die beiden Mädchen an, die Baums Beine losgelassen hatten. »Festhalten, hab' ich gesagt, ihr dummen Mädchen!«

Düster starrte Geist auf die heruntergelassene Zeltklappe seiner Behausung. Warm genug war es ihm, wie er dort zurückgelehnt auf seinem Bett aus Pelz und Gras lag, doch er fühlte sich innerlich aufgewühlt.

Die Nacht zuvor hatte er geträumt, und immer noch konnte er sich keinen Reim auf die Botschaft machen, die die Geister ihm hatten zukommen lassen. Geist war immer noch ein junger

Mann, erst sechzehn Jahre alt, und doch war er schon seit zwei Jahren der Schüler des Schamanen. Seine Lippen verzogen sich zu einem mürrischen Schmollmund.

Man sollte meinen, daß der alte Narr mir mittlerweile vertraut, dachte er. *Aber weit gefehlt, er stopft mir mit kleinen Häppchen Wissen in den Mund und behält die großen Geheimnisse für sich.*

Es gab da Geheimnisse, daran hegte Geist keine Zweifel, große Geheimnisse, die ihrer Enthüllung harrten. Viele Male hatte er unangekündigt den alten Mann bei seinen Ritualen unterbrochen, hatte Gegenstände gesehen, die rasch versteckt worden waren, hatte Gesänge vernommen, die ihm niemals beigebracht worden waren. Aber wenn er Fragen darüber gestellt hatte, was er gesehen und gehört hatte – wobei er versucht hatte, seine Miene unbeteiligt und unschuldig aussehen zu lassen –, hatte Alter Zauber ihn mit vagen Ausflüchten wie »später« und »wenn die Zeit kommt« abgespeist.

Die Geheimnisse des Alten nagten an ihm. Was dachte sich der alte Narr denn dabei? Warum warten? Es war ja nicht so, daß der Schamane jünger wurde – er hatte bereits eine weitaus längere Lebensspanne hinter sich als irgend jemand sonst aus dem Volk, war sogar älter als Alte Beere. Und auch diese Greisin kannte Dinge, die ihm verheimlicht wurden. Er war sich dessen sicher, und er haßte die flüchtigen, verächtlichen Blicke, die sie für ihn übrighatte.

Und nun stand sie in all ihrer Herrlichkeit der Zeremonie der Geburt eines weiteren Kindes vor. Dieser Augenblick der Magie war ihm vorenthalten, doch als einzigem Schamanen – nun, als Schüler des Schamanen und damit dem zukünftigen weisen Mann des Volkes – schuldete sie ihm zumindest die Höflichkeit, ihn zur Kenntnis zu nehmen. Und doch begegnete sie ihm mit Mißachtung, und als bei Baum die Wehen eingesetzt hatten, hatte man nicht eine einzige Frau zu seinem Zelt geschickt, um ihm von dem Verlauf der Geburt zu berichten.

Auch hier galt es, Geister zu besänftigen. Die Geburt mochte ja den Frauen allein gehören, doch wenn das Kind einmal auf der Welt war, konnte nur der Schamane die Zauber bewirken, die die Geister dazu bewegten, den Neuankömmling willkommen zu heißen, die Geister, die jeden einzelnen Augenblick im Leben des Volkes bestimmten.

So gärte also Zorn in Geist, während er in seinem Zelt wartete und die qualvollen Schreie von Baums Kreißen hörte und dachte: *Gut. Das geschieht ihnen recht!*

Auch ihm fiel auf, daß die Geburt entsetzlich lange währte. Könnte es etwas mit seinen seltsamen Träumen in der vergangenen Nacht zu tun haben?

Eine interessante Idee. Er lehnte sich zurück und dachte eingehend darüber nach.

Die Luft im Innern des Zeltes roch nach Blut und Schweiß und feuchten Fellen und Rauch, ein Gestank, der so durchdringend war, daß sich Alter Beere der Magen umdrehte. Doch sie unterdrückte ihre wachsende Übelkeit und holte mit Händen, die schlüpfrig waren vor lauter Blut, den zweiten winzigen Kopf aus Baums Geburtskanal.

»Gut«, murmelte sie schließlich, als das leichte Wesen schließlich in ihre wartenden Hände fiel. Ganz anders als das Erstgeborene, trat dieses zweite Kind wild um sich. Ein Mädchen. Ein kostbares Geschenk der Großen Mutter also – denn obwohl in den Augen der Männer des Volkes nur Jungen richtig geschätzt wurden, wußte Alte Beere doch um die Bedeutung der Frauen für den Stamm. So geringschätzig man auch von ihnen denken mochte, hielten sie doch das Schicksal des Volkes zwischen ihren Schenkeln, ganz gleich, was irgendeiner dieser prahlerischen Jäger auch schwätzen oder denken mochte. Nicht einmal ihre eigenen Söhne sprachen gut über sie.

Sie reichte Blatt das Kind, die sich gewissenhaft darum kümmerte. Der Junge schrie im Hintergrund, ein robuster, gesunder Laut. Das Mädchen jedoch gab, obwohl es kräftig um sich trat, keinen Laut von sich, und sein Gesicht war rot wie die Beeren, denen die alte Frau ihren Namen verdankte. Die winzigen Äuglein waren zu Schlitzen verengt, und es schwenkte die kleinen Fäuste durch die Luft, schien dagegen zu protestieren, daß es aus der warmen, dunklen Behaglichkeit der Leibeshöhle vertrieben worden war.

Eine Kämpferin, dachte Alte Beere. Gut. Das wird sie sein müssen.

Sie langte nach unten, um bei der Reinigung von Baums Körper zu helfen, und in diesem Augenblick erkannte sie das drohende Unheil. Die Katastrophe nahm ihren Lauf in Form eines endlosen, langsamen, pulsierenden Stromes von heißem Blut. Die scharlachrote Flüssigkeit breitete sich schnell aus, benetzte die Finger von Alter Beere, sickerte auf die Felle unter Baums entspanntem Körper.

Zu entspannt. Alte Beere kannte diese Schlaffheit. Sie streckte schnell die Hand aus und fühlte an Baums Hals nach dem regelmäßigen Pulsschlag, der dort hätte sein sollen, wohl wissend, daß sie ihn nicht ertasten würde.

Ein schwaches Liderflattern, rasch wie der Flügelschlag eines Vogels – dann erlosch selbst das wie die letzten glühenden Aschestücke eines Feuers.

»Moos«, sagte sie schroff. »Viel Moos.«

Sie wußte, daß es keinen Zweck hatte, und doch mußte sie es versuchen. Sie arbeitete verbissen, selbst als das kleine Mädchen schließlich ein kräftiges Heulen ausstieß.

Es ist nicht nur Unheil über uns gekommen, redete Alte Beere sich zu und fürchtete den Moment, in dem sie ihrem Sohn würde gegenübertreten müssen. *Zumindest gibt es zwei neue Angehörige des Volkes. Selbst wenn ihre Mutter tot ist – die Große Mutter ist gut zu uns gewesen.*

Nach mehreren Minuten angestrengter Bemühungen um das Leben von Baum stieg ihr der Geruch abrupt entleerter Gedärme in die Nase, und sie ließ von ihrem Tun ab. Heute würden Freude und Trauer unter dem Volke herrschen.

Langsam richtete sie sich auf; sie spürte jeden einzelnen Tag ihres langen Lebens in der Steifheit ihres Rückens, im Knirschen und Knacken ihrer Knie- und Schultergelenke. »Säubert sie«, trug sie den jüngeren Frauen auf. »Macht sie bereit für die Rückkehr.« Sie seufzte. »Ich werde es den Männern mitteilen.«

Sie stapfte mühsam zum Rand ihres Kreises und blieb stehen.

»Jemand soll Geist holen«, sagte sie fast beiläufig. »Wir werden ihn bald benötigen.«

Insgeheim wünschte sie, daß Alter Zauber hier wäre, doch gewisse Dinge mußten ohne Aufschub vollbracht werden. Weder mochte sie den Schüler des Schamanen, noch traute sie ihm über den Weg, doch das spielte keine Rolle, angesichts der Tatsache, daß die Geister besänftigt werden mußten. Und widerwillig mußte sie zugeben, daß der junge Mann diese Pflicht gut erfüllte.

»Gebt sie mir«, ordnete sie an, und die beiden winzigen, schreienden, in Felle gewickelten Bündel wurden in ihre Arme gelegt. Sie wiegte sie ein wenig und lächelte, als sie die kleinen Gesichter betrachtete. Der Junge öffnete die Augen und sah sie an, wohl ohne sie wirklich wahrzunehmen; seine Augen zwei glänzende schwarze Knöpfe in seinem runden Gesicht.

»Boo boo«, flüsterte Alte Beere leise und pustete ihm sanft in die Nasenlöcher; das brachte Glück. Die Augen des Mädchens blieben fest geschlossen.

Alte Beere seufzte, als sie die beiden Säuglinge nach draußen brachte, damit ihr Vater sie begutachten konnte. Das Mädchen würde seine Augen schon früh genug öffnen – und später, wenn es eine Frau geworden wäre, würde ihm wahrscheinlich nicht gefallen, was es damit sah.

Doch alles war nach dem Willen der Großen Mutter, und so akzeptierte Alte Beere es. Sie mußte es akzeptieren. Sie hatte keine Wahl.

Als sie das Zelt verließ, erhob sich Wehklagen hinter ihr, so daß sie ihre Schritte beschleunigte – aber nicht aus Furcht. Sie nahm es nur hin. Das ganze kurze, heftige, von Gewalt begleitete Leben des Volkes wurde von diesem Wehklagen überschattet. Dies war ihr Lied. Ein Lied des Lebens – für die, die noch lebten.

Und ein Lied des Todes – für die, die nicht mehr lebten.

Geists Lippen verzogen sich zu einem bitterkalten, triumphierenden Lächeln, als der Klang des Todesliedes durch die Wände seines kleinen Zeltes sickerte. Höchstwahrscheinlich hatte Baum, wie schon zweimal zuvor, ein weiteres stummgeborenes

Kind auf die Welt gebracht. Er war nicht überrascht. Durch ihre Weigerung, ihn rechtzeitig zu rufen, wurden solche Dinge unvermeidlich. Die Frauen in ihrer Überheblichkeit als Wächterinnen des Geburtsgeheimnisses vergaßen, daß ohne die Magie der Geister selbst der Schutz der Großen Mutter nicht ausreichte.

Sie würden ihn bald genug rufen. Widerwillig wälzte er sich aus seinen Fellen, die Kälte ließ ihn zittern. Ganz anders als die anderen des Volkes war Geist sehr dünn, und ihm fehlten die dicken Fettschichten unter der Haut, die gegen die schlimmste Kälte schützten. Dies war nur eins der vielen Dinge, die ihn von den übrigen seines Volkes unterschieden, ihn als ›anders‹ brandmarkten. Auf diese Eigenheiten war er letztendlich mehr als stolz, denn sie hatten ihn vor einem Leben in wahrem Elend gerettet.

Alles, woran er sich aus frühester Kindheit erinnern konnte, waren Schläge und Spott von seiten der übrigen Jungen. Kleiner als die anderen und mager wie ein Grashalm, war er die natürliche Zielscheibe grausamer Scherze und harter Spiele gewesen. Das allein war schon schlimm genug gewesen. Doch dann, im Alter von zwölf Jahren, als die anderen sich im Gebrauch von Speer und Axt geübt hatten, war er während einer Jagd zu Boden gestürzt und auf dem Rücken liegengeblieben und hatte wie ein stacheliges Schwein gegrunzt – und sein Leben war zu einem entsetzlichen Alptraum geworden.

Und was das schlimmste war, daß er selbst sich nicht mehr an diesen Vorfall zu erinnern vermochte. Sein Vater, ein grobschlächtiger Mann mit Namen Löwe, der sich bereits ob des weibischen Sohns, den er gezeugt hatte, zu Tode schämte, erzählte ihm nichts von dem, was geschehen war. So kam es dazu, daß er völlig alleingelassen war, gemieden und in panischen Schrecken versetzt, als die anderen Jungen ihm »Dämon! Böser Geist!« nachgerufen und abfällige Gesten hinter seinem Rücken gemacht hatten.

Das war der Zeitpunkt gewesen, als seine Träume eingesetzt hatten. Da ohnehin niemand mit ihm sprach, war es nicht schwer gewesen, die Träume für sich zu behalten. Doch er hätte sie auch sonst mit niemandem geteilt, denn die Träume waren das einzig Schöne in seinem erbärmlichen Leben.

Die Träume! Zu Anfang waren es nur Farbblitze gewesen, so grell, daß sie ihm den Atem verschlugen. Dann später, waren die Träume klarer geworden, er hatte fremdartige Wesen gesehen, die um ihn herum tanzten und manchmal gar mit ihm redeten, in einer Sprache jedoch, die er nicht verstand. Er war zu jung und zu unwissend, um die Bedeutung der Träume begreifen zu können. Die wunderlichen Wesen, halb Mensch, halb Tier, die in seinem Schlaf zu ihm kamen – und manchmal sogar in seinen wachen Momenten –, waren für ihn nichts anderes als Gestalten, die willens waren, ihn als Gleichgestellten zu behandeln. Zumindest *sprachen* sie mit ihm, wenn niemand sonst dies tun wollte.

Sein Leben in Hohn und Spott dauerte noch für ein weiteres elendes Jahr an. Er fand sich mit einem Dasein als verachteter Außenseiter ab und rechnete stets damit, ganz und gar vom Volk verstoßen, zurückgelassen zu werden, um allein zu jagen oder zu sterben – bis sein Leben eine Wende nahm. Er hatte sich angewöhnt, hinter den anderen Jungen herzuschleichen, wenn sie kleinere Tiere jagten, ihre Bewegungen nachzuahmen und in der Einsamkeit seines Herzens so zu tun, als gehöre er noch zu ihnen. Die Jungen stürzten hinter hakenschlagenden Hasen her, stellten sich dabei vor, daß sie das große Mammut oder, noch schrecklicher, den langzahnigen Löwen jagten, dessen Klauen so lang wie die voll ausgestreckte Hand eines Mannes waren. Er folgte ihnen mit etwa zwanzig Stocklängen Abstand, und die Sonne brannte auf ihn hinunter, und sein Geist war voll von quälender Sehnsucht.

Ein Hase sprang aus dem dichten Gras hoch und eilte, in dem Bestreben, seinen Jägern zu entkommen, einen Hang hinab, der ursprünglich die Uferböschung eines Flusses gewesen war, jetzt jedoch, nachdem das Wasser versiegt war, nur eine knochentrockene, zerklüftete Wunde in der sanften Hügellandschaft der Tundra darstellte. Lachend und schreiend stürzten die anderen Jungen hinter dem Tier her, ihre Speere schwenkend.

Als er den Rand der Senke erreichte, blieb er, der Außenseiter stehen und beobachtete das Spiel der anderen zu seinen Füßen, das sich zu einem ausgelassenen Ringkampf entwickelt hatte. Der Hase war nirgends zu sehen. Sehnsüchtig betrachtete er das Gerangel, und in diesem Moment wollte er nichts so sehr, wie nach unten eingeladen zu werden, sich den anderen anschließen zu können.

Dann ergriff die Schwärze wieder Besitz von ihm, und blind und zuckend kullerte er den Abhang hinunter, mitten zwischen die entsetzten Jungen.

Als er erwachte, herrschten Hitze und Schmerz und Dunkelheit. Das Geräusch langsamen, schweren Atmens ganz dicht bei ihm erschreckte ihn. Zuerst dachte er, er wäre in die Höhle irgendeines Tiers verschleppt worden. Und dann glaubte er, was ihn noch mehr entsetzte, daß er tot sei und ein bösartiger Geist neben ihm hockte, der darauf wartete, sein Herz zu fressen.

»Ahhh!« flüsterte er und versuchte sich aufzusetzen. Die Bewegung sandte einen glühendheißen Schmerzstich durch den geschwollenen Klumpen, der sein linkes Knie war. Als er sich erhob, immer noch blind, berührte ihn eine breite, warme Hand an der Stirn und drückte ihn sanft wieder aufs Lager.

»Bleib liegen, Kleiner Junge«, sagte eine freundliche Stimme. »Du bist in Sicherheit.«

Diese Stimme kannte er. Alter Zauber, der Schamane des Volkes. Doch warum war er hier? Und warum war das Zelt so dunkel?

Seine Lippen bewegten sich, um die Worte zu formen, doch Alter Zauber hatte begonnen, ein leises Lied zu singen, und dessen Klang war so tröstlich und besänftigend, so friedvoll, daß Kleiner Junge – denn so lautete sein erster Name, und die Jäger hatten ihm nie einen anderen verliehen – mit einem dankbaren Seufzer zurücksank und einschlief; er genoß dieses Gefühl der Sicherheit, das er nicht mehr verspürt hatte, soweit er sich zurückerinnern konnte.

»Ich möchte etwas mit dir bereden«, sagte Alter Zauber.

Es war fast eine Woche, nachdem Kleiner Junge gestürzt war. Die Pein in seinem Knie war zu einem dumpfen, pochenden Schmerz geworden. Mit Hilfe einer groben Krücke war er in der Lage, zu stehen, ja sogar vor das Zelt zu humpeln, um seine Bedürfnisse zu verrichten. Alter Zauber überprüfte den großen Umschlag faulig riechenden Mooses, den er jeden Tag von neuem auf das verletzte Knie packte, und an jenem Tag nickte er zufrieden. »Nicht vollkommen«, erklärte er, »aber du wirst kein Krüppel bleiben. Vielleicht wirst du ein bißchen hinken, und es wird noch schmerzen, wenn die Kälte und der Schnee kommen, aber nicht schlimm.«

Das Fell, das den Eingang des Geisterzeltes verdeckte, wurde weit zurückgerissen, so daß das schwache, gelbliche Sonnenlicht hereinströmte. Der Schamane hockte sich hin und beäugte den Jungen nachdenklich. »Du träumst, wußtest du das?« wollte Alter Zauber von ihm wissen.

Wie eine Faust schloß sich die Angst um das Herz von Kleiner Junge. Träumen, das war doch sein Geheimnis. Aber wie konnte der Schamane von seinen Träumen wissen?

Etwas von seinen Gedanken mußte sich auf seinen verkniffenen Zügen widergespiegelt haben, denn Alter Zauber lächelte beruhigend. »Du sprichst im Schlaf, Kleiner Junge. Ich höre zu. Das ist eine der Aufgaben, die ein Schamane hat. Zuhören.« Er nickte vor sich hin.

Kleiner Junge schüttelte den Kopf. Also hatte Alter Zauber sein Geheimnis entdeckt. Was würde nun geschehen? Eine weitere Brandmarkung als böser Geist? Vielleicht die endgültige Ausstoßung aus dem Volk? Mit einemmal kümmerte das alles Kleinen Jungen nicht mehr. Ein Hauch von Trotz schwang in seiner Stimme mit. »Ja«, sagte er. »Ich habe Träume. Viele Träume.«

»Aha«, entgegnete Alter Zauber. »Erzähl mir von deinen Träumen.«

Und so geschah es, daß Kleiner Junge schließlich von seinem Elend erlöst wurde. Der Schamane hörte – wie er es versprochen hatte – der langen und unzusammenhängende Erzählung von Kleiner Junge über die seltsamen Wesen genau zu, die seinen Schlaf bevölkerten. Alter Zauber schien besonders interessiert an jenen Momenten zu sein, wenn Kleiner Junge diese Wesen mit offenen Augen erblickte, im Licht des Tages. Schließlich schien der Schamane zufrieden zu sein. Er beugte sich dicht zu Kleiner Junges Gesicht vor, lächelte und sagte: »Ich werde dir jetzt etwas erzählen.«

Ein wenig ängstlich erwiderte Kleiner Junge den Blick von Altem Zauber. »Was?«

»Dein Name ist nicht länger Kleiner Junge.«

Verwirrung. Wenn er nicht mehr Kleiner Junge war, wer war er dann? »Ich verstehe nicht.«

Das Grinsen des Alten wurde jetzt breiter. »Ich werde dir einen neuen Namen geben. Dein Name ist jetzt Geist. Gefällt er dir?«

Gelähmt von der Macht seines neuen Namens, fiel Geist die Kinnlade herunter. Er nickte bedächtig.

»Gut«, meinte Alter Zauber. »Dein Name ist Geist – und du gehörst mir. Denn wenn ich heimgegangen bin, wirst du der neue Schamene sein.«

Und so wurde Kleiner Junge vom niedrigsten in den höchsten Stand erhoben. Es war nicht seine Schuld, daß die Rettung ein kleines bißchen zu spät gekommen war. Etwas in seinem Herzen, das einst weich gewesen war, war schwarz und hart geworden, und die Zeit würde diesen Klumpen nur härter brennen. Er selbst bemerkte nie, daß er etwas verloren hatte, doch später begann Alter Zauber, den Verlust zu ahnen.

Geist kümmerte das nicht. Er hatte die Geister selbst, er würde mächtig sein unter dem Volk. Eines Tages. Nachdem Alter Zauber gegangen wäre.

Was schneller der Fall sein mochte, als manch einer glaubte.

Alte Beere sah Haut in die Augen und erklärte feierlich: »Baum ist zur Großen Mutter zurückgegangen, mein Sohn. Ich teile deinen Schmerz mit dir.«

Sorgfältig beobachtete sie Hauts Antlitz. Der jüngere Mann

nickte, als habe er das, was sie ihm mitteilte, bereits geahnt. In seinen dunklen, überschatteten Augen lag ein fragender Blick. Sachte streckte Alte Beere die Arme und zeigte ihm die Bürde, die sie mit sich trug.

Jetzt lächelte Haut, denn wenn Baum auch tot war, so war ihr Tod doch nicht umsonst gewesen.

»Zwei, mein Sohn. Zwei starke Kinder. Ein gesundes Mädchen – und ein Junge!«

Haut konnte nichts gegen die Freude tun, die ihn erfüllte. Der Tod von Baum, seiner langjährigen Gefährtin, betrübte ihn, doch es würde andere Frauen geben. Aber ein Sohn! Sein Geist würde weiterleben, in den Muskeln und Knochen dieses kleinen Wesens, das Alte Beere ihm entgegenhielt. Behutsam nahm er das Bündel in seine Arme und beugte sich mit leuchtenden, dunklen Augen darüber. Zwei ebensolche Augen erwiderten seinen Blick.

»Goo«, machte er leise. »Goo goo.«

Hinter ihm lachte einer der Männer. Schon war – so wollte es Alter Beere scheinen – Baums Tod vergessen, und die Frauen hatten nicht einmal ihr Todeslied beendet. Das Wichtige war der Junge, den Haut auf den Armen hielt.

Männer!

»Du hast auch eine Tochter«, sagte sie, und ein Anflug von Verärgerung klang in ihren Worten mit. »Hier. Möchtest du sie nicht auch sehen?«

Haut blickte auf. »Ein Mädchen?« Er schien verwirrt, all sein Denken war auf seinen Sohn gerichtet.

»Richtig, ein Mädchen. Gesund, Stark. Sie tritt wie eine Löwin.«

Fast widerwillig gab Haut die Last auf seinem Arm an Alte Beere zurück und streckte die Hände nach dem kleinen Mädchen aus. »Sieh doch«, sagte Alte Beere. »Sie lächelt.«

Und tatsächlich, die Lippen des kleinen Wesens waren gespannt wie ein Bogen.

Haut wiegte sie hin und her. »Was ist los? Schläft sie? Warum öffnet sie ihre Augen nicht?«

Und wie auf ein Stichwort zuckten die Lider der Kleinen, um

sich dann langsam zu heben. Klaren Blickes sah sie ihrem Vater in die Augen.

Haut erschauerte bis ins Mark. Ohne nachzudenken, drückte er das Mädchen wieder Alter Beere in die Arme, die das kleine Bündel ergriff, damit es nicht zu Boden fiel.

»Was ist denn los?«

»Aiee! Ihre Augen! Sieh dir nur ihre Augen an!«

Alte Beere beugte sich über die Kleine. Und dann stockte ihr plötzlich der Atem.

Zwar war Baum bei der Geburt dieses Kindes gestorben, doch Alte Beere war sicher gewesen, all die erforderlichen Rituale erfüllt zu haben, um die Große Mutter zu besänftigen. Doch nun erkannte sie, daß sie gescheitert war. Irgend etwas war auf entschiedene und entsetzliche Weise fehlgeschlagen. Baums Tod war dafür nur das erste Zeichen. Das zweite hielt sie in ihren Armen.

Nichts ahnend von der Furcht, die es verbreitete, starrte das kleine Mädchen auf den verschwommenen, unscharfen Umriß von Alter Beeres rundem, braunem Gesicht. Seine winzigen Fingerchen klammerten sich fest um ihren gichtigen Daumen.

Seine Augen, grün das eine, blau das andere, glänzten wie winzige Juwelen in seinem Gesichtchen.

Alte Beere wandte den Blick ab.

»Wo ist Geist?« verlangte sie zu wissen. »Irgend jemand soll den Schamanen holen! Rasch!«

Anerkennend betrachtete Geist das sehnige Hinterteil der jüngeren Angehörigen des Volkes, die ihn aus seinem Zelt führte. Zweig war ihr Name. Er hatte sie sich bereits insgeheim vorgemerkt. Sie sollte diejenige sein, die seinen kostbaren Samen empfangen würde, wenn die Zeit käme.

Er hegte keine Zweifel, daß sie bereitwillig zustimmen würde. Das Kind desjenigen zu tragen, der mit den Geistern sprach, war die größte Ehre, die Zweig sich erhoffen durfte. Und selbst wenn sie nicht willig wäre, würde er sie doch nehmen. Wer sollte ihn daran hindern?

Denn obwohl ihm beizeiten immer noch nicht ganz wohl dabei war, zweifelte Geist nicht daran, daß er über große Macht verfügte. Sein Leben hatte sich wahrhaft geändert an jenem Tag, als Alter Zauber ihm seinen Namen gegeben hatte. Mit einemmal waren seine dunklen Momente, wenn er auf dem Boden lag und zitterte, wenn Speichel von seinen Lippen troff, keine Zeichen des Bösen mehr. Nun zogen sich die Männer mit ehrfürchtigem Schauder zurück, wußten sie doch, daß die Geister selbst Besitz von seinem Körper ergriffen hatten und zu ihm sprachen mit ihren Geisterzungen.

Das Volk schätzte sich glücklich, bald einen Schamanen zu haben, der so offensichtlich über magischen Zauber verfügte wie Geist. Geist selbst hatte das neugewonnene Ansehen am meisten genossen und besonderes Vergnügen an kleinen Racheakten gefunden, die er nun an jenen auszuüben vermochte, die ihn am schlimmsten gequält hatten. Junger Werfer, der Anführer der Jungen, fand eines Morgens beim Erwachen ein merkwürdiges Zeichen auf das Fell am Eingang des Zeltes seines Vaters gemalt, und draußen vor dem Zelt hatte Geist gehockt und ihm rätselhaft zugelächelt.

»Ich habe es geträumt«, erklärte er Altem Zauber. »Ein Geist hat mir aufgetragen, das Zeichen dort anzubringen. Ich weiß nicht, was es bedeutet.« Dann, mit einem Seitenblick auf Werfer, der ein paar Fuß von ihm weg vor Entsetzen zitterte, fügte er hinzu: »Ich glaube allerdings nicht, daß es ein wohlwollender Geist war.«

Mit der Zeit war ihm allerdings solch kindische Rache langweilig geworden. Je mehr er das Ausmaß seiner Fähigkeiten begriff, desto weniger verspürte er den Drang, seine Überlegenheit so greifbar zu demonstrieren.

Die unveränderliche Grundlage der Macht eines jeden Schamanen waren die Geister, und über diese herrschte die Große Mutter, die sie erschaffen hatte. Doch es gab auch noch andere, eher weltliche Stützen, auf denen seine Autorität beruhte. Weisheit war eine dieser Stützen, und Geists agiler Verstand, der durch die Zurückweisung so vieler Jahre ausgehungert worden war, saugte die Überlieferungen auf wie ein trockener

Schwamm. Er lernte die Geheimnisse von Wurzeln und Beeren, Rinde und Gras kennen. Er beschäftigte sich mit den Eingeweiden der Tiere und mit der weichen Masse in ihren harten Schädeln. Er lernte Gesänge und Lieder und Weisen auswendig, die immer nur von Schamane zu Schamane überliefert worden waren.

Er fand heraus, wie die Furcht vor dem Unbekannten den Inhalt der Därme auch des stärksten Jägers in Wasser verwandeln konnte, und welch unglaubliche Macht ihm gegeben war, diese Furcht zu erwecken oder zu lindern.

Die Heftigkeit seines Wissensdurstes war erschreckend, und mehr als einmal ertappte Alter Zauber sich dabei, daß er darüber nachgrübelte, was er da auf das Volk losgelassen hatte. Doch jedesmal, wenn er ins Grübeln geriet, wischte der alte Schamane seine Bedenken beiseite. Geist verfügte wirklich über außergewöhnliche Fähigkeiten. Er würde ein großer Schamane werden.

Wenn Alter Zauber nur darauf stoßen könnte, was Geist trotz allem fehlte, wenn er nur ein Mittel finden könnte, diesen Mangel zu heilen. Schließlich jedoch tröstete er sich mit der Tatsache, daß er wirklich keine Wahl gehabt hatte. Es waren die Geister gewesen, die ihm Geist gegeben hatten, und ihre Wege konnten die Menschen nie vollständig begreifen.

Vor Geist verheimlichte er seine Zweifel daran, den richtigen Nachfolger erwählt zu haben. Es war immer noch Zeit.

Nun näherte sich Geist dem Knäuel verdrießlicher Jäger und Alter Beere, die vor ihnen stand und immer noch ihre zwei Bündel trug. Ein Seufzer der Erleichterung ging bei seinem Anblick durch die Versammelten, denn er trug alle Symbole der Macht eines Schamanen bei sich.

Ein wundervolles, fein gegerbtes Rentierfell hüllte ihn von den Schultern bis zu den Füßen ein. Oben auf seinem schmalen Schädel thronte der Schädel jenes Rentieres, weiß wie jungfräulicher Schnee, und ein gewaltiges Geweih stand drei Fuß breit auf jeder Seite ab. In der einen Hand hielt er eine mit Löwenzähnen gefüllte Rassel, in der anderen einen kleinen, aber perfekt behauenen Zeremonialspeer.

Er schritt geradewegs auf Alte Beere zu, wobei er die tiefen Furchen bemerkte, die der Kummer in ihre alten Züge gegraben hatte. »Du hast mich gerufen«, sagte er kurzangebunden. »Was willst du?«

Geists Gewand blieb nicht ohne Eindruck auf die alte Frau. Der Schamanenlehrling war gekommen, um mit allen möglichen Geistern zu reden, und er würde auch wissen, was zu tun sein würde. Widerwillig wuchs der Respekt, den Alte Beere seiner Macht, wenn auch nicht seiner Person, entgegenbrachte.

»Hier«, erklärte sie schroff und streckte ihm das neugeborene Mädchen entgegen.

Geist beugte sich vor. Zuerst verstand er nichts. Das Kind sah recht gesund aus, hatte keine offensichtlichen Mißbildungen und legte keine Anzeichen von Besessenheit durch Dämonen an den Tag. Dann drehte die Kleine das Gesichtchen, und er sah ihre Augen. Er zuckte fast zurück, riß sich aber sofort zusammen.

Diese Augen!

Mit einemmal stürmten die beunruhigenden Träume der vergangenen Nacht wieder auf ihn ein. Er hatte sich bestenfalls noch düster an sie erinnert. Manchmal waren die Träume deutlich und klar zu sehen, andere Male jedoch waren sie beunruhigenderweise nur ein wildes Durcheinander von Licht und Geräuschen. Und doch waren ihm die Augen des kleinen Mädchens, deren Blick fest auf ihn gerichtet war, vertraut. Irgendwie, obwohl er sich nicht genau daran erinnern konnte, in welcher Weise, waren diese Augen Teil des Traumes gewesen. Und auch wenn er sich die Einzelheiten nicht ins Gedächtnis zurückrufen konnte, so war dort doch ein Wort haften geblieben: Gefahr!

Gefahr für ihn, Gefahr für das Volk.

Er blickte auf das winzige, unschuldige Gesichtchen hinab, stopfte dann die Rassel in das Bündel, das er mit sich trug, und zog seine nun leere Hand wieder heraus. »Gib sie mir«, forderte er. Nachdem Alte Beere ihm das Kind überlassen hatte, fuhr er fort: »Erzähl mir, was geschehen ist.«

Alte Beere berichtete ihm in knappen Worten von den entsetzlichen Qualen, von Baums Wehen und von dem brutalen Augenblick ihres Todes. Geist – der sich manche Lektionen gut gemerkt hatte – hörte gespannt zu. Als Alte Beere ihre Erzählung beendet hatte, nickte er.

»Ich verstehe«, sagte er. Er blickte auf das stille Bündel auf seinem Arm hinunter. »Es hat also Baum getötet. Es ist natürlich ein Dämon.«

Ein leises Raunen fuhr durch die Männer, die sich hinter ihm zusammengedrängt hatten.

Insgeheim immer noch in seinen Träumen verhaftet, wußte Geist, daß dies ein entscheidender Moment war, ein Moment, der über seine Zukunft entscheiden sollte, und einen kurzen Augenblick verzagte er innerlich. Dieses ... Ding war wirklich ein böser Geist, gekommen, das Volk zu plagen. Alter Zauber hatte vage über solche Dinge gesprochen – genauer gesagt, über nicht zu übersehende Zeichen wie mißgebildete Glieder und Schädel – und ihn auch darin unterwiesen, was in einem solchen Fall zu tun sei.

Geist wandte sich um und lächelte die Männer an. »Habt keine Furcht!« erklärte er mit lauter Stimme und ignorierte die Unruhe, die weiter hinten unter den Versammelten aufkam. »Ich werde diesen bösen Geist erschlagen!«

Als verstünde es, welch schreckliches Geschick ihm zugedacht war, stieß das neugeborene Mädchen einen Jammerschrei aus.

In diesem Augenblick schob sich Alter Zauber durch die Menge und sagte: »Was geht hier vor?«

KAPITEL VIER

Das Grüne Tal: 17997 v. Chr.

Haut, in dem ein dumpfes Durcheinander verworrener, miteinander im Widerstreit liegender Empfindungen herrschte, starrte reglos auf Alter Zauber, der, ihm den Rücken zugekehrt, vor ihm stand. Ein Teil von ihm betrauerte Baum; ein anderer ließ ihn in namenlosem Entsetzen schaudern, dachte er an das blau- und grünäugige kleine Wesen, das sie getötet hatte; doch ein dritter Teil jubilierte und sang vor Freude darüber, daß sein sehnlichstes Gebet erhört worden war: Der kleine Junge ruhte behaglich in Alter Beeres starken Armen.

Ein Sohn! Nun konnte sein Geist, neugeboren, weiterleben. Vage und unbestimmt ließ ihn dieser Gedanke den Geschmack der Unsterblichkeit kosten. Nicht eine Unsterblichkeit bei der Großen Mutter, sondern hier – auf den weiten, sanften Hügeln der Tundra, die alles waren, was er jemals gekannt hatte, die deshalb auch alles waren, was er jemals geliebt hatte.

»Es ist ein Dämon«, sagte er dem Schamanen, der immer noch vor ihm stand. »Ein böser Geist. Er hat Baum getötet.«

»Was?« Erschrocken wandte Alter Zauber sich um. Doch bevor Haut fortfahren konnte, ergriff Geist das Wort. »Willkommen daheim, Alter Zauber.«

Der Schamane dankte für die Begrüßung, doch als er dem Blick des Jüngeren begegnete, erkannte er dort eine Art Herausforderung. Er bemerkte, daß Geist den Schamanenstaat angelegt hatte, obwohl er den Status des Weisen Mannes eigentlich noch nicht erreicht hatte. Er spürte, wie eine Warnung durch seine müden Knochen rann – dies war das erste Scharmützel von etwas, was eine lange und erbitterte Schlacht werden würde. Er nickte Geist, der dem Augenblick eine ähnlich hohe Bedeutung beizumessen schien, mit zeremonieller Würde zu.

Er kann es nicht erwarten, Schamane zu werden, dachte Alter Zauber. *Er ist noch nicht einmal willens, sich zu gedulden, bis ich tot bin.*

In diesem Moment kam ihm all sein uraltes Wissen zu Hilfe – diese erste Herausforderung durch seinen Lehrling flößte ihm nicht die geringste Angst ein –, doch das Volk selbst war, ohne es zu wissen, an einem schicksalsträchtigen Scheideweg seiner Geschichte angelangt. Aus den grünen Tiefen des neuen Tals brachte Alter Zauber Neuigkeiten von immenser Tragweite für das Volk mit, und eine Machtprobe mit Geist konnte da eine zwar belanglose, aber nichtsdestotrotz lästige Ablenkung sein.

Magie ist nicht das einzige, was einen Schamanen ausmacht, mein Junge, dachte er grimmig. *Wie du schon bald lernen wirst.*

Und nun zu Wichtigerem, ermahnte er sich. Er machte einen Schritt vor und trat zwischen Geist in seinem festlichen Gewand und Alte Beere, die besorgter aussah, als er sie jemals erlebt hatte.

»Was ist das für eine Geschichte mit diesem Dämon?« verlangte er zu wissen.

Geist spürte, daß die Versammelten ihre Aufmerksamkeit von ihm abwandten und auf den alten Schamanen richteten. Unwillig beschloß er, ihnen zu beweisen, daß seine Macht nicht geringer war als die des anderen Mannes. »Ein Dämon, o Schamane. Gekommen, um Tod und Verderben über das Volk zu bringen. Baum hat er bereits getötet. Aber niemand muß sich fürchten. Ich habe dem Volk gelobt, den Dämon zu vernichten.« Langsam hob er seine Rechte empor und schwang den Speer über dem kleinen Bündel, das er hielt.

Alter Zauber warf Beere einen Blick zu, deren schwarze Augen ihm eine verschlüsselte, eindringliche Botschaft sandten. Geist verstand die stumme Zwiesprache nicht und runzelte die Stirn, doch Beere ignorierte ihn einfach.

»Geist hat das Mädchen«, sagte sie sanft.

»So ist das«, meinte Alter Zauber, wobei er sich bedächtig umwandte. »Zeig es mir.«

Einen Moment lang versteifte sich Geist, als widerstrebe es ihm, Altem Zaubers Befehl nachzukommen, doch da er sich mit der ungebrochenen Autorität des Schamanen vor seinem gesamten Volk konfrontiert sah, faßte er schließlich den Entschluß, daß dies noch nicht die Zeit sei, ihn herauszufordern. Jedenfalls nicht vor den Augen anderer.

Ohne ein Wort, das Gesicht gezeichnet von mühsam unterdrückter Wut, hielt er ihm das Bündel entgegen. Alter Zauber ergriff den Säugling mit beiden Händen und sah auf ihn hinunter.

Und wie sein Herz erbebte!

Was er sah, war schlimmer, als er sich hätte vorzustellen vermögen. *Warum geschieht dies nun, wo ich so alt bin?* Doch die Große Mutter gab keine Antwort auf seine stumme Frage – was ihn nicht erstaunte. Sie schien nie direkte Antworten auf einfach Fragen zu geben. Dann lachte er insgeheim. Natürlich tat sie das nicht – täte sie es, würde das Volk keine Schamanen brauchen.

Langsam, nur um sicherzustellen, daß seine schlechten Augen ihm keinen Streich spielten, beugte er sein runzeliges Antlitz hinab, ganz nah an das winzige Gesichtchen unter sich. Das kleine Mädchen lächelte ihn vage an. Seine Schreie waren in dem Augenblick verstummt, als Geist es dem alten Schamanen überreicht hatte. Nun lag ein sonniger, süßer Ausdruck auf dem kleinen Gesicht, mit den Augen, deren Färbung so eigenartig war. *Kein Wunder, daß Geist das Kind für einen bösen Geist hält,* dachte Alter Zauber bei sich.

Es war das Zeichen. Er fühlte, wie er zu zittern begann, als ihm das volle Ausmaß des Geheimnisses bewußt wurde. Er hatte nie erwartet, sich diesem Geheimnis tatsächlich gegenüberzusehen. Es ängstigte ihn. Die Verantwortung war entsetzlich, und er stand im Winter seiner Jahre. Würde ihm noch Zeit bleiben?

Er erkannte das Problem ganz deutlich. Und Geist, so schien es, war ein wesentlicher Bestandteil des Problems.

Er würde das Geheimnis noch ein wenig länger bewahren müssen. Vor ihm – er schielte zu Geist hinüber, der ihn beäugte wie die schwarzen Vögel, die sich auf die Überreste der Jagd stürzten, gräßlich und hungrig – und vor *ihr* und vor dem Volk selbst.

Er wiegte das weiche Bündel behutsam und lächelte angesichts der leisen Töne, die das Kind zur Antwort von sich gab. Eins nach dem anderen. Er wandte sich den Versammelten zu, die angespannt und in banger Erwartung vor ihm standen.

»Freuet euch!« sprach er mit klarer, lauter Stimme. »Ich bringe euch gute Neuigkeiten vom Tal dort hinten! Und ich werde über ein weiteres Zeichen zu euch sprechen: über dieses kleine Mädchen!«

Ein Murmeln ging durch die Menge. Keinem unter ihnen war entgangen, daß er Hauts Tochter nicht einen Dämon, sondern ein kleines Mädchen genannt hatte.

»Auch dieses Kind ist ein Zeichen. Möglicherweise stehen die beiden in Verbindung miteinander, dieses Neugeborene und das Grüne Tal. Ich habe mit den neuen Geistern gesprochen. Nun müssen Geist und ich uns auch über dieses neue Wunder beraten.«

Das Kind in den Armen, drehte er sich um und nickte seinem Schüler zu. »Komm, Geist. Es gibt Arbeit für uns.«

Und dann, ohne sich noch einmal umzusehen, schritt er hoheitsvoll zum Geisterzelt hinüber. Geist blieb nichts anderes übrig, als ihm zu folgen – es sei denn, er hätte es vorgezogen, hier wie ein dummer Junge stehenzubleiben.

Er mochte vieles sein, aber dumm war Geist nicht. Die Lippen vor Wut zusammengepreßt, zwang er sich ein Lächeln ab – als sei das Ganze seine Idee gewesen –, wirbelte dann herum und folgte dem Schamanen, während sein Umhang aus Rentierfell sich hinter ihm blähte.

Bald, sagte er sich. *Alter Narr, du wirst nicht ewig leben.*

Alter Zauber, der immer noch auf das kleine Mädchen hinabsah, trat zur Seite, als Geist das Fell am Eingang des Geisterzeltes hochhob. Dem Schamenen blieb nicht verborgen, wie erregt der Jüngere war. An ihnen vorbei ging er ins Innere des Zeltes, wo ihn muffige Dunkelheit umfing.

Seine Augen brauchten eine Weile, um sich an die veränderten Lichtverhältnisse anzupassen, und so blieb er blinzelnd stehen. Das neugeborene Mädchen regte sich in seinen Händen, und er flüsterte: »Scccht, kleines Ding.«

Schließlich konnte er genug sehen, um sicherzustellen, daß er nicht über irgend etwas stolperte und seine kostbare Last fallen ließ. Ihm war bewußt, daß Geist sich hinter seinem Rücken bewegte, und einen Augenblick lang fühlte er sich unbehaglich. Geist würde ein Problem darstellen – aber keines, mit dem er nicht fertig werden würde.

Obwohl ich mich besser sofort darum kümmern sollte, mahnte er sich selbst.

Der kleine Steinkreis im Zentrum des Hauses roch naßkalt und faulig; kleine Reste verbrannter Knochenkohle, nun fast zu schwarzem Schlamm geworden, enthüllten dem Kennerblick von Altem Zauber, daß das Dach in seiner Abwesenheit geöffnet und nicht wieder sorgfältig geschlossen worden war. Seine Blicke gingen nach oben und entdeckten Lichtschimmer dort, wo der Rauchabzug nicht sorgsam genug festgebunden worden war.

Er hatte diesen Fellappen seit dreißig Jahren festgebunden. Diese Arbeit fehlerlos auszuführen war ihm zur zweiten Natur geworden. Er mußte nicht erst einen Geist befragen, um zu wissen, wer in seiner Abwesenheit die Klappe geöffnet hatte, zweifellos, um seine eigene Geisterflamme zu entzünden. Alter Zauber war nur froh, daß er das Geheimnis nicht preisgegeben hatte, bevor er ins Grüne Tal hinabgestiegen war. Wer konnte wissen, welches Unheil aus Geists uneingeweihten Machenschaften sonst entstanden sein mochte?

Der Stolz des jungen Mannes gewann schneller an Größe als sein Verstand. Es war Zeit, dem Einhalt zu gebieten. Aber vorsichtig. Geist mußte geheilt, nicht zum Feind gemacht werden. Alter Zauber wußte, daß er nicht ewig leben würde, und zu viel hing vom guten Willen dieses jungen Mannes ab – zumindest, bis dieses kleine Mädchen heranwuchs und fähig sein würde, seine Kräfte zu nutzen. Vielleicht sogar danach noch. Alter Zauber trug das Geheimnis mit sich, doch selbst er konnte nicht von sich behaupten, es in seinem vollen Ausmaß zu begreifen.

Er durchquerte das Geisterhaus und ließ sich mit Schmerzen auf einem Fellstapel nieder, den Protest seiner alten Gelenke ignorierend. »Geist, würdest du bitte ein Feuer entzünden? Es ist kalt hier drinnen.«

Ohne Murren, doch mit steifen Schultern, die nur zu gut seine Gefühle zeigten, erwiderte Geist: »Natürlich, Schamane.« Bevor er sich ans Werk machte, griff er an sein Haupt, entfernte den zeremoniellen Kopfschmuck und legte ihn behutsam beiseite. Alter Zauber grinste innerlich – dieses Geweih war überaus eindrucksvoll, aber die Spitzen neigten dazu, überall hängenzubleiben. Und der Kopfschmuck juckte.

Er seufzte und streifte sein Schulterbündel ab. Sorgsam bettete er das stille neugeborene Mädchen auf ein weiches Lager aus Pelzen nahe seinem rechten Bein, griff dann nach seinem Schulterbündel und öffnete es. Seine Finger ertasteten den gut eingepackten Gegenstand mühelos. Einen Moment später zog er ihn hervor, um ihn sich auf den Schoß zu legen. Er wog nicht viel, und den Großteil des Gewichts machten ohnehin das fein gegerbte Leder und die dickere äußere Fellumhüllung aus, die das kostbare Teil in ihrem Innern bargen. Es war völlig mit feinen Lederschnüren umwunden, von denen jede auf geheime Art verknotet war, so daß es fast völlig unmöglich wäre, daß jemand anderer als er das Päckchen öffnete, ohne daß man das hinterher auch bemerken würde. Er sah auf den Gegenstand hinunter, erinnerte sich daran, wie er ihn das erste Mal zu Gesicht bekommen hatte an jenem Tag, als Großer Träumer, der vor ihm Schamane des Volkes gewesen war, es ihm übergeben hatte. An jenem Tag vor vielen Jahren war Alter Zauber noch Junger Zauber gewesen, hatte die Macht des Geheimnisses noch nicht ganz begriffen. Und doch hatte das Geschenk von Großer Träumer seinen vollen Aufstieg in den Stand des Weisen Mannes bedeutet – Träumer, uralt und gebeugt wie ein Steppenbaum, hatte ihm das eröffnet.

»Jetzt bist du der Schamane«, hatte er dann gesagt, und Zauber hatte sich über den Unterton der Erleichterung in der

Stimme des Alten gewundert. Später hatte er die Zusammenhänge verstanden. Die Last des Geheimnisses war enorm; er selbst würde auch froh sein, sie ablegen zu können. Dann schauderte er. Großer Träumer hatte es nur weitergegeben. Es war ihm, Alter Zauber, vorbehalten, es zur Erfüllung zu bringen. Ihm und Geist.

Sein Blick glitt zur Seite. Und dem Mädchen. Dem Mädchen vor allen anderen.

Soviel Macht, in solch einem winzigen, zerbrechlichen Ding. Wieder staunte er über das Werk der Großen Mutter, die verschlungene Pfade wählte, um ihre Wunder zu weben.

Das Fell am Eingang wurde zurückgeschoben, und Alter Zaubers Gedanken kehrten in die Gegenwart zurück.

Geist stapfte mit einer Armladung Brennholz ins Geisterzelt, das er achtlos in die Feuerstelle warf. Dann ließ er sich auf die Knie nieder und blies auf ein Moosstückchen, aus dem bald eine kleine, flackernde Flamme emporzüngelte. Kurz darauf fing das Holz Feuer, und innerhalb von wenigen Minuten loderte und knisterte ein fröhliches Feuerchen inmitten des Steinkreises, das die Kälte rasch vertrieb. Geist ließ sich auf der anderen Seite des Kreises nieder. Er knotete die Schlaufen auf, die den Rentierumhang hielten, ließ die Schultern kreisen, um sich dann zurückzulehnen, die Augen zu schließen und in der Wärme zu baden.

Alter Zauber musterte den jüngeren Mann abwartend. Endlich spürte Geist den Blick und schlug die Augen auf. »Es ist ein Dämon«, sagte er mit ausdrucksloser Stimme. »Ich habe die Nacht zuvor von ihm geträumt.«

So wird es also sein, dachte sich Alter Zauber. *Er berichtet mir von seinen Geistern und seinen Träumen, um meine eigenen in Frage zu stellen.*

Es gab nur einen Weg, dieser Herausforderung zu begegnen – ohne dabei seinen Schüler vernichtend zu treffen. Schweren Herzens ließ er seine Finger auf das sicher eingepackte kleine Bündel in seinem Schoß sinken.

»Es gibt noch andere Dinge als Geister und Dämonen, mein Sohn«, erklärte er behutsam. »Es gibt zum Beispiel das Geheimnis.«

Geists schwarze Augen funkelten wie rauchige Quarzstückchen, als er sich vorbeugte. »Das Geheimnis?« flüsterte er. »Wie lautet das Geheimnis?«

»Das«, gab Alter Zauber zur Antwort, »werde ich dir nun eröffnen . . .«

»Vor sehr, sehr langer Zeit«, setzte Alter Zauber in dem Ton an, in dem nur Schamanen sprachen, wenn sie über Zeichen der Geister berichteten, »viele, viele Leben und Tode des Volkes früher erteilte die Große Mutter dem ersten Schamanen eine Weisung:

›Verlaßt das Herz des Landes, verlaßt eure magischen Quellen, verlaßt eure nie versiegenden Jagdgründe. Denn ihr seid mein Volk, und ich habe euch erwählt.

Wanderer werdet ihr sein auf dem Boden der Erde, und an jedem Orte werdet ihr nur kurz verweilen. Denn ich schicke euch die Große Wanderung, von der ihr nicht wieder ins Herz des Landes zurückkehren werdet.‹«

Als Alter Zauber den magischen Gesang anstimmte, sanken ihm die Lider schläfrig herab. Seine Lippen formten die Worte genau so, wie Großer Träumer und zweifellos eine endlose Reihe von Schamanen vor ihm sie gesprochen hatten. Geist saß reglos wie ein Stein dort, lauschte hingerissen – endlich würde der alte Narr ihm doch noch das übermitteln, was ihm zustand. Er erbebte angesichts der Macht, die im Gesang des alten Mannes offenbar werden würde.

Alter Zauber bemerkte das alles nicht, denn das Lied und das Geheimnis zogen ihn tiefer in ihr uraltes Netz.

»›Die Wanderschaft wird lang und schrecklich sein, doch das Volk wird gehen, weil ich es wünsche und weil das Volk mein ist für immer und ewig. Doch wenn die Wanderschaft beendet ist, dann werde ich euch ein Zeichen geben und das Volk mit großen Gaben überschütten. Dann endlich darf das Volk rasten, in einer Welt mit unerschöpflichem Vorrat an Essen und Trinken, wo das Wild im Überflusse lebt und das Wasser frisch sein und nie versiegen wird.

Doch zuerst müßt ihr wandern und großes Ungemach erdulden, auf daß ihr euch würdig erweisen mögt eines solch unermeßlichen Segens. Denn ich gebe meine Gaben nicht auf leichte Weise, und selbst das Volk, das ich liebe, muß sich erst verdienen, was ich ihm schenke.

Dennoch werdet ihr nicht allein auf eure Wanderschaft gehen, denn ich werde mit euch sein, und ich werde euch vor den Geistern des Windes und des Eises und des schrecklichen Wolfes beschützen. Und wenn eure Wanderschaft endet, werde ich euch euer Zeichen geben, wie ich es gelobt habe.

So spreche ich, die Große Mutter von allem, zu euch, achtet meine Worte!

Und gehorchet ihnen!«

Die Augäpfel des alten Schamanen hatten sich in den Höhlen verdreht, so daß nur das Weiße durch die engen Schlitze seiner Lider schien. Geists Zähne klapperten. Er bezweifelte die Wahrheit jener Worte nicht im geringsten – seine eigene Erfahrung im Umgang mit den Botschaften der Geister befähigte ihn dazu, die Anwesenheit des Göttlichen in anderen zu erkennen.

Doch die Wahrheit entsetzte ihn. Eine Große Wanderung! Eine *endlose* Wanderung! Das Volk dazu verdammt, für alle Zeiten durch die Welt zu irren.

Diese Aussicht war furchterregend.

»Um für immerdar umherzuwandern . . .«, flüsterte er entsetzt.

Die Augen von Altem Zauber sprangen weit auf. »Nicht für immer«, widersprach er. »Es wird ein Zeichen geben.«

Geist spuckte ins Feuer, seine Worten troffen vor jugendlichem Zynismus, als er sprach. »Natürlich, ein Zeichen. Es gibt immer irgendwelche Zeichen.«

»Richtig«, pflichtete ihm Alter Zauber bei. »Und dies hier« – seine Hand liebkoste zärtlich die Stirn des kleinen Mädchens – »ist eines davon.«

Seine Finger tasteten nach den Knoten des Päckchens in seinem Schoß und begannen, sie zu lösen. »Dies«, flüsterte er, »ist ein anderes.«

Alter Zauber brauchte mehrere Minuten, um alle Knoten zu

lösen. Geist beugte sich mit gespanntem Blick vor, versuchte, den schnellen Bewegungen von Altem Zaubers Fingern zu folgen, doch irgendwie schirmten die Hände und Arme des Schamanen das Päckchen vor neugierigen Blicken ab. Es schien wie nicht beabsichtigt, doch Geist war sich sicher, daß dem doch so war. Aber er schwieg. Da der alte Narr sich nun endlich dazu entschlossen hatte, die Rätsel seiner Macht preiszugeben, konnte Geist auch noch ein wenig damit warten, die letzten Einzelheiten zu entschlüsseln.

Nichtsdestotrotz spürte Geist, wie ihm das Herz mächtig in der Brust zu klopfen begann, als Alter Zauber schließlich die Lederschnüre sorgsam auf eine Seite legte, dann erst die äußeren Fellhüllen und sodann die butterweiche Haut der inneren Hülle auseinanderschlug. Es schien ihm, als liefen große Kräfte in eben diesem Moment zusammen – und mit seinem besonderen Spürsinn fühlte er, daß die Geister ihn wie ein riesiger Vogelschwarm tschilpend und flatternd umgaben.

In dem schwachen, flackernden Licht des Feuers hielt Alter Zauber inne, zögerte die endgültige Enthüllung vorübergehend hinaus. Er drehte sich leicht herum, stöberte in seinem Schulterbündel und holte ein Paar eigenartige pelzige Dinge hervor, die er sich über die Hände zog.

Fausthandschuhe, wie Geist nun erkannte, wundervoll gearbeitete Stücke, aus dem braunen Pelz eines Mammuts gefertigt. Unter buschigen Brauen hervor warf Alter Zauber ihm einen Blick zu.

»Das ist überaus wichtig«, wisperte er. »Was du nun zu Gesicht bekommen wirst, ist das Herz des Mammutvolks. Es darf nicht von menschlichen Händen berührt werden.« Er sprach diese Lüge ohne Stocken aus. Es mochte ja an der Zeit sein, Geist einige Dinge mitzuteilen – aber doch nicht *alle*.

Noch beim Sprechen verspürte er eine heftige Erregung. Jeder Schamane in der Geschichte des Volkes hatte diesen Moment erfahren, in dem das Herz schließlich einem anderen enthüllt worden war. Diesem Augenblick haftete ein überwältigender Hauch nahender Veränderung an, als komme das eigene Lebenswerk zu einem Ende und alle Verantwortung würde in die Hände eines anderen gelegt. Bis jetzt war das auch immer der Fall gewesen. Das Herz war niemals enthüllt worden – außer in der letzten Handlung, der Einsetzung eines neuen Schamanen.

Nun würde es nicht so sein. Noch nicht. Alter Zauber beneidete seine Vorgänger um die Schlichtheit ihrer Bürde. Kein anderer Mann vor ihm hatte getragen, was er nun tragen mußte. Er hoffte nur, lange genug am Leben zu bleiben, um es zu erfüllen – und von irgendwoher die Kraft zu bekommen, die er brauchte.

»Hier«, sagte er. »Sieh das Herz des Volkes.« Behutsam schlug er die letzte Hülle beiseite, um jene Kraft, die das Volk für mindestens zweitausend Jahre umgetrieben hatte, den Blicken seines Lehrlings zu offenbaren.

Geist spürte, wie sein ganzer Körper sich anspannte, als er sich zur Seite lehnte, um besser sehen zu können, was der Schamane in Händen hielt. Rauch stieg in seine Augen, so daß sie tränten, und er rückte näher an seinen betagten Lehrer heran.

Er sah zu Boden und wartete, bis sein Blick sich klärte. Endlos lange, so wollte es ihm scheinen, starrte er dann auf das, was Alter Zauber ihm entgegenstreckte.

»Es ist klein«, meinte er.

Alter Zauber nickte. »Große Dinge müssen nicht groß sein«, bemerkte er. »Ein winziger Speer kann ein riesiges Mammut töten.«

Geist stierte den kleinen Gegenstand an. Er glänzte schwach in dem dämmrigen Licht, hatte eine dunkle, warmgoldene Farbe. Die Zeit hatte ihn so dunkel werden lassen. Unberührt von menschlicher Hand seit mehr als zwanzig Jahrhunderten, waren die Details des Schnitzwerks fast genauso ausgeprägt und klar wie an dem Tag, an dem sie geschaffen worden waren.

Die verkleinerte Gestalt des Mammuts hatte perfekte Proportionen, von den empfindlichen Stoßzähnen bis zu dem winzigen Schwanzende. Andeutungen von zottigem Haar waren auf seine Flanken eingeritzt, ebenso die Umrisse kleiner, herunterhängender Ohren. Ein Auge, geschnitzt vor äonenlanger Zeit, sah dem Betrachter entgegen, und einen furchtbaren Moment lang meinte Geist, das Auge blicke *ihn* an. Doch der Moment ging vorüber, und der kleine Gegenstand war wieder nichts als eine Schnitzerei.

Doch sogar Geist verstand. In diesem Stückchen Elfenbein wohnte eine unermeßliche Macht. Alter Zauber hatte es das Herz des Volkes genannt, und Geists spirituelle Sinne konnten das stumme Pochen dieses Herzens vernehmen. Das Schnitzwerk war lebendig, erfüllt mit Geistern oder einer gar noch größeren Macht. Es machte ihm angst. Dennoch verlangte es ihn mehr danach, es in seine Hände zu nehmen, als es ihn jemals nach etwas verlangt hatte; er begehrte es mit einer Lust, die so stark war, daß sie ihn erbeben ließ.

Er beugte sich vor, und seine Finger zitterten.

»Nein!« Alter Zauber zog die Hände zurück. Dann sprach er mit ruhigerer Stimme: »Ich habe es dir doch gesagt. Niemand darf dies hier berühren. Es ist das Herz, und die Große Mutter selbst lebt darin. Erinnere dich der Worte des Liedes.«

Und wieder begann er leise zu singen: »Dennoch werdet ihr nicht allein auf eure Wanderschaft gehen, denn ich werde mit euch sein.« Er hob den Blick, um Geist in die Augen zu sehen. »Sie ist mit uns, in diesem Stückchen Elfenbein, das sie mit ihren eigenen Händen gemacht und dem ersten Schamanen gegeben hat. Es ist *geheiligt*, Geist. Wenn du es berührst, wird sie uns für immer verlassen. Dann wird das Volk wahrhaft verloren sein. Begreifst du?«

Geist nickte. Er begriff. Wenn die Große Mutter sagte, daß sie ihr Volk wegen einer solchen Sünde verlassen werde, dann würde sie das ohne Zweifel auch tun. Das einzig Erstaunliche an der Sache war, daß sie so klare Anweisungen gegeben hatte.

Alter Zauber spürte, daß ein Wandel in seinem Lehrling vonstatten ging, bemerkte die Ehrfurcht, die ihn erfüllte. Er wartete, bis der Jüngere sich wieder gefaßt hatte. »Sie ist immer mit uns gewesen«, fuhr er fort. »Und sie wird bei uns bleiben, wie sie es versprochen hat, wenn wir ihre Gebote befolgen.«

Er hielt inne und fuhr sich mit der Zunge über die Lippen, sammelte seine Gedanken und all seine List für die nächsten Worte. Dies war schließlich der Kern des Problems – Geist *mußte* für die bevorstehende Aufgabe verpflichtet werden, ohne deren wahre Natur zu kennen – zum Schutze des Volkes, zu *ihrem* Schutz.

Das Überleben jedes einzelnen hing davon ab. Einen Moment lang verzagte er vor den gigantischen Ausmaßen dessen, was er tun mußte, doch dann bündelte er, wie es alle Schamanen vor ihm getan hatten, die besonderen Kräfte, die ihn zu dem machten, was er war, und sagte: »Geist. Die Große Wanderung ist vorüber.«

Geist erschauerte bei diesen Worten. *»Was?«*

Alter Zauber nickte. »Ich habe mit den Geistern des Grünen Tals gesprochen. Und ich habe das Zeichen gesehen, das die Große Mutter selbst uns verheißen hat. Die Wanderschaft des Volkes ist zu Ende. Wir sind zu Hause, Geist. Das Volk ist endlich heimgekommen!«

Alte Beere stapfte erschöpft zu den Frauen hinüber, die sich um das Schutzzelt, in dem Baums Leiche lag, versammelt hatten. Wortlos drückte sie den gewickelten neugeborenen Jungen in Blatts Arme. »Wir werden eine Mutter für ihn finden müssen«, erklärte sie der anderen Frau. »Blüte, denke ich. Was hältst du davon?«

Blatt nickte. Blüte, eine von Steins Frauen, erwartete selbst ein Kind, und ihre Brüste waren bereits prall mit Milch gefüllt. »Ich werde es ihr sagen«, meinte Blatt. »Was ist mit . . . dem anderen?«

Alte Beere zuckte die Schultern. »Ich weiß es nicht«, gab sie zur Antwort. »Ich denke, Alter Zauber wird es uns mitteilen, sich aber wie üblich viel Zeit nehmen.« Sie gab sich nicht damit ab, das Tun der Geister auf dieser Welt zu entschlüsseln zu versuchen. Das war die Pflicht des Schamanen, die sie ihm nicht neidete. Ohnehin hatte sie Dringlicheres im Sinn. »Ist sie bereit?« fragte sie.

Blatt nickte und trat beiseite. Tief seufzend quälte Alte Beere ihre alten Knochen damit, sie dorthin zu tragen, wohin man Baum gebettet hatte.

Baum lag völlig still auf ihrem Lager aus Fell. Die jüngeren Frauen hatten bereits die blutigen Spuren von Kreißen und Tod beseitigt, so daß die junge Frau erstaunlicherweise wie lebendig aussah. Ihr Geist jedoch hatte sich vom Körper getrennt, obwohl Alte Beere wußte, daß er ganz in der Nähe blieb und auch bleiben würde, bis Alter Zauber ihn freisetzen würde, wenn er ihn zur Großen Mutter heimsang.

Sie untersuchte die Leiche, um sicherzustellen, daß die Mädchen ihre Aufgabe richtig erledigt hatten. Die Felle waren frisch und sauber; nichts war mehr von der Nachgeburt oder von dem vielen Blut übrig, nichts, um den Geist an diese Welt zu fesseln. Alte Beere nickte zufrieden.

»Bedeckt sie«, ordnete sie an. »Ich werde mich eigenhändig um die Binden kümmern.« Es war von großer Wichtigkeit, daß die Lederriemen, die die Pelzlappen zusammenhielten, richtig geknotet waren, damit der Körper nicht versuchte, den Flammen zu entkommen und dem Geist nach Hause zu folgen.

Ein schwaches Greinen drang an ihre Ohren. Sie lächelte. Der Junge war ein kräftiges Kind, gut gebaut und hungrig. Das alles waren gute Zeichen.

Sie blickte hinab. Es war schade um Baum, aber solche Dinge geschahen. Wenn es nicht das seltsame kleine Mädchen gäbe, hätte Alte Beere sogar eine eigenartige Zufriedenheit angesichts des ausgewogenen Verhältnisses empfunden: ein Leben gegen ein anderes, um das umfassendere Leben des Volkes zu gewähren.

Doch so, wie die Dinge nun lagen, fragte sie sich mit bangem Herzen, was geschehen würde. So vieles war vorgefallen: Baums Tod, die Geburten, und, das Wichtigste von allem, die Entdeckung des Grünen Tals. Alter Zauber hatte gesagt, daß er Neuigkeiten brachte, daß er mit den Geistern dort gesprochen hatte. Und was immer auch geschehen sollte, am Ende würde es den Willen der Großen Mutter erfüllen.

Wie immer.

Blüte, ein kleingewachsenes Mädchen mit merkwürdig flachem Gesicht, trat schüchtern vor den Kreis der Männer hin, die sich rund um zwei große Feuerstellen niedergelassen hatten.

Ihre rechte Brust war entblößt, als sie sich zwischen Haut und Stein kniete. Haut stemmte sich auf seine Ellbogen hoch, um genauer hinzusehen, und ein breites Lächeln erhellte sein Gesicht.

»Sieh«, sagte Blüte. »Er saugt gierig. Er ist sehr hungrig.«

Haut nickte. Und in der Tat klebte der kleine Junge, dessen winzige Äuglein fest geschlossen waren, an Blütes Brustwarze, als hinge sein Leben davon ab.

Und so war es schließlich auch. Manchmal wurden Kinder geboren, die nicht zu saugen vermochten, und dann konnte man nichts anderes tun, als sie zur Großen Mutter heimzusingen. Haut jedoch sah, daß sein Sohn nicht zu jenen gehörte. Seine winzigen Fäuste bewegten sich schnell hin und her, während seine Lippen saugten und sich wieder entspannten, saugten und sich wieder entspannten.

»Er ist stark, mein Sohn«, erklärte Haut stolz. Er warf einen Blick zu Stein hinüber, der zurückgrinste.

»Sehr stark«, stimmte ihm Stein zu.

»Er wird ein großer Jäger werden«, sagte Speer von der anderen Seite des Feuers her.

»Ja«, pflichtete Haut ihm bei. »Ich werde ihn lehren, zu jagen.«

»Er wird sich trotzdem einen Namen als Jäger machen«, setzte Speer zur allgemeinen Erheiterung hinzu. Haut war ein exzellenter Fährtenleser, doch seine Geschicklichkeit bei der letztendlichen Tötung war nicht so groß, wie sie hätte sein sollen. Der Scherz machte oft die Runde, und Haut fühlte sich dadurch nicht gekränkt.

»Vielleicht kannst du es ihm ja beibringen!« rief Haut zurück. »Aber natürlich kann er nichts erlegen, was er nicht findet!«

Noch größeres Gelächter belohnte seine grobe Parade. Speer hatte auch seine Schwächen, und das Aufspüren und Verfolgen einer Fährte war eine davon.

Schließlich erhob sich Blüte, die den Kleinen immer noch behutsam gegen ihre Brüste preßte. Als sie gegangen war, sah Stein zu Haut hinüber. »Du wirst eine neue Frau brauchen«, sagte er.

Haut nickte. Er wußte, was nun kommen würde, und fühlte sich geehrt. Stein war sein Bruder, der ob seiner unverzichtbaren Fähigkeiten bei der Herstellung der Speerspitzen und Messer und Beile aus Stein, von denen das Überleben des Volkes abhing, hoch angesehen war beim Volke.

»Wir werden Blüte teilen«, erklärte Stein. »Und dein Sohn wird auch der meine sein.«

Haut blinzelte, als habe er Rauch in die Augen bekommen. Mit dem Angebot, sich die Frau mit dem Bruder zu teilen, hatte er gerechnet, doch Steins weitere Ankündigung hatte ihn durch ihre Großzügigkeit verblüfft. Eine Frau zu teilen war eine Sache, doch Stein hatte weitaus mehr angeboten: den kleinen Jungen tatsächlich zu einem Teil seiner eigenen Familie zu machen, was unausgesprochen bedeutete, daß er den Neugeborenen in allem unterweisen würde, was er wußte.

Das Ansehen des Kindes unter den Stammesangehörigen würde so mit Sicherheit wesentlich höher sein, als hätte es nur ihn, den leiblichen Vater, zum Lehrer.

Er senkte das Haupt. »Ich danke dir, Stein«, stieß er hervor.

»Ich bin mir allerdings nicht sicher, ob ich dem Mädchen das gleiche gewähren kann«, fuhr Stein langsam fort, und seine Miene spiegelte Besorgnis.

Haut nickte. Auch er wußte nicht, was mit dem kleinen Mädchen werden würde. Alter Zauber hatte gesagt, daß die Kleine ein Zeichen wäre. Geist hingegen hatte gesagt, daß sie ein Dämon sei. Nun waren beide im Geisterhaus verschwunden und machten vorerst keine Anstalten, es wieder zu verlassen.

»Ich werde einfach warten müssen«, erwiderte Haut. Beklommen starrte er auf die dünne, silbrige Rauchfahne, die aus dem Geisterhaus hochstieg. »Der Schamane wird uns sagen, was zu tun ist.«

Stein hob die Hand und klopfte ihm auf die Schulter. »Wer weiß«, meinte er, »vielleicht wird der Schamane sie behalten.«

Hauts Gesichtsausdruck erhellte sich. »Vielleicht«, entgegnete er hoffnungsvoll.

Die Worte von Altem Zauber ließen Geist erschauern. Eine freudige Erregung bemächtigte sich seiner. Vor ein paar Minuten noch hatte er sich vor der Vorstellung einer endlos vor dem Volk liegenden Wanderung gefürchtet, die der Schamane heraufbeschworen hatte. Die Furcht jedoch war bereits wieder von ihm genommen. Die Wanderschaft sei jetzt vorüber, hatte der Schamane prophezeit.

Alter Zauber hatte noch nicht wirklich über das gesprochen, was er im Grünen Tal entdeckt hatte. Offensichtlich war es ein Ort großer und fremdartiger Magie. Sollte es auch das neue Heim des Volkes sein?

»Woher weiß du es?« flüsterte Geist schließlich. Seine Stimme stieg trocken und krächzend in seiner Kehle hoch. Rauch wirbelte durch das Zelt, um dann einen langen Augenblick reglos wie ein Schleier in der Luft zu hängen.

»Das Zeichen«, entgegnete Alter Zauber sanft. Er hüllte den Mammutstein wieder ein, schnürte ihn jedoch noch nicht zu. Immer noch die Handschuhe tragend, nahm er behutsam das kleine, stille Mädchen hoch. »Sieh sie dir an!« befahl er drängend. Er hielt das Kind mit ausgestreckten Armen vor sich und schüttelte es. Wieder schlug es die Augen auf, und Geist sah in seine Augen, eins blau, das andere grün.

»Ihre Augen«, erklärte Alter Zauber. »Ihre Augen sind das Zeichen. Es sind die Augen der Großen Mutter selbst. Dieses Kind wurde nach ihrem Bilde geschaffen. Ich sage es dir, Geist, wir sind zu Hause. Endlich ist das Volk heimgekommen.«

Geist spürte, daß Alter Zauber den Willen der Großen Mutter kundgetan hatte. Die Zeit der Wanderschaft war vorüber. Und das alles wegen dieses winzigen Mädchens, das er um ein Haar getötet hätte.

Ein Schauder durchfuhr ihn, als ihm klar wurde, welch gewaltigen Fehler er beinahe begangen hätte. Die Große Mutter selbst zu töten! Zum ersten Mal begriff er, daß es Dinge gab, die er nicht wußte, über die er jedoch etwas wissen mußte – um seines eigenen Überlebens willen, wenn schon nicht aus anderen Gründen.

Sein Geist war erfüllt von einer Mischung aus Ehrfurcht und

Angst und Freude, und so blieb sein Mund stumm. In seinem Innern jedoch begann ein Gedanke Gestalt anzunehmen und zu wachsen, ein neuer Gedanke: *Ich muß geduldig sein und lernen. Ich gelobe, daß ich mich bessere!*

Was er tat. Eine Zeitlang.

Nachdem Geist das Geisterhaus verlassen hatte, ließ Alter Zauber sich erleichtert zurücksinken. Soweit er es beurteilen konnte, hatte er den jungen Mann mit seinen Geschichten von uralter Magie und Wundern angemessen beeindruckt. Er bezweifelte, daß Geist in der Lage war, zu erkennen, daß er ihm nicht alles gesagt hatte.

Denn das Geheimnis war umfassender, viel umfassender.

Wenn er die Überlieferung richtig deutete. Wenn die Urlieder, die so sorgfältig durch die Zeiten weitergegeben worden waren, die Wahrheit gesagt hatten. Er blickte auf das kleine Bündel in seinem Schoß hinunter. Diese Augen sahen ruhig zu ihm hoch. Sie war so still!

Das ängstigte ihn ein wenig. Und was er im Begriff war zu tun, ängstigte ihn noch mehr. Wenn er unrecht hatte, dann wartete vernichtendes Unheil auf das Volk. Doch wenn er recht hatte . . .

Ahh, wenn er recht hatte!

Er holte den Mammutstein und seine Schutzhüllen erneut hervor. Seine einzige wirkliche Lüge Geist gegenüber war klein und groß zugleich gewesen; er hatte ihm gesagt, daß niemand den Stein berühren dürfe, damit die in ihm wohnende Macht nicht entwiche und die Große Mutter sich nicht von ihrem Volk abwandte.

Das entsprach nicht ganz der Wahrheit.

Die Gesänge sprachen von einer – und auch wirklich nur einer einzigen Person – deren Fleisch ungestraft den Stein berühren durfte. Zitternd nahm er die Elfenbeinschnitzerei auf, ohne sie zu berühren. Sein Herz raste in der alten Brust. Schließlich senkte er seine Hand, vor Furcht bebend.

»Hier«, brachte er leise hervor, »wenn dies für dich bestimmt ist, dann nimm es.«

Die winzigen Fingerchen schlossen sich um den Stein, den Alter Zauber hielt. Das kleine Mädchen schaute ihm in die Augen, dann senkte es den Blick wieder auf den Mammutstein in seinen Händen und führte es an seine Lippen.

»Ooohh . . .«, seufzte das Mädchen glücklich.

Alter Zauber mußte die kleinen Finger mit sanftem Druck wieder lösen.

KAPITEL FÜNF

Das Grüne Tal: 17990 v. Chr.

»Halt still«, kommandierte Blüte scharf.

Maya kicherte. Der Pelz am Kragen ihres Überwurfs kitzelte sie am Nacken, was dazu führte, daß sie sich hin und her wand, während Blüte den Kragen besser an dem Gewand des siebenjährigen Mädchens zu befestigen versuchte. »Es kitzelt«, beschwerte sich Maya.

»Wie soll ich dich nur anziehen, wenn du so herumhüpfst?« tadelte Blüte sie. »Willst du dich denn zu Tode frieren? Draußen ist es bitterkalt.«

Maya schielte zu dem Fell am Eingang ihres halb in die Erde gegrabenen Zeltes. Das Fell war teilweise zurückgeschlagen, und schwaches, graues Licht eines wolkenverhangenen Morgens fiel ins Innere der Behausung. Unvermittelt erklangen draußen lautes Rufen und Gelächter. Maya wand sich noch mehr, um an ihrer Ziehmutter vorbeisehen zu können, die in dicke Pelze gehüllt war. Es gelang ihr, die Gestalt ihres Bruders auszumachen, Wolf, und die mehrerer anderer Jungen, die sich in irgendeinem verrückten Spiel auf dem Boden wälzten.

»Mama!« quengelte sie. »Ich möchte auch mit ihnen spielen!«

Insgeheim war Blüte entsetzt über diesen für ein Mädchen ungehörigen Wunsch. Sie machte Alten Zauber für das Benehmen ihrer Tochter verantwortlich – der Schamane behandelte Maya anders als alle anderen, obwohl er nicht mit der Sprache herausrücken wollte, warum er sich so verhielt. Schon war Maya daran gewöhnt – nicht nur weit entfernt von dem angemessenen Benehmen eines Mädchens, sondern auch von dem eines jeden Kindes –, im Geisterhaus aus und ein zu gehen, als gehöre es ihr. Blüte vermochte allerdings nichts dagegen zu unternehmen, außer daß sie ihr Bestes gab, Maya das beizubringen, was sie als Frau des Volkes würde wissen müssen.

»Kleine Mädchen«, flüsterte sie Maya ins Ohr, »spielen nicht mit kleinen Jungen. Du wirst das auch noch lernen. Du mußt deinen eigenen Beschäftigungen nachgehen. Willst du heute nicht mit mir gehen?«

Maya ließ sich zurückfallen, die Lippen zu einem nachdenklichen Schmollen geschürzt. »Ich weiß nicht«, erklärte sie schließlich. »Werden wir wieder mit Stöcken im Dreck herumstochern?«

Blüte lächelte. Die Arbeit des Ausgrabens von Wurzeln aus dem weichen, sumpfigen Boden am Ufer des Flusses oder des Sees war eine schwere, schweißtreibende Mühsal, die nur Frauen tun konnten. Sie selbst wurde der Anstrengung auch schnell müde, aber die Arbeit mußte getan werden. Und die Männer taten sie selbstverständlich nicht. Heute jedoch konnte sie der Kleinen etwas Besseres bieten.

»Nein«, eröffnete sie ihr. »Heute gehen wir alle mit Alter Beere zum Rauchsee. Keine Stocherei mit dem Stock, das verspreche ich dir.«

Mayas merkwürdig gefärbte Augen weiteten sich. »Zum Rauchensee?« Schon oft hatte sie von diesem Wunder reden hören, hatte es jedoch nie mit eigenen Augen gesehen. Den Anweisungen von Altem Zauber gehorchend, erlaubte man der kleinen Maya nie, sich weit vom Lager zu entfernen, obwohl die kleinen Jungen das, sehr zu Mayas Mißfallen, oft taten. Die Aussicht, endlich doch noch den geheimnisvollen See erblicken zu dürfen, ließ sie alle anderen Ablenkungen vergessen. »Gehen wir!« verkündete sie und versuchte, sich aus dem Griff ihrer Mutter freizumachen.

»Ich habe dir doch gesagt, du sollst stillhalten!« schalt Blüte und hielt sie fest. »Willst du, daß Alte Beere glaubt, ich wüßte nicht, mich richtig um dich zu kümmern und dich richtig zu kleiden?« fragte sie und fügte eine Drohung hinzu, die sie insgeheim für nicht gänzlich aus der Luft gegriffen hielt. »Wenn sie das glauben würde, könnte sie dich mir wegnehmen.«

Die Drohung zeigte auf der Stelle Wirkung. Maya wirbelte

herum und preßte ihre kleine runde Nase gegen Blütes Kinn. Sie schlang die Ärmchen um den Nacken ihrer Mutter und sagte ganz ernst: »Ich würde nicht gehen. Ich lasse dich nie allein, Mama. Mach dir keine Sorgen.«

»Ich mache mir keine Sorgen«, erwiderte Blüte. »Und du, halt jetzt endlich *still!*«

Gehorsam ließ sich Maya schließlich nieder und wartete geduldig, bis ihr Fellumhang und ihre Beinlinge richtig festgeschnürt waren.

»In Ordnung, nun bist du fertig«, verkündete Blüte schließlich und versetzte Maya einen gutmütigen Klaps. »Du bleibst immer bei mir – halt meine Hand fest und laß sie ja nicht los. Um den Rauchensee herum wohnen viele merkwürdige Geister. Möglicherweise finden sie ein kleines Mädchen appetitlich.«

Diese Warnung, die gewöhnlich ausreichte, um selbst dem wildesten Jungen eine Heidenangst einzujagen, kümmerte Maya nicht im geringsten. »Ich habe keine Angst vor Geistern!« erklärte sie. »Die Geister sind meine Freunde!«

Blüte tat so, als hätte sie diese Worte überhört, doch im stillen erfüllte sie Furcht. Die Geister, selbst jene, die dem Volk wohlgesonnen waren, waren launenhaft in ihrer Güte. Der Geist des Windes, im Hochsommer beinahe mild, wurde mit Einbruch des Winters scharf und brutal. Andere Geister waren gar noch unberechenbarer, und manche Geister, furchteinflößend in ihrer Macht, waren durch und durch böse. Ihre siebenjährige Tochter mit den seltsamen Augen solche anmaßenden Behauptungen aufstellen zu hören ängstigte Blüte zutiefst.

Durch ihren engen und fast ständigen Umgang mit dem Schamanen wurde Maya zu solch frevlerischem Denken verleitet. Warum der alte Mann ein solch starkes Interesse an dem kleinen Mädchen hatte, konnte Blüte nicht erahnen – aber er kümmerte sich sehr um Maya, und das, was er sie lehrte, schien nicht nur unziemlich, sondern auch überaus beunruhigend zu sein.

Maya sprach nicht viel darüber, wie sie ihre Zeit mit Altem Zauber verbrachte – insbesondere schwieg sie über das Innere des Geisterhauses und die Handlungen, die Geist und Alter

Zauber in ihm vollführten. Und mit Sicherheit benahm sie sich nicht so wie andere kleine Mädchen ihres Alters: geziemend schweigsam in Gegenwart der Männer, zurückhaltend und bescheiden, während sie sich auf die Pflichten vorbereiteten, die sie ihr ganzes Leben lang würden erfüllen müssen.

Es war nicht so, daß Maya das Wissen, das Blüte und Alte Beere ihr zu vermitteln hatten, zurückgewiesen hätte, es war nur einfach so, daß sie ihm nicht die Aufmerksamkeit widmete, die es verdiente. Die ständige Suche nach Nahrung – Beeren, Gräser, Nüsse, Knollen, kleine Tiere und Fische – und die Zubereitung und Haltbarmachung dieses Nahrungsvorrats für das Volk, dies war es, was Frauen taten – es gab nur diese Art zu leben für sie.

Und doch schien Maya das alles überhaupt nicht zu begreifen, so daß Blüte sich große Sorgen um sie machte. Das auffällige Benehmen des kleinen Mädchens brachte ihm mißtrauische Blicke der anderen ein, und das war überhaupt nicht gut. Ihr exzentrisches Gebaren wurde nur toleriert, weil Alter Zauber – und zu einem gewissen Grad auch Alte Beere – die Kleine förderten und ihre schützende Hand über sie hielten. Die beiden würden indes nicht ewig leben, und wenn sie heimgegangen wären, würde Maya gemäß den überlieferten Traditionen leben müssen, die das Volk seit Urzeiten geleitet hatten.

Sie seufzte tief auf. Manchmal war es eine solche Last, dieses Kind zu erziehen, aber eine, die sie gern auf ihre Schultern nahm – denn die kleine Maya war, jedenfalls wenn ihr unberechenbares Verhalten unter Kontrolle gebracht war, eine Freude ihres Herzens. Maya war klüger als irgendein anderes Kind gleichen Alters – selbst als ihr Bruder, Wolf, der bereits der Führer einer stetig wachsenden Gruppe von Freunden war. Ihren strahlenden, funkelnden Augen entging nichts, und vielleicht wollten ihre Fragen aus diesem Grunde einfach nicht aufhören. Manchmal schockierte die Wißbegier Blüte, denn sie stellte die Grundfesten ihres eigenen Weltverständnisses in Frage. Beklommen preßte sie die Lippen aufeinander, als sie sich des jüngsten Beispiels entsann: »Mama, warum liegen die Männer so viel um das Feuer herum? Warum helfen sie uns nicht dabei, die Wurzeln auszugraben?«

Zutiefst entsetzt, war Blüte nicht auf Anhieb in der Lage gewesen, ihrer Tochter eine passende Antwort zu geben. Als sie schließlich wieder reden konnte, war ihre Stimme leise und zitternd. »Die Männer tun, was sie tun, Maya. Laß nie einen von ihnen so etwas hören wie das eben. Schreckliche Dinge könnten passieren.«

»Was für schreckliche Dinge?«

Doch Blüte hatte lediglich ihre schwieligen Fingerspitzen auf Mayas kleinen Mund gelegt und hatte sie hoch und heilig versprechen lassen, diese Frage niemals zu wiederholen. Seltsamerweise hatte diese Frage, obwohl sie selbst zuvor nie darüber nachgedacht hatte, sich tief in Blütes Denken festgesetzt. Warum lagen die Männer denn eigentlich die ganze Zeit herum? Doch sie suchte nicht nach einer Antwort, weil es keine Antwort gab. Die Rollen von Männern und Frauen waren seit Jahrhunderten festgelegt, ganz und gar akzeptiert, so sehr, daß selbst der Gedanke an Zweifel einen Schwindel in Blütes Kopf und einen heftigen Anfall von Furcht in ihrem Herzen hervorrief. Sie wußte es besser, als auch nur einen Gedanken an solche Dinge zu verschwenden, und sie hoffte, daß der Keim des Zweifels, den ihre wunderschöne, frühreife Tochter in ihre Brust gepflanzt hatte, verdorren möge.

Was brachte Alter Zauber ihr überhaupt bei? Was immer es auch war, entschied Blüte, Maya würde davon nichts Gutes zu erwarten haben, ja, es würde ihr großen Schaden zufügen.

Wieder seufzte sie auf, band den Lederriemen, der Mayas Umhang hielt, ein letztes Mal und sagte: »Komm, Maya. Wir wollen doch nicht zu spät kommen.«

Gehorsam ließ das kleine Mädchen seine Finger in die warme, rauhe Höhlung der Hand der Mutter gleiten und gestattete dieser, es nach draußen zu führen. Draußen angekommen, blieben sie erst einmal stehen – Blüte hielt nach den Frauen Ausschau, die sie erwartete, und Maya betrachtete einfach ihre Umgebung mit wachsamen, erwartungsvollen Augen.

Die Rauferei der schreienden und brüllenden Jungen hatte

sich zum Felsüberhang oberhalb des Ersten Sees verlagert. Wolf, Mayas Bruder, warf gerade Hase zu Boden und setzte sich mit lautem Triumphgeheul auf ihn. Kurz darauf war der Kampf vorüber, und die Jungen rannten lachend in Richtung der Quellen, die den See speisten.

Maya hatte keine Erinnerung an das erste Lager, das das Volk hier aufgeschlagen hatte, auch nicht an die Frau, deren Tod im Kindbett ihr das Leben geschenkt hatte. Ihre Erinnerungen umfaßten lediglich die Zeit, in der das Lager, wie es jetzt war, bestanden hatte – Zeltbehausungen, aus gebogenem Holz, Karibuknochen und rauhen Fellen errichtet, halb in den harten, steinigen Boden des Felsvorsprungs eingegraben, durch die riesige überhängende Klippe hoch oben vor Wind und Regen und Schnee geschützt.

Ihre Welt hatte festumrissene Grenzen: der Felssims mit dem Lager, der Erste See dahinter, die Grasebene hinter dem kleinen See und ein kleiner Teil der Wälder, die sich jenseits davon erstreckten. Sie verstand nicht, warum ihre Mutter sie so sorgsam bewachte; andere kleine Mädchen hatten die Wälder durchstreift, waren sogar bis zu Zweitem See und den rauchverhangenen Orten dahinter gekommen. Die Jungen durften selbstverständlich fast überall hin, wo es ihnen gefiel, obwohl selbst sie sich von den Löwenhöhlen am hinteren Ende des Tals fernhielten, wo ein Rudel der großen Raubtiere lebte, wenn es nicht in der sanft gewellten Tundra jagte.

Maya fieberte darauf, all das kennenzulernen. Ihre unerschöpfliche Neugier trieb sie wie mit Peitschenhieben an, sie wollte sehen, riechen, schmecken und fühlen und alles über die Welt *wissen*. Sie war verletzt und erzürnt ob der Beschränkungen, die Blüte ihr auferlegt hatte, denn ihre Mutter erklärte ihr nie die Gründe für diese. Manchmal fragte sich Maya, ob es mit ihrer Eigenart zu tun hatte, denn sie wußte wohl, daß sie anders als die anderen Kinder war. Am Anfang hatte dieses Anderssein ihr weh getan – die Art, wie die Kinder sich über ihre Augen lustig gemacht hatten, wie sei sie aus dem Weg schubsten, Steine nach ihr warfen. Doch diese Zeiten waren längst vorbei, und als sie größer geworden war, hatte man sie schließlich als Teil des ganzen Stammes akzeptiert, obgleich sie selbst jetzt noch manchmal sah, wie der eine oder andere Erwachsene hinter ihrem Rücken ein seltsames Zeichen machte.

Als sie Alten Zauber über diese Dinge befragt hatte, war sein altes, zerfurchtes Gesicht zu einer harten, drohenden Maske erstarrt. »Kümmere dich nicht um sie«, hatte er ihr gesagt. Dann hatte er sie gefragt: »Wer hat Zeichen hinter deinem Rücken gemacht?«

Sie hatte ihm die Namen genannt – Blatt, Speer und noch ein paar andere –, und der alte Schamane hatte gezwinkert und genickt. Maya hatte keine Ahnung, was dann vor sich gegangen war, aber danach hatten Blatt und sogar Speer sie vollkommen ignoriert, hatten sie scheinbar überhaupt nicht mehr gesehen.

Sie waren allerdings die Ausnahme. Fast alle anderen behandelten sie als das, was sie war – ein kleines Mädchen aus dem Volk. Vielleicht ein bißchen seltsam, aber schließlich waren ja alle Kinder ein bißchen seltsam, nicht wahr?

Über ihren Köpfen hing der Himmel grau und kalt, wie gewöhnlich. Von irgendwo über der Klippenspitze drang ein langgezogener, dröhnender Ton hinunter. Das Donnern des Eiswalls im Norden war so allgegenwärtig, daß man es schon fast nicht mehr bemerkte. Maya nahm kaum Notiz davon. Die Aktivitäten rund um die Feuerstellen der Männer interessierten sie viel mehr; drei der Feuerstellen lagen vor einem langen, niedrigen Zelt, das wie ihr eigenes zur Hälfte in die Erde gegraben war.

Sie erblickte ihre Väter, Haut und Stein, die bei Speer standen; sie waren wie die meisten gesunden Männer Jäger. Auch Geist befand sich bei ihnen, wie sie fasziniert feststellte; er war fast genauso wie die anderen bekleidet, mit warmen Fellen und geschnürten Beinlingen, obwohl er den geschnitzten Holzstab mit sich trug, der ein Zeichen seiner Würde war. Er sprach zu den anderen, und obgleich sie seine Worte nicht verstehen konnte, ließen die abgehackten, barschen Gesten, die Geist mit seinem Stab vollführte, ahnen, daß er sich über irgend etwas erregte.

Bald schon würden die Männer auf die Jagd gehen. Unzweifelhaft drehte sich auch diese Unterhaltung um dieses Thema, denn keine Jagd konnte ohne den Segen der Geister abgehalten werden. Maya war ein bißchen erstaunt darüber, daß Geist anstelle von Altem Zauber dort stand. Der Erfolg der Jäger war von höchster Bedeutung für das Überleben des Volkes, so daß ein solch entscheidendes Ereignis bisher immer in die Domäne des alten Schamanen gefallen war. Aber es war ihr nicht entgangen, daß Alter Zauber sich immer weniger zu rühren schien, sich mehr und mehr damit zufriedengab, am Feuer im Innern des Geisterhauses zu faulenzen, die Augen halb geschlossen, während er die alten Lieder für sie sang.

Weder das Älterwerden hatte Bedeutung für Maya, noch gab es in ihrer Vorstellungswelt Platz für den Tod. Alter Zauber war alt. Das war alles. Vielleicht war der alte Mann müde, so daß er heute Geist an seiner Stelle gesandt hatte. Eines Tages würde Geist selbst Schamane sein.

Während Maya noch zusah, hob Speer beide Arme in einer betenden Geste empor, um sich dann umzudrehen und auf den Felsenpfad zu deuten, der sich die Klippe hinaufwand. Geist bekundete durch ein Kopfnicken seine Erlaubnis, und der ganze Rest klatschte in einer Geste der Zustimmung in die Hände.

Gebannt, wie Maya war, hätte sie gern weiter zugesehen, doch Blüte zerrte plötzlich ungeduldig an ihrer Hand. »Da sind sie«, verkündete Blüte. »Da drüben, hinter dem Haus der Mädchen.«

Vorwärts gezogen, aber immer noch zögernd, ließ Maya von der Beobachtung der Männer ab und wandte sich gehorsam um. Mehrere Frauen, beherrscht von Alter Beeres scharfer Stimme, hatten sich zu einer wohlgeordneten Gruppe zusammengefunden. Maya entdeckte kleinere inmitten der größeren Gestalten – also würden auch andere junge Mädchen mitgehen. Sie fragte sich, ob ihre Schwester Knospe unter ihnen sein würde. Dieses Mädchen, ein Jahr jünger als Maya, war ihre beste Freundin geworden.

»Beeilt euch!« rief Alte Beere mit schriller Stimme. »Wir haben nicht den ganzen Tag Zeit!«

»Komm, Maya«, sagte Blüte. »Wir sind spät dran. Zappele doch nicht so herum.«

»Werden wir die Rauchgeister sehen?« wollte Maya wissen, während sie sich bemühte, mit ihren kurzen Beinen Schritt mit ihrer Mutter zu halten. »Kommt Knospe auch mit?«

Blüte sah zu Boden und bemühte sich, streng zu bleiben, doch ein Lächeln stahl sich auf ihre Züge. »Ja«, versprach sie. »Heute wirst du die Rauchgeister sehen. Du und Knospe, ihr beide.«

»Fein«, erwiderte Maya, die endlich beschwichtigt war.

Alte Beere warf Blüte einen finsteren Blick zu, als sie sich der größten Gruppe der Frauen und Mädchen näherte. »Wo habt ihr gesteckt?«

Wortlos sah Blüte auf Maya hinab und zuckte die Schultern. Die Augenbrauen von Alter Beere fuhren blitzschnell in die Höhe. Dann nickte sie. Sie wußte sehr wohl, wie lästig das quirlige kleine Mädchen mit den leuchtenden Augen werden konnte. »Nun gut«, meinte sie, und ihre rauhe alte Stimme klang ein wenig weicher, »sonst ist ja alles versammelt. Es wird langsam Zeit, daß wir uns auf den Weg machen.«

»Laß bloß meine Hand nicht los!« warnte Blüte Maya, die schon ungeduldig zerrte.

»Ich möchte mit Knospe sprechen«, entgegnete Maya. Sie hatte ihre jüngere Schwester ausgemacht, die ausgelassen mit zwei anderen Mädchen ihres Alters geplappert hatte.

»Mutter«, drängte sie, »bitte laß mich doch mit Knospe zusammen gehen. Ich bin auch ganz gehorsam. Ich verspreche es!«

Eingedenk der Verantwortung, die ihr von Altem Zauber auferlegt worden war, machte Blüte ein zweifelndes Gesicht.

»Bitte«, bat Maya.

»Nun ... in Ordnung«, gab Blüte schließlich nach. »Aber du bleibst bei Knospe und den anderen Kindern. Streife nicht allein durch die Gegend. Hast du mich verstanden?«

»Ich versprech's«, erklärte Maya feierlich.

»Dann lauf.« Lächelnd sah Blüte ihrer außergewöhnlichen Tochter nach, die fröhlich davonlief. Dann wandte sie sich um, um sich unter die Frauen ihres Alters zu mischen. Es war schon lange her, seit sie das letzte Mal die Rauchgeister gesehen hatte. Auch sie freute sich darauf.

Maya hüpfte ausgelassen, bis sie fast bei Knospe war, die tief in ein Gespräch mit Zweig und Ast, zwei Schwestern, versunken war. Ein schelmischer Ausdruck huschte über Mayas Antlitz. Sie hockte sich tief nieder und tat so, als sei sie ein Hase, und schlich sich zu einer Stelle vor, die nur wenige Fuß noch von ihrer Schwester entfernt war.

»Buh!« schrie sie aus voller Brust und sprang Knospe auf den Rücken. Knospe kreischte in gespieltem Entsetzen auf und brach halb unter Mayas Gewicht zusammen.

»Maya! Wo hast du gesteckt?« keuchte Knospe schließlich, als sie sich aus dem Griff ihrer Schwester wand. Zweig und Ast, die sich, obwohl ein Jahr auseinander, glichen wie zwei braune Nüsse, kicherten über die beiden.

»Ich bin ein Hase!« verkündete Maya. »Ich bin nicht Maya, ich bin ein riesiger, hüpfender *Hase*!«

Knospe lachte laut auf, und Maya stimmte in ihr Lachen ein.

»Macht, daß ihr an euren Platz kommt, ihr Gören!« rief eine der Älteren, eine mürrische Frau mit Namen Busch, mit schriller Stimme aus.

Das Lachen der Mädchen verstummte abrupt, und sie nahmen ihren Platz in der Marschkolonne ein. Alte Beere, weit vorne, führte sie, ihren breiten Rücken gebeugt, das Gewicht halb auf einen dicken Stock gestützt. Zwei jüngere Frauen gingen ihr zur Seite, bereit, sie aufzufangen, sollte sie auf dem unebenen Grund ins Stolpern geraten und stürzen.

Die Frauen kamen nur langsam voran, denn Alte Beere, die auf die Fünfzig zuging, war durch das Alter geschwächt, wenn auch ihr Wille hart wie Granit blieb und ihr Redefluß über all ihr Wissen nie versiegte. Sie verbrachte fast den ganzen Tag damit, die Geheimnisse von Blättern und Sträuchern, verborgen lebenden Tieren und schimmernden Fischen, Nüssen und jenen Beeren, denen sie ihren Namen verdankte, an diejenigen

Frauen weiterzugeben, die einst ihre Nachfolgerinnen sein würden. Selbst bei ihrer Wanderung blieb die Alte hier und da stehen und gestikulierte, deutete auf eine besondere Moosart und erklärte einigen jüngeren Frauen, wie man dieses Moos erntete und trocknete.

Maya achtete nicht auf all das. Sie genoß ihre Freiheit, das Gefühl, von Blütes ständigem wachsamen Blick erlöst zu sein, in dem seltsam klaren Licht unter dem wolkenbedeckten Himmel lachen zu können.

»Sieh!« sagte sie zu Knospe.

»Was?«

»Wie der Rauch aus dem Lager aufsteigt.«

Die beiden Mädchen blieben stehen, um einen Blick über die Schulter zurückzuwerfen. Sie hatten das Grasland erreicht, nachdem sie bisher über felsiges Land gezogen waren – die Ebene, die sumpfig gewesen war, als Alter Zauber zum ersten Mal den Weg hierher gefunden hatte. Nun hatte die Gegenwart der Menschen das Wild vertrieben, das einst hierher gekommen war, um aus dem Ersten See zu trinken, und Gras wuchs auf der fruchtbaren Erde und wurde nicht mehr niedergetrampelt. Von hier aus hatte Maya einen guten Ausblick auf den Felsvorsprung, auf dem das Lager des Volkes errichtet war, und auf die steilen Felswände, die Hunderte von Fuß hoch, das Grüne Tal begrenzten.

Aus der Entfernung sah das Lager wie ein Puppendorf aus; die halb in dem Boden versenkten Behausungen paßten sich perfekt ihrer Umgebung an, und vor jeder einzelnen stieg eine mächtige weiße Rauchfahne gen Himmel – die Feuerstellen, an denen die zurückgebliebenen Frauen kochten, und die größeren Feuer, um die sich die Männer versammelten. Der beeindruckendste Anblick war die Art, wie der Rauch in einer geraden Linie bis zur Höhe der Klippenspitze aufstieg, um dann von dem Wind auseinandergetrieben und fortgetragen zu werden. Der Anblick war atemberaubend, und einen kurzen Moment lang erbebte Maya. Obwohl sie die Geister zu ihren Freunden zählte, waren die Windgeister doch ehrfurchtgebietend, und diese Demonstration ihrer Macht diente als Mahnung, welch gewaltige Kräfte sie in Wahrheit besaßen.

Nach einer Weile indes verlor das Schauspiel seinen Reiz für Maya, und sie zupfte an Knospes Umhang. »Komm«, flüsterte sie. »Wir wollen doch nicht, daß Busch uns wieder ankeift.«

Alte Beere führte sie über das Grasland und in den stillen, dichten Wald dahinter. Es war, als trete man vom Tag in die Nacht. Maya blickte hoch, die Augen so groß wie Untertassen. Gigantische Eichen reckten sich rund um sie empor, kämpften mit Ahorn und hageren, knorrigen Hickorybäumen um den Platz. Es gab nur sehr wenig Unterholz, denn die Laubdächer der Baumriesen ließen fast kein Licht bis zu ihren Wurzeln hinunterdringen. Nur Büschel von zähem, gräulichem Gras sprossen hier und da durch einen dicken Mulch heruntergefallener Äste, verfaulender Blätter und verrottender Nüsse. Es war sehr still; Maya verspürte dieselben Empfindungen, wie in Momenten, wenn Alter Zauber ihr inmitten des warmen, dunklen Geisterzeltes die alten Geheimnisse zuflüsterte.

»Gruselig«, bemerkte Knospe.

Und obwohl Maya auch ein wenig von der ehrfürchtigen Scheu verspürte, die ihre Schwester erfüllte, zwang sie sich zu einem Lachen. »Hier gibt es nichts, vor dem man Angst haben müßte, Knospe! Sei kein Angsthase!«

»Bin ich nicht!«

»Bist du doch!«

Knospe zog unwillig die Brauen zusammen und streckte Maya die Zunge heraus. Statt etwas zu erwidern, drückte Maya nur beruhigend die Hand der Schwester. Knospe schien angesichts dieser Geste wieder Mut zu fassen, und kurz darauf klärte sich ihre umwölkte Miene auf.

Der Lärm, den die Gruppe veranstaltete, klang unnatürlich laut in der drückenden Stille der Wälder, doch die übrigen Frauen schien das nicht zu bekümmern. Sie gingen regelmäßig hier entlang. Weiter entfernt zu ihrer Linken ließ das leise, gedämpfte Murmeln des Flüßchens seinen unablässigen Gesang erklingen. Aus einem einfachen Grund schritten sie nicht an seinem Ufer entlang: Trügerische Sümpfe und Flecken, wo sich der Untergrund in Treibsand verwandelte, säumten den Fluß. Mehr als einen ihres Volkes – einmal gar einen Jäger – hatten die Menschen an die fremden Geister verloren, die dort wohnten. Der Pfad, dem sie folgten, war schmal, aber ausgetreten von Tausenden von Füßen, die in den vergangenen sieben Jahren dortlang gegangen waren.

Die Frauen marschierten, immer zwei nebeneinander, in einer langen, weit auseinandergezogenen Reihe. Manche trugen gefüllte Schultersäcke, die sie, am Ziel angekommen, brauchen würden.

Ein Geräusch ließ Maya aufsehen; ein Flügelschlagen, ähnlich dem Geräusch, das zu vernehmen war, wenn sich der Wind in den Fellen am Eingang der Zelte fing.

»Sieh doch!«

Knospe blickte gerade noch rechtzeitig hoch, um den Schatten einer Bewegung zu sehen. »Was ist das?« fragte sie zweifelnd.

»Ein Vogel«, gab Maya zur Antwort. »Ein großer schwarzer Vogel.« Mit neugewecktem Interesse spähte sie empor, versuchte, eine weitere Bewegung auszumachen. »Ich glaube, wir haben ihn vertrieben.«

»Ich mag die Schwarzen nicht«, gestand Knospe. »Blatt hat mir gesagt, daß es böse Geister sind.«

»Was weiß Blatt denn schon?« versetzte Maya verächtlich.

»Haha! Und du weißt mehr als Blatt, nehme ich an?«

Maya fuhr sich bedächtig mit der Zunge über die Lippen. »Wenn es um Geister geht, vielleicht.«

Knospe wollte gerade ob der anmaßenden Worte protestieren, als sie sich daran erinnerte, mit wem sie sprach. Nur Maya betrat das Geisterhaus. Nur ihre Schwester redete regelmäßig mit Altem Zauber und Geist, seinem Lehrling. Doch selbst diese Tatsachen konnten ihren Widerspruch nicht völlig lähmen. »Nun gut, was *sind* die schwarzen Vögel denn dann?«

Maya, die mittlerweile völlig ernst geworden war, erwiderte: »Nichts als Vögel eben. Glaube ich jedenfalls.« Und dann, schon wieder fröhlicher, setzte sie hinzu: »Er ist sowieso jetzt weg.«

Obwohl der Himmel von Wolken verhangen war, war der Tag recht warm geworden, so daß die Frauen die Bänder ihrer

Umhänge lösten, die Brüste entblößt und der Schweiß, der sich dort gesammelt hatte, trocknen konnte.

Maya fuhr sich mit einer Hand über die Stirn. »Heiß«, beklagte sie sich.

Dies eine Mal wußte Knospe mehr als ihre ältere Schwester. Sie war schon einmal diesen Weg entlanggegangen, und auch wenn das wirklich nur ein einziges Mal gewesen war, ließ sie sich doch die Gelegenheit, ihre Überlegenheit zu demonstrieren, nicht nehmen.

»Es wird auch noch heißer«, erklärte sie gewichtig. »Wart's ab, dann siehst du es.«

»Was redest du da?« verlangte Maya zu wissen, doch Knospe schüttelte stur den Kopf und setzte eine selbstgefällige Miene auf.

Nun begann der Pfad sich ein wenig zu senken, und die Bäume standen nicht mehr so dicht. Allerlei Strauchwerk wuchs auf beiden Seiten des Weges empor – dichte Büsche mit fleischigen Blättern und saftigen, noch nicht reifen Beeren.

Maya wußte, daß die Beeren bis zum Herbst dunkelrot werden würden, und die Frauen würden sich an ihre Ernte machen. Die Beeren hatten einen scharfen, bittersüßen Geschmack, der sich mildern ließ, wenn man sie trocknete und mit den Eicheln mischte, die die Frauen ebenfalls sammeln würden.

Als das Unterholz dichter und üppiger wurde, konnte Maya Vögel beobachten, die sich auf die Beeren stürzten, und der Wald hallte wider von ihren hohen, ungeduldigen Schreien. Maya seufzte vor Vergnügen – noch nie war sie so weit vorgedrungen, und obgleich ihre Beine wegen der langen Wegstrecke zu schmerzen begannen, war sie von den neuen Anblicken und Geräuschen in Bann geschlagen. Die Welt war solch ein wundervoller Ort! Der Überfluß, der sie umgab, raubte ihr den Atem.

Ihre Nase juckte. Die Luft war erfüllt vom säuerlichen Geruch der Beeren, die zu Boden gefallen waren und dort verfaulten, doch da gab es noch etwas anderes, das sie schon einmal gerochen hatte, allerdings nur ganz schwach und als der Wind richtig gestanden hatte.

Nun schlug ihr der Gestank ins Gesicht, durchdringend, schwer und unheilverkündend. Jenes eine Mal, an das sie sich erinnerte, hatte sie ein verlassenes Vogelnest in den Felsen gefunden, in denen zwei winzige, zerbrochene Eier gelegen hatten. Diese Eier hatten ein wenig wie das hier gerochen, aber nicht einmal ansatzweise so stark.

»Puh«, sagte sie zu Knospe. »Wie das stinkt. Was ist das?«

»Wirst du schon sehen«, ließ Knospe sie geheimnisvoll wissen.

»Komm schon, sag's mir!«

Doch Knospe schüttelte nur den Kopf.

Plötzlich dann war der Wald zu Ende. In dem einen Augenblick stapften sie noch auf den ausgetretenen Pfad entlang, über sich das Dach der Baumriesen mit ihrer rauhen Rinde, und im nächsten traf schon blendendes Tageslicht auf ihre Augen.

Kurz hinter dem Waldrand fiel das Gelände steil ab, vielleicht zehn Fuß tief hinab zum Ufer eines Sees, der weitaus größer war als der Erste See.

»Der Zweite See«, flüsterte Maya. Weiter weg zu ihrer Linken verbreiterte sich der Fluß, um sich in dem größeren Gewässer zu verlieren. Ein scharfer Wind kräuselte die silbrige Wasseroberfläche, die wie Quecksilber unter dem grauweißen Himmel schimmerte. Maya konnte die gesamte Wasserfläche überblicken, und sie entschied, daß der See wie eine Träne geformt sei. Ein schmaler Kieselstrand erstreckte sich auf ihrer Seite des Wassers, nicht mehr als fünf oder sechs Fuß breit, und Alte Beere führt sie entschlossenen Schrittes auf diesen natürlichen Weg hinunter. Die Frauenschar hielt hier nicht inne, obwohl Maya sich brennend gewünscht hätte, eine Rast einzulegen und die Gegend zu erkunden. Nichtsdestotrotz beschleunigte sie ihre Schritte wieder, da sie sich Buschs stechenden Blicken in ihrem Rücken wohl bewußt war; nur kurz verlangsamte sie ihr Tempo, um ein neues Wunder anzustarren.

Eine Weile wußte sie nicht, was es war, das ihre Aufmerksamkeit fesselte, es sah aus wie kleine schwarze Flecken in der Seemitte, die wie Treibholzstückchen auf und ab tanzten. Doch die Punkte waren keine Holzstücke, es waren schwimmende

Vögel, und als sie die Stimmen und Schritte der vorüberziehenden Frauen vernahmen, stoben sie in einem plötzlichen Sprühregen von Wasser und Flügeln auf, und die Luft war erfüllt von ihren schrillen Schreien. Das waren ja Hunderte!

»Ohhh«, keuchte Maya.

Aus dem Schatz ihres überlegenen Wissens schöpfend, versetzte Knospe hochnäsig: »Es sind doch nur Enten, Maya.«

»Sie sind so schön!«

Die praktischer veranlagte Knospe sagte: »Zumindest schmecken sie gut.«

Gelegentlich gelang es den Frauen, eins der scheuen Tiere in einer Schlinge zu fangen, und wenn dem so war, wurde ein Festmahl daraus zubereitet. Enten, die reichlich von dem Fett besaßen, das das Volk so dringend brauchte, wurden zu den schmackhaftesten Nahrungsmitteln im Grünen Tal gezählt. Mayas Mutter, Blüte, stellte sich indes nicht sonderlich geschickt an beim Fangen dieser Vögel, so daß Maya sie nur wenige Male hatte kosten können. Der Mund wurde ihr wäßrig bei der Erinnerung an den Wohlgeschmack, während sie die plumpen und ungelenken Vögel beobachtete, die sich in die personifizierte Anmut verwandelten, sobald sie sich in die Lüfte erhoben.

Schließlich erreichte der Zug den Punkt, wo das Wasser über einen natürlichen Steindamm wieder aus dem See floß. Wie immer ging Alte Beere vor, doch diesmal blieb sie stehen und rief nach hinten: »Seid jetzt vorsichtig. Paßt auf, wohin ihr die Füße setzt.«

Gehorsam wandte Maya ihre Aufmerksamkeit dem Boden zu, der naß und matschig war. Nun folgten sie wieder dem Flußlauf selbst, denn die Wälder an seinen Ufern waren undurchdringlich geworden. Beim Gehen rümpfte Maya fortgesetzt die Nase. Der widerliche Gestank war fast körperlich greifbar, dick und schwer hing er in der Luft. Sie fragte sich, was das wohl sein mochte.

Und dann entdeckte sie plötzlich mehrere hundert Stocklängen weiter flußabwärts ein letztes Wunder. Ein langgezogener, seufzender Knall tönte durch den Morgen, und dann brach aus dem Boden selbst eine hohe, gekräuselte Rauchfahne empor!

Die Löwin war satt und wollte eigentlich nur mit ihren beiden halbwüchsigen Jungen auf den Felsen liegen, die Wärme aufsaugen, die der dunkle Stein gespeichert hatte. Doch dann drehte sich der Wind mit einemmal; sie regte sich unbehaglich, erhob sich halb, ließ sich dann wieder zurücksinken, verunsichert.

Sie kannte diesen Duft, hatte ihn schon viele Male zuvor gewittert. Doch er war ihr immer noch neu und fremd, keine Witterung, die sie gewöhnlich mit Nahrung verband.

Ihre beiden Jungen waren mit den blutigen Überbleibseln eines großen Hasens beschäftigt, den sie kurz zuvor aufgescheucht hatten. Sie knurrten und fauchten, während ihre kleinen scharfen Zähne das Hasenfleisch zerfetzten und die dünnen Knochen zermalmten.

Mutter Löwe erhob sich erneut. Die Duftmarke war stärker als alles, woran sie sich erinnerte. Ihr erster Impuls war, sich zurückzuziehen, doch sie hatte ja die beiden Jungen bei sich. Nichts durfte ihnen gefährlich werden!

Sie zischte ihnen eine leise Warnung zu, um dann mit fast aufreizend lässigen, fließenden Bewegungen von ihrem erhöhten Beobachtungsplatz auf dem Felsvorsprung zu gleiten.

Gar nicht weit weg, dachte sie. Sie war ziemlich tief in das Tal vorgestoßen, weg von den Höhlen, in denen sie normalerweise hauste, weil sie darauf aus gewesen war, ihren Jungen die Jagd auf Hase und Eichhörnchen beizubringen, die hier sehr zahlreich zu finden waren. Die neue Witterung ängstigte und faszinierte sie gleichermaßen, machte sie unruhig und daher reizbar.

Leise knurrend schritt sie weiter.

KAPITEL SECHS

Das Grüne Tal: 17990 v. Chr.

Als sie sich der Mittagszeit näherten, riß die Wolkendecke über ihnen auf, so daß die Sonne ungehindert auf die Frauen herniederbrannte, die sich unten abmühten. Es wurde so heiß, daß einige der jüngeren Frauen ihre Umhänge ganz ablegten und sich die goldenen Sonnenstrahlen auf die dicken Muskelpakete auf ihren Schultern brennen ließen.

Alte Beere war in ihrem Element. Viele der jüngsten Mädchen hatten noch nie einen solchen Ausflug mitgemacht und stellten sich bei ihren neuen Aufgaben ungeschickt an. Beere stapfte zwischen ihnen umher, auf ihren Stock gestützt, gestikulierten, erklärte und kritisierte sie.

»Nein«, sagte sie, »diese Sorte nicht.« Sie blieb bei drei der Mädchen stehen, die ihre Arbeit unterbrachen, um sich belehren zu lassen.

Die Gegend, in der sie schließlich haltgemacht hatten, war gespenstisch. Zu ihrer Linken befand sich, wenn sie stromabwärts blickten, ein langgestrecktes, schmales Gewässer: der Rauchsee. Die Wasser von Rauchsee sprudelten und schäumten unablässig, und wo immer das Wasser aufgewühlt war, stieg Dampf hoch; der lebendige Atem der Erde, aus Schloten, die tief bis ins Erdinnere reichten. Der kiesbedeckte Pfad, dem sie gefolgt waren, verlor sich nicht weit von ihnen in flachem, grasbewachsenem Sumpfland, von dem noch mehr Qualm aufstieg. Und noch ein Stück weiter hinten war dunkelbrauner Schlamm zu sehen, satte, schmatzende Geräusche waren von dort zu vernehmen, und eine Symphonie an unangenehmen Gerüchen: Fäulnis und Verwesung, verdorbene Eier, Schwefel. Von diesem Gebiet stieg nur wenig Dampf, dafür aber um so mehr Gestank auf, der die Frauen vor Abscheu die Nase rümpfen und sie in regelmäßigen Abständen husten ließ. Hinter der Schlammebene und dem Sumpf ragten wieder Bäume in den Himmel auf, dunkel und drohend, wären nicht die vielen Vögel gewesen, die in ihnen nisteten und ein und aus flogen, einander und die Invasion von Frauen in ihr Territorium ankündigten.

Die Mädchen arbeiteten dicht am Rand des Sumpfes, und auch der Wald war weniger als zehn Fuß von ihren Rücken entfernt. In ihren Händen hielten sie kleine, schwere Hackbeile, robuste Steinbrocken, die durch Steins Geschicklichkeit an einer Seite zu einer Schneide geformt worden waren. Mit diesem Werkzeug hackten sie kurz oberhalb der Erde auf zwei Zoll dicke junge Bäume ein. Die schlanken Stämme mit ihrer braunen Rinde trugen in acht Fuß Höhe blattreiche Kronen von zartem Grün. Es waren junge Hickorybäume; perfekt geeignet für den Zweck, den sie im Alltagsleben des Volkes erfüllen sollten.

Zwei der Mädchen hatten ihr Werk beinahe schon verrichtet, Blume, die die Anweisung vielleicht mißverstanden hatte, hatte keinen Hickorybaum ausgewählt, sondern mühte sich statt dessen mit einem anderen Gewächs ab, einem niedrig gewachsenen, verkrümmten Busch mit Dornen und zäher, dunkelbrauner Rinde. Sie war es, an die Alte Beere ihren Tadel richtete.

»Warum hörst du nicht zu, Blume? Ich habe dir doch erklärt, wonach du hier Ausschau halten sollst. Siehst du, welche Bäume Blütenblatt und Moos ausgewählt haben?« Sie versetzte Blume einen leichten Klaps auf den Kopf. »Und jetzt laß dieses häßliche Ding in Ruhe und arbeite an« – sie drehte sich um die eigene Achse, suchte nach etwas Passendem und deutete darauf – »dem da.«

Blume, ein flatterhaftes, nervöses junges Mädchen, das außer Kichern nicht viel zustande brachte, ließ von dem stacheligen Gewächs ab und rutschte auf den Knien zu dem Hickorybäumchen, das Alte Beere ihr gezeigt hatte. Beere beobachtete, wie das Mädchen sich daranmachte, ein paar Zoll über der Erde auf die zarte Rinde einzuhacken. Zufrieden, daß ihre Anweisungen ausgeführt wurden, nickte sie wohlwollend und sagte: »Gut. Mach so weiter.« Dann wandte sie sich ab, um sich zu vergewissern, daß auch alle anderen ihre Arbeit zufriedenstellend verrichteten.

Mitten in der Bewegung hielt sie jedoch inne und beschattete ihre Augen. Ihre alten Sinne hatten... hatten irgend etwas bemerkt, aber was? Langsam suchte sie den Waldrand ab, konnte aber nichts entdecken, was nicht gestimmt hätte. Die Vögel flatterten immer noch durch die Luft, und die anderen Geräusche, die sie hörte – die seufzenden Windstöße, das keckernde Rufen kleiner Tiere auf den Bäumen und anderer, die auf dem Boden lebten –, waren alle völlig normal. Was hatte sie dann wachsam werden lassen?

Leicht beunruhigt humpelte sie ein Stück voran und betrachtete den Rauchsee selbst. Auch dort regte sich nichts Ungewöhnliches; das Blubbern und der Dampf hatten sie erschreckt, als sie all das zum erstenmal gesehen hatte, doch nun, nach Jahren der Erkundung, war beides so vertraut wie alles andere im Grünen Tal. Sie wußte, daß es Fische in dem See gab, doch man fing sie nur selten, denn der See war tief und fiel direkt am Ufer steil ab. Einmal hatte sie sich eine lange Leine aus aneinandergeknoteten Lederriemen gefertigt und einen Stein von der Größe ihrer Faust an einem Ende befestigt. Sie hatte die Leine vom Ufer aus geworfen, und obwohl die Schnur fünfmal die Finger beider Hände an Schritten lang gewesen war, hatte der Stein doch den Grund nicht berührt. Ein leichter Schauder rann ihr den Rücken hinunter; niemand vom Volk, der in jenen See fiele, würde je wieder zurückkommen.

Immer noch erblickte sie nichts Gefährliches, und nach einem weiteren Moment verflüchtigte sich das schwache Gefühl, bedroht zu werden. Sie zuckte mit den Schultern und hinkte voran, dem nächsten Frauengrüppchen entgegen.

Maya, die zu jung war, um mit der kraftraubenden Arbeit betraut zu werden, hatte den anderen eine Weile zugesehen, um dann gelangweilt mit Knospe zu den Frauen zu schlendern, die direkt am Waldrand arbeiteten. Hier legten sie eine Rast ein, machten es sich im Schatten auf dem Stamm eines Baumes bequem, der umgestürzt war und einen schmalen Graben überspannte. Eine Zeitlang saßen sie da, schwatzten und fühlten sich eins mit der Natur wie auch die Tiere, die im Tal Unterschlupf gefunden hatten. Dann suchten sie, wie Kinder es ständig tun, bald wieder nach etwas, das ihre Aufmerksamkeit für eine Weile zu fesseln vermochte.

»Sieh doch nur, Knospe«, verkündete Maya, die sich umgewandt hatte und zur anderen Seite der Senke hinüberblickte, »das ist wie eine Brücke über eine tiefe Schlucht.« Vorsichtig zog sie die Beine an, stellte sich aufrecht hin und balancierte mit ausgestreckten Armen auf dem halb verrotteten Baumstamm.

Knospe beäugte sie mißtrauisch. »Du paßt besser auf, daß Alte Beere dich nicht sieht.«

Maya indes schlug die Warnung in den Wind und schätzte die Länge des Stamms über der Senke ab. Der Baum sah stabil genug aus, um sie zu tragen, aber sein Ende konnte sie nicht genau ausmachen, denn der Stamm verschwand irgendwo im Unterholz auf der anderen Seite.

»Ich kann rübergehen!« verkündete sie schließlich und machte sogleich den ersten Schritt.

»Maya!« warnte Knospe leise. »Was ist, wenn du runterfällst?«

Die beiden Mädchen blickten zum Grund der Senke, die nicht gefährlich wie eine Schlucht, aber doch an die vier Fuß tief war. Unten lagen große und kleine Steine mit scharfen Kanten, die zum Teil unter dornigem Gestrüpp verborgen waren. Ein Sturz würde häßliche Folgen haben, doch Maya hatte nicht vor zu stürzen.

»Psst, Knospe!« erwiderte sie scharf. »Du machst nur Busch oder Blüte auf uns aufmerksam!« Dann, ohne sich um ihre Schwester zu kümmern, die leise jammerte, setzte sie einen Fuß vorsichtig vor den anderen. Wenige Augenblicke später stand sie auf der anderen Seite des Grabens und sah triumphierend über den Baumstamm hinweg zu Knospe zurück.

»Hast du das gesehen?« rief sie. »Du versuchst es doch auch, oder?«

Knospe zog leicht die Brauen zusammen. »Wir werden Ärger bekommen«, gab sie zu bedenken.

»Nein, werden wir nicht. Wir gehen hier auch nur weiter bis

zum Ende des Baumes«, widersprach Maya. »Komm schon, du kleiner Angsthase.«

Diese Beleidigung konnte Knospe nicht auf sich sitzen lassen. Sie seufzte, um dann vorsichtig auf den Baumstamm zu steigen. Sie war kleiner als Maya, aber die geborene Akrobatin, und legte den Weg über den Baumstamm mit Leichtigkeit zurück. Einmal drüben, funkelten ihre schwarzen Äuglein vor Vergnügen. »Siehst du!« erklärte sie. »Ich bin doch kein Angsthase!«

Maya nickte anerkennend. Es war einfach, Knospe zu irgendwelchen Dingen zu überreden, auch zu Dingen, die ihre Schwester eigentlich gar nicht tun wollte. Auf diese Art und Weise handelten sich beide Mädchen eine Menge Ärger mit den älteren Frauen ein.

Jetzt setzten sie sich wieder, und ließen ihre kurzen Beinchen von dem dicken Baumstamm baumeln. Nur ein klein wenig weiter ragten die aus der Erde gerissenen Wurzeln des Baumes wie eine Wand in die Höhe, und das Laub junger, nachwachsender Bäume bildete ein Dach darüber. Nach einem Moment krabbelte Maya auf die Stelle zu und erklärte sie zu ihrer Höhle. Knospe sah erst einmal mißtrauisch zu, folgte ihrer Schwester dann aber erneut. Sofort waren sie in ein kindliches Spiel vertieft, in dem sie, mittlerweile erwachsen, die Rollen von Vater und Mutter übernahmen; ihre Phantasie entzündete sich an den Geheimnissen des Erwachsenseins. So gebannt waren sie von ihrem Spiel, als sie zusammen tuschelten und kicherten, daß keines der beiden Mädchen das leise, schroffe Keuchen hörte, das aus den Tiefen des Waldes drang – und selbst wenn sie es gehört hätten, hätten sie es nicht zu deuten gewußt.

Keins der beiden Mädchen hatte je zuvor einen jagenden Löwen gesehen oder gehört.

Mutter Löwe bot einen furchterregenden Anblick. Sie maß dreieinhalb Fuß vom Boden bis zu ihrem mit schweren Muskelpaketen bepackten Rist und wog an die sechshundert Pfund. Ihr Fell hatte die Farbe von Honig und war wesentlich länger und dichter als das ihrer Nachkommen in einer fernen Zeit, doch das, was sie am meisten von diesen unterschied, ragte aus ihren Kiefern heraus: zwei lange, gebogene Reißzähne, weiß und glänzend und nadelspitz.

Als sie nun über die Schulter zurückspähte und gähnte, blitzten die Zähne auf. Ihre beiden halbwüchsigen Jungen, deren Reißzähne gerade eben zu wachsen begannen, tollten auf einer kleinen, sonnendurchfluteten Lichtung ein Stück hinter ihr herum. Sie hatten es aufgegeben, am Kadaver des Hasen herumzunagen, und waren ihr gefolgt, und Mutter Löwes Instinkt hatte ihr keinen Grund gegeben, sie wegzuscheuchen. Die fremdartigen Gerüche, die sie gewittert hatte, waren beunruhigend, aber doch nicht so sehr, ihr Angst einzujagen.

Ohnehin gab es nur sehr wenig, was Mutter Löwe fürchtete. Sie stand in der Rangordnung der Tiere in dieser Region unangefochten an der Spitze. Es gab nichts und niemanden, der ihre Überlegenheit ernsthaft herausforderte, sie machte Jagd auf das riesige Mammut, das Bison und auf das schmackhafteste von allen, das zartfleischige Karibu. Sie konnte natürlich getötet werden – eine rasende Mammutmutter, die ihre Familie verteidigte, mochte einen glücklichen Treffer mit ihren prächtigen Stoßzähnen landen und den Rest mit ihren stampfenden Füßen erledigen –, doch dazu müßte sie wirklich schon großes Glück haben.

Es war also zum größten Teil Neugier, was Mutter Löwe zu der Gruppe von Frauen hinzog, die am Ufer des Rauchsees plapperten. Sie hatte den schmalen Fluß, in dem das Wasser wieder aus dem See abfloß, mit einem einzigen mühelosen Sprung überwunden. Ihre Jungen hatten diesen Sprung nur mit Anstrengung geschafft. Eins war sogar in den Fluß zurückgefallen, um kurz darauf fauchend, spuckend und sich schüttelnd wieder an Land zu klettern, erbost über das unfreiwillige Bad.

Mit einem letzten Blick auf die beiden Löwenjungen erhob sich die Mutter und schlich näher an den Ursprung der unbekannten Duftmarke heran. Als Mutter Löwe sich vorwärtsbewegte, erstarben plötzlich alle Geräusche in ihrer Nähe, um sie herum wurde alles totenstill. Winzige Tiere huschten in ihre Löcher; Vögel klammerten sich plötzlich an sichere Äste hoch über der Erde und musterten die vorbeigehende Mutter Löwe argwöhnisch aus glänzenden runden Augen. Mutter Löwe war an diese Stille gewöhnt; sie war der Tribut, den der Wald ihrer Machtstellung zollte. Sie und all ihre Artgenossen waren ihr Leben lang in dieser ehrfürchtigen Stille gewandelt.

Ihre Jungen sprangen hinter ihr her, spielerisch mit den Tatzen nacheinander schlagend.

Maya blickte plötzlich ängstlich auf, obwohl sie keine Ahnung hatte, was diese Angst geweckt hatte. »Knospe. Hast du etwas gehört?«

Knospe spähte unbehaglich um sich. »Nein«, erwiderte sie, und ihre Stimme klang unnatürlich laut, »habe ich nicht.« Sie schwieg, um dann hinzuzusetzen: »Eigentlich höre ich überhaupt nichts.«

Und sie hatte recht. Der Wald um sie herum war in Totenstille versunken. In der Ferne konnten sie die Stimmen der Frauen hören, dünn und hoch, doch die Geräusche, die sie unbewußt die ganze Zeit um sich herum wahrgenommen hatten – Vögel, kleine Tiere, sogar Insekten –, waren verstummt.

Maya fühlte ihr Herz schneller schlagen. Schließlich stand sie mit äußerster Vorsicht auf und blickte den Weg zurück, den sie gekommen waren. »Ich glaube«, wisperte sie und scheute davor, die unheilvolle Stille zu durchbrechen, »wir gehen jetzt besser zurück.«

Auch Knospe rappelte sich auf ihre kleinen Füße, die Augen wachsam zusammengekniffen. Sie sprach kein einziges Wort, kletterte auf den Baumstamm und machte sich auf den Weg zurück über die Senke. Und dann blieb sie stehen, entsetzensstarr.

Zwei große, glitzernde grüne Augen beobachteten sie mit ruhigem Raubtierblick vom anderen Ende des Stammes.

Mutter Löwe sperrte das große Maul auf und stieß ein heiseres Knurren aus.

Alter Zauber starrte unter gesenkten Lidern hervor auf die kleine Flamme, die in der Feuerstelle in der Mitte des Geisterhauses flackerte. Es war ziemlich warm; er war in eine Art Dämmerzustand gefallen, und irgend etwas hatte ihn wieder halb aufgeweckt.

Daran hatte er sich mittlerweile gewöhnt. In letzter Zeit fand er mehr und mehr Gefallen daran, am Feuer zu sitzen, in alte Erinnerungen zu versinken und sich selbst Lieder vorzusummen. Er wußte, daß er alt war, sehr alt; seine Knochen sagten ihm das jeden Morgen, wenn er erwachte. In anderen Zeiten würde er vermutlich seine Würde bereits an Geist weitergeben – aber dies waren nun einmal keine anderen Zeiten. Die Bürde des Großen Geheimnisses lastete schwer auf ihm. Maya war kaum sieben Jahre alt, hatte noch einen langen Weg zurückzulegen, bis sie zur Frau wurde. Irgendwie mußte er durchhalten – denn obwohl er sich da nicht absolut sicher war, glaubte er doch, daß das kleine Mädchen seine volle Macht nicht ausüben konnte, bevor die ersten Monatsblutungen eingesetzt hatten. Das dauerte noch Jahre – und Geist wurde zu einem immer größeren Problem. Nun, da er sich der Blüte seiner Manneskraft näherte.

In der Hoffnung, den Jüngeren zu beschwichtigen, hatte Alter Zauber mehr und mehr von seinen Pflichten an ihn abgetreten. So sollte Geist an diesem Tag zum erstenmal die Geister der Jagd beschwören. Alter Zauber konnte die Stimme des jüngeren Schamanen in der Ferne hören, der laut und von sich selbst überzeugt sprach, während er sich mit Speer und den anderen Führern der Jagd beriet.

Alter Zauber stieß einen inständigen Seufzer aus. Er hoffte, daß ihm genug Zeit bleiben würde. Das Geheimnis sprach von vielen Dingen, und das meiste davon hatte er Geist nicht erzählt. Die Erfahrung seiner zahlreichen Jahre warnte ihn – Geist war immer noch nicht soweit, die ganze Macht des Geheimnisses oder seine eigene Rolle darin zu verstehen. Tatsächlich hatte Alter Zauber Angst, daß man Geist, wenn er wirklich begriff, welche Aufgabe ihm zugedacht war, überhaupt nicht mehr würde vertrauen können. Die Sicherheit der kleinen Maya – er lächelte vor sich hin, als seine Lippen ihren Namen formten, der so anders war als die Namen der anderen des Volkes –, *ihre* Sicherheit war das höchste Gebot.

Wenn er nur weiterhin in der Lage sein würde, das Geschick des Volkes zu lenken. Wenn er lange genug leben würde, um zu tun, was getan werden mußte. Er wollte lieber nicht daran denken, was geschehen würde, wenn dem nicht so wäre. Der Gedanke war zu schrecklich, nicht nur für die kleine Maya, sondern auch für das Überleben des ganzen Volkes.

Diese Bürde. Diese grauenvolle Bürde.

Allmählich begann das Gefühl drohender Gefahr, das ihn geweckt hatte, wieder zu schwinden. Das leise Knistern und Knacken des Feuers beruhigte sein müdes Hirn. Der Kopf sank ihm auf die Brust, seine Augen fielen zu.

Der Traum erfaßte ihn mit der vollen Wucht eines Donnerschlags.

Alter Zauber fand sich wieder, wie er wanderte, wanderte. Um ihn herum erstreckte sich unendliches, ebenes Land, mit einem dichten Teppich hellgrünen Grases bedeckt. Hier und da leuchteten Flecken von grellem Blau in dem Gras. Ein Lächeln des Wiedererkennens glitt über seine Züge; diese winzigen Blümchen hießen ›Maya‹ und waren die Namengeber des kleinen Mädchens. Als er sie erblickte, wußte er, daß er träumte, denn er kannte diese Blumen nur aus der Traumzeit.

Er ging immer weiter. Er wußte nun, was als nächstes kommen würde.

In der Ferne machte er eine Ansammlung von Gestalten aus. Als er sie erblickte, begriff er, daß er in einem Großen Traum war, denn diese Gestalten erschienen nur in Zeiten lebenswichtiger Entscheidungen für das Volk. Verschwommen fragte er sich, was sie auf den Plan gerufen haben mochte. In den vergangenen Jahren war ihr Leben bemerkenswert ruhig verlaufen, und obwohl ihn gewisse Veränderungen, die ihm nicht entgangen waren, beunruhigten, waren sie doch nicht zu Problemen geworden.

Schließlich näherte er sich den Gestalten so weit, daß er ihre Züge erkennen konnte. Die Frau, die die anderen anführte, hob ihre rechte Hand zum Gruß und lächelte ihm zu. »Frieden, Bruder«, sprach sie mit sanfter Stimme. Es war seltsam. Ihre Lippen bewegten sich, aber es war kein Laut zu hören. Es war eher so, daß die Worte direkt in seinem Kopf Gestalt annahmen.

Als er ihr das erste Mal begegnet war, damals in seiner Jugend, hatte er geglaubt, es sei die Große Mutter selbst, doch allmählich war er zu dem Ergebnis gekommen, daß sie es nicht war. Die Große Mutter würde, selbst in seinen Träumen, niemals zu einem Mann sprechen. Diese Frau aus der Traumzeit war nur ihre Magd – obgleich ihre Macht der seinen so weit überlegen war wie die seine der der Tiere der Erde.

Möglicherweise war sie ein mächtiger Geist, doch da sie nie über sich selbst sprach, konnte er sich dessen nicht sicher sein. Nichtsdestotrotz lächelte er zurück und erwiderte: »Frieden sei auch mit dir, Schwester.«

Unmittelbar hinter ihr ragte ein riesiges weibliches Mammut auf, das ihn friedfertig über die gigantischen Bögen seiner Stoßzähne hinweg betrachtete. Neben Mammutmutter erhob sich die riesige Gestalt eines weiblichen Bisons, einer Karibumutter, einer großen Wölfin, und schließlich, zur Linken der Frau, die furchteinflößende Gestalt einer Löwin.

Er erahnte noch andere Gestalten, unsichtbar für seine Augen, als schritte die Frau an der Spitze einer großen Streitmacht, von der er nur eins wußte: All jene, denen er auf dieser endlosen, wunderschönen Ebene gegenüberstand, waren weiblichen Geschlechts. Obwohl die Große Mutter entschieden hatte, sich ihm nicht zu offenbaren, waren ihre Kraft und ihre Macht doch allgegenwärtig.

Die Träume machten ihm angst, und doch erfüllten sie ihn gleichzeitig mit einer unaussprechlichen Ruhe.

Er verneigte sich leicht und wartete. Die Frau, deren eines Auge grün, eines blau blitzten, während sie sprach, deren Finger sanft eine geschnitzte Mammutfigur liebkosten, die an einem Lederriemen um ihren Hals hing, die jener, die er in der Sicherheit des Geisterhauses barg, glich und auch wieder nicht glich, übermittelte ihm die Warnung, die sie ihm zu geben hatte.

Er erwachte wieder, von Kopf bis Fuß mit Schweiß bedeckt, und sein Herz pochte vor Entsetzen. Seine Muskeln schmerzten, als er sich auf die Füße quälte und aus dem Geisterhaus hinaustaumelte; er hatte sich noch nicht einmal die Mühe gemacht, sich irgendwelche Zeichen seiner Würde umzuhängen.

»Geist, Speer!« brüllte er. »Kommt her! Kommt *auf der Stelle* her!«

Maya erstarrte. Sie konnte sich nicht rühren. Der kalte, drohende Blick von Löwenmutter lähmte sie, als wäre sie ein kleiner Vogel, den die Augen einer Schlange bannen. Vor ihr stöhnte Knospe leise auf.

Das Geräusch befreite Maya aus ihrer tödlichen Trägheit; ohne nachzudenken, streckte sie die Hand aus und riß Knospe zurück.

»Lauf! Lauf!«

Knospe strauchelte, als sie von dem Baumstamm auf die Erde sprang, doch Maya war sofort an ihrer Seite und packte sie und zerrte sie fort.

»Lauf!«

Die beiden kleinen Mädchen stolperten in das Gewirr aus Büschen und Farnen. Äste peitschten ihnen ins Gesicht. Dichte Blätterdächer nahmen ihnen die Sicht. In kurzer Zeit verloren sie jeglichen Orientierungssinn.

Mayas Herz schlug heftig. Der Atem brannte wie Feuer in ihrer Lunge. Dünne Blutrinnsale flossen ihr dort, wo die Zweige ihre Haut wie Messer geritzt hatten, über die Wangen. Sie trieb Knospe an, blickte voller Entsetzen über die Schulter zurück. Sie erwartete jede Sekunde, jene schreckliche, sandfarbene Gestalt durch das Unterholz brechen zu sehen.

Die Zeit schien sich endlos zu dehnen. Obwohl es nur Sekunden waren, erschien es Maya doch wie Monate, ja Jahre, bevor sie schließlich durch das dichte Unterholz auf eine kleine Lichtung stürzten.

Junge Hickorybäume umstanden den Saum der Lichtung.

Dahinter ragten größere Bäume, deren lange Stämme glatt wie polierte Knochen waren, schweigend in den Himmel auf.

Ein Versteck! dachte Maya außer sich vor Angst. Sie sah nach allen Seiten, hielt Ausschau nach einer kleinen Höhle, einem Loch im Boden, nach *irgend etwas.*

Aber hier gab es nichts, das ihnen Schutz hätte bieten können, nur die Bäume und diese merkwürdige, tödliche Stille. Sie konnte den eigenen Atem in ihren Ohren dröhnen hören.

Meeuuuooowww . . .!

Zuerst beachtete sie das leise Fauchen nicht, weil sie es nicht zu deuten wußte. Dann erspähten ihre schreckgeweiteten Augen, woher das Fauchen stammte, nur undeutlich sichtbar zwar, aber dadurch nicht weniger furchteinflößend: *noch zwei!*

Ein verschwindend geringer Teil von ihr registrierte, daß diese beiden Löwen kleiner waren als der in der Nähe des Grabens. Aber jeder von ihnen war noch an die zweihundert Pfund schwerer als die Mädchen.

Wir stecken in der Falle!

Knospe schluchzte in panischer Angst. Maya warf einen Blick auf sie. Das Gesicht ihrer Schwester war weiß wie Schnee.

Wir haben keine Zeit mehr!

Knospe kniff die Augen zusammen, als könne sie so alles Böse ausschließen. Das Schluchzen, das sich ihren Lippen entrang, war kaum mehr hörbar. Maya packte eine Strähne ihres dunklen Haars und zog kräftig daran. Knospe riß die Augen weit auf.

»Ein Baum. Klettere auf einen Baum!«

Knospe starrte sie verständnislos an. Am anderen Ende der Lichtung erhob sich langsam einer der jungen Löwen. Nie zuvor in seinem kurzen Leben hatte er Gestalten wie die gesehen, die so seltsame Geräusche von sich gaben – und ohne seine Mutter, die ihm hätte zeigen können, was man mit diesen Wesen anstellte, war er ratlos.

»Urroouuuww . . .«, ließ er klagend vernehmen. War das etwas, was man jagen konnte? Oder war es nur zum Spielen, so wie sein Bruder? Er setzte zögernd eine Pfote vor, dann die andere und ging vorsichtig weiter.

Maya packte Knospe an den Schultern und wirbelte sie herum. Sie legte ihre Lippen geradewegs auf Knospes Ohr und brüllte aus voller Brust: *»Der Baum da! Da! Klettere auf diesen Baum!«* Unsanft stieß sie ihre Schwester vorwärts, auf einen mittelhohen Hickorybaum zu, der immer noch genügend niedrige Seitenäste hatte, an denen man sich festhalten konnte.

Endlich löste sich auch Knospe aus ihrer Erstarrung. Sie taumelte nach vorn, bis ihre Hände auf die Rinde eines Baumes trafen, den sie sogleich zu erklimmen begann.

Maya eilte ihr nach, stieß mit ihrem Fuß gegen ein Hindernis und stürzte. Jetzt war auch der andere junge Löwe aufgestanden und hatte sich seinem Bruder angeschlossen. Gemeinsam, aber immer noch zögernd und unsicher, überquerten sie die Lichtung.

Als Maya wieder auf die Füße kam, hielt sie den vertrockneten Ast, über den sie gestrauchelt war, in den Händen. Er war nur ein paar Fuß lang, dafür jedoch leicht genug, so daß sie ihn schwingen konnte. Nicht gerade viel, aber besser als nichts!

Sie blieb stehen, den Rücken an den Baumstamm gepreßt, und sah den Löwenjungen entgegen. Der vordere von beiden setzte unvermittelt zu einem Sprung an, um den noch verbliebenen Abstand zu seinem Gegenüber zu überwinden, und hieb mit einer Tatze nach dem kleinen Mädchen vor seiner Nase.

Maya kreischte vor Schrecken auf; dann, als sich Tränen und Blut auf ihrer Wange mischten, schlug sie mit dem Ast zurück.

Seine Spitze traf die empfindlichen Schnurrbarthaare der großen Katze, die daraufhin fauchend und überrascht zurückwich.

Maya ließ den Stock zu Boden fallen, und kletterte eilends auf den Baum.

»Klettere! Klettere höher! Komm schon, Beeilung, rauf mit dir!«

Mutter Löwe blinzelte. Eben waren die seltsamen Gestalten noch dagewesen, im nächsten Augenblick waren sie weg. Ihre Nase witterte den Geruch der Angst, der die fremden Wesen zur Jagdbeute machte, doch sie hatte heute schon gespeist und war müde.

Wenige Augenblicke später aber war ihre Trägheit wie weggeblasen. In rascher Folge vernahm sie das verwirrte Klagen ihrer Jungen und, Bruchteile von Sekunden später, das erstaunte Schmerzgeheule des jungen Löwen, den Maya mit ihrem Stock gestreift hatte.

Die Augen der Löwin verengten sich zu schmalen Schlitzen. Mächtige Muskelpakete schwollen in ihren Hinterbeinen. Ein einziger Sprung brachte sie über die ganze Länge des Grabens hinweg und ein gutes Stückchen ins dahinterliegende Unterholz.

Ihr gutturales Brüllen erfüllte den Wald, als sie schließlich die Lichtung erreichte, wo Knospe und Maya in panischer Angst wie Äffchen höher und höher auf ihren Fluchtbaum klommen.

Alte Beere wurde vor Schreck ganz starr. Auch andere Frauen hielten in ihrer Arbeit inne und hoben die Köpfe. Mutter Löwes wütendes Gebrüll hallte noch in ihren Ohren nach.

»Die Kinder! *Wo sind die Kinder?«* rief Alte Beere.

Die Frauenschar sprang auf die Füße; Augen suchten die Umgebung ab, Ohren wurden gespitzt, Rufe erschollen. Irgend jemand jammerte laut. Alte Beere erkannte die Stimme, wenn sie auch die Worte nicht verstehen konnte – Blüte. Das sagte ihr alles, was sie wissen mußte.

»Mayaaaa! Wo ist Maya? Und Knospe? Knospe ist auch verschwunden!«

Alte Beere humpelte zu der hysterischen Frau hinüber, hob die Hand und schlug ihr hart ins Gesicht. Blüte taumelte zurück. Vernunft begann in ihre glasigen Augen zurückzukehren.

»Sei still. Reiß dich zusammen! Und jetzt *denk nach!* Wo waren die Mädchen, als du sie zum letztenmal gesehen hast?«

Schniefend sah Blüte sich um, während sie überlegte und ein dünner Blutfaden aus ihrem Mundwinkel rann, den Alter Beeres Ohrfeige hervorgerufen hatte. »Da drüben ... da. Das glaube ich wenigstens«, antwortete sie unsicher und deutete in

Richtung der kleinen Schlucht. »Aber sie haben doch nur gespielt . . .«

Alte Beere schnaubte verächtlich. »Dieses Mädchen!«

In diesem Moment riß Blüte die Augen weit auf. »Ich höre sie! Könnt ihr sie denn nicht hören?«

Alte Beere vermochte die schrillen Mädchenschreie nur zu gut zu vernehmen. Und sie konnte auch das Knurren und Brüllen hören, das die Schreckensschreie untermalte.

»Ja, ich kann sie hören. Das bedeutet, daß sie noch am Leben sind.« Sie zwang sich, sich zusammenzureißen, und wandte sich zu den anderen Frauen um. »Du und du, ihr bringt die anderen Kinder zurück. *Bewegung*!« Sie suchte den Boden ab. »Ihr anderen nehmt euch Steine. Nehmt euch Stöcke, Äste, irgend etwas. Kommt schon, *Beeilung*!«

Als die Frauen davonstoben, um ihren Befehlen nachzukommen, rang Alte Beere die Angst in ihrem Herzen nieder, so gut sie es vermochte. Sie hatte, vielleicht als einzige der Frauen, eine Vorstellung davon, was Maya einst wirklich werden könnte. Alter Zauber hatte ihr keine Geheimnisse verraten, doch auch Alte Beere kannte ein paar der alten Lieder. Frauen gaben, ganz wie die Männer auch, ihre Gesänge von uralten Zeiten an weiter durch die Jahrhunderte, und sie wußte mehr, als sie den anderen preisgab.

Wenn Maya etwas zustieß . . . Sie verfluchte ihre schwachen alten Knochen, und vertrieb die Hoffnungslosigkeit, die über sie hereinzubrechen drohte. Keine Zeit zum Jammern! Sie würde ihr Bestes tun, mit dem, was ihr zur Verfügung stand.

In aller Eile versammelte sie die noch verbliebenen Frauen um sich, die Stangen, Keulen oder schwere Steine gesammelt hatten. »Kommt mit!« befahl sie, befahl sie, während sie sich schon der kleinen Senke und den gräßlichen Geräuschen zuwandte, die von einem Ort irgendwo weiter entfernt erklangen. Sie bemerkte, daß Blüte ihre Selbstbeherrschung wiedergefunden hatte und nun einen gefährlich aussehenden Stab schwang, der fast so groß war wie sie selbst.

»Los«, erklärte Alte Beere, umklammerte ihren eigenen Stab fester und stapfte den anderen voran über den steinigen Boden.

Eine stolze Erregung durchzuckte Alte Beere, als sie ihre zu allem entschlossene Streitkraft in die Schlacht führte. Die Männer, selbst mit ihren schrecklichen Speeren bewaffnet, hätten sich diesem Feind niemals gestellt. Nicht für zwei kleine Mädchen. Aber sie führte Frauen in den Kampf, Frauen und, was noch wichtiger war, Mütter.

Alte Beere kannte ein Geheimnis, das sie beruhigte. Männer waren nur Männer . . . doch Mütter, die ihre Kinder verteidigten, waren die wildesten, gefährlichsten Tiere auf der ganzen weiten Welt.

»Schneller!«

Maya hielt einen Moment inne, während der Atem in ihrer Brust rasselte. Sie klammerte sich an einen Zweig, der vielleicht fünfzehn Fuß über dem Erdboden hing. Dicht über ihrem Kopf suchte Knospe auf immer dünner werdenden Zweigen festen Halt, während sie sich höher und höher in die Sicherheit des Baumwipfels emporkämpfte.

Ihre Bewegungen führten dazu, daß der Hickorybaum leicht schwankte.

Maya warf einen Blick zurück auf den Boden. Beide Löwenjungen hockten am Fuß des Baumes, den Blick ihrer grünen Augen fest auf die beiden Mädchen hoch oben gerichtet. Eins der Jungen erhob sich und hieb die Krallen der Vorderpfoten in den Baumstamm, jedoch unfähig, daran hochzuklettern. Als Maya sah, wie weit das Tier auch so hochreichte – fast sieben Fuß –, blickte sie nach oben und sagte: »Wir klettern besser noch ein Stückchen höher rauf, Knospe.«

Das jüngere Mädchen war hysterisch vor Angst. Sie wimmerte auf und schüttelte wild den Kopf. »Wir werden *sterben*! Sie werden uns beide *auffressen*!«

»Nein, werden sie nicht«, hielt Maya dagegen, so ruhig sie konnte. »Wir sind hier oben in Sicherheit; klettere nur immer weiter hoch.« Doch noch während sie das sagte, stiegen Zweifel daran in ihr auf, ob sie recht behalten sollte. Diese jungen Löwen sahen aus, als könnten sie genausogut klettern wie die beiden Mädchen – auch wenn sie sich im Moment noch damit zufriedengaben, sie aus der Ferne zu beobachten.

Dann schlug ihr das Herz plötzlich bis zum Hals, als die Mutter der Löwen durch das Gehölz auf die Lichtung brach; ihr tiefes, warnendes Knurren hallte wie Donnergrollen in ihren Ohren. Die große Katze blieb am Fuße des Baums stehen, wobei sie den Blick keine Sekunde lang von den beiden Mädchen über ihr nahm. Sie stupste ihre Jungen mit der Schnauze an, als wolle sie sich vergewissern, daß alles in Ordnung sei. Und dann sammelte sie sich zum Sprung und schnellte hoch.

Maya kreischte unwillkürlich auf, als die große Katze auf dem Ast nicht mehr als drei Fuß unter dem ihren landete. Gigantische Krallen fuhren aus, als Mutter Löwe Halt auf dem Ast unten suchte. Und dann, fast noch bevor sie sicheren Halt gefunden hatte, peitschte die Vorderpfote der Löwenmutter in einem tödlichen Hieb vor, der auf Mayas herunterbaumelnde Beine gezielt war.

Aufschreiend fuhr Maya hoch und prallte direkt gegen Knospes Hinterteil. Sie stemmte ihre Schulter dagegen und drückte. *»Weiter!«* kreischte sie gellend aus voller Lunge, in der Hoffnung, ihre Schwester aus der tödlichen Erstarrung zu lösen, die diese befallen hatte. Kurz darauf merkte sie, daß Knospe sich endlich rührte. Immer noch von unten drückend und schiebend, drängte Maye die Jüngere höher in den Baum hinauf.

Mutter Löwes gewaltiger Satz hatte sie ein gutes Stück den Baum hinaufkatapultiert, doch nun bekam sie Schwierigkeiten. Die Zweige über ihr trugen nicht gut – einige begannen sich gefährlich durchzubiegen, sogar zu brechen, als sie danach tastete, und sie begann zurückzurutschen. Das Tier fauchte vor Enttäuschung und konzentrierte sich darauf, einen besseren Halt auf dem Baumstamm zu finden. Fürs erste war den beiden zu Tode geängstigten Mädchen über ihr eine Atempause gegönnt, aber die Gefahr war für sie trotzdem nicht gebannt.

Nachdem Knopses Lähmung einmal gebrochen war, bewegte sie sich mit der Schnelligkeit eines zu Tode geängstigten Eichhörnchens. In wenigen Sekunden war sie weitere zehn Fuß höher geklettert, fast bis in die Krone des Hickorybaumes.

Maya stieß einen tiefen Seufzer der Erleichterung aus und folgte ihr, sich der großen Katze unter sich nur allzu deutlich bewußt, die vergeblich um sich hieb.

Schließlich hielt Maya inne, klammerte sich an einen Ast direkt unter dem Baumwipfel. Knospes Beine, die sie des besseren Halts wegen um den Stamm geschlungen hatte, stießen gegen ihre Schulter. Der Stamm hier oben war entschieden dünner, und das Gewicht der Mädchen ließ ihn gefährlich hin und her schwanken. Höher konnten sie nun nicht mehr, denn über ihrem Kopf teilte sich der Stamm endgültig in eine Verästelung feinster Zweiglein, die viel zu dünn waren, um ihr Gewicht auszuhalten.

Maya blickte nach unten, wo Mutter Löwe sich immer noch abmühte. Sie hoffte, die Katze würde nicht in der Lage sein, so hoch zu klettern, daß sie sie erreichen konnte. Wachsam beobachtete sie Löwenmutter und betete darum, daß Knospe durchhalten möge. Wenn eine von ihnen fiel, würde dies den sicheren Tod bedeuten.

»Halt durch, Knospe!« befahl Maya scharf. »Halt einfach durch! Ich lasse nicht zu, daß sie dich kriegt!«

Tapfere Worte. Maya hatte nicht die geringste Ahnung, wie sie die Riesenkatze aufhalten sollte, wenn sie nahe genug käme, doch irgendwie bewirkten ihre eigenen Trostworte, daß sie sich selbst auch besser fühlte. Leises Wimmern war die Antwort von oben, aber Knospe schien bedeutend weniger panisch zu sein als vorher.

Maya riß den Mund auf, und rief, so laut sie konnte. *»Hilfe! Hiiilfe!«*

Unter ihnen hatte Mutter Löwe schließlich sicheren Halt auf dem Stamm gefunden. Sie legte eine Pause ein; dann tastete sie sich bedächtig und vorsichtig höher. Ihre Augen funkelten in einer furchterregenden Gier.

Ganz langsam, wie ein großer Bogen, der von seiner Sehne zusammengezogen wird, begann sich der Hickorybaum durchzubiegen.

»Hilfe! Hiiilfe!«

Alte Beere schob sich durch ein dichtes Dornendickicht, kümmerte sich nicht um die Stiche und Risse in ihrem Fleisch. Nicht weit weg hielten die angsterfüllten Schreie an, untermalt von dem unheilvollen tiefen, gutturalen Brüllen einer großen Raubkatze.

»Beeilt euch!« rief sie. Blüte stieß zu ihr, ihr Gesicht spiegelte wilde Entschlossenheit wider. Ihr schwarzes Haar hing wirr herab, ihr schweißnasses Antlitz glühte rot vor Anstrengung. Sie schwang ihren Knüppel und zwängte sich vorwärts.

»Nein!« rief Alte Beere ihr nach. »Warte auf uns!«

Blüte schlug die Warnung in den Wind. Im Nu war sie außer Sicht. Alte Beere verdoppelte ihre Anstrengungen. Nun begannen auch die Frauen, aus Leibeskräften zu brüllen und zu kreischen, hofften sie doch, den Löwen, den sie vor sich hören konnten, so zu verscheuchen. Schließlich brachen sie durch eine letzte Barriere aus Unterholz und strömten auf die Lichtung.

Alte Beere kam taumelnd zum Stehen. Ihre alten Augen blickten suchend in die Höhe, und ihr wurde kalt vor Entsetzen. Ein robuster junger Hickorybaum stand in einiger Entfernung auf der Lichtung. Dicht unterhalb seines Wipfels klammerten sich zwei winzige Gestalten offensichtlich verzweifelt an dünne Äste. Knospes Beine waren von dem Stamm abgerutscht, so daß sie sich nur noch mit den Händen hielt. Unter ihr hatte sich Maya immer noch sicher an den Stamm gepreßt, doch ihr Gesicht war zu einer Schreckensmaske erstarrt.

Ein paar Fuß unter ihnen fauchte und knurrte Mutter Löwe, die sich langsam und bedächtig dem Baumwipfel näherte. Ihr Gewicht brachte den Hickorybaum dazu, sich immer mehr durchzubiegen. Knospes Füße näherten sich noch mehr dem Boden, wo zwei halbwüchsige Löwenjungen, die nun durch die Wut ihrer Mutter ebenfalls in Jagdeifer versetzt worden waren, mit ausgefahrenen Krallen hochsprangen und versuchten, sich den Leckerbissen zu fangen, der immer näher über ihren hungrigen Fängen zappelte.

Blüte stand in der Mitte der Lichtung, den Mund zu einem

runden O geformt, in dem Wut und Entsetzen miteinander im Widerstreit lagen. Ein anhaltender, schriller Schrei, so schrecklich, daß er in menschlichen Ohren schmerzte, entrang sich ihrer Kehle.

Sie schwang ihren Stab in weitausholendem Bogen und lief dann blind vor Angst und Sorge um ihre Kinder los, ohne auch nur einen Gedanken daran, zu verschwenden, daß sie sich so selbst in Lebensgefahr brachte.

»Steine!« schrillte Alte Beere. *»Werft Steine!«*

KAPITEL SIEBEN

Das Grüne Tal: 17990 v. Chr.

Maya spürte, wie ihre schweißnassen Handflächen allmählich von der glatten Baumrinde abrutschten. Ihre Muskeln schmerzten und zitterten vor Anstrengung. Maya bekam kaum Luft; ihre Lungen schienen zu brennen. Immer noch rief sie um Hilfe. Sie war halb blind, da ihr das Blut, das ihr aus einer Stirnwunde über die Augen rann, die Sicht nahm. Aber sie wollte, sie durfte die Hoffnung nicht aufgeben.

Dicht neben ihrem Fuß brach ein Ast. Mutter Löwe keuchte bei dem Versuch, ihren massigen Körper ein paar Zoll weiter über den Stamm zu schieben. Der Gestank aus dem Rachen des riesigen Raubtiers drang Maya in die Nase. Sie wagte es nicht, hinter sich zu blicken. Statt dessen versuchte sie, sich weiter aus der Reichweite der scharfen Krallen zu entfernen, jener Krallen, die sie mit einem einzigen tödlichen Hieb von ihrem Ast würden fegen können.

Der Baumwipfel senkte sich noch weiter dem Erdboden zu, als das schwere Tier eine der Tatzen auf dem Stamm weiterschob. Knospe zappelte verzweifelt mit den Beinen, bemüht, ihren kleinen Körper wieder nach oben zu ziehen, und forderte so doch nur die Löwenjungen, die sie von unten beobachteten, dazu heraus, hochzuspringen und nach ihr zu schlagen. Dann rutschte, wie Maya entsetzt bemerkte, Knospes linke Hand von dem schlanken Stamm ab. Nun hing sie nur noch an den Fingern ihrer Rechten, während sie mit der linken Hand blindlings nach einem Halt angelte.

»Halt durch, Knospe! Ich komme!«

»Aieeee!«

Maya schloß ihre Schenkel fester um den Stamm und schob

sich ein Stück weiter vor. Mutter Löwe keuchte vor Wut über ihren bisherigen Mißerfolg, um dann ein Brüllen auszustoßen, das den beiden Mädchen das Blut in den Adern gefrieren ließ. Wieder peitschte das Tier seine rechte Vorderpfote nach oben, doch erneut ging der tödliche Hieb um Haaresbreite daneben.

Maya streckte ihre rechte Hand, so weit sie konnte, aus und versuchte, Knospes Finger zu erhaschen. Einen kurzen Moment lang glaubte sie, Erfolg gehabt zu haben; Knospes Finger berührten ihre Handfläche, und ihre Finger klammerten sich aneinander . . . doch dann rutschten sie wieder voneinander ab, schweißnaß, wie sie waren.

»Meine Hand, nimm meine Hand!« gellte Maya.

Knospe hatte die Augen fest geschlossen, um so die grauenvollen Bilder auszuschließen, die sich ihr boten. All ihr Denken galt ihrer rechten Hand, und mit übermenschlicher Kraft, die die Angst ihr verlieh, klammerte sie sich an dem Ast über ihrem Kopf fest. Sie sah und hörte nichts mehr, nicht das tiefe Grollen von Mutter Löwe, nicht das aufgeregte Fauchen von unten, nicht die Rufe der herbeieilenden Frauen, nicht einmal Mayas wilde Beschwörungen ganz in ihrer Nähe.

Maya zerbiß sich ihre Lippen, als sie sich ein weiteres Stück näher an ihr Ziel heranschob; Blut füllte ihren Mund, aber sie schmeckte es nicht. Ihre Schultern schmerzten entsetzlich; ihre Schenkel, die sie fest um den Baumstamm geschlungen hatte, waren schon lange taub geworden. Nur noch ein bißchen weiter . . .

Ich hab' sie!

Ihre rechte Hand schloß sich um Knospes schmales linkes Handgelenk. Maya biß die Zähne zusammen und packte zu, als ginge es um *ihr* Leben.

Mutter Löwe schaffte es, sich höher den Stamm hinaufzuarbeiten. Sie brüllte triumphierend auf, doch in eben dem Moment, als sie die Pranke nach Mayas Körper ausstreckte, verlor sie den Halt und rutschte weg.

Die Bewegung erschütterte den Baumwipfel wie eine starke Sturmbö, und Knospes rechte Hand löste sich von dem Ast, den sie umklammert hatte, und das Mädchen wurde jetzt nur mehr von dem Griff der Schwester davor bewahrt, in die todbringende Tiefe zu stürzen.

Mutter Löwe erspähte eine Bewegung hinter sich, erblickte kreischende Gestalten, die über die Lichtung hasteten und sah eine von ihnen etwas Merkwürdiges schwenken und damit genau auf ihre Jungen zulaufen. Sie spannte die Muskeln an ...

Maya spürte, wie ihr Knospes schmales Handgelenk langsam zu entgleiten drohte. Sie schwitzten zu sehr! Sie sammelte die letzten Kraftreserven, doch plötzlich wurde ihr bewußt, daß sie letztlich nichts tun konnte, um den Sturz ihrer Schwester zu verhindern; einen kurzen Augenblick später entglitt ihr Knospe endgültig und fiel wie eine winzige Eichel genau zwischen die sich balgenden Löwenjungen.

Mutter Löwe, außer sich vor Wut, daß jemand es wagte, ihre Jungen zu bedrohen, war mit einem Satz auch auf dem Boden. Der dünne Zweig, an den Maya sich klammerte, schnellte wieder hoch in den Himmel zurück.

Die Männer rannten. Als sie den Rauchsee erreichten, wandten sie sich den beunruhigenden Kampfgeräuschen im Wald zu. An ihrer Spitze schwang Speer die Waffe, der er seinen Namen verdankte. Geist hielt leicht mit ihnen Schritt, obwohl er seine komplette Würdenpracht aus der Haut und dem Schädel des Rentieres trug. In seiner Linken hielt er eine Rassel, und in seiner Rechten einen kurzen, aber nichtsdestotrotz todbringend scharfen Zeremonienspeer.

Haut und Stein und Klaue und weitere Männer eilten hinter ihnen her, die Gesichter vor Sorge verzerrt. Sie waren Jäger; sie verstanden nur zu gut die Bedeutung der Geräusche, die sie da hörten.

»Beeilung!« befahl Speer. Sie senkten die Schultern und liefen noch schneller, sprangen über niedrige Büsche, kletterten in Windeseile die kleine Schlucht hinab und auf der anderen Seite wieder hinauf und erreichten den eigentlichen Wald.

Kurz darauf stürzten sie auf die Lichtung.

Alte Beere beobachtete, wie vom Schlag gerührt, wie sich Blüte, ihren Prügel hin und her schwingend, den Löwenjungen näherte. *»Steine!«* kreischte sie erneut, und endlich reagierten die Frauen. Die Luft über der Lichtung war mit einemmal erfüllt von einem Hagelschauer faustgroßer Steine. Die Wurfgeschosse prasselten auf die Löwenjungen, meist ohne große Wirkungen zu zeigen, doch ein gezacktes, scharfkantiges Geschoß fuhr in das linke Auge eines der Tiere. Es heulte vor Schmerzen auf. Und genau in diesem Augenblick fiel Knospe von oben auf seinen Rücken. Überrascht machte das Tier einen Buckel, und Knospe kullerte zu Boden. Da blieb sie liegen, benommen und wie gelähmt. Das zweite Junge beschnüffelte sie, während das erste um und über ihren Körper tänzelte und versuchte, sich die Ursache seiner Schmerzen mit der Pfote aus dem Augen zu wischen.

Auch Mutter Löwe sprang vom Baum und mischte sich unter das sich windende Leiberknäuel. Blüte stieß einen gellenden Schrei aus und stürzte sich in den Angriff, den Stock wie einen Speer vor sich haltend.

Mutter Löwe wandte sich der neuen Gefahr zu, die bedrohlicher schien als das vor ihr liegende, fremdartige Wesen. Sie fuhr die Krallen aus, suchte damit Halt, um einen Sprung anzusetzen, und fand ihn, in dem kleinen, aber festen Körper vor ihren Pfoten. Und als sie sprang, rissen ihre Krallen ein Loch in diesen Körper, aus dem sich sogleich Gedärme dampfend auf den weichen Waldboden ergossen.

Blüte sah es und wußte, daß sie ihrer Tochter nicht mehr würde helfen können. Wahnsinnig vor Zorn und Schmerz warf sie sich auf Mutter Löwe . . . doch ihr erbärmlicher Stock war keine wirksame Waffe gegen das riesige Tier, das ihr mit einem Hieb mit der Vorderpfote den Kopf fast ganz von den Schultern riß.

Nun flogen keine weiteren Steine mehr; die Frauen stimmten ein schreckliches Jammergeschrei an. Mutter Löwe verharrte nur kurz über ihren Opfern; der verlockende Duft frischen Blutes drang ihr in die Nase, doch sie nahm auch den Geruch von weiteren Feinden wahr. Ihre Jungen in Sicherheit zu bringen, war deshalb oberstes Gebot.

Sie versetzte dem einen einen Klaps; das Löwenjunge verstand und verschwand mit einem einzigen kurzen Sprung im Unterholz. Einen Moment später folgte ihm sein Bruder mit blutendem Auge nach.

Mutter Löwe wandte sich den Feinden zu, fauchte und knurrte – eine dringende Warnung an die Frauen, nicht näher zu kommen. Und dann wich auch sie schließlich ins Unterholz zurück, denn die Feinde, die ihr gegenüberstanden, wurden immer zahlreicher, und einige trugen das einzige mit sich, das Mutter Löwe wirklich fürchtete: Feuer!

Speer sprang auf sie zu, seine gräßliche Waffe vor sich ausgesteckt. Haut und Stein waren rechts und links von ihm und schwenkten Fackeln. Der flackernde Feuerschein, der nicht enden wollende Lärm, all diese unbekannten Dinge . . .

Das war zuviel! Mit einem letzten rasselnden Knurren gab sie Fersengeld und tauchte in die Sicherheit des dunklen Forstes.

Alter Zauber saß im Geisterhaus, die Augen fest geschlossen, den heiligen Stein in dem schützenden Fell gegen seine Brust gepreßt. Er wiegte sich vor und zurück und sang ein geheimes Lied. Der Rauch des winzigen Feuers stieg ihm in die Nase. Nach einer gewissen Zeit verschwammen die Bilder der richtigen Welt, und er schwebte in der Dunkelheit, tauchte in das Reich der Träume.

Er hatte keine Vorstellung davon, wie lange es dauerte. Die Zeit in den Träumen pflegte sich seltsam zu benehmen. Manchmal erwachte er nach einem ganz kurzen Traum und mußte feststellen, daß in der Welt inzwischen Stunden vergangen waren; ein andermal war es genau das Gegenteil. So wartete er denn einfach.

Endlich kam sie. Zwei Augen, das eine blau, das andere grün. Die Augen blickten ihn ausdruckslos an. Hier spürte er nicht die lähmende Macht der Großen Mutter selbst, nur den geheimnisvollen Blick ihrer Magd. Und so betete er zu den Augen, immer und immer wieder.

Laß sie nicht sterben!

Nach einer Weile verschwammen die Augen und verfinsterten sich. Dann schließlich begannen sie zu schrumpfen, bis nur noch zwei glitzernde Lichtpunkte übrigblieben. Und dann waren auch sie verschwunden.

Alter Zauber erwachte ohne die geringste Ahnung, ob seine Gebete erhört worden waren oder nicht. Er starrte ins Feuer, und obwohl es im Geisterhaus durchaus warm war, spürte er, wie ihm eine Eiseskälte durch die alten Knochen fuhr.

Kalt, so kalt ...

Der Baumstamm, plötzlich vom Gewicht eines der Mädchen und dem von Mutter Löwe befreit, peitschte in hohem Bogen nach oben. Maya hatte keine Zeit, nachzudenken, ihren Griff zu verstärken, irgend etwas zu tun. Der Stamm schnellte in die Senkrechte zurück, und Maya spürte, wie ihr Arme und Beine von der glatten Rinde gerissen wurden, und dann, ganz seltsam, flog sie.

Nur einen kurzen Augenblick lang. Dann krachte sie jenseits der Lichtung zu Boden. Irgend etwas prallte gegen ihren Kopf. Sie fühlte es jedoch nicht. Sie hatte schon das Bewußtsein verloren.

Mutter Löwe sah im Dunkeln des Unterholzes nur sehr schlecht, doch ihre scharfen Ohren und ihre noch schärfere Nase sagten ihr, daß die Jungen sich vor ihr und in Sicherheit befanden. Und ihr Geruchssinn nahm noch etwas anderes wahr.

Da. Sie wußte nicht, wie es dahingekommen war, aber es war da. Ihre Augen glühten wie Feuer, während sie sich langsam näher schlich.

Maya schlug die Augen auf und schüttelte benommen den Kopf. Die Bewegung ließ fürchterliche Schmerzwellen durch ihren kleinen Körper schießen. Sie wollte sich erheben, sank jedoch zurück gegen den Felsen, der ihren hohen Flug gebremst hatte.

Ein langer, böser Schnitt klaffte an ihrem rechten Arm, und

das Fleisch lag bloß. Unaufhaltsam rann rotes Blut aus der Wunde, sickerte über ihr Handgelenk, tropfte von ihren Fingern.

Zuerst wußte sie überhaupt nicht, was geschehen war. Dann ließ ein leises Fauchen sie entsetzt aufsehen, und die Erinnerung kehrte zurück.

»Ah . . .!« Mit offenem Mund starrte sie entsetzt auf den riesigen Kopf, der weniger als drei Schritte von ihrem eigenen Gesicht entfernt war. Die großen grünen Augen von Mutter Löwe musterten sie ruhig, ganz ruhig.

Maya war es, als müsse ihr das Herz in der Brust zerspringen, als der große Höhlenlöwe sein Maul aufsperrte. Ein übelkeitserregender Gestank schlug ihr von diesen scharfen Zähnen entgegen, heiß und faulig. Mutter Löwes zwei riesige Reißzähne waren blutbefleckt – in diesem schrecklichen Moment, in dem die Zeit stillzustehen schien, sah Maya es ganz deutlich.

Sie tastete mit ihrem verletzten Arm nach einem Stein, einem Stock, nach irgend etwas. Schließlich schlossen sich ihre verzweifelt suchenden Finger um einen Felsbrocken von der Größe ihrer Hand. Langsam hob sie ihn hoch.

Mutter Löwe rührte sich nicht. Sie war verwirrt. Der Blutgeruch wecke den Tötungsinstinkt in ihr, aber irgendwie konnte sie sich nicht dazu überwinden, die Knochen jenes kleinen, übelriechenden Dings vor ihr zu zermalmen.

Dann senkte sich ein Nebel auf ihren Geist, und aus der Dunkelheit sprach eine Stimme zu ihr in Worten, die sie verstehen konnte. Die Stimme war unendlich besänftigend, unendlich mächtig:

»Deine Jungen sind in Sicherheit. Du bist in Sicherheit. Geh jetzt. Geh zurück zu deinem Lager. Geh. Ich werde mit dir sein. Geh.«

Mutter Löwe schüttelte das Haupt. Langsam klappte sie die Kiefer zu. Sie warf einen letzten Blick auf die winzige Gestalt, die schwächlich einen kleinen Stein vom Boden hob. Sie verspürte nicht mehr den tödlichen Zorn, der sie zuvor angetrieben hatte. Tatsächlich fühlte sie sich müde. Sie würde sich zu ihren Jungen gesellen und danach ein Nickerchen machen.

Ein nettes Nickerchen, auf den sonnenwarmen Felsen vor der Höhle, in der sie mit ihren Jungen lebte. Aber an den Geruch dieses seltsamen Lebewesens würde sie sich erinnern. Die anderen zählten nicht. Sie waren tot. Dieses hier würde sie nie vergessen.

Mutter Löwe knurrte leise.

Aber das komische Ding reagierte nicht. Mutter Löwe verlor vollständig das Interesse. Sie wich ein paar Schritte zurück, um sich dann umzudrehen und in die Richtung zu springen, aus der sie die Stimmen ihrer Jungen vernahm.

Maya sank in sich zusammen. Sie fühlte sich plötzlich zu schwach, um auch nur zu atmen. Der Stein entglitt ihren Fingern. Blut tropfte darauf.

Maya schloß ihre Lider. Die Dunkelheit kam fast augenblicklich; doch der Anblick von Mutter Löwe, von ihren gewaltigen Flanken, die sich hoben und senkten, die Erinnerung an ihren stinkenden, heißen Atem, diese Erinnerung wollte nicht verschwinden.

Sie würde ihr für immer bleiben.

Haut sah aus, als wäre er dem Tode nah. Er war nach den Maßstäben des Volks ohnehin nicht mehr jung, doch nun wirkte er zwanzig Sommer älter als noch wenige Sekunden zuvor.

Er stand über der blutigen Masse zerfetzten Fleischs in der Mitte der Lichtung und weinte. Oberhalb ihrer Schultern war von Blüte fast nichts mehr übrig. Die zerschmetterten Knochen ihres Schädels stachen wie schüchterne, unscheinbare Blumen aus der in Stücke gerissenen Fleisch- und Haarmasse, die einmal ihr Kopf gewesen war.

Seltsamerweise war Knospes kleiner Körper im Laufe des Massakers irgendwie zu ihrer Mutter geschleudert worden und lag nun über Knospes rechtem Arm, so daß die Mutter ihr Kind in einer letzten Umarmung wiegte.

Welch gräßliche Umarmung!

Blutgestank legte sich über die Lichtung. Die Frauen hatten

bereits eine Trauerklage angestimmt. Alte Beere hinkte vorwärts, ihr Antlitz aschfahl vor Kummer.

Haut wandte sich um. »Mutter, was ist hier vor sich gegangen?«

Sie sagte es ihm. Als sie ihre Schilderung beendet hatte, wurde Hauts Gesicht genauso fahl, genauso starr wie das der Tochter zu seinen Füßen.

»Maya. Es ist ihre Schuld. Sie hat Knospe hierhergebracht.« Er sprach tonlos, und in seiner Stimme schwang nicht die leiseste Regung, nicht die geringste Emotion mit.

Alte Beere nickte.

Haut sagte nichts weiter. Er kniete sich hin und streichelte sachte Knospes Wange, berührte dann mit zitternden Fingern Blütes Schulter. Tränen strömten ihm über die Wangen. Er wirkte gebrochen, niedergedrückt von der Last der Qual, und Alte Beeres Herz quoll über vor Mitleid. Seine erste Frau im Kindbett gestorben, und nun dies.

Das Leben des Volkes war immer hart gewesen, doch dieses Grauen schien alles zu übertreffen. Worin hatte das Volk gefehlt, um diese Strafe zu verdienen? Wodurch hatten sie die Geister beleidigt? Was konnten sie tun, um sie wieder zu versöhnen?

Diese Gedanken fuhren ihr wirr durch den Kopf, als sie ein neues Geräusch ablenkte. Einige Frauen riefen etwas und deuteten in eine bestimmte Richtung. Ihre Blicke folgten ihren ausgestreckten Armen.

Maya stolperte schwankend aus dem Unterholz, und überquerte auf unsicheren Beinen die Lichtung. Einer ihrer Arme war blutverkrustet und an ihrem Hinterkopf war eine große Beule zu sehen. In ihren seltsamen Augen lag eine Wildheit, die den Betrachter frösteln ließ.

Maya klagte laut und schrill, während sie vorwärtsstolperte. Und ihr Klagen verstummte nicht, als sie auf Knospes Körper zusammenbrach, als sie ihre mageren Ärmchen um Blütes stille Brust schlang.

Ihr Klagen sollte einen ganzen Tag lang nicht aufhören.

Haut sah ohne Gefühlsregung auf sie hinab. Dann wandte er

sich an Alte Beere. »Ich will sie nicht mehr. Sie ist nicht meine Tochter. Ich will sie nicht.«

Alte Beere nickte. Sie verstand.

Ein kühler Wind pfiff durch die Ritzen und Risse ins Zelt. Die Zeltklappe war halb geöffnet; Maya kuschelte sich in einen Stapel Felle und starrte auf den Nebel, der die Herdstellen draußen einhüllte. Sie hustete einmal, ein leises, abgehacktes Geräusch, das ihre Kehle mit blutigem Schleim füllte; die zarten Häutchen dort waren gereizt und wund, weil sie einen Tang lang geschluchzt und wehgeklagt hatte.

Sie zitterte. Nie in ihrem Leben hatte sie sich einsamer gefühlt. Haut hatte überhaupt nicht mit ihr geredet. Als sie in sein wie versteinertes Gesicht geblickt hatte, war es gewesen, als sei sie gar nicht da. Er hatte sie angeschaut, sie aber nicht gesehen.

Was hatte sie getan? Die schrecklichen Ereignisse des vergangenen Tages verblaßten in ihren Gedanken, wurden wie der feuchte graue Nebel, der draußen wallte. Leise und gedämpft wie sie waren, klangen die Todesklagen der Frauen wie das unheilverkündende Heulen des Windes. Niemand außer ihr war in dem Zelt zurückgeblieben; niemand hatte mit ihr gesprochen. Selbst Stein, ihr anderer Vater, hatte kein einziges Wort an sie gerichtet. Beim ersten Tageslicht waren alle einfach gegangen. Sie hatten sich auf den Weg zu jenem Ort am Ersten See gemacht, wo Geist und Alter Zauber Blüte und Knospe zur Großen Mutter heimsingen würden. Soviel begriff sie; der Rest war schmerzhafte Leere.

Knospe!

Wenn ich dich nur weiter hätte festhalten können, sagte sie sich. Sie schlang die dünnen Ärmchen um ihren Oberkörper und wiegte sich vor und zurück. *Wenn ich nur weiter hätte festhalten können ... Wenn ich nur ... Wenn ...*

Mit grausamer Klarheit überfiel sie dann eine plötzliche Erkenntnis: Sie *hatte* Knospe aber nicht festgehalten. Sie hatte sie von der Sicherheit der Gruppe fortgelockt, und sie *hatte sie nicht festgehalten.*

Ich habe sie getötet!

Angeekelt von dieser neuen Erkenntnis, beugte sie den Kopf vor. Ein leiser, erstickter Laut drang über ihre Lippen. »Ich«, sagte sie immer und immer wieder. »Ich, ich, ich ...«

»Maya.«

Sie sah nicht auf. Es schien so viel besser zu sein, sich in die warmen Felle zu kuscheln, ihrem eigenen Wehklagen zu lauschen, als würde es von jemand anderem ausgestoßen ...

»Maya. Was machst du da?«

Endlich drangen die Worte durch den Nebel der Verzweiflung, der ihren Geist einhüllte. Sie blinzelte. »O Wolf.«

Ihr Bruder ließ sich vor ihr auf die Knie fallen. Seine Nähe wirkte tröstend auf sie. Sie waren am gleichen Tag geboren und hatten immer viele Geheimnisse geteilt, sich in letzter Zeit jedoch, nachdem er seine neue Rolle unter den anderen männlichen Jugendlichen des Volkes eingenommen hatte, ein wenig auseinandergelebt.

»Bist du in Ordnung?« Er berührte sie sanft an der Schulter. Als sie unwillkürlich zurückzuckte, flackerte Besorgnis in seinen schwarzen Augen auf. Im Gegensatz zu seiner Schwester war an ihm nichts seltsam oder anders. Schon jetzt sah er seinem Vater, Haut, sehr ähnlich. Er war ein hübscher Junge, mit stark hervortretenden Wangenknochen und glänzendem schwarzen Haar, und auf seinem sonnengebräunten Gesicht lag meist ein fröhlicher Ausdruck. Er lächelte viel, und wenn er lachte, kam dieses Lachen tief aus dem Bauch.

Maya liebte ihn sehr.

»O Wolf.« Sie seufzte. »Haßt du mich auch?«

Er schüttelte den Kopf. »Nein, du hättest dich nicht von den Frauen wegstehlen dürfen, aber ich kenne dich. Du kannst nichts dafür, du tust nun mal dauernd solche Dinge. Ich wünschte, ich wäre dagewesen ...«

Neues Entsetzen packte sie. Es war schon schlimm genug, daß das, was sie getan hatte, für zwei der Menschen, die sie am meisten geliebt hatte, so verhängnisvoll gewesen war. Aber wenn sie auch noch Wolf so hätte sehen müssen ...

Sie brach in Tränen aus.

Da legte der Junge seinen Arm um sie und zog sie an seine Brust. »Weine nicht, Maya. Nicht weinen. Du bist jetzt in Sicherheit. Ich hätte dich beschützt«, sagte er fest.

Nach einer Weile schniefte sie und putzte sich die Nase am Ärmel ihres Überwurfs ab. »Mutter ... Knospe ...«

Er brachte die Frage in Gedanken zu Ende. Die Antwort trieb ihm die Tränen in die Augen, doch er bemühte sich, diese zu verbergen. »Der Schamane singt sie jetzt heim zu ihr. Hörst du es nicht?«

Sie konnte nichts anderes mehr hören, nichts außer diesem trübseligen Klagegesang. Wie dumpfer Donner erfüllte er ihre Ohren, ihren Kopf, ihr Herz. Sie konnte das gräßliche Bild in ihrem Geist sehen: das Volk, im Halbkreis versammelt um zwei formlose, stille, in Rentierfelle gewickelte Bündel, auf einer Totenbahre aus Stöcken und Holzscheiten ruhend. Um die Leichen herum würden Gaben des Volkes liegen: kleine Holzschnitzereien, behauene Steine, sogar Waffen, die die Männer opferten. Dinge, die die Toten brauchen würden oder die sie gegen das, was sie brauchten, würden eintauschen können, wenn sie zurück zur Großen Mutter gingen.

Maya nickte und blickte zu ihrem Bruder auf. »Denkst du ...« Sie unterbrach sich, zu Tode erschrocken bei dem Gedanken, der ihr soeben gekommen war. Sie fuhr sich mit der Zunge über die Lippen. »Werden sie zurück zu ihr gehen, was glaubst du?«

Nun war es an ihm, sich erschrocken zu zeigen. »Natürlich werden sie das! Wo sollten sie wohl sonst hingehen?«

Ihr war da eine Idee gekommen, und die entsetzte sie mehr als alles, was am vorangegangenen Tag geschehen war. »Was ist, wenn Sie sie nicht aufnimmt ... meinetwegen? Was ist, wenn ihre Geister umherwandern müssen, wenn Sie sie nicht zurücknehmen würde?«

Das war ein fürchterliche Gedanke, aber deshalb nicht unbedingt abwegig. Maya wußte mehr über die Geister, als ihr zu diesem Zeitpunkt lieb gewesen wäre. Sie hatte zu Füßen von Altem Zauber gesessen, als er ihr die Lieder vorgesungen und uralte Geschichten rezitiert hatte – sie hatte ihm gelauscht, ohne sich bewußt zu machen, daß sie damit einen großen Schatz an Überlieferungen des Volkes in sich aufgesogen hatte. Ihr kindlicher Geist war noch nicht in der Lage, all das zu deuten, aber es war da, in ihr, ein Durcheinander von Geschichte und Legenden und Wissen. Geister. Die Geister umgaben das Volk wie ein Dunst – sie lebten in allem, von den großen Tieren, die sie jagten, bis hin zu dem kleinsten Käfer im Gras. Es gab Geister in Bäumen und Blumen. Geister des Windes und des Lichts und des Donners. Geister des Eises und des Feuers.

Geister des Volkes.

Die Große Mutter hatte sie alle geschaffen.

Und an dieser Stelle stürzte ihr Wissen sie unsanft in bange Sorge. »Wolf«, sagte sie, »glaubst du, daß die Große Mutter mich immer noch liebt?«

Das Verhalten der Geister den Toten und den Lebenden gegenüber war etwas, von dem Wolf nichts wußte. Er stand mit beiden Beinen fest auf der Erde, kümmerte sich mehr um die Spiele mit seinen Kameraden, die Freuden der Jagd und um die Geheimnisse, wie einer aus dem Volke zum Führer der anderen wurde. Geister waren etwas für Frauen oder für den Schamanen. »Ich weiß nicht«, erwiderte er schließlich. »Mögen die Geister denn Menschen?«

Maya schob sich näher an ihren Bruder heran und fragte sich, ob ihr wohl jemals wieder warm werden würde. »Ich weiß es auch nicht«, antwortete sie. »Ich hoffe es.«

Doch als sie den klagenden Lauten draußen vor der Unterkunft lauschte, fürchtete sie, daß ihre Hoffnungen vergeblich sein könnten. Die Geister, die sie für ihre Freunde gehalten hatte, hatten sie betrogen. Vielleicht hatten diejenigen, die sie in ihrer frühen Kindheit gepeinigt hatten, recht: Sie selbst war von einem bösen Geist besessen.

Sie hatte mit niemanden über ihre Begegnung mit Mutter Löwe gesprochen, doch nun wünschte sie tief in den verborgensten Winkeln ihres Selbst, daß die große Katze auch ihr das Leben genommen hätte. Es wäre so viel einfacher, selbst als heimatloser Geist umherzuwandern, als die Schuld zu tragen, die auf ihr lastete.

»O Wolf, es war ganz allein *meine* Schuld!«

Er drückte ihre Schulter und küßte sie aufs Ohr, erwiderte jedoch nichts. Er konnte nicht im Brustton der Überzeugung erklären, daß sie nicht die Wahrheit sprach.

Schließlich griff er in seinen Umhang und zog einen kleinen Gegenstand hervor. Wortlos drückte er ihn ihr in die kleine Hand. »Hier«, sagte er. »Behalte es.«

Sie blickte hinunter und schnappte vor Überraschung nach Luft. Das winzige, sorgsam geschnitzte Elfenbeinstück war Wolfs liebster Besitz. Stein selbst hatte die Figur gefertigt, und kein anderer Junge besaß etwas vergleichbar Wertvolles. Die Figur hatte die Gestalt einer Frau, mit kleinem Kopf und gewaltigen Brüsten, ein Abbild der Großen Mutter selbst.

Das Geschenk sagte mehr als Worte und war das erste seit dem Verhängnis, was Maya überhaupt so etwas wie Trost spendete.

Sie blickte in die schwarzen Augen ihres Bruders. »O Wolf, ich liebe dich.«

Er drückte ihre Schulter, plötzlich verlegen. »Ich liebe dich auch«, sagte er.

Der schwere, süßliche Geruch von verbranntem Menschenfleisch hing wie ein düsteres Bahrtuch über dem Heimlager. Unten beim Ersten See glommen die Überreste des Leichenfeuers noch vor sich hin, von zwei jungen Frauen geschürt, die die glühenden Kohlen mit langen Stöcken zurück ins Feuer stießen. Sie konnten die Umrisse der beiden Gestalten, die dort gelegen hatten, nicht mehr ausmachen. Später, wenn das Feuer in der flachen Grube völlig niedergebrannt war, würden sie Steine und Erde auf das häufen, was noch übrig war. Aber das alles war ohne Bedeutung; die Geister von Blüte und Knospe waren bereits zur Großen Mutter heimgegangen. Die beiden jungen Frauen hatten wenig Freude an der ihnen zugeteilten Pflicht. Alles Wichtige war schon erledigt, und sie würden das Festessen verpassen, das bereits auf gut geschürten Feuern kochte – auf fröhlichen Feuern, ganz anders als das trübsinnige Feuer, das sie zu erhalten gezwungen waren.

Beere und Zauber hockten einander gegenüber im Geisterhaus, das kleine Feuer dort zwischen sich. Wie gewöhnlich war es ziemlich warm in dem Zelt. Beere hatte ihren Überwurf gelockert, so daß ihre beiden schweren, hängenden Brüste entblößt waren. Sie fächelte sich hin und wieder Kühlung mit einem trockenen Zweig zu, um den ein Muster aus sorgfältig gegerbten Hirschhäuten geschlungen war.

Zauber schien in Gedanken verloren und weit, weit weg zu sein. Daran war sie gewöhnt. Je älter der Greis wurde, desto langsamer bewegte er sich, desto gründlicher dachte er nach. Auch an sich hatte sie eine ähnliche Veränderung bemerkt. Es sah so aus, als bringe das hohe Alter eine ganz neue Art mit sich, die Dinge zu betrachten, bedächtiger, gründlicher – sie dachte nun viel über die Vergangenheit nach und auch über die Zukunft. Die Gegenwart indes wurde immer unwirklicher, so daß Alte Beere sich manchmal so fühlte, als sei sie selbst schon ein Geist, der schweigend durch ein geistergleiches Volk schritt. Wenn sie sich schon so fühlte, wie mußte es dann erst Altem Zauber ergehen, der noch mehr Sommer zählte als sie und sein ganzes Leben mit den Geistern zugebracht hatte?

Und es war nicht die Gegenwart, sondern genauer gesagt die Zukunft – einer bestimmten Person –, über die zu entscheiden sie an diesem schrecklichen Tage zusammengekommen waren. Alte Beere verzog die Nase, als der Wind den nur mehr schwachen Geruch vom Scheiterhaufen her zu ihnen trug. Der Tod der Frau und des Kindes waren grauenvoll gewesen, sicher, doch nun schien es, als sei das Grauen noch nicht vorüber. Alter Zauber wirkte erschreckend besorgt, und sie wußte nicht, warum. Er hatte sich ihr in bezug auf Maya nie rückhaltlos anvertraut, hatte jedoch hier und da Andeutungen fallengelassen.

Auf irgendeine Weise war das kleine Mädchen wichtig, soviel wußte sie. Doch wie wichtig und aus welchem Grunde, das war ihr nicht bekannt. Vielleicht wurde das Geheimnis ja nun gelüftet. Sie fächelte sich Luft zu und wartete darauf, daß Alter Zauber sprechen möge.

Der alte Schamane sah sich einer der schwersten Entscheidungen seines Lebens gegenüber. Er wußte besser als jeder andere, wie sehr die Zukunft von ihm und dem, was er tat, abhing. Er kannte das Geheimnis. Es war seine Pflicht, es zur Erfüllung zu bringen. Welchen Einfluß würden die füchterlichen Ereignisse des Vortages *darauf* haben?

»Glaubst du, daß Haut seinen Entschluß unwiderruflich getroffen hat? Daß man ihn nicht umstimmen kann?« fragte er.

Beere dachte nach. Schließlich nickte sie widerwillig. »Du könntest ihm befehlen, das Mädchen zu behalten – wenn die Geister es verlangten, würde er gehorchen. Doch ich bezweifle, daß er seine Gefühle ihr gegenüber ändern würde. Er hat Angst, Zauber. Er glaubt, daß sie das Zeichen eines bösen Geistes trägt. Diese Augen. Und sie hat den Tod ihrer beiden Mütter und ihrer Schwester bewirkt. Sie bringt Unglück.« Sie seufzte. »Er ist mein Sohn, Zauber. Aber er ist nur ein Mann.«

Zauber mußte schwach lächeln. In seinem Alter war er darüber hinaus, sich ständig als Mann beweisen zu müssen, und so erheiterte es ihn, wie Beere über sein Geschlecht sprach – insbesondere, da er und sie sich in längst vergangenen Zeiten auch zusammen unter ein paar Decken gewälzt hatten.

Dennoch verstand er, was sie sagen wollte. Männer beschäftigten sich weniger mit dem Tun der Geister. Für sie waren die Unsichtbaren, die das Leben des Volkes überschatteten, nur dann von Bedeutung, wenn sie mit der Männerwelt in direkte Berührung kamen – beim Jagen, Kämpfen, Überleben. Weiterreichende Gedanken wie die Bedeutung der Geister für die Zukunft des Volkes überließen sie Schamanen wie Zauber selbst oder, auf seiten der Frauen, Alter Beere.

Für einen Mann waren die Dinge entweder gut oder böse. Dazwischen gab es nichts. Ein böser Geist ließ sich an seinen Taten erkennen – Männern gefiel diese Vorstellung. Der Gedanke, daß ein Geist sowohl gut als auch böse sein könnte, erfüllte sie mit Unbehagen, denn das würde bedeuten, daß man nichts vorhersagen könnte. Sie beschäftigten sich mit dem Offensichtlichen und überließen das übrige denen, die in die tieferen Geheimnisse eingeweiht waren.

Ich kenne ein tieferes Geheimnis, fuhr es Altem Zauber plötzlich durch den Kopf. *Ich wünschte, dem wäre nicht so. Aber ich kenne ein solches Geheimnis. Soll ich es Beere erzählen?*

Mit jeder Umdrehung des Mondes wurde Zaubers Körper schwächer. Er wußte nur allzugut, daß er, hätte das Volk nicht das Grüne Tal entdeckt, schon längst zur Großen Mutter heimgekehrt wäre. Er hätte die Härten und Unbilden der Wanderung nicht mehr lange überleben können. Doch es schien alles zusammenzugehören: Das Tal, Maya, das Geheimnis. Die Ereignisse hatten sich gegen ihn verschworen, hatten ihn in die Falle laufen lassen und diese entsetzliche Pflicht auf seine Schultern gebürdet. Was wäre, wenn er in dieser Nacht einschliefe und am nächsten Morgen nicht mehr erwachte? Was wäre dann?

Das Geheimnis würde mit ihm sterben. Nicht die innere Kraft des Geheimnisses, die natürlich nicht, denn sie kam von der Großen Mutter selbst. Doch Altem Zauber war im Verlauf seines langen Lebens aufgefallen, daß der Wille der Mutter und ihrer Geister nur durch die Taten der Männer und Frauen, die Sie verehrten, verwirklicht wurde. Sie würde helfen, doch das Volk mußte sich auch selbst helfen. Hin und wieder mochte die Große Mutter einschreiten – wie damals, als Sie zu Mutter Löwe gesprochen hatte; eine Begebenheit, die Maya für ihr ureigenes Geheimnis hielt, doch er hat es im Traume gesehen, und das hatte ihn nur in seinem Glauben an die einzigartige Bestimmung Mayas bestärkt –, aber im großen und ganzen überließ die Große Mutter es dem Volk, was dieses für sich erreichen mochte oder nicht.

Er hatte seine Pflicht. Seine Pflicht war es, das Geheimnis zur Erfüllung zu bringen. Er konnte diese Aufgabe bewältigen, wenn er lange genug lebte. Aber was würde geschehen, wenn dem nicht so war? Würde die Mutter erneut einschreiten? Und was wäre, wenn Sie es nicht täte? Sie war Herrscherin über die ganze Welt – vielleicht würde das Volk einfach beiseite geschoben, um für immer unterzugehen.

Er konnte versuchen, das Volk vor diesem Schicksal zu bewahren. Beere war alt, aber robust und immerhin jünger als er. Er schätzte, daß es noch sieben, höchstens acht Sommer dauern würde, bis Maya bereit war. Doch schon hatten die Dinge sich zum Schlimmen gewandt. Wenn Haut schon seine eigene Tochter verstieß, was konnten dann Zaubers Befehle noch bewirken? Haut mochte diese Befehle mit Groll im Herzen befolgen, doch Mayas Gegenwart würde immer ein störender Stachel in seinem Fleische sein.

Alter Zauber war weise, und er kannte sich gut mit Männern und Frauen aus. Unfälle konnten sich jederzeit ereignen – oder herbeigeführt werden. Wenn er Haut gegen dessen Willen zwang, Maya bei sich aufzunehmen, konnte das ein Unglück nach sich ziehen. Es mußte einen anderen Weg geben, doch er wußte noch nicht, welchen.

Trotzdem mußte er in diesem Moment den ersten Schritt unternehmen. Er hatte bereits Mayas Fehlen bei den Bestattungsriten bemerkt. War das ein Vorgeschmack dessen, was noch kommen sollte?

Möglich, entschied er. Maya konnte nicht länger bei Haut bleiben. Doch er stellte sich die Frage, wer sie zu sich nehmen sollte.

Er öffnete seine tränenden Augen und starrte Beere über das Feuer hinweg an. Sie wirkte wie ein uralter, behauener Felsbrocken, zuverlässig und unvergänglich. Sie strahlte Stärke und Würde aus, und das ließ es ihm warm ums Herz werden. Vielleicht würden sie es ja gemeinsam schaffen.

Vielleicht.

»Ich will dir ein Geheimnis anvertrauen . . .«, setzte er an.

KAPITEL ACHT

Das Grüne Tal: 17983 v. Chr.

Maya ließ Alte Beere zurück und lief weit voraus. Der Morgen strahlte blau und klar über dem Tal; die heißesten Tage des Sommers zogen heran, aber das kümmerte Maya nicht. Sie genoß es nur, daß sie endlich einmal der unablässigen Aufsicht der alten Frau entronnen war, ihren schweren Umhang abnehmen, ihn um den Arm wickeln und wie der Wind durch den Schatten der hoch in den Himmel ragenden Bäume rennen konnte.

Auch ihre Mokassins trug sie in der Hand. Weiter vorn senkte sich der Pfad sanft aus dem Wald heraus, hinab zu einer kleinen, versteckten Bucht des Zweiten Sees; der winzige Sandstrand dort war ihr Lieblingsplatz im ganzen Tal. Während sie rannte und die kristallklare Luft in die Lungen saugte, verspürte sie einen Anflug von Schuldbewußtsein. Es war sieben Jahre her, daß Knospe und Blüte gestorben waren – sieben lange Jahre voller Schmerzen und Zurückweisung und Schuld. Die Zeit hatte die einst klaffenden Wunden sich schließen lassen, doch sie eiterten immer noch: Haut tat immer noch, als existierte sie gar nicht, Stein begegnete ihr mit Verachtung, selbst wenn er sie in die Geheimnisse seines Handwerks einweihte, die anderen Frauen und die Mädchen ihres Alters schlossen sie aus ihrer Gemeinschaft aus. Abgesehen von Zauber und Beere hatte sie keinerlei Freunde, und obwohl sie beide von Herzen liebte, waren sie ihr doch so fern wie die urzeitlichen Eichen und Ahornbäume und Kiefern, an denen ihr geschmeidiger brauner Körper nun vorüberglitt.

Jenseits der Bäume sah sie bereits die glatte Oberfläche des Sees in der Sonne glitzern. Dichter am Waldrand, wo die Sonnenstrahlen sich ihren Weg durch die dünner werdenden Baumkronen hinab auf den Boden bahnen konnten, wuchs das Unterholz immer dichter, verengte sich der Pfad. Maya verlangsamte ihre Schritte und bahnte sich vorsichtig ihren Weg. Sie genoß es, die dunkle, weiche Walderde unter ihren nackten Füßen zu spüren.

Kurze Zeit später erreichte sie den Strand. Sie warf einen raschen Blick zurück über die Schulter, doch Alte Beere war noch nicht in Sicht. Zweifellos würde ihr die betagte Frau nachkommen. Doch ein paar kostbare Augenblicke war Maya ganz allein.

Sie stieß einen tiefen Seufzer aus und ließ sich auf den Sand fallen, der sie wärmte. Der Zweite See dehnte sich scheinbar unendlich vor ihr aus; die Böen, die seine Oberfläche den Großteil des Jahres über kräuselten, hatten sich kurzfristig gelegt.

Sie genoß die Stille um sich herum, da es ihr meist unmöglich war, dem Lärm des Lagers zu entfliehen: den Rufen und Schreien der Kinder – so *vieler* Kinder –, den Liedern und dem Gelächter der Männer, dem Plappern der Frauen bei der Arbeit. Ein dichter Nebel aus Geräuschen und Lauten hüllte sie stetig ein, so daß er ein Teil ihrer selbst geworden war wie der Wind oder der Rauchgeruch von den Feuerstellen.

Ganz langsam drangen in der Stille ungewohnte, leisere Töne an ihre Ohren, als sie sich in den kostbaren Momenten der Einsamkeit auf dem Sand ausstreckte. Sie hörte das hohe Pfeifen der Eichhörnchen, die durch das Astwerk huschten; das schwache Plätschern winziger Wellen, die ein paar Fuß entfernt auf die Steine schlugen; das schrille, hohe Rufen von Amseln und den tieferen, kehligeren Ruf einiger Enten, die sicher auf der Mitte des Sees schwammen.

Die Sonne fühlte sich angenehm an auf ihrem Gesicht. Sie schloß die Augen und lag ganz still da, versuchte so zu tun, als sei sie das einzige Mädchen im ganzen Tal. Für einen Moment gab sie sich dem verlockenden Gedanken hin, nicht mehr zum Volk zurückkehren zu müssen, wo es immer Winter war und die Sonne ihr Gesicht nicht streichelte.

Der erste Krampf traf sie völlig überraschend. Sie stöhnte und wälzte sich auf die Seite, hielt sich den Bauch. Dann führte eine neuerliche Schmerzwelle dazu, daß sie sich zu einem verkrümmten Muskelpaket zusammenzog. Als der Anfall vorüberging, blieb sie schlapp und schwitzend und zu Tode erschrocken liegen.

Starb sie? Vielleicht wurde ihr nach all diesen Sommern ihr kindlicher Wunsch nun endlich erfüllt. Mutter Löwe hatte sie einst verschont; vielleicht hatte die Große Mutter sich nun entschieden, sie zurückzunehmen, den bösen Geist in ihr zu vernichten.

Sie bewegte ihre Beine und spürte etwas Warmes, Klebriges da unten. Sie griff mit der Hand zwischen ihre Beine und hob sie vor ihre Augen, um dann auf das helle Blut zu starren, das an ihren Fingern glitzerte.

»Ahhhh! Ich sterbe!« Die eigene Stimme klang wie von weit entfernt, als spreche jemand anderes die schrecklichen Worte zu ihr.

Der nächste Krampfanfall ließ ihr Tränen in die Augen schießen. Diesmal dauerte es nicht so lange, und als es vorüber war, streckte sie sich wie von Sinnen auf der Erde aus und wartete darauf, daß die Große Mutter erscheinen und sie zu sich holen würde.

»Tot, bald bin ich tot«, wimmerte sie leise. Irgendwie war es keine Überraschung für sie. Sie spürte, wie ihr das Leben zwischen den Schenkeln entrann. Tränen funkelten auf ihren Wangen. Sie fragte sich, ob sie wohl Blüte und Knospe wiedersehen würde.

»Ahhhooo«, stöhnte sie.

»Was ist los mit dir?«

Zuerst dachte Maya, die Große Mutter sei nun endlich gekommen. Doch es war nur Beere, deren hagere, verkrümmte Gestalt – je mehr sie alterte, desto kleiner war sie geworden – drohend über ihr aufragte.

Stumm zeigte Maya der alten Frau ihre blutverschmierten Finger. »Ich sterbe«, flüsterte sie. »Ich gehe heim zur Mutter.«

Doch Alte Beere schüttelte nur den Kopf und ließ ihre ächzenden, schmerzenden Knochen sodann langsam auf den Sand sinken. Als sie sich schließlich gesetzt hatte, sagte sie: »Nein, du stirbst nicht.«

»Nicht?«

»Ich glaube«, fuhr Alte Beere fort, »es ist Zeit, daß wir uns einmal unterhalten.«

Geist schlug sich verärgert mit der linken Hand gegen das Knie. Speer hatte sich verspätet. Geist saß auf einem Baumstumpf vor seinem Haus – dem *wahren* Geisterhaus, dafür hielt er es mittlerweile – und sah einer Spinne von der Größe seines kleinen Fingers zu, wie sie im Zickzack über den Pfad aus festgeklopfter Erde vor seinem Sitz huschte. Geist trug nur Beinlinge; seine schmale, knochige Brust, von rituellen Tätowierungsnarben gezeichnet, war nackt den sengenden Sonnenstrahlen ausgesetzt.

Einst hatte sein Zelt am Rand des Lagers gestanden; nun befand es sich beinahe in dessen Zentrum. Viel hatte sich in den vierzehn Sommern, die seit dem Eintreffen des Volkes im Grünen Tal vergangen waren, bei ihnen geändert. Die Kinder, die hinter ihren Eltern hergekrabbelt waren, waren herangewachsen und hatten ihre eigenen Zelte aufgeschlagen; das Lager des Volkes hatte sich mit erstaunlicher Schnelligkeit ausgebreitet. Nun lärmte und raufte und kreischte eine neue Generation von Kindern – viel, viel mehr, als er sich jemals hatte vorstellen können – um ihn herum. Noch weiter weg, auf dem anderen Ufer des Ersten Sees, waren gar noch weitere Zelte errichtet worden. Hatte das Volk einstmals weniger als die Hände von zehn Männern gezählt, lebten nun mehr als doppelt so viele. Das Volk gedieh – das war für ihn klar und deutlich zu erkennen. Das Leben und die Menschen änderten sich.

So waren sie zum Beispiel fetter geworden. Einst ein an Härte und Entbehrung gewöhnter Stamm, der nur angehalten hatte, um Kraft für die nächste Wanderung zu sammeln, waren die Männer und Frauen das Volkes so hager gewesen, daß man jede Rippe einzeln hatte zählen können. Doch hier im Sonnenschein konnte er den Unterschied sehen; die Knochen waren verschwunden, versteckt unter neuen Fettpolstern.

Das hatte das Grüne Tal bewirkt, von dem alle gehofft hatten, daß es das neue Zuhause werden würde. Alle hatten bei der Erkenntnis aufgeatmet, daß die Große Wanderung ein Ende gefunden hatte, als sei eine schwere Last von den gebeugten Schultern der Stammesmitglieder genommen worden. Obwohl niemand die unglaubliche Zeitspanne voll ermessen konnte, war das Volk fünfundzwanzig Jahrhunderte lang umhergezogen. Das Wissen, daß nichts für die Ewigkeit gemacht war, war ihnen eingegeben gewesen, ihr Zuhause war stets die nächste Landerhebung oder der nächste ferne Gebirgszug gewesen, kaum am Horizont auszumachen. Nun war das vorüber.

Geist biß die Zähne aufeinander, und sein Ärger wuchs. Wo blieb Speer? Der Jäger würde den Gipfel seiner Manneskraft bald überschritten haben, aber immer noch führte er die Jagd an. Er würde es wohl noch ein paar weitere Winter machen, dachte Geist, bevor er seinen Speer niederlegen und sich an die heiligen Feuerstellen vor dem Haus des Mysteriums setzen würde. Geist hielt den jungen Wolf, den Sohn von Stein und Haut, für am ehesten geeignet, die Nachfolge Speers anzutreten. Obwohl erst vierzehn, war der Junge doch schon sehr reif, und seine Geschicklichkeit bei der Jagd war beinahe schon legendär. Erst vor ein paar Monaten, gleich nachdem er in den Kreis der Jäger aufgenommen worden war, hatte er einen ausgewachsenen Bison erlegt, dessen mächtige Hörner so weit auseinanderstanden, wie der Körper des jungen Bürschchens lang war, und das mit nur einem einzigen Speerwurf. Und er hatte es ganz allein getan.

Wolf war im Auge zu behalten. Geist hatte interessante Dinge mit ihm vor.

Dann war da noch Maya, Wolfs Schwester. Auch mit ihr hatte Geist Interessantes vor. Er hatte sich noch nicht genau überlegt, wie er diese Pläne in die Tat umsetzen würde, doch er hegte keinerlei Zweifel, daß er dies früher oder später schaffen würde. Alter Zauber konnte nicht ewig leben.

Er leckte sich die Lippen.

Wo *steckte* Speer nur?

»Stopf das Moos da hin«, sagte Alte Beere. Sie war in den Wald davongestapft und mit reichlich von dem weichen grauen Moos in den Händen zurückgekehrt. Nun zeigte sie ihrer Schutzbefohlenen mit einigen erfahrenen Griffen, wie sie es benutzen mußte. Nach einer Weile richtete Maya sich auf. Ein zweifelnder Ausdruck machte sich auf ihren Zügen breit.

»Bist du *sicher*, Alte Beere?«

Beere seufzte erneut. Wie hatte sie es nur versäumen können, vorher mit Maya darüber zu reden? Das Alter, vermutete sie. Manchmal kam es ihr so vor, als könne sie sich an Dinge aus ihrer längst vergessenen Kindheit besser erinnern als daran, was sie gerade gegessen hatte.

»Ich bin mir sicher«, bekräftigte Beere mit einer Stimme, die keinen Widerspruch duldete. »Du wirst nicht sterben, Maya.«

In Jahren der Unterweisung durch Zauber und Beere hatte Maya viel gelernt, doch noch immer gab es mehr, das sie nicht wußte. Blut bedeutete, verletzt zu sein, krank zu werden, zu sterben. Nun versuchte sie sich mit dem Gedanken vertraut zu machen, daß Frauen jeden Monat zwischen ihren Beinen bluteten und das für den größten Teil ihres Lebens tun würden, doch war das schwer zu begreifen.

Sie blickte zu der Älteren hoch. »Warum?« fragte sie einfach.

Beeres Antwort ängstigte sie: »Ich weiß es nicht«, sagte Beere.

Ein neuerlicher stechender Schmerz ließ Maya zusammenzucken. Es war nicht so, daß Beere eine unbefriedigende Antwort gegeben hätte, es war nur schlicht so, daß sie zugab, überhaupt keine Antwort zu haben. Ihr halbes Leben lang war Maya nur von zwei Menschen akzeptiert worden, und beide waren weitaus älter und erfahrener als sie. Bei diesen beiden hatte sie jederzeit ihre kindliche Neugier befriedigen können. Beere und Zauber waren der Geist des Volkes – seine Erinnerung, seine Weisheit, seine Überlieferungen. Nun spürte Maya, wie ihr felsenfestes Vertrauen in einen von beiden zum erstenmal erschüttert worden war. Es schien also Dinge zu geben, die selbst die beiden Alten nicht kannten.

Eine beängstigende Vorstellung.

Alte Beere konnte fast ihre Gedanken lesen. »Hab keine Angst, Kind«, sagte sie sanft. »Selbst ich weiß nicht alles.«

Zögernd fragte Maya: »Und Alter Zauber, weiß er es?«

Beere runzelte die Stirn und schüttelte entschieden den Kopf. »Maya. Alter Zauber weiß von diesen Dingen sogar noch weniger als ich. Das ist Frauenmagie, Mädchen. Er ist ein Mann.« Ihre Stimme wurde wieder weicher. »Ein sehr *weiser* Mann, Liebes, aber eben doch ein Mann.«

Fragen nach den Unterschieden zwischen den Geschlechtern quälten Maya. »Bluten Männer auch so?« Wolf war ihr noch fremder geworden, ging ganz im Lärmen der Männermeute, in Jagd, Waffen, Fischen auf, doch immer noch, von Zeit zu Zeit, sprach er mit ihr. Aber es verletzte sie, wie verstohlen er dabei zu Werke ging. Es war so, als habe er, je älter er geworden sei, schließlich das Tuscheln und die Fingerzeige der anderen akzeptiert, die seine Schwester als etwas anderes, vielleicht sogar Gefährliches bloßstellten.

Über Bluten allerdings hatte er nie auch nur ein Wort gesagt.

Alte Beere kicherte in sich hinein. »Nein, Kind, Männer bluten nicht. Nur die Frauen.« Sie unterbrach sich nachdenklich. »Das hat auch eine Bedeutung für dich, verstehst du? Jetzt bist du nicht länger ein Mädchen. Jetzt bist du eine Frau.«

Maya berührte ihr Bein, spürte das in der Sonne gewärmte Fell dort. Sie fühlte sich gar nicht anders als zuvor. Nun also war sie eine Frau, weil rotes Blut aus dem geheimen Ort zwischen ihren Beinen sickerte? Irgendwie schien das keinen Sinn zu geben.

Doch es gestattete einem kleinen Hoffnungsschimmer, durch den Nebel aus Kummer und Unsicherheit zu dringen. Wenn sie jetzt, obwohl sie nicht ganz verstand, warum oder wie, anders war, vielleicht konnten sich ja dann andere Dinge ebenfalls ändern.

»Dann darf ich also bei den jungen Frauen wohnen, in ihrem Haus?«

Eine schmerzliche Traurigkeit erfüllte Beere. Wie konnte sie dem Mädchen das nur erklären? Es trug die Bürde des Geheimnisses; Maya war für immer gezeichnet, ihr Leben gehörte nicht ihr, doch das durfte die alte Frau ihr nicht sagen. Manchmal verfluchte sie Alten Zauber in der Stille ihrer einsamen Nächte dafür, daß er das Geheimnis an sie weitergegeben hatte. Sie wußte mit all dem angeborenen Verständnis, das Frauen für die Schwächen der Männer haben, daß Altem Zauber damit geholfen war, das Wissen mit ihr zu teilen. Das Wissen, das er ihr eröffnet hatte, war eine Offenbarung gewesen; zuerst hatte sie es überhaupt nicht geglaubt. Doch er hatte es ihr alles gesagt, was an ihn weitergegeben worden war, hatte sogar den Mammutstein enthüllt und ihr seine sanften, gold schimmernden Umrisse gezeigt.

Schließlich hatte sie es akzeptiert, wissend, daß sie sich dadurch für den Rest ihres Lebens dem Geheimnis und also Maya weihte. Die Bürde war schwer, doch unausweichlich. Sie betete stets zur Großen Mutter, daß Alter Zauber noch ein Weilchen lebte. Die Last war schon für zwei zu schwer, geschweige denn für einen allein.

So wie jetzt. Sie konnte der jungen Maya nicht die Wahrheit sagen; nur Alter Zauber durfte das tun, wenn er die Zeit für gekommen hielte. Aber irgend etwas mußte sie ihr nun sagen. Maya war zwar stark, aber Alte Beere glaubte, daß sie immer noch gebrochen werden konnte. Einsamkeit war ein heimtückischer Stachel, Haß eine Waffe, Furcht ein Fluch. In Mayas Leben spielten alle drei eine Rolle; es war erstaunlich, wie gut sie sich trotz allem entwickelt hatte.

»Nein«, sagte sie sanft, »das kannst du nicht. Dir ist ein anderer Weg bestimmt.«

Die Sonne ging zu Speers Linker auf, während er sich langsam zur Spitze der Tundraerhebung etwa sechs Meilen südwestlich vom Eingang des Grünen Tals vorschob. Hinter ihm duckten Haut und Hirsch sich flach in das harte, trockene Steppengras. Hier draußen, nicht mehr im Schutze des Tales, heulte der Wind unablässig, selbst im Hochsommer.

Speer überprüfte sorgsam die Windrichtung und warf einen zufriedenen Blick zurück zu den anderen Jägern.

Es hatte sie fast eine Stunde gekostet, sich bis zu diesem Punkt anzuschleichen. Es war nicht so, daß Speer diese Jagdgründe nicht kennen würde. Zu ihrer Linken, nicht mehr als eine Meile entfernt, floß ein Strom. Tausende von Jahren später würde dieser Fluß in einen großen See münden und an dieser Stelle breit und kräftig einherströmen. Nun jedoch war der Strom, den man eines Tages Ohio nennen würde, nichts als ein kleines Flüßchen, ein bißchen breiter als das, welches aus dem Grünen Tal in ihn mündete. Speer war bereits am Vortag hierhergekommen, um am Zusammenfluß der Wasser nach Wildspuren zu suchen. Die großen Tiere, die sie jagten – Bison, Karibu, Mammut –, kamen nicht mehr ins eigentliche Tal. Die Anwesenheit der Menschen im Tal hatte sie verscheucht. Doch hierher, wo die beiden Wasserläufe zusammenflossen, wo die Gewalt des Wasser einen engen, tiefen Cañon in die Erde gegraben hatte, zu dem nur ein einziger schmaler Weg hinunterführte, hierher kamen die großen Tiere immer noch.

Es war an der Zeit, wieder an eine Jagd zu denken. Vor fast drei Monaten schon hatten die Mammutmütter ihre Kälber geworfen. Nun würden die Jungen kräftig genug sein, um ihnen zu folgen, und die Mammuts würden sich allmählich wieder in Bewegung setzen. Später dann mochten sich kleinere Grüppchen von ihnen zusammenfinden, und mit ein bißchen Glück und Geschick beim Fährtenlesen konnte Speer es schaffen, sie auf diesen Punkt zu und in ihr Verderben zu treiben.

Die Reise vom Lager zum Mündungsgebiet des Flüßchens hatte den Großteil eines Nachmittags in Anspruch genommen. Bei ihrer Ankunft hatte Speer seine Anführerrolle an Haut übergeben, der immer noch der Beste unter den Fährtenlesern war. Sie verfolgten die Spuren den engen, gewundenen Pfad bis zum Flußufer hinab, und Haut hockte sich in den dortigen Schlamm. Nach einer Weile sah er auf. Seine Miene sah überaus besorgt aus.

»Speer«, sagte er, und seine Stimme klang, als könne er es einfach nicht glauben. »Komm her und sieh dir das einmal an.«

»Was?«

Stumm deutete Haut auf eine Reihe kleiner Abdrücke im

Schlamm. In einigen von ihnen stand immer noch ein wenig Wasser, das noch nicht versickert war, was bedeutete, daß die Spuren frisch waren.

Diese Fährte stammte weder von einem Mammut noch von einem Bison, soviel stand fest.

Und dann rief Hirsch von seinem Spähposten oben auf der Klippenwand etwas zu ihnen herunter. »Speer! Haut! Seht mal nach Norden!«

Beide Männer wandten sich um. Vorher war es nicht zu erkennen gewesen, doch nun, als die Abenddämmerung langsam den Himmel blutrot malte, stand er am Horizont wie ein dünner, silberner Speer: der Rauch eines Feuers.

Dort scheint es windstill zu sein, dachte Speer. Sonst würde der Rauch nicht so senkrecht emporsteigen.

Die Nacht war kühl, aber nicht so kalt, daß sie selbst ein wärmendes Feuer hätten entzünden müssen. Trotzdem legten sie in der Dunkelheit keine große Entfernung zurück. Speer fürchtete die Geister der Finsternis mehr als die meisten, doch er hatte keine Wahl gehabt. Voller Angst hatte er die Männer in die Richtung des fernen Lagerfeuers geführt.

Bei Sonnenaufgang hatten sie das fremde Lager fast erreicht. Sie waren durch das trockene Tundragras gerobbt, sorgsam bemüht, immer gegen den Wind zu schleichen, jedes bißchen Geschicklichkeit einzusetzen, das sie besaßen.

Nun schlängelte Speer sich die letzten Meter vorwärts und teilte mit der Hand den Vorhang aus Büschen, die auf dem Gipfel der kleinen Anhöhe wuchsen. Vorsichtig hob er den Kopf, langsam wie eine Schlange, die sich auf einem Felsen sonnt. Er hätte später am Tag mit Geist zusammentreffen müssen und wußte, daß er es nicht mehr rechtzeitig würde schaffen können.

Aber das war nicht wichtig. Seine dunklen Augen weiteten sich angesichts des Anblicks, der sich ihm unten darbot.

Jegliche Gedanken an Geist verblaßten. Dies hier war ohnehin nichts für Geist. Alter Zauber mochte mittlerweile fast lahm sein, doch Speer hegte großen Respekt vor dem, was der alte Schamane immer noch wußte.

Er schlich vorsichtig zurück, bis er sicher war, daß seine

Bewegung von unten nicht gesehen werden konnte. »Wieder runter!« flüsterte er.

Als sie die Senke hinter der Anhöhe erreicht hatten, wandte sich Speer in Richtung des weit entfernten Tales. »Wir rennen!« erklärte er mit heiserer Stimme. »Und zwar *sofort*!«

Die Angst hockte ihnen im Nacken, während sie unermüdlich durch das Steppengras liefen. Sie brachten eine entsetzliche Nachricht mit sich. Nur Zauber mochte in der Lage sein, sie zu deuten, denn nur der Schamane behauptete, etwas Ähnliches schon einmal gesehen zu haben.

Speer hatte nie an die alten Geschichten geglaubt, doch nun tat er es. Er hatte es schließlich mit eigenen Augen gesehen.

Das Volk war nicht länger allein auf der Welt.

Maya stützte Alte Beere, während sie langsam wieder zum Lager zurückwankten. Ihre Blutung hatte aufgehört, und Maya fühlte sich schon viel besser. Das Moos zwischen ihren Schenkeln zu fühlen, war eine fremdartige Empfindung, doch mit der Weile gewöhnte sie sich daran.

Hoch über ihnen zog ein Schwarm Wildgänse vorüber, die dünne Schreie in den Nachmittagshimmel stießen. Ein paar flaumige weiße Wolken segelten gemächlich über das Blau. Die Wälder rochen feucht wegen des Dampfes, der unablässig vom Rauchsee aufstieg und beizeiten als feiner Sprühnebel auf den fruchtbaren Humus niederfiel. Die Pflanzen hier schienen machtvoll aus dem Boden zu drängen, grün und widerstandsfähig.

Maya wußte nicht, wie das Volk gelebt hatte, bevor sie in dieses Tal gekommen waren. Sie nahm die Fülle all dessen, was hier wuchs und kreuchte und fleuchte und davonhuschte, für gegeben; sie gehörte zu einer neuen Generation des Volkes, einer Generation, die nie auch nur einen Tag lang Hunger gelitten hatte.

Alte Beere schien sich in Gedanken verloren zu haben, weit, weit weg von ihr. In letzter Zeit war ihr aufgefallen, daß die alte Frau sich oft in einem solchen Gemütszustand befand. Nicht so schlimm wie bei Altem Zauber, der immer weniger sprach, während die Jahre ins Land gingen, doch ähnlich. Maya fragte sich bangen Herzens, ob die beiden eines Tages ganz zu sprechen aufhören und sie allein zurücklassen würden.

Manchmal indes konnte die alte Frau aus ihren Träumereien gerissen werden – und heute wollte Maya so vieles wissen, daß dies einfach gelingen mußte.

»Warum sprechen die anderen nicht mit mir?« fragte sie.

Beere knurrte, hieb ihren Stock tief in die Erde und machte den nächsten Schritt, sagte jedoch nichts.

»Habe ich irgend etwas falsch gemacht? Ich erinnere mich nicht daran, jemals überhaupt etwas getan zu haben.« Das war nicht ganz wahr; die Erinnerung an Knospes Tod würde sie niemals verlassen, auch nicht an die herzzerreißende Umarmung, in der sie den zerfetzte Körper ihrer Mutter mit Knospes Leiche gefunden hatten – doch die Zeit hatte diese Bilder schwächer werden lassen, und gelegentlich konnte sich Maya gar davon überzeugen, daß sie nur wenig mit ihr zu tun hatten. Überhaupt geschah im Leben nichts, das nicht von den Geistern oder der Großen Mutter, die ihr Tun leitete, bestimmt war. Alles war eine Gabe der unsichtbaren Mächte, die das Volk stetig umgaben – die Guten wie die Bösen.

»Haut will überhaupt nicht mit mir reden.«

Nun schnaubte Beere verächtlich. »Haut ist ein Dummkopf!« erklärte sie.

»Er ist dein Sohn.«

»Aber immer noch ein Dummkopf«, entgegnete Alte Beere. »Er hat keine Ahnung.«

Maya grübelte über diese Feststellung nach. Sie hatte ein helles Köpfchen und eine rasche Auffassungsgabe. Wie es oft bei Kindern geschieht, die in der stillen Gesellschaft älterer Leute aufgezogen werden, hatte sie gelernt, sich auf jedes Wort, das man ihr schenkte, zu stürzen, es immer und immer wieder in Gedanken umherzuwälzen und ihm das letzte bißchen Saft zu entziehen. Maya betrachtete einen vollen Magen als selbstverständlich, nicht jedoch die schlichte Freundlichkeit einer Frage. Oder einer Antwort.

»Wovon hat er keine Ahnung? Von einem Geheimnis?«

Die alte Frau blieb überrascht stehen. »Was hast du da gesagt?«

Maya wiederholte ihre Frage. Alte Beere hörte manchmal schlecht. Gewöhnlich dann, wenn sie es müde war, Fragen zu beantworten.

Maya wurde erneut daran erinnert, wie stechend Alter Beeres erbarmungsloser schwarzer Blick sein konnte, wenn sie sich wirklich für etwas interessierte. Sie wartete geduldig. Schließlich schüttelte Beere kaum merklich den Kopf, als habe sich ein Insekt auf ihre Nase gesetzt, das es zu vertreiben galt.

»Was hat Alter Zauber dir neulich beigebracht?« fragte sie.

Maya war an diese plötzlichen Themenwechsel gewöhnt. Die Alten dachten anders als sie. Die Dinge waren für einen Alten nie unkompliziert. Sie überlegte. »Lieder«, gab sie schließlich zur Antwort.

»Was für Lieder?«

»Hmm, über die Mutter. Und die Geister . . .« Mayas Stimme verlor sich, als sie darüber nachdachte, daß sie Zaubers jüngste Unterweisung, wenn es denn eine gewesen war, nicht ganz verstand. In letzter Zeit hatte der Schamane es aufgegeben, sie etwas über bestimmte Pflanzen oder die Zubereitung von Umschlägen zu lehren oder darüber, aus den Innereien einer Ente zu deuten, was der Wille der Geister war. Jetzt ging es hauptsächlich um Geschichten, Geschichten allerdings, die in ihren Augen wenig Sinn machten. Zauber sang ihr von einer endlosen Wanderung vor, von tiefen Eisschluchten, von einem fernen Ort, wo einst ein anderes Mädchen gelebt hatte, ein Mädchen mit einem grünen und einem blauen Auge.

Maya fand die Idee tröstlich, daß es einmal jemanden wie sie gegeben hatte, doch sie wußte nicht, was das mit ihrem jetzigen Leben zu tun haben könnte.

»Er hat gesagt, daß es einmal ein Mädchen wie mich gegeben hat.«

Beeres Augen verengten sich. Das kam gefährlich nah ans Herz des Geheimnisses heran. Was dachte sich Alter Zauber dabei? Beere beugte sich vor dem Wissen des alten Mannes um die Geister, aber doch nicht so bedingungslos, wie eine jüngere und unerfahrenere Frau es getan hätte. Beere wußte selbst einiges über die Geister. Was Maya anging, so machte sie sich um andere Dinge Sorgen. Nicht die Geister waren eine Bedrohung für sie, sondern Wesen aus Fleisch und Blut, die auf zwei Beinen gingen und aus Angst Gräßliches taten.

Alte Beere war wie gelähmt gewesen, als der Schamane ihr schließlich das Geheimnis anvertraut hatte. Doch sie hatte sich schnell gefaßt und sich Gedanken gemacht, was zu tun sei.

»Ist Geist eine Gefahr für Maya?« hatte sie damals mit ausdrucksloser Stimme gefragt.

Zauber hatte genickt.

»Speer auch«, sagte Beere. »Er hat Angst vor dem Mädchen. Und natürlich Haut. Maya macht auch ihm angst, und er gibt ihr die Schuld am Tod seiner Frau und seiner Tochter. Er fürchtet die Geister nicht so, wie Speer es tut.«

Zauber hatte sich vorgebeugt und ziellos in dem Feuer zwischen ihnen herumgestochert. »Speer ist der Anführer, wenn wir einen solchen benötigen. Haut ist wohlgelitten, geachtet. Das Volk wird auf sie hören und ihre Meinungen übernehmen. Was Geist anbelangt ... nun, Geist ist eben Geist.«

Beere hatte die Lippen geschürzt. Geist war mehr als Geist. Geist würde das größte Problem sein.

Nun, da sie mit dem vierzehnjährigen Mädchen – nein, berichtigte Beere sich, mit der vierzehnjährigen *Frau* – über den Weg schwankte, erinnerte sie sich an jenen schrecklichen Tag, und der Geruch brennender Leichen war wieder frisch in ihrer Nase, den sie wahrgenommen hatte, als die beiden, die bei weitem zu alt für eine solche Aufgabe waren, einander geschworen hatten, alles zu tun, damit das Geheimnis erfüllt werde.

Das einzige, was niemals in Frage gestanden hatte, war, daß sie das Geheimnis bewahrten. Bis die Kindfrau an ihrer Seite ihr Erbe vollends antreten würde, bot sie ein erschreckend leichtes Ziel für mögliche Widersacher. Und da weder Alte Beere noch Alter Zauber eine Vorstellung davon hatten, was genau dieses

Erbe sein mochte, konnten sie nur warten und lehren und Maya, so gut sie konnten, beschützen.

Sie seufzte tief. »Maya«, sagte sie bedächtig, »eines Tages wirst du alles verstehen. Aber jetzt noch nicht. Doch deine Zeit wird kommen. Ich verspreche es dir.«

Und dann stapfte sie weiter und wollte nichts mehr sagen. Maya ging neben ihr her, Beeres dürren Arm mit ihren beiden starken Schultern stützend.

Alte Beere hatte viel Seltsames gesagt, das sie würde überdenken müssen ... doch gerade, als sie anfing, diese merkwürdigen neuen Gedankengänge aufzugreifen, hörte Maya den Lärm über ihren Köpfen.

Beere ging schneller. Maya fragte sich, welchen Grund es für das Geschrei geben mochte, das sie vernehmen konnten. Egal, sie würde es schon bald genug herausfinden. Das Lager lag nun lediglich ein paar hundert Stocklängen weit vor ihnen.

Geist wandte sich den Jägern zu, die schreiend von Norden herbeigeeilt kamen. Merkwürdig. Für gewöhnlich kehrte Speer durch das Tal selbst zurück, doch aus irgendeinem Grund hatte er eine andere, längere Route gewählt.

Geist schnalzte ungeduldig mit der Zunge, mittlerweile gründlich verärgert. Speer hatte wenig Sinn für Zeit, das wußte Geist – ›zu spät‹ waren für ihn Worte ohne Bedeutung, so daß Geist sein Ausbleiben nicht völlig überraschte. Er selbst hatte ein Gespür für Zeit, schon aus der Notwendigkeit heraus, Rituale in der richtigen Weise ablaufen zu lassen, um jeden einzelnen Geist zu besänftigen. Speer scherte sich nicht um solche Dinge.

Aber das war es nicht, was Geist am meisten verärgerte. Der Jäger schien ihn völlig vergessen zu haben, denn obwohl er sah, daß Speers Blick in seine Richtung schweifte, eilte er doch sofort weiter zum Geisterhaus. Zu Altem Zauber, der aus dem Geisterhaus getreten war und nun schmerzhaft verkrümmt dort stand, sich auf seinen geschnitzten Stock stützend.

Also mußte es etwas Wichtiges sein. Und auf irgendeine

Weise mußte der alte Mann davon Kenntnis erhalten haben, denn auch wenn er seine große Kariburobe nicht trug, hatte er doch die Würdenzeichen seines Amtes bei sich: die Rassel, die getrocknete Schlange, den Zeremonienspeer. Geist ahnte, daß auch der Mammutstein nicht weit war.

Als er mit angemessen gesetzten Schritten auf die vor dem Geisterhaus zusammengelaufene Menge zuging, versuchte Geist, den Ärger zu unterdrücken, der in ihm hochstieg. Eigentlich hätte Speer zu ihm, Geist, kommen sollen, doch der alte Schamane weigerte sich hartnäckig, sein Amt an seinen Nachfolger zu übergeben. Und so lange er das tat, würden Speer und Haut und all die anderen zuerst zu ihm gehen.

Der Unwille darüber brannte sich mit jedem weiteren Tag tiefer in sein Herz. Und diese Brandwunde hatte, auch wenn Geist das nicht erkannte, zu schwären begonnen. Alles, was er mit Sicherheit wußte, war, daß er Alten Zauber zu hassen begonnen hatte, ihn und seine Verbündete Alte Beere, die ihn so verachtete. Doch die volle Wucht seines Zorns war für jemand anderen bestimmt: Maya.

Seit vierzehn Jahren bereute er es, daß er sie damals zu töten versäumt hatte. Seine Züge verhärteten sich, als er sie erblickte: die alte und die junge Frau, die sich vorsichtig auf dem Pfad vom Ersten See her näherten.

Sie waren draußen im Wald gewesen, zweifellos, um geheime Dinge zu beratschlagen. Zweifellos, um schlecht über *ihn* zu reden. Er wußte, daß die Alte ihn haßte. Wahrscheinlich tat es die junge Hündin mittlerweile ebenso. Und allen noch so subtilen Versuchen von Geist zum Trotz, stand das Mädchen Altem Zaubers Herzen am nächsten. Er konnte nicht verstehen, warum dem so war. Es war ein Geheimnis. Eines jener Geheimnisse, die der alte Mann, so fürchtete Geist, immer noch vor ihm hütete.

Er knirschte mit den Zähnen, und der kleine Schmerzstich, den diese Bewegung verursachte, erfüllte ihn mit Befriedigung. Schmerz war gut. Das Volk brauchte Schmerz, damit es wachsam und stark blieb, um die Schwachen auszumerzen und den Geistern zu huldigen.

Dieser Gedanke erfreute sein Herz. Schmerz. Eines Tages würde es keine Geheimnisse mehr geben. Und für die eine, die eine, die er am meisten von allen haßte, würde es Schmerz geben.

Größeren Schmerz, als sie jemals erlitten hatte.

Alter Zauber stand vor dem Geisterhaus. Seine Gedanken waren immer noch von dem Traum erfüllt, doch er kam allmählich wieder zu Sinnen.

»Speer«, sagte er schließlich. »Fang noch einmal von vorne an. Und diesmal langsam.«

»Schamane, wir waren beim Jagdgrund am Fluß. Das weißt du.«

Zauber nickte.

»Wir entdeckten eine seltsame Fährte. Und dann erblickten wir Rauch von einem Feuer. Wir sind in der Nacht dorthin geschlichen, wo wir den Rauch gesehen haben. Als die Dämmerung kam, sind wir noch näher rangegangen. Schamane, es waren Menschen, Menschen wie wir!« Speer hielt verwirrt inne. »Nun, eigentlich nicht genau wie wir, denn die gehörten ja nicht zum Volk. Aber sie sahen so aus wie wir!«

Die Furcht bildete einen schweren Klumpen in Zaubers Magen. Der Traum, der ihn zuvor überkommen hatte, hatte auf Gefahr gedeutet, Gefahr für ihn selbst, Gefahr auch für das Volk.

Nun wußte er, was die Warnung bedeutet hatte, und das Blut in seinen alten Ader fühlte sich an wie Eis.

Zu früh!

Er ließ den Blick über die kleine Menge schweifen, die sich vor ihm versammelt hatte und nun schwirrte und summte wie Fliegen über einem verdorbenen Stück Fleisch, und sah Alte Beere näherkommen, die sich schwer auf Mayas Schulter stützte.

Aus der entgegengesetzten Richtung hinkte Geist eilig herbei, das Gesicht finster wie eine Gewitterwolke.

Speer vor ihm musterte ihn ängstlich, und Haut, gleichermaßen besorgt, stand direkt hinter ihm. Zauber schien es eine kurzen Moment lang, als sei das alles ein Wachtraum, und in diesem Wachtraum waren all jene Kräfte vorhanden, die unwissentlich eine Rolle in dem Geheimnis spielten.

Geist. Das Volk. Maya. Das Geheimnis.

Mit einemmal fühlte er sich viel zu alt, viel zu müde. Aber dabei konnte er es nicht bewenden lassen. Irgendwie mußte er die Kraft finden. Irgendwoher.

Aber woher?

Mayas Wangen glühten von der Anstrengung, Beere vorsichtig den steinigen Pfad vom Ersten See zurück zum Lager zu führen. Sie spähte zu der wachsenden Menschenmenge um das Geisterhaus hinüber und erblickte Geist, der mit versteinertem Gesicht zu den Versammelten hastete. Für Sekundenbruchteile trafen sich ihre Blicke, und die Kälte in Geists Augen war eisig.

Maya schnappte nach Luft. Der Blick traf sie wie ein Schlag. Sie wußte schon seit langem, daß Geist sie haßte, allerdings hatte sie keine Ahnung, warum. Doch der junge Schamane gab sich Mühe, seine wahren Gefühle immer gut zu verbergen, und hatte sie seit jener Zeit, als sie mit Alter Beere zusammen in ein Zelt gezogen war, mit vorsichtiger Höflichkeit behandelt.

Manchmal saß sie gemeinsam mit dem jungen Schamanen im Geisterhaus, während Alter Zauber zu ihnen beiden von geheimen Dingen sprach. Es war ihr nie in den Sinn gekommen, daß ihre Anwesenheit dort und die Tatsache, daß Alter Zauber sich meist an sie wandte, Geist fast krank vor Eifersucht gemacht hatten.

Aber seine Abneigung, die sie deutlich spürte, machte ihr nicht so viel angst, wie es hätte sein sollen. Keiner, mit Ausnahme von Altem Zauber und Beere, mochte sie – und nach einer Weile war es ihr gelungen, Geists Ablehnung ihr gegenüber zu ignorieren, wie sie auch die Ausgrenzung, die sie sonst erfuhr, ignorierte.

Für den Rest des Volkes war sie eine vertraute, wenn auch gemiedene Person. Warum sie nicht war wie alle anderen, warum man sich ihr gegenüber zurückhaltend gab, war mit der Zeit in Vergessenheit geraten; man tat es einfach. Hin und wieder vergaß man die Zurückhaltung auch. Selbst Haut nickte ihr manchmal zum Gruße zu.

Geist war anders. Sein Haß kam tief aus seinem Herzen. Maya wußte, daß er keine Angst vor den Geistern hatte, nicht so wie die anderen. Er hatte keinen Grund, sie zu fürchten.

Und doch fürchtete er sie. Diese plötzliche Erkenntnis erschütterte sie zutiefst. Es war, als habe jemand die Zeltklappe zurückgeschlagen, um den Blick auf irgendeinen verfaulten Anblick des Schreckens im Innern des Zeltes freizugeben.

An jenem Tag träumte Maya ihren ersten Traum, wenn auch nur einen Sekundenbruchteil lang. Dann war die Vision wieder verschwunden, und Maya wandte sich Alter Beere zu.

»Können wir uns nicht ein wenig beeilen? Da vorne geht irgend etwas Wichtiges vor. Wir sollten hingehen.«

Auch Beere hatte etwas gespürt, obwohl sie nicht genau wußte, was. »Ja, Kind«, sagte sie. Sie legte eine Pause ein und blickte fest in Mayas seltsame, glühende Augen. »Bist du ... in Ordnung?«

»Ja, Alte Beere, mir geht es gut«, erwiderte Maya.

KAPITEL NEUN

Bisonlager, nordwestlich des Grünen Tals: 17983 v. Chr.

Schwarzes Karibu schlug die Klappe am Eingang seines Zeltes beiseite und trat in einen strahlenden Morgen hinaus. Er blieb stehen, reckte sich genüßlich und ließ dann den Blick suchend über das Lager des Bisonvolkes schweifen.

Alles schien in schönster Ordnung zu sein; es gab einen Kreis von Rundzelten, zehn von ihnen, und in ihrer Mitte zwei behelfsmäßige Feuerstellen. Diese waren aus runden Steinen errichtet worden, die die Frauen vom Flußufer herbeigeholt hatten, ein paar hundert Stocklängen entfernt. Kleine Ratte hockte an der nächstgelegenen Feuerstelle und stocherte in den aschebedeckten, noch glimmenden Kohlestückchen herum, während er ein paar Zweiglein trockenen Anzündholzes in die Restglut hielt. Der gute Geruch brennenden Holzes stieg in den Morgenhimmel empor, zusammen mit einem dünnen weißen Rauchfähnchen. Die Frauen rührten sich bereits; Karibus Nase zuckte, als ihm der köstliche Duft frischen Fleisches zuwehte, das zwei Mädchen zur Feuerstellen schleppten.

Es war die Keule eines riesigen Bisons, das drei der Jäger am Tag zuvor mit ihren Speeren erlegt hatten. Die erfolgreiche Jagd war der Grund dafür, daß das Bisonvolk hier eine längere Rast eingelegt hatte; ihre Jagdbeute wog mehr als fünfzehnhundert Pfund, genug, um die vierzig Männer, Frauen und Kinder des Stammes mehrere Tage lang zu ernähren.

Schwarzes Karibu kratzte sich unter seinen Fellen, während er mit großer Befriedigung die Lagerstätte überblickte. Dies war ein guter Ort für eine Zwischenrast. Der Stamm war nun bereits seit mehreren Wochen unterwegs; sie folgten ihren

Namensgebern, während die großen, zottigen Tiere an der Eiswand entlangzogen und sich dann südwärts wandten, um dem Fluß zu folgen. Dies hier war völlig jungfräuliches Gebiet; kein anderer Stamm, soweit Karibu wußte, war jemals so tief in die große Steppe vorgedrungen.

»Kleine Ratte!« rief er plötzlich.

Der kleinere Mann gab seine Arbeit am Herdfeuer auf und sah hoch. »Ho, Karibu! Wird auch Zeit, daß du deine faulenden Knochen endlich aus dem Bett wälzt!«

Karibu lachte in sich hinein. Ratte war ein komischer kleiner Mann, der einen zynischen Humor pflegte. Darüber hinaus war er der geschickteste Fallensteller des Stammes, und Karibu glaubte, daß sie seine Fähigkeiten sehr bald in Anspruch würden nehmen müssen.

Weiter links schoß das Wasser eines Flusses sprudelnd über schwarze Felsen. Es floß zwar schnell an dieser Stelle, doch am Ufer war der Fluß flach, und Karibu hatte mit eigenen Augen Fische erblickt.

Vielleicht konnte Ratte ja etwas für die Frauen bauen, das diese zum Fangen der Fische verwenden konnten. Er war sehr geschickt in dieser Hinsicht. In der Tat war Ratte in vielerlei Hinsicht sehr geschickt. Karibu preßte einen Finger auf seine Wange und spuckte aus. Es war besser, das nicht zu vergessen – in manchen Dingen war Ratte alles in allem *zu* geschickt.

Karibu grinste selbstzufrieden. Der Morgen war zu schön, als daß man ihn sich mit solchen Überlegungen verderben sollte. Er wußte, daß er selbst sehr geschickt war – vielleicht nicht auf denselben Gebieten wie Ratte, doch bei anderen, gleichermaßen, wichtigen Dingen. Und falls Ratte sich zuviel herausnehmen sollte, nun – er ließ die gewaltigen Muskelpakete auf seinen breiten Schultern spielen –, es gab Möglichkeiten, auch damit umzugehen. Ratte war klein. Karibu wußte, daß er ihn wie einen trockenen Zweig übers Knie brechen konnte, wenn es nötig sein sollte.

Er knurrte zufrieden. Die Frauen hatten die Bisonkeule nun an eine lange Stange gebunden, die sie auf Steinhaufen legten, die sie rechts und links des Feuers aufgetürmt hatten. Schon bald zog der verlockende Duft gebratenen Fleisches durch das Lager.

Das Leben meinte es wirklich gut mit ihnen. Bisons schien es hier in Hülle und Fülle zu geben, und ganz in der Nähe war Wasser. Ein guter Platz, um eine Weile zu lagern, sich auszuruhen und zu stärken und zu kräftigen, bevor sie ihre endlose Wanderung wieder aufnahmen. Das Bisonvolk war nie seßhaft gewesen und würde das auch nie sein. Nicht, solange das Gras wuchs und der Wind blies – und das Bison mit dem Wind zog.

Er räusperte sich, förderte so einen weiteren gelben Schleimpfropfen aus dem Rachen hoch, spuckte aus und gesellte sich zu Ratte, der mit strahlenden schwarzen Augen zu ihm aufblickte. »Ich glaube, wir sollten Jäger ausschicken«, sagte Schwarzes Karibu. »Dies hier ist ein guter Platz, um eine Zeitlang zu rasten.«

Ratte schürte das Feuer. Ein hellgelber Funkenregen stob auf und traf zischend auf das Fleisch, das oben briet. »Ein sehr guter Platz«, stimmte er zu. »Sobald wir gegessen haben, rede ich mit Schneehase und Sommerwind. Wir könnten heute noch aufbrechen, vorausgesetzt, der Schamane sagt, daß die Geister mit uns sind.«

Karibu nickte versonnen. Der Geist der Lüfte, der Vater Aller Dinge, mußte befragt werden. Das war jedoch die Sache des Schamanen, Gebrochene Faust. Karibu vermutete, daß der Schamane Gutes verkünden würde. Gebrochene Faust wußte immer recht genau, was Karibu wollte, und meist zeigte sich auch der Vater Aller Dinge einverstanden.

Erstaunlich, daß es für gewöhnlich so lief.

Vor guter Laune strotzend, hockte Karibu sich neben den kleinen Mann, den er wohl eines Tages würden töten müssen, dessen Dienste er sich jedoch bis dahin, so gut es ging, zunutze zu machen beabsichtigte. Sein Magen knurrte, laut genug, daß Ratte neben ihm es hörte und grinste.

»Ich bin hungrig!« verkündete Karibu. »Schüre das Feuer, Ratte! Ich will bald essen.«

Der Geruch gebratenen Fleisches weckte Gebrochene Faust aus einem unruhigen Schlummer. Zunächst blinzelte er orientierungslos in der Dunkelheit seines Zeltes. Träumte er noch? Kurz darauf ließ ihm der Duft der Bisonkeule das Wasser im Mund zusammenlaufen, und so kam er zu dem Ergebnis, daß die Träume vorüber sein mußten. In letzter Zeit hatte er eine Menge geträumt; der Geist der Lüfte sprach öfter zu ihm, als es jemals zuvor der Fall gewesen war. Aber jetzt bin ich *sehr hungrig*, dachte Gebrochene Faust, während er unter seinen Fellen hervorkroch und sich den Schlaf aus den Augen rieb.

Er ließ einen Wind abgehen und spürte, wie ein gewaltiger Rülpser in seiner Kehle hochstieg. Das Volk hatte am Vortag gut gegessen, und Gebrochene Faust hatte das Hirn und die Leber des großen Bisons verspeist, das die Jäger erlegt hatten. Diese Organe waren voller Magie, förderten jedoch auch die Gasentwicklung in seinen Gedärmen. Er grinste säuerlich angesichts dieser Gegenüberstellung von Heiligem und Profanem.

Gebrochene Faust war ein gutaussehender Mann mit einem starken, athletischen Körperbau. Als Kind war er, zusammen mit Karibu und Ratte, einer der Anführer gewesen, doch der alte Schamane hatte ihn ihm etwas mehr als nur einen gewöhnlichen Jäger gesehen. Noch vor seinem zehnten Geburtstag hatte der alte Schamane ihn zu sich genommen und mit seiner Unterweisung begonnen. Der Alte hatte gute Arbeit geleistet; so gute Arbeit in der Tat, daß Gebrochene Faust im zarten Alter von dreizehn keine Schwierigkeiten hatte, die Giftkräuter zusammenzubrauen, mit denen er seinen Vorgänger ums Leben brachte, ganz so, wie der Geist der Lüfte es verlangt hatte. Diesen schrecklichen Geist hungerte es manchmal gar nach seinen treuesten Dienern, wenn sein Appetit wuchs.

Der Geist der Lüfte sprach unmittelbar zu Gebrochener Faust, besonders, wenn der Geist hungrig war, und meist war er hungrig. Das war sein hervorstechendstes Merkmal. Er hatte sich nun eine Weile ruhig verhalten, doch falls der Traum, aus dem Gebrochene Faust soeben erwacht war, einen Anhaltspunkt geben konnte, dann näherte sich diese Ruhezeit ihrem Ende.

Flüchtig dachte er darüber nach, wen er als Opfer erwählen konnte. Er hatte im Augenblick keine besonderen Feinde. Fünfundzwanzig Jahre war er nun alt, und beinahe die Hälfte seines Lebens war er Schamane gewesen. Nach dieser langen Zeit waren all jene, die tatsächlich seine Feinde gewesen waren, längst als Opfer geendet. Ein seltsamer Zufall, doch wer war er, daß er den Willen des Geistes der Lüfte in Zweifel ziehen dürfte?

Natürlich war da noch Karibu, aber vor diesem großen, starken Mann war er auf der Hut. Karibu würde sich nicht widerstandslos ins Opferschicksal fügen, und sein Einfluß im Volk war fast ebensogroß wie der von Gebrochener Faust. Faust hatte sich auch darüber natürlich schon seine Gedanken gemacht – vielleicht würde Ratte ihm beistehen, wenn er den kleinen Mann angemessen belohnte. Ratte wäre ein guter Führer – Faust wußte, daß Ratte ganz leicht dazu gebracht werden konnte, die Notwendigkeit des Einvernehmens zwischen Schamane und Führer einzusehen. Karibu vergaß das manchmal, und dieses mangelhafte Erinnerungsvermögen war es, was die Aufmerksamkeit von Gebrochener Faust nun auf ihn lenkte, als er über das möglicherweise in Kürze darzubringende Opfer nachdachte.

Er seufzte. Was alles andere anging, so standen die Zeichen günstig. Er hatte das Flußufer erkundet und deutliche Fährten entdeckt; großes Jagdwild kam hierher zur Tränke. Er hatte sogar die breiten, runden Abdrücke eines größeren Raubtiers ausgemacht: Auch Löwen folgten dem Jagdwild.

Er hob seine linke Hand und starrte auf die Fingerstummel und die zerschmetterten Gelenke, denen er seinen Namen verdankte. Es war geschehen, als er noch ein Junge gewesen war, kurz bevor der Schamane ihn auserwählt hatte. In gewisser Weise war es ein Segen gewesen, daß der Schamane ihn aufgenommen hatte – denn der Fels, der seine Hand zermalmt hatte, hatte ebenfalls seine Chancen zerstört, jemals zu dem Jäger zu werden, der er hatte sein wollen. Er hatte damals noch großes Glück in all seinem Unglück gehabt; die Verletzung war gräßlich gewesen, doch kein böser Geist hatte sich in ihr festgesetzt, um das Fleisch anschwellen und verfaulen zu lassen. Der Alte Schamane hatte behauptet, dies sei ein Zeichen dafür, daß er unter dem besonderen Schutz des Geistes der Lüfte stehe, und dies wiederum einer der Gründe, warum er, der Schamane, überhaupt auf ihn verfallen sei.

Dies alles lag nun schon weit zurück, aber seither aß Gebrochene Faust alles mit seiner rechten Hand, mit Ausnahme des besonderen Fleisches, das der Opfer. Dafür benutzte er die zerstörten Überreste seiner Linken, das Zeichen der besonderen Gunst, die der Geist der Lüfte ihm hatte zuteil werden lassen.

Er ließ seine Arm- und Rückenmuskeln spielen, bis er auch die letzte Schläfrigkeit aus ihnen vertrieben hatte. In seinem Zelt mischte sich das Aroma seltsamer Kräuter mit einem süßlichen Duft – Stücke von fast eingetrocknetem Fleisch, die noch an den Opferwerkzeugen klebten, welche ihrerseits sorgfältig aus den Knochen anderer Opfer gemacht worden waren. Draußen vernahm er Karibus Stimme, tief und röhrend, und dann schallendes Gelächter. Der Geruch nach Essen wurde noch intensiver.

Er rappelte sich auf, verließ das Zelt und trat blinzelnd in das helle Sonnenlicht draußen. Es war ein wundervoller Tag und schon recht warm. Ein paar einsame Wolken zogen langsam über den Himmel. Das grelle Sonnenlicht machte die Herdfeuer fast unsichtbar, ließ nur die geisterhaften Rauchkringel in der Luft darüber zurück.

»Ho, Schamane!« donnerte Karibu. »Komm, geselle dich zu uns!« Er winkte Gebrochener Faust mit einem dicken Stück halbgaren Fleisches zu. »Alles ist bestens.«

Nicht alles, fuhr es Gebrochener Faust durch den Kopf. Aber bald, bald schon. Nach dem Opfer.

Der Gedanke ließ ihm noch mehr Wasser im Mund zusammenlaufen als das saftige Fett, das bald über sein kantiges Kinn lief.

Nachdem er sich satt – mehr als satt, die straffen Muskeln seines Bauchs wölbten sich schmerzhaft – gegessen hatte, wandte

Ratte sich an die anderen und begann zu sprechen. Seine Stimme war dünn, aber dennoch hielt jeder inne, wenn Ratte redete. »Schamane«, erklärte er, »Karibu möchte, daß ich auf die Jagd gehe. Was meint der Geist der Lüfte dazu?«

Gebrochene Faust legte den Knochen ab, den er zwischen den Zähnen zermalmt hatte, um das Mark auszusaugen. Der Boden um ihn herum war mit Speiseresten übersät – Knorpelstückchen und Knochensplitter, über die eine Flut schwarzer, glänzender Insekten wogte. Rattes Stimme war angemessen respektvoll, doch Faust meinte einen Unterton spöttischen Gelächters ausmachen zu können. Doch andererseits, ein solcher Unterton war in *allem*, was Ratte sagte. Er war ein Zweifler. Manchmal dachte Faust, daß Ratte zuweilen selbst die Existenz des Geistes der Lüfte bezweifelte, aber das scherte ihn nicht. Er lächelte innerlich. Er war in der Lage, Zweifler zu beeinflussen. Es waren die Gläubigen, die beizeiten zum Problem wurden.

Karibu beispielsweise glaubte. Doch eins der Dinge, die Schwarzes Karibu glaubte, war, daß der Geist der Lüfte ihn zum Führer des Bisonvolkes ausersehen hatte. In gewisser Hinsicht, überlegte Faust, entsprach das sogar der Wahrheit – doch nicht so, wie Karibu es sich dachte.

Er gab Ratte keine direkte Antwort. Gebrochene Faust gab nie direkte Antworten, wenn er es vermeiden konnte. Statt dessen tönte er: »Ich habe letzte Nacht geträumt.«

Sowohl Karibus als auch Rattes Aufmerksamkeit waren geweckt. Er konnte es daran erkennen, wie ihre schwarzen Augen ihn gebannt ansahen. Karibu leckte sich nervös die Lippen.

Gebrochene Faust hätte am liebsten laut losgelacht. *So, so, Karibu, es gibt demnach Dinge, die du fürchtest, und meine Träume gehören dazu.* Doch das wußte er bereits, und so fuhr er fort: »Der Geist der Lüfte hat uns reiche Gaben gewährt.« Faust vollführte eine schwungvolle, weitausgreifende Geste mit seiner verkrüppelten Hand.

Karibu und Ratte nickten, doch der Ausdruck auf Karibus Gesicht wurde noch wachsamer. Gebrochene Faust lächelte vage. »Doch er verlangt ein Opfer für seine Güte.«

Nun brannte die Furcht wie ein todbringendes Feuer in Karibus Augen. »Wir haben doch schon ein Opfer gebracht, Schamane.« Er fuhr sich erneut nervös mit der Zunge über die Lippen. »Die Leber, das Herz, das Hirn des Bisons ...« Er verstummte, als Gebrochene Faust langsam den Kopf schüttelte.

»Nicht genug«, erklärte der Schamane. »Der Geist der Lüfte ist hungrig. Aus diesem Grunde hat er dem Volk des Bisons all diese Gaben gewährt. Er will auch eine Gabe im Austausch.«

Selbst Ratte schien jetzt erschüttert. Sie alle wußten nur zu genau, welche Art von großen Geschenken der Geist der Lüfte verlangte. Das letzte große Opfer lag nun beinahe schon zwei Winter zurück. Nun war, so schien es, ein weiteres fällig.

Karibus Stimme klang belegt, er stotterte beinahe vor Angst. »Hat ... der Geist der Lüfte preisgegeben, wen er als Gabe verlangt?«

Gebrochene Faust wartete, genoß den Augenblick seiner großen Macht, dehnte ihn aus, so daß er die Furcht seines Rivalen besser kosten konnte. Schließlich nickte er langsam. »Frühlingsblüte«, verkündete er. »Der Geist der Lüfte verlangt Frühlingsblüte.«

Karibu stöhnte. Doch er wußte es besser, als Widerspruch zu äußern. Selbst seine eigene Autorität konnte sich nicht mit der Macht des Größten aller Geister messen. Wenn er Frühlingsblüte wollte, würde er sie bekommen.

Karibu hatte keine Wahl. Auch wenn Frühlingsblüte seine jüngste Schwester war.

Er war der Häuptling. Gebrochene Faust würde ihre Leber essen, doch es wäre an *ihm*, ihr Herz zu verzehren.

Das Grüne Tal

Maya zitterte vor Erregung. Die Neuigkeit hatte sich wie ein Präriefeuer im Volk verbreitet. Andere Menschen! Und nicht einmal weit entfernt.

Das, was sie wußte, war verworren und bruchstückhaft. Alte Beere hatte sie zu dem Zelt geschickt, das sie gemeinsam bewohnten, und hatte ihr aufgetragen, dort auf sie zu warten.

Maya hockte auf dem Baumstumpf vor dem kleinen Zelt und sah den Männern und Frauen zu, die sich zu kleinen Grüppchen zusammenfanden, um in Ruhe zu reden. Verzweifelter als je zuvor wünschte sie sich, sie könne sich ihnen anschließen, an ihren Gesprächen teilnehmen, doch sie wußte, was passieren würde, wenn sie das versuchte. Niemand würde sie beiseite schubsen, doch die Lippen würden sich schließen, die Augen zusammengekniffen werden, und irgendwie, wie auf ein geheimes Zeichen hin, würde jedermann plötzlich dringend etwas anderes zu erledigen haben. In weniger Zeit, als man brauchte, um ein paarmal Luft zu holen, würde sie sich alleine wiederfinden, umgeben von einem leeren Raum, in den niemand eindringen mochte.

Also saß sie da und sah zu und wartete. Sie wollte zu Altem Zaubers Zelt rennen, aber Speer und Haut und Geist und Beere waren bereits dort. Sie konnte gerade den kahlen Schädel vom Alten Zauber erkennen, der bedächtig nickte, während irgend jemand redete – sie glaubte, daß es Speer war, dessen Hände sich beim Sprechen bewegten, als fertige er eine Speerspitze.

Endlich löste Beere sich aus der Gruppe und stapfte schwerfällig in Mayas Richtung. Das Mädchen sprang auf und ging ihr entgegen; die Fragen sprudelten aus ihr hervor wie Wasser aus einer Quelle.

»Alte Beere, was ist ... Wer ...? Wo ...?«

»Psst, Kind«, ermahnte Alte Beere sie. »Geh zurück in unser Zelt und mach dich bereit. Der Schamane will dich auf der Stelle sehen. Geh jetzt.« Sie versetzte dem Mädchen einen gutmütigen Klaps – doch als sie Maya beobachtete, wie sie mit strahlendem Gesicht herumwirbelte und zum Zelt zurückging, waren ihre alten Züge verbittert und besorgt.

Ist das der Anfang? fragte sie sich.

Alter Zauber blickte hoch, als das Mädchen langsam sein Zelt betrat. Obwohl es wie üblich sehr warm in dem Zelt war, bereitete die Arthritis dem alten Mann großen Kummer; er fühlte sich, als seien seine Gelenke mit winzigen Eissplittern angefüllt, die aufeinander mahlten, die Knorpel und das Fleisch abrieben. Doch er verbarg seine Schmerzen gut und lächelte Maya entgegen.

»Setz dich, Maya«, forderte er sie freundlich auf.

Ihr Antlitz strahlte vor Fröhlichkeit. Sie sank, anmutig wie ein junges Reh, auf der anderen Seite des Feuers in ihre übliche Sitzhaltung und schlug die Beine übereinander. Obwohl er sie an beinahe jedem Tag ihres Lebens gesehen hatte, blickte Alter Zauber sie nun an, als begegneten sie sich zum erstenmal. Sie war eine Frau geworden, hatte Alte Beere ihm mitgeteilt. Und eine schöne dazu, entschied Zauber. Ihre Nase, die breit und leicht abgeflacht war, saß genau in der Mitte zwischen hohen, scharf ausgeprägten Wangenknochen und schräg angesetzten, mandelförmigen Augen. Ihre Haut hatte die Farbe von Honig, und ihr langes, glattes schwarzes Haar glänzte in dem flackernden Feuerschein. Wenn sie lächelte, wie sie es nun tat, zeigte sie weiße, ebenmäßige Zähne zwischen süß geschwungenen Lippen.

Irgendwie jedoch würde er sich an sie immer als an eine winzige Handvoll Fleisch erinnern, gezeichnet vom Blut ihrer Mutter. Doch sie war gewachsen, hatte sich verändert, so wie das Volk gewachsen war und sich verändert hatte. Inzwischen hatte sie ihre volle Blüte erreicht. Er hatte noch nicht viel über dieses seltsame Volk geträumt, das Speer entdeckt hatte, doch er war sich des Zusammenhangs ihrer Entdeckung und Mayas Verwandlung bewußt.

Er hielt all dies nicht für einen Zufall, genausowenig, wie er Mayas Geburt in dem Moment, als das Volk das Grüne Tal entdeckt hatte, für ein zufälliges Aufeinandertreffen von Ereignissen gehalten hatte. Er glaubte, das Gewicht der Hand, der Großen Mutter wie einen Stein auf seinen Schultern lasten zu fühlen, den schrecklichen Druck des Geheimnisses, die Verantwortung, die ihn so lange über seine Zeit hinaus am Leben erhalten hatte.

In diesem lächelnden Mädchen vor ihm lag die Zukunft des Volkes. Er hatte keine Vorstellung davon, wie diese Zukunft aussehen mochte, und er bezweifelte sehr, daß Maya eine solche hatte. Wie sollte sie auch? Er hatte sie vieles gelehrt, soviel er vermochte. Nur er und Beere kannten das Geheimnis. Nun war es vielleicht an der Zeit, diese Bürde ein für allemal abzustreifen.

Doch er zögerte. Was würde geschehen, wenn er Maya eröffnete, wer sie in Wirklichkeit war? Würde sie es verstehen? Würde sie es überhaupt glauben? *Sie war nun erwachsen, war eine Frau, aber für Zauber war sie immer noch so* jung. So überaus jung. Und er konnte ihr nur so wenig Hilfe gewähren.

Mit einem Schlag fühlte er sein Alter, das ihn wie ein großes weiches Fell einhüllte, ihm den Mund stopfte, ihn wärmte, weil er sich selbst nicht mehr aufwärmen konnte. Er hatte sein Bestes gegeben. Er hatte ihr soviel beigebracht, wie er konnte. Er hatte immer und immer wieder die alten Lieder gesungen, bis zuletzt die Worte tief in ihrem Gedächtnis verwurzelt waren. Und sie kannte die Geheimnisse – die kleinen der Pflanzen und die großen der Geister. Er hatte sich sorgfältig um ihre Ausbildung gekümmert; da er nicht wußte, was sie benötigen würde, hatte er ihr alles beizubringen versucht. Speer hatte ihr sein Wissen über die Steine weitergegeben, wie man die Splitter abschlug und formte und polierte, und auch Alte Beere hatte ihren breitgefächerten Wissensschatz offenbart. Maya konnte Fährten lesen, ein Messer fertigen, rituelle Lieder singen, einen heilenden Umschlag bereiten. Für sie war vielleicht alles ein Spiel, doch darüber machte sich Alter Zauber keine großen Sorgen. Wichtig war, daß das Wissen vorhanden war, so daß sie darauf zurückgreifen konnten, wenn die Zeit kam, wo sie es brauchen würde.

Mehr hatte er nicht zu tun gewußt, nicht tun können. Er hatte das getan, was die Träume ihm über die Jahre hinweg aufgetragen hatten. Es war lange her, daß er den Geist der Frau erblickt hatte, die Maya so sehr glich – sie kam nur selten. Doch sie schickte ihm ihre Träume auf hundert verschiedene Arten, auch wenn die Botschaft immer dieselbe war:

Unterrichte sie!

Und so hatte er es getan. Es gab nur noch eine letzte Sache, die sie erfahren mußte, und die war das Wichtigste von allem. Sie zählte kaum vierzehn Sommer, doch sie hatte schon ein Schicksal, und ihr Schicksal umfaßte mehr als nur ihr eigenes Leben – es war auch das Schicksal des Volkes. Das besagten die überlieferten alten Gesänge, die er in seiner eigenen Jugend gelernt hatte, und auch die schattenhaften Visionen seiner Träume.

Daß sie geboren worden war, war mehr als ein Zeichen. Er hatte Geist angelogen, als er das Ereignis vor ihm so benannt hatte, doch diese Lüge hatte ihr das Leben gerettet. Mayas Geburt war ein Zeichen gewesen, doch bald würde sie selbst es sein, die Zeichen setzte.

Auf irgendeine Weise, die er nicht ganz begreifen konnte, verkörperte Maya direkt die Große Mutter in dieser Welt. Er ahnte, daß so etwas erst ein einziges Mal zuvor geschehen war; vielleicht konnte es nur ganz wenige Male überhaupt geschehen, und dann auch nur in Situationen äußerster Gefahr, dann nämlich, wenn die unsichtbare Straße, die das Volk beschritt, an einen entscheidenden Scheideweg kam.

In diesem Moment spürte er ein Beben, gewaltige Kräfte, die mächtiger waren, als alles, was es auf der Erde gab. »Maya . . .« begann er sanft, ignorierte die Schmerzen, die durch seine Knochen schossen, und durch sein weiches, herabhängendes Fleisch.

»Was ist?«

Ein geheimes Feuer schien ihre Augen zu erleuchten. *Was denkt es? Dieses Mädchen, das so allein ist, so allein, und doch überhaupt nicht allein.* Er holte tief Atem und stürzte sich auf seine Aufgabe, wie ein Mann, der einen Stein in einen bodenlosen Abgrund wirft und dann für alle Ewigkeit an dessen Rand steht und auf den Aufprall wartet.

Seine alten Finger zerrten an den sorgfältig geknüpften Knoten herum, die den Mammutstein in seiner Hülle aus Fell und weichem Leder festhielten. Es gelang ihm, sie zu lösen, und er streifte sich die Handschuhe über, die den Stein vor der Berührung durch ein männliches Wesen schützten.

»Maya . . .«, sagte er langsam, und seine Stimme zitterte ein ganz klein wenig, als er den Stein hochhob und ihr darreichte, »nimm dies, bitte, und halte es in deinen Händen.«

Bisonlager

Schwarzes Karibu wartete, bis der Schamane, Gebrochene Faust, wieder in sein Zelt zurückgegangen war. Er hatte die ganze Zeit über gelächelt, doch nun, da der Schamane gegangen war, konnte Karibu seine Kiefer, die bereits schmerzten, entspannen. Als er sich umwandte, um Kleiner Ratte ins Gesicht zu blicken, standen seine schwarzen Augen ein wenig vor, und plötzlich aufgetretene Flecken, die wie Abschürfungen aussahen, entstellten die Haut darunter.

Kleine Ratte stierte zurück, und ein Gefühl der Erleichterung flatterte mit Schmetterlingsflügeln durch seine Brust. Wenn der Geist der Lüfte ein Opfer verlangte, war niemand sicher. Und Ratte war sein ganzes Leben über nicht blind gewesen: Er hatte gesehen, wie diejenigen, die sich über Fausts Mißbildung lustig machten oder ihm auf andere Weise im Wege standen, auf seltsame Weise den Hunger des Geistes der Lüfte weckten. Ratte glaubte, seine eigenen Gefühle gut genug verborgen zu haben, doch es war immer nur ein kurz währender Trost, wenn die blutigen Hände des Geistes der Lüfte wieder an ihm vorbeigeglitten waren.

Karibu vermochte seine Empfindungen nicht so gut zu verheimlichen, doch Karibu hatte Furcht gezeigt, und der Schamane hatte das genossen. Kleine Ratte hatte bereits seit geraumer Zeit etwas in dieser Art erwartet. Karibu war ein großer, einschüchternder Mann, der keine Scheu davor hatte, seine Stärke auszuspielen. Irgendwie, ohne daß man es richtig bemerkt hätte, war Schwarzes Karibu zum Häuptling geworden – auch Ratte selbst hatte diese Entwicklung eigentlich erst bemerkt, als sie sich schon vollzogen hatte. Die Männer, die die Fallen stellten, die Fährten lasen, und die Männer, die jagten, und die, die Steine suchten, aus denen Speere und Messer gefertigt wurden, und ihre Frauen und Kinder, all diese Menschen hatten irgendwann damit begonnen – weil es ihnen so natürlich erschien –, Karibu mitzuteilen, was sie gerade taten. Oder zu tun vorhatten. Einfach, um seine Zustimmung dazu einzuholen. Wenn die Meinung von Schwarzem Karibu anders lautete, er seine Zustimmung also nicht gab oder er eine andere Vorgehensweise vorschlug – nun, in diesem Fall liefen die Dinge dann eben so, wie er es wollte.

Ratte bezweifelte, ob Karibu selbst in vollem Ausmaß begriff, wie sehr der Schamane ihm die Gunstbeweise der anderen neidete. Er, Ratte, hatte dies bereits seit langem geahnt, und nun war er sich sicherer als je zuvor, daß Faust dem anderen nicht wohlgesonnen war. Er fragte sich, wen der Geist der Lüfte wohl als nächsten haben wollte – und war davon überzeugt gewesen, daß die Wahl, auf wen immer sie auch fallen mochte, Karibu keine Freude bereiten würde.

Er vermutete, daß der Geist der Lüfte keinen Hunger auf Karibu selbst verspüren würde, so bald noch nicht. Nicht, solange Karibu so stark und mächtig war wie zur Zeit.

Natürlich hatte er Karibu gegenüber nichts dergleichen verlauten lassen. Jeder war schließlich für sein eigenes Geschick verantwortlich. Wenn Karibu zu begriffsstutzig war, um zu bemerken, was vor seiner Nase geschah, dann verdiente er sein Schicksal. Ratte hegte ganz gewiß keine Absichten, ihn aufzuklären. Doch er hegte andere Absichten . . .

»Es wird ein großes Opfer werden«, erklärte Ratte feierlich. »Der Geist der Lüfte wird sehr glücklich sein.«

Karibus Augen aber waren überschattet, und er sah elend aus, als er versuchte, ein schroffes zustimmendes Nicken zustande zu bringen. »Ja«, gelang es ihm zu sagen. »Sehr glücklich.«

Das Grüne Tal

Als Maya in das Zelt des Schamanen trat, war sie glücklich und nervös und neugierig zugleich. Irgend etwas an Beeres Gesichtsausdruck war anders gewesen, als sie ihr mitgeteilt hatte, daß der Schamane sie zu sehen wünsche – und obwohl Maya diese Veränderung nicht zu deuten vermochte, so wußte sie doch, daß sich auch etwas in ihrem Leben wandeln würde. Sie hatte darüber nachgedacht, während sie ihren Überwurf gewechselt hatte – sie besaß nun deren zwei, aus Lederstreifen, die sie selbst gegerbt und sorgsam mit eigenen Händen zusammengenäht hatte. Dazu hatte sie Knochennadeln benutzt, die sie lange Nächte mit einem glatten Steinstückchen abgerieben hatte, bis sie so spitz waren, daß sie das Leder leicht durchdrangen. Das Nähen war nur eine ihrer zahlreichen Fertigkeiten; es gab so vieles, dessen sie kundig war, obwohl sie, da sie nur wenig mit den anderen Frauen und Mädchen zu tun hatte, gar nicht so recht einschätzen konnte, wie außergewöhnlich ihre Überfülle an Fähigkeiten war. Für sie war all dies selbstverständlich: Beere und Zauber hatten sie schließlich sieben Jahre lang unterrichtet, und sieben Jahre lang hatte sie von ihnen gelernt. Sie wußte, daß ihre Erziehung anders als die der übrigen Mädchen war, aber schließlich war bei ihr eben alles anders.

Aber was ist mit Beere los? hatte sie sich gefragt, als sie mit dem Ankleiden fertig gewesen war und ein letztes Mal glättend über ihren Umhang gestrichen hatte. Das Karibufell hatte sich weich und dick angefühlt. *Beere hat Angst,* hatte sie schließlich entschieden. Doch sie hatte nicht zu ergründen vermocht, *wovor* Beere Angst haben mochte.

Vor dem neuen Volk vermutlich. Doch diese Neuigkeiten hatte Beere schon vorher erfahren, sofort, nachdem die Jäger ins Heimlager zurückgekehrt waren. Und da hatte es ihr keine Angst gemacht. Erst, nachdem sie wieder zum Geisterhaus gegangen war und stundenlang mit Altem Zauber geredet hatte, war sie voller Furcht zurückgekommen.

Maya hatte geglaubt zu spüren, daß die Angst der alten Frau etwas mit ihr zu tun hatte, was jedoch, hatte sie sich nicht vorstellen können. Und nun, in der heißen, nach Zimt und Minze und säuerlichem Schweiß duftenden Dunkelheit des Geisterzeltes, sah sie es wieder. Die Angst. Denn auch Alter Zauber hatte Angst.

»... nimm dies, bitte, und halte es in deinen Händen.«

In dem Dämmerlicht hatte sie nicht richtig erkannt, was er in seinem Schoß enthüllt hatte, während er mit ihr gesprochen hatte. Immer zeigte er ihr etwas. Sie beugte sich vor, heuchelte Interesse, während sie in Wirklichkeit nur fragen wollte: *Was ist mit dem neuen Volk?*

Und dann erblickte sie den Mammutstein, und die Zeit schien stillzustehen.

Plötzlich war es, als sei sie ganz allein auf der Welt. Sie konnte Alter Zauber nicht mehr sehen. Sie konnte das allgegenwärtige kleine Feuer nicht mehr sehen, nicht die schattenhaften Anhäufungen von Steinen, rituellen Gegenständen, Blättern und Beeren, die an den Wänden des Geisterhauses entlang aufgestapelt waren.

Als sie sich vorbeugte, konnte sie ihre eigenen Hände nicht mehr sehen, nicht den Karibuüberwurf, den sie am Leibe trug, nicht die Mokassins, die an ihren Beinlingen festgebunden waren.

Es war, als bestehe sie nur noch aus Augen, und als existierte nur mehr das, was sie sehen konnte, und alles, was sie sehen konnte, war der Mammutstein.

Sie wußte ziemlich genau, daß sie ihn nie zuvor zu Gesicht bekommen hatte, doch trotzdem war er ihr so vertraut wie Alte Beeres zerfurchtes Antlitz, wie der trockene, saure, verdorbene Geruch von Altem Zaubers Atem.

Sie selbst hatte kurzfristig aufgehört zu atmen, doch das war ihr nicht bewußt. Irgendwie näherte der Stein sich ihr (oder näherte sie sich ihm? – sie wußte es nie genau zu sagen), und dann schwebte er in der glimmenden Dunkelheit direkt vor ihren Augen.

Mühelos konnte sie jede Einzelheit erkennen. Der Stein besaß etwa die Größe ihrer Hand. Es war ein Mammut, liebevoll geschnitzt, sachte poliert, nie berührt. Ein einzelnes Auge blickte zu ihr hoch. Am hinteren Ende des Mammuts, wo sich der Schwanz hätte befinden sollen, war ein Elfenbeinstumpf, als sei die Figur dort entzweigebrochen, von etwas anderem losgerissen worden.

Maya fragte sich, was dieses andere wohl gewesen sein mochte, doch dann verblaßte auch dieser Gedanke, als handele es sich um eine Frage, die nicht gestellt werden mußte. Jedenfalls noch nicht.

Von weit, weit weg drangen Worte an ihre Ohren. Worte, die nicht wirklich gesprochen wurden, die sie aber dennoch verstand.

Nimm ... den ... Stein.

»Ja«, flüsterte sie sanft.

Es war überaus merkwürdig. Sie wußte, daß sie ihre Hand nach dem Stein ausstreckte und daß ihre Finger immer näher an ihn herankamen, näher, näher.

Sie konnte sie nicht sehen. Nicht ihre Finger, nicht ihre Hände, nichts. Nur das Gefühl, war da, daß sie ihn umschloß, ihn *aufnahm*, ihn an jenen Platz im Zentrum ihrer selbst setzte, der vorher, ohne daß sie es gewußt hatte, leer und kalt und einsam gewesen war.

»Ahhh«, kam es über ihre Lippen.

Die Welt kehrte zurück.

Ihre Sinne begannen wieder zu funktionieren, einer nach dem anderen. Geruch: Die Felle im Geisterhaus rochen staubig, als müßten sie dringend einmal nach draußen an die frische Luft gehängt und ausgeschlagen werden, bis blaugraue Staubwolken aus ihnen herausstoben. Geschmack: Irgend etwas in ihrem Mund, schwach und kupfrig – Blut. Gehör: Der Atem von Altem Zauber, gurgelnd und rasselnd. Schließlich der Tastsinn: Der Stein fühlte sich ein bißchen kalt an, trotz seines Glanzes jedoch nicht im mindesten glitschig. Trocken. Fast schwerelos.

Sie wollte ihn nie wieder loslassen.

Wortlos hob sie den Mammutstein zu ihrem Antlitz empor und strich sich damit über die Wange. Hauchte ihn an, spürte eine Antwort, die ihr zuteil wurde, von irgendwoher sehr, sehr weit weg.

Sie sah Alten Zauber an.

»Oh«, sagte sie. »Oh, oh.«

»Das Geheimnis?« fragte er nur. »Du kennst das Geheimnis?«

Doch sie kannte es nicht. Jetzt noch nicht. Aber bald.

KAPITEL ZEHN

Das Grüne Tal: 17983 v. Chr.

Irgendwo sang ein Vogel. Maya blinzelte in die Sonne. »Was?«

»Kennst du das Geheimnis?« wiederholte Alter Zauber mit sanfter Stimme. Sein Blick bohrte sich in die ihrer Augen, wie die kleinen schwarzen Käfer, die sie in dem weichen Schlamm am Flußufer gesehen hatte, sich dort in Löcher gegraben hatten.

Geheimnis? Sie hatte keine Ahnung, wovon er sprach. Manchmal waren die Alten eben so, sagten oder taten Dinge, die in Mayas Augen keinen Sinn ergaben, und in solchen Momenten war es ihr, als seien sie irgendwie in eine fremde Welt geglitten. Das machte ihr für gewöhnlich angst; denn wenn die beiden sie allein lassen würden, dann wäre sie wahrhaftig allein. Die Einsamkeit stellte sie sich vor, als lausche man des nachts dem Heulen des Winterwinds hoch oben über dem Tal. Doch sie spürte seine gespannte Erwartung; obwohl die Stimme des Schamanen sanft gewesen war und seine Frage bedächtig, brannten doch seine Augen wie glühende Kohlen in der Herdstelle, als er sie unverwandt anstarrte.

»Ich . . . ich weiß nicht . . .«, setzte sie an, und sie wußte, daß ihre Antwort ihm nicht gefallen würde. Und dann senkte sich Nebel über die Dinge um sie herum wie schon zuvor.

Es gibt keine Geheimnisse vor mir.

Alter Zauber schnappte nach Luft. Die Veränderung hatte nur Sekundenbruchteile gedauert, doch nun saß ihm jemand, *der nicht Maya war,* mit untergeschlagenen Beinen auf der anderen Seite des Feuers gegenüber und sah ihn an. Die so fremdartigen Augen des Mädchens hatten sich verdreht, so daß keine Farbe mehr zu sehen war und nur noch das Weiße die Augäpfel füllte.

Eine eisige, naßkalte Welle der Furcht durchflutete ihn. Er spürte, wie die Haut auf der Rückseite seiner verwitterten Hände prickelte. Wäre er jünger, wären seine Knochen kräftiger, seine Muskeln reaktionsfähiger gewesen, hätte er einen Schrei äußersten Entsetzens ausgestoßen und wäre kreischend aus dem Zelt gestürzt.

Diese Stimme, *diese Stimme!*

Niemals war ein solcher Laut an seine Ohren gedrungen, nicht in dieser Welt und nicht außerhalb dieser Welt, nicht in kleinen und nicht in großen Träumen. Immer noch hallte der Klang dieser Stimme nach, und die Worte dröhnten in seinem Schädel wie der entfernte Donner des Eises, der alle Tage das Tal erfüllte. Es dröhnte und dröhnte, bis er es nicht mehr ertragen konnte, so daß er sich die Ohren mit seinen leberfleckübersäten Händen zupreßte und Tränen durch die tiefeingeschnittenen Furchen seines Gesichts rannen und er flüsterte: »Halte ein. O bitte, halte ein!«

Dann geschah etwas Fürchterliches. Nach einer Zeitspanne von zehn Herzschlägen, als habe seine entsetzte Bitte so lange gebraucht, um ans Ziel zu gelangen (nicht weiter als die andere Seite des Feuers), lächelte es ihn an, *das Ding, das nicht Maya war.*

Es war eine langsame, zuckende Bewegung, die wenig mit dem warmen Lächeln eines Menschen zu tun hatte, und dafür eher dem Ausdruck ähnelte, der Stunden nach Eintreten des Todes die Schnauze eines erlegten Karibus verzerrte. Alter Zauber dachte daran, wie kleine Kinder mit einer solchen Trophäe spielten, die Haut in diese und jene Richtung zogen, das tote Fleisch so formten, daß der Anblick sie in Gelächter ausbrechen ließ. Doch das Schlimmste an dem Lächeln war seine Kälte, es hatte überhaupt nichts mit Maya und nur sehr wenig mit Zauber zu tun. Es war, als habe *das Ding, das nicht Maya war,* eine Maske anprobiert, etwas, von dem es annahm, es sei in Zaubers alten Augen angenehm. Es war etwas Zögerndes an diesem Lächeln, als hätten unsichtbare Finger das Fleisch von Mayas Lippen in eine solche Form gebracht, die sie für zufriedenstellend hielten.

Schauder peinigte ihn.

Das *Ding* wartete einen Moment, hinter Lippen, die wie Fetzen gehäuteten Fleischs dort hingen. Ein dünner Geiferfaden sickerte aus Mayas Mundwinkel. Diese nackten weißen Augen brannten sich in sein Herz, sahen durch ihn hindurch ins Nirgendwo, als sei er gar nicht da.

Dann – und das war sogar noch gräßlicher als alles andere – begannen diese Lippen aus scheinbar totem Fleisch zu zucken. Die Oberlippe ruckte nach rechts, und die Unterlippe klappte hoch und runter, wie Häute, die man zum Trocknen in den Wind gehängt hatte. Ein leiser, gutturaler, erstickter Laut entrang sich diesen Lippen; Alter Zauber konnte sehen, wie ihr Adamsapfel auf und ab hüpfte, gegen ihren Kehlkkopf drückte, als wäre er ein Tier in der Falle.

Ich habe viele Geheimnisse, Schamane.

Alter Zauber tat das Tapferste, was er je in seinem Leben getan hatte, was er jemals tun würde. Er wollte schreien, nur schreien; statt dessen zwang er seine Lippen, seine Kehle mit einer Anstrengung, derer er sich nie für fähig gehalten hatte, Worte zu bilden.

»Wer bist du?« stieß er hervor.

Ein dünnes, hohes Heulen hatte in seinen Ohren zu summen begonnen und machte es ihm schwer, die Antwort zu verstehen.

Ich bin mein Geschenk an mein Volk. Nutze mich wohl!

Mayas Körper peitschte vor und zurück, doch immer nur bis zu einer bestimmten Grenze, als bänden sie unsichtbare Seile an diesen Ort, in dieser Haltung. Die Haut in ihrem Gesicht begann sich zu *bewegen*, als wimmelten Hunderte kleiner Tiere direkt unter der Oberfläche, kratzten und schubsten und nagten sich ihren Weg ins Freie.

»Ahhh«, stöhnte Alter Zauber.

Dann war es vorbei.

Das Ding, das nicht Maya war, verschwand, einfach so.

Er wußte sofort, daß es weg war. In seinem Geist spürte er, wie eine weite Finsternis sich mit Licht füllte, wie das Ding zurückging dorthin, wo immer es auch hergekommen sein mochte.

Der Gestank verbrannter Haare drang ihm in die Nase. Er sah zu Boden und bemerkte, daß er sich irgendwie über sein kleines Kochfeuer gebeugt hatte und daß der Saum seiner Robe Feuer gefangen hatte. Sein Antlitz brannte vor Hitze, weil er so nah am Feuer war, doch tief in seinem Innern war keine Wärme.

Einstmals, als das Verständnis des Geheimnisses in ihm zu voller Blüte gereift war und er begriffen hatte, daß ihm die Macht des Steins, der unmittelbare Zugang zu der Mutter und ihren Kindern, auf immer verschlossen sein würde, war er enttäuscht gewesen. Die Vorstellung, die Große Mutter nackt und unverhüllt zu Gesicht zu bekommen, war ihm als erstrebenswertes Ziel erschienen.

Nun verstand er. Nur ein verschwindend kleiner, höchst unbedeutender Teil von dem *Ding, das nicht Maya war,* war in das Geisterhaus eingetreten, und selbst dessen gewaltige Macht hatte ihn beinahe getötet.

Er schloß seine Augen und flüsterte das inbrünstigste Dankgebet, das ihm jemals über die Lippen gekommen war. Und dann, als er die Augen wieder aufschlug und Mayas zusammengesackte Gestalt erblickte, preßte ihm das Mitleid das Herz zusammen wie eine eiserne Faust.

Dank sei der Gnade der Mutter, daß sie sich ihm niemals zu erkennen geben würde. Für Maya jedoch gab es keinen solchen Schutz.

Die Göttin war *in* ihr; für Maya würde es nie einen Ort geben, an dem sie sich verbergen konnte.

Nutze mich wohl?

Das Kind. Das arme, arme Kind.

Maya erwachte erfrischt, wie nach einem langen und tiefen Schlaf. Das erste, was sie sah, war Alter Zauber, der ein glimmendes Kohlestückchen aus dem Saum seiner Robe schüttelte, die Feuer gefangen hatte. Wie hatte das geschehen können? Sie erinnerte sich an nichts . . .

Sie schüttelte den Kopf.

Erinnerte sich an nichts. Nein, das stimmte nicht ganz. Da war etwas, doch es hatte nichts mit dem seltsam erleichterten und zugleich furchtsamen Ausdruck der zerfurchten Züge des Schamanen zu tun, mit seinen panischen Bewegungen, während er linkisch auf den angesengten Fellstreifen einschlug. Sie entsann sich eines Lichtes, einer Empfindung, die derjenigen glich, die sie manchmal verspürte, wenn sie sich die Finger über die Augen legte, das Gesicht der Sonne zuwandte und dann für einen Augenblick ihre Finger spreizte, so daß die Sonnenstrahlen in ihrem Kopf zu dringen schienen.

Etwa so, aber viel, viel gewaltiger.

Sie erinnerte sich an ein Licht, das heller war als die Sonne. Sie war sich ziemlich sicher, daß sie dieses Licht schon einmal gesehen hatte, konnte sich indes nicht genau erinnern, wo. Plötzlich entsann sie sich Zaubers Frage.

»Ich kenne kein Geheimnis, Zauber«, erklärte sie mit leiser Stimme. »Es tut mir leid. Bist du jetzt böse auf mich?« Dann wandte sie sich praktischeren Überlegungen zu. »Komm. Laß mich dir helfen.«

Sie beugte sich vor, um Zaubers Robe zu packen, und der Mammutstein kullerte vergessen von ihrem Schoß zu Boden.

Zauber zischte.

Sie fuhr erschrocken zurück. Was für eine Ungeheuerlichkeit hatte sie nun schon wieder begangen?

»Der ... der Stein!« prustete Zauber, der so entsetzt war, daß er kaum sprechen konnte. *»Heb den Stein auf!«*

»Was? Oh. Ich habe ihn.« Sie rieb ihn am Pelz ihrer Beinkleider sauber. »Siehst du? Es ist nichts passiert.«

Zauber merkte, daß seine Finger zitterten wie eisbedeckte Zweige im Sturm. Selbst unter dem warmen Pelz seiner Fausthandschuhe knirschten und ächzten seine Hände (er wußte, daß sie nie wieder warm werden würden), während er den Stein wieder in seine Schutzhülle aufnahm.

Er brauchte mehrere Anläufe – am schwierigsten waren die Knoten –, bevor er den Stein wieder sicher verpackt hatte. Maya beobachtete seine Anstrengungen mit neugierigem Interesse, während ihre verschwommene Erinnerung an das Licht schon wieder verblaßte. »Wirst du mir nun ein Geheimnis anvertrauen, Alter Zauber? Wolltest du deshalb wissen, ob ich schon eins kenne?« Sie senkte den Blick in ihren Schoß, und ihr Gesichtsausdruck war plötzlich traurig und ernst. »Ich *wünschte*, ich würde eins kennen«, fuhr sie fort, »aber ich kenne keins.«

Du kennst mehr, als dir lieb ist.

Und was sollte er nun tun? Nie hatte die Bürde des Geheimnisses so schwer auf seinen Schultern gelastet. Ihm war klar, ohne genau zu wissen, *woher*, daß die Dinge an einem Wendepunkt angelangt waren. Es war, davon war er restlos überzeugt, kein Zufall, daß das Blut zwischen Mayas Beinen und daß das neue Volk am Ufer des Flusses zur selben Zeit eingetroffen waren. Denn er hatte soeben mit seinen entsetzten Augen das dritte Zeichen erblickt: Die Mutter hatte sich ihres Werkzeugs bedient. Maya gehörte nicht mehr sich selbst. Sie gehörte, so fuhr es ihm mit neuerlichem Schrecken durch den Kopf, gar nicht mehr zum Volk, außer in einem sehr weitgefaßten Sinn. Sie war ein Werkzeug, nicht mehr und nicht weniger als die Messer und Beile und Schaber, die das Volk bei seinen täglichen Verrichtungen benutzte – doch mit einem Unterschied: Sie wurde von einer Gottheit benutzt.

Nutze mich wohl!

Und diese Worte waren nicht an Maya, sondern an *ihn* gerichtet gewesen. Die Verantwortung ruhte auf *seinen* Schultern; es verlangte ihn verzweifelt danach, dagegen anzuschreien, doch er konnte das genausowenig tun, wie er den Wind niederschreien oder den meilenhohen Eiswall im Norden zum Schmelzen bringen konnte.

Nie zuvor in seinem Leben hatte er sich älter, müder oder hilfloser gefühlt. Doch tief in seinem Innern brannte eine Flamme, stark und hell und heiß; das war die Liebe, die er immer für sein Volk empfunden hatte, und auf ihre Art war diese Liebe nicht weniger stark als die Große Mutter selbst. Als er sich dem Mädchen, das sich nun so vollständig gewandelt hatte, zuwandte, griff er tief in diesen Schatz der Liebe und fand dort zu seinem Erstaunen die Kraft, die er brauchte. Er zog die Handschuhe aus und entdeckte, daß seine Hände doch wieder warm und biegsam geworden waren.

Er ließ die Muskeln und Gelenke seiner Hände spielen und starrte sie erfreut an. Selbst Maya schien zu erkennen, daß seine Hände nicht mehr schmerzten.

»Alter Zauber, deine Hände . . . sie sehen so anders aus.«

Und in der Tat, so war es. Die dunkelroten Leberflecke waren geschrumpft, fast vollständig verschwunden, und die geschwollenen, knotigen Gelenke sahen kleiner aus, glatter. Seine Hände waren jünger geworden, und eine neue Kraft pulste durch sie.

Starke Hände, dachte er bei sich. *Ich werde starke Hände brauchen.* Und in diesem Augenblick verstand er, daß die Große Mutter ihm dieses Geschenk hatte zuteil werden lassen: Die Kraft des Lichtes, die Kraft, weiterzumachen. Die Kraft, zu tun, was notwendig war. Die Kraft, Maya wohl zu nutzen.

Dieser Moment der Erkenntnis brachte ihm auch die letzte Enthüllung nah: *Maya war zu einem einzigen Zweck geboren worden, dem, das Sprachrohr der Großen Mutter zu sein, das Verbindungsglied, so daß die Große Mutter selbst in dieser Welt würde einschreiten können.*

Und wieder erfüllte ihn unsägliches Mitleid. Er wußte, was mit Steins Messern geschah, wenn sie durch den ständigen Gebrauch abgenutzt waren. Sie wurden stumpf und zerbrachen, wurden weggeworfen.

Das war die Bestimmung von Werkzeugen. Und zum erstenmal hatte die Mutter von ihrem Werkzeug Gebrauch gemacht, um sich ihm zu enthüllen. Auch er war nicht mehr derselbe wie zuvor, jetzt saßen sie beide einander gegenüber, anders, als sie noch ein paar Augenblicke zuvor gewesen waren, doch beide auf ihre Art genauso unwissend.

Draußen wurde das Stimmengewirr dringender. Er ahnte, daß sich das Volk versammelte und darauf wartete, daß er vor sie treten und ihnen die Botschaften der Geister übermitteln würde.

Er hatte seine Botschaft. Doch es war eine, die er ihnen nie verständlich machen konnte.

Die Große Mutter ist unter uns. Jetzt ist sie beim Volk.

Oh, oh, oh, und schrecklich ist sie.

»Nein, Maya«, sagte er aus den Tiefen seiner neugefundenen Stärke, »ich habe kein Geheimnis für dich. Noch nicht. Aber ich habe etwas anderes.«

Ihre klaren Augen, blau und grün, funkelten vor Erwartung. »Oh, was denn, Alter Zauber? Was ist es?« fragte sie. Aber Alter Zauber schwieg, sah sie nur stumm an, und auf seinem Gesicht lag der Ausdruck, den sie jedesmal bei ihm beobachtet hatte, wenn er ihr ein besonders kostbares Geschenk zu machen beabsichtigte – ein winziges glitzerndes Steinchen oder ein kleines, in Leder eingeschlagenes Bündel süßduftender Kräuter –, und da vergaß sie diesen seltsamen Augenblick, als ein Licht in der Dunkelheit in ihr gestrahlt hatte.

»Sag's mir!« bettelte sie.

Und mit dem sicheren Bewußtsein, daß das, was er tun würde, zum erstenmal richtig war, absolut richtig, sagte er: »Würdest du gerne hier bei mir wohnen? Im Geisterhaus? Würdest du das gerne tun, kleine Maya?«

Geist blieb kurz vor seinem eigenen Zelt stehen und beobachtete eine Wolkenformation, die rasch über den blauen Himmel glitt und ein Schattenmuster auf den Boden unter ihr warf. Einen kleinen Augenblick lang, während der Schatten vorüberzog, sah sein hageres Gesicht aus, als sei es hundert Jahre alt.

Nicht weit weg, legte sich der Tumult allmählich. Kleine Menschenansammlungen – er entdeckte Speer inmitten einer dieser Gruppen, wie er gestikulierte und zum zehnten- oder hundertstemmal erklärte, wohin er gegangen war, was er gesehen hatte –, standen immer noch dicht gedrängt zusammen wie Dreckklumpen, doch unter seinen Blicken bröckelten diese.

Dreck. Nichts als Dreck.

Wie er.

Alter Zauber hatte sich zum Mysterienzelt der Männer begeben, jenem Zelt, das aus Knochen und Soden und schwerer, halbgegerbter Haut errichtet war, zur Hälfte in die Erde eingegraben auf dem Sims über dem Flüßchen. Der Schamane hatte

Geist durch die Art, wie er sich bewegte, durch die Kraft seiner Stimme in Schrecken versetzt. Geist hatte nun schon seit langer Zeit die Monate und Tage gezählt, in denen Zaubers Kräfte zusehen nachgelassen hatten, und tief in seiner Brust bewahrte er einen Hoffnungsschimmer. *Er kann nicht ewig leben,* kann nicht *ewig leben,* hatte ihm stets eine Stimme zugeraunt, doch jetzt plötzlich bewegte sich der alte Schamane, als wäre er nicht einmal halb so alt, wie er an Sommern zählte.

In seinen Schritten lag ein neuer, federnder Schwung, und seine Finger waren weniger verkrümmt, weniger klauenähnlich. Dies hatte Geist bemerkt, als der Schamane die Insignien seiner Würde mit festem Griff umklammert hatte – den langen, geschnitzten Stab, die Rassel, die Schnur, mit der die Geister gebunden wurden.

Alle Männer waren ins Zelt des Mysteriums geströmt, bis sie Schulter an Schulter an den zwei kleinen Feuern saßen, die im Inneren des Zeltes unter ins Dach geschnittenen Abzugslöchern brannten.

Der Geruch von Schweiß, nassen Fellen, Schmutz und modrigen Tannennadeln auf dem Boden, von verfaulendem Fleisch und heißen Steinen war überwältigend, doch Geist war daran so gewöhnt, daß er kaum Notiz davon nahm, außer daß er sich ein- oder zweimal, verärgert über die qualmenden Feuer, durch die Augen rieb.

Der Schein der Feuer erhellte die Zeichnungen, mit denen das Zeltdach geschmückt war, ließ sie tanzen. Dort oben tollten Mammuts mit langen, gebogenen Stoßzähnen umher; riesige Bisons, deren Nackenfell zottig herunterhing; ein Rudel Löwen, die auf die Rücken vor Angst schreiender Karibus sprangen; und Männer mit langen und scharfen Speeren.

Hierher kamen die Jäger, um sich für die Jagd vorzubereiten; hielten Festessen ab, fasteten, und erhielten einen Kräutertrank, der von Zauber und in letzter Zeit von Geist gebraut worden war, ein Trank, der die Geister in Träume erscheinen ließ, die alle teilen konnten. Und dem jungen Schamanen war es auch überlassen, die alten Lieder zu singen, die Bison und Karibu und Mammut in ihr Verderben *riefen.* Alter Zauber hatte ihn all diese Aufgaben übertragen, und Geist war es wohl zufrieden gewesen. Er trug die Verantwortung für das Gelingen der Jagd, und das verlieh ihm große Macht. Geist fragte sich, wie Zauber dies nur so leichtfertig hatte aufgeben können. Doch im Grunde kümmerte ihn das nicht. Was ihn interessierte, war, daß seine Magie dem Volk Jagdbeute verschafft hatte und die Jäger ihn dafür achteten.

Er blickte um sich und bemerkte Speer, der in seinem Erzählen innegehalten hatte und zu ihm hochblickte; Speer und er waren Freunde geworden, so gute Freunde, wie zwei so verschiedene Männer es nur werden konnten. Geist entsann sich des Tages, an dem diese Entwicklung ihren Anfang genommen hatte. Damals hatte er Speer bei einer Jagd das Leben gerettet. Speer war von einer wütenden Mammutmutter angegriffen worden, und Geist hatte sie allein mit seiner Magie getötet.

Das soll der alte Schamane mir erst mal nachmachen! dachte er, während er Speer kaum merklich zunickte. Der Jäger erwiderte die Geste just in dem Augenblick, als Alter Zauber aus dem Mysterienzelt trat und sich räusperte.

Geist hatte keine Ahnung, was der Alte sagen würde. Er war nicht einmal sicher, ob es ihn überhaupt interessierte. Laß den alten Narren noch ein wenig seine neugewonnene Kraft genießen. Laß ihn noch ein wenig seine fremdartigen, bösen Spielchen mit dieser Hündin treiben. Vielleicht würde er sie ja zur Frau nehmen.

Als Zauber ihm beiläufig mitgeteilt hatte, daß Maya ins Geisterhaus umziehen würde, war er fast verrückt vor Neid geworden. Doch dann, noch bevor sein Gesicht auch nur die leiseste Regung hatte zeigen können, war eine Kälte in ihm aufgestiegen, eine Kälte, die alles andere lähmte.

Die geheime Stimme, die so oft zu ihm sprach: »Alles wird gut werden. Sie gehört ihm. Also wird sie dir gehören, zusammen mit dem Rest seines Besitzes, wenn er erst gestorben ist.«

Geist lächelte insgeheim. Die meisten der Umstehenden hielten ihre Blicke auf Alten Zauber gerichtet, lasen ihm die Worte von den Lippen ab. Doch Wolf, Mayas Bruder, sah den Schatten des Lächelns, der über Geists Züge huschte, und schauderte, obwohl er nicht wußte, weshalb.

»Alte Beere, ist das nicht wundervoll?«

»Ist was nicht wundervoll?«

»Ich werde in Altem Zaubers Haus wohnen und für ihn sorgen!«

Die alte Frau unterbrach ihre Arbeit. Sie hatte sich nun schon eine geschlagene halbe Stunde das begeisterte Plappern von Maya über alles mögliche angehört, doch die Neuigkeiten, die sie sich bis zum Schluß aufbewahrt hatte, war die alarmierendste. »Maya, was redest du da? Was hat er noch gesagt?«

Maya blickte auf; sie hatte ihren zweiten Überwurf und die dazugehörigen Beinlinge säuberlich zu einem Päckchen verschnürt. Sie hatte nicht eben viel zusammenzupacken: ihre Kleidung, die Geschenke, die Zauber ihr über die Jahre hinweg gemacht hatte, ein paar Kräuter, die sie frisch gesammelt hatte. Und Moos – Beere hatte sie daran gemahnt, Moos mitzunehmen. Wahrscheinlich würde die Blutung noch ein oder zwei Tage anhalten, hatte Alte Beere ihr erzählt. Die Vorstellung machte Maya einige Sorgen; Blut bedeutete Tod. Es war irgendwie nicht richtig, daß sie blutete, obwohl sie doch nicht verletzt war. Alte Beere jedoch versicherte ihr, daß dem nun mal so war.

Jetzt vernahm sie einen warnenden Unterton in Beeres schroffer Stimme, als habe die alte Frau ein wenig Angst vor dem, was sie sagen würde. Maya dachte kurz nach und kam zu keinem anderen Ergebnis, als daß deren Gedanken ihr immer noch ein völliges Rätsel waren. Maya wollte die andere Frau – *andere Frau; ich bin jetzt auch eine Frau,* dachte sie mit einem aufgeregten Kribbeln in der Magengegend – gerne beschwichtigen, doch es gab eigentlich nichts, was sie hätte sagen können. Zauber hatte ihr ein hübsches Schnitzwerk gezeigt und ihr dann eröffnet, daß sie zu ihm ziehen würde. Das war alles – oder?

Sie entsann sich an nichts anderes mehr, und so erklärte sie zögernd: »Er hat nichts weiter gesagt. Nur, daß ich ins Geisterhaus ziehen soll.« Dann kam ihr ein neuer Gedanke. »Alte Beere, bedeutet das, daß ich jetzt Zaubers Frau bin?«

Maya war eine seltsame Mischung aus Naivität und Klugheit. Sie wußte, daß die Männer des Volkes Frauen als Eigentum betrachteten. Das war ganz natürlich. Einige Männer hatten nur eine, andere hatten zwei oder gar drei. In einigen Fällen, wie bei ihren beiden Vätern, Haut und Speer, verhielt es sich noch anders, sie teilten sich ihre Frauen, die Frauen jedoch kümmerten sich jeweils nur um ihre eigenen Kinder.

Doch sie war sich nicht ganz sicher, was es mit diesen Beziehungen überhaupt auf sich hatte. Begriffe wie Begehren und Leidenschaft waren für Maya so fremd und so geheimnisvoll wie der Mond.

Beere biß sich auf die Zunge und verkniff sich die scharfe Erwiderung, die ihr sogleich auf Mayas Frage in den Sinn kam. Maya die Frau von Altem Zauber? Er war zu alt für die Vergnügungen der jungen Männer. Alte Beere schätzte, daß Zauber schon seit Jahren keine Erektion mehr gehabt hatte. Aber was zum Teufel wollte der alte Schamane *dann* mit dem Mädchen? Beere und Maya kochten schon für ihn, hielten sein Feuer in Gang und sammelten die Kräuter und Beeren, die er für seine Arbeit benötigte. Ihr Zelt stand weniger als zehn Fuß von seinem entfernt. Warum war es nötig, daß Maya ganz in das Geisterhaus zog?

Sie vermutete, daß es etwas mit dem Geheimnis zu tun hatte, obwohl es nun klar war, daß Zauber seine ursprüngliche Absicht, Maya einzuweihen, geändert hatte. Sie hatte sie so vorsichtig wie möglich darüber ausgefragt, ohne jedoch auf den Kernpunkt zu sprechen zu kommen, doch das einzige Geheimnis, an das Maya sich erinnern konnte, war das, nach dem Zauber sie gefragt hatte, ob sie es kenne.

Und doch hatte das Mädchen den Mammutstein in seinen Händen gehalten. Das mußte doch etwas bedeuten!

»Ich weiß nicht«, entgegnete Beere schließlich. »Vielleicht.« Sie streckte die Hand aus und versetzte Maya einen Klaps auf den Rücken. »Aber aus all dem wird nichts werden, wenn du nicht irgendwann damit fertig wirst zu packen, Mädchen. Und ich sage dir noch etwas: Du magst ja jetzt eine Frau sein, aber du wirst immer mein kleiner Liebling bleiben.« Sie schwieg, entdeckte erstaunt, daß das die Wahrheit war. Es war ihr einfach so herausgerutscht, doch es war so wahr wie irgend etwas in der Welt. Maya, ihre Bürde, war irgendwie zu Maya, die sie liebte, geworden. Und sie würde doppelt auf sie achtgeben, nun, da sie nicht mehr Tag und Nacht mit ihr zusammen sein konnte.

KAPITEL ELF

Das Grüne Tal: 17983 v. Chr.

Maya summte leise vor sich hin, während sie ihre Bettfelle auf einem süß duftenden Berg von Kiefernzweigen zurechtlegte. Sie hatte sich ein eigenes kleines Reich in den beengten Verhältnissen des Geisterhauses eingerichtet, ein winziges Fleckchen am Feuer, der Bettstatt des Schamanen gegenüber. Sie wußte nicht, warum sie diesen speziellen Platz ausgesucht hatte, aber irgend etwas hatte ihr geraten, sich nicht an dem Fleck neben dem Schlafplatz des alten Schamanen niederzulassen.

Es war sehr still im Lager. Das fiel ihr nun plötzlich auf, und ihr Kopf fuhr in die Höhe, die Augen offen und wachsam. Die vertrauten alltäglichen Geräusche, wie die von Schritten, Gelächter, von scherzhaften Rufen der Männer und vieles mehr, waren nicht zu vernehmen.

Maya hatte mit hochschäumender Begeisterung im Herzen ihre Habseligkeiten von Beeres Haus in ihr neues Heim gebracht – doch selbst da schon hatte ein Teil von ihr die unheilvolle Stille wahrgenommen, die Atmosphäre gespannter Verlassenheit, die über der Siedlung hing. Einen kurzen Moment lang hatte sie das unheimliche Gefühl gehabt, daß alle fort seien, sie zurückgelassen hatten und daß sie nun mit etwas anderem völlig allein sei.

Verstohlen hatte sie einen Blick hinter sich geworfen und war sich dabei töricht vorgekommen. Sie konnte den Grund für ihr Tun nicht erklären, außer daß sie einen fürchterlichen Augenblick lang die Gegenwart von etwas anderem dort gespürt hatte. Doch da war nichts, natürlich nicht; nichts als verlassene Wege und glimmende Feuerstellen und dünne Rauchfähnchen, die müßig in den leeren Himmel stiegen.

Die Männer befanden sich alle im Mysterienhaus; die Frauen, für immer aus jenen heiligen Bezirken ausgeschlossen, warteten draußen, die einen standen, die anderen hockten dort und flüsterten mit gesenkten, besorgten Stimmen miteinander. Das war der Grund, warum das Lager so verlassen, so leer wirkte. Natürlich war das der Grund.

Sie zupfte ein letztes Mal an der Bettstatt aus Zweigen und Fellen herum. Der süße Duft des Harzes drang ihr in die Nase, und sie lächelte. Jetzt, wo sie ihr Lager aufgeschlagen und ihre wenigen Habseligkeiten daneben verstaut hatte, fühlte sie sich mit einemmal im Geisterhaus heimisch.

Ich lebe jetzt hier, dachte sie plötzlich und empfand eine Mischung aus Glück und Erstaunen. *Dies ist mein Heim.*

Sie hatte niemals ein wirkliches Heim gehabt.

Knospe, was ist geschehen? Was ist wirklich *geschehen?*

Die Wucht dieses Irrgedankens ließ ihre Muskeln zucken wie in einem bösen Traum. Sie schnappte nach Luft. Plötzlich wirkte die Stille, die der Schrei eines einzelnen Vogels noch hervorhob, der dicht über das Lager hinwegflog, unheilverkündend. Sie riß die Augen weit auf; sie ließ den Blick ziellos durch das Geisterhaus schweifen, bis er fast wie von selbst auf einem sorgfältig verschnürten Bündel hinter Zaubers Bett verweilte; der hübsch geschnitzte Stein befand sich dort.

Sie starrte das geheimnisvolle Päckchen an, und wieder vernahm sie eine Stimme, die etwas zu ihr sagte, was sie jedoch nicht verstehen konnte. Dann wieder nichts. Stille und das Geräusch ihrer eigenen Atemzüge.

In dem immer brennenden Herdfeuer im Zentrum des Geisterhauses knisterte und knackte es, und das brach den Bann. Maya schüttelte den Kopf und wartete, bis ihr wie rasend schlagendes Herz sich wieder beruhigte. Aus irgendeinem Grund juckte es sie in den Fingern, die Verschnürung jenes Päckchens zu lösen, das kleine Stückchen geschnitzten Elfenbeins herauszunehmen, seine warme, glatte Oberfläche über die weiche Haut ihrer Wange zu reiben.

Das war ein böser Wunsch. Alter Zauber würde das nicht gutheißen.

Und dennoch sehnte sie sich danach, den Stein zu berühren.

»Abendessen«, erinnerte sie sich selbst. »Wenn Alter Zauber zurückkehrt, wird er hungrig sein.«

Der Klang ihrer eigenen Stimme vertrieb die letzten Reste ihrer seltsamen Versunkenheit, sie rutschte auf die Fersen zurück, klatschte sich mit den Händen auf die Oberschenkel und erhob sich. Die Frauen mochten ja alle beim Zelt des Mysteriums sein, doch Maya wußte, daß man sie nicht aufgefordert hatte, sich zu ihnen zu gesellen. Man würde sie *nie* dazu auffordern. Doch sie hatte zu essen, war vieler Dinge kundig und hatte einen Platz im Zelt des Schamanen.

Abendessen und Wärme und, zumindest für den Augenblick, Frieden.

O Knospe, was ist geschehen?

Sie schlug die Klappe am Eingang des Zeltes zurück und richtete sich in der Nachmittagssonne auf, lauschte dem gedämpften Gemurmel erregter Stimmen. Die Versammlung war vorüber.

Sie hätte gern gewußt, was beschlossen worden war, schob den Gedanken jedoch beiseite. Alter Zauber würde es ihr schon früh genug erzählen.

Schließlich war sie jetzt die Frau von Altem Zauber. Sie fragte sich, ob das bedeuten mochte, daß der Schamane ihr sein Ding zwischen die Beine stecken würde, dahin, wo das Blut immer noch in das getrocknete Moos sickerte. Die Vorstellung verursachte ihr ein flatterndes Gefühl in der Magengegend; sie hätte nicht genau sagen können, ob es Furcht oder Glück war.

Sie bückte sich und zerrte einen Fellappen von dem Loch im Boden neben dem Geisterhaus fort, wo Zauber seine Fleischrationen aufbewahrte. Sie wühlte in dem übelriechenden Zeug herum, bis sie den klumpigen, schlaff herunterhängenden Rumpf eines großen Hasen ertastet hatte. Sie zog ihn hervor und nahm eins der Schabmesser, die neben dem Loch aufgehäuft waren, rieb es an ihrem Oberschenkel ab, um die letzten Reste getrockneten Fleisches zu entfernen, und machte sich daran, die Haut vom Körper des Hasen zu lösen.

Frühlingsblume spürte, wie langsam ein Gefühl der Taubheit in ihre Fingerspitzen kroch, die gleichzeitig zu prickeln begannen; es ähnelte dem Gefühl, das man empfand, wenn man zu lange in einer bestimmen Position gehockt hatte und die Füße eingeschlafen waren, und man tanzen und sich hektisch bewegen mußte, damit wieder Leben in die Gliedmaßen zurückkehrte. Doch dieses Gefühl war in ihren Fingerspitzen, und es war auch ein ganz klein wenig anders.

Alles war anders. Sie konnte nicht genau beschreiben, wie es war, doch anders war es. Alles. Zum Beispiel, wie Schwarzes Karibu, ihr großer Bruder, sie verstohlen von der Seite beobachtete und sich dann, wenn sie seinen Blick erwiderte, plötzlich abwandte.

Fast, als habe er Angst davor, sie anzusehen.

»Komm schon, iß weiter«, sagte Schwarzes Karibu und lächelte sie an. Das Lächeln war gezwungen und entblößte zuviel von den Zähnen. Es trug nicht eben dazu bei, daß sie sich besser fühlte. Wenn überhaupt, so fühlte sie sich dadurch nur noch schlechter, ließ sie selbst beinahe so etwas wie Furcht empfinden. Irgend etwas stimmte nicht mit dem Lächeln ihres Bruders, doch sie konnte sich nicht vorstellen, was der Grund dafür sein mochte.

Trotzdem, er war immer noch ihr Bruder, und sie vertraute ihm mehr als irgend jemandem auf der Welt. Er war das Oberhaupt ihrer Familie, jetzt, wo die nur noch schwache Erinnerung an ihren Vater vollständig verblaßt war und sie wußte, daß Karibu auf eine Weise, die sie nicht ganz begriff, auch das Oberhaupt des Volkes geworden war. Sie hatte nie zuvor an ihm gezweifelt, und nur weil sein Gesichtsausdruck anders, so merkwürdig, so beängstigend war, bestand doch kein Grund, jetzt damit anzufangen. Und außerdem liebte er sie.

Und so griff sie selbst lächelnd, trotz des seltsamen Prickelns in ihren Fingerspitzen – das nun auch, wie sie bemerkte, in ihre Zehen vorgedrungen war –, in den geflochtenen Korb, in dem rote Beeren mit klebrigem Honig vermengt waren, und stopfte sich eine weitere Handvoll in den Mund.

Die Süße des Honigs überdeckte den scharfen, bitteren, beißenden Geschmack der Beeren, und obwohl ihr Magen ob dieser seltsamen fremden Kost ein bißchen rumorte, aß sie bereitwillig.

Sie war erst elf Jahre alt, ein Kind, das Älteren grenzenloses Vertrauen entgegenbrachte, besonders ihrem liebevollen älteren Bruder.

Schwarzes Karibu sah dieses Vertrauen in ihren Augen, und das war es, was ihn fast in Tränen ausbrechen ließ. Doch das durfte er nicht. Die Tränen konnten erst später rollen, im stillen, wenn niemand sie sah – es sei denn, der Geist der Lüfte ließe sich erbarmen und suchte sich ein anderes Opfer –, und das nächste könnte womöglich er selbst sein. Doch er war noch nicht bereit, diese Schlacht auszufechten.

Nein, dachte er, während er Frühlingsblüte dabei zusah, wie sie die klebrige Masse kaute, die langsam ihre Nervenenden lähmen würde, so daß sie lange genug leben würde, um als würdiges Opfer vom Geist der Lüfte angenommen zu werden. Und einen schrecklichen Augenblick lang fragte er sich, ob der grausame Geist dann zufrieden sein – oder nach einem weiteren Opfer verlangen würde, nach ihm, Karibu.

Das Grüne Tal

Maya hatte die Haut schnell und mit Geschick von dem Kaninchenrumpf gelöst. Die rauhe Schneidekante des Messers war scharf, und wenn sie ein bißchen stumpf wurde, griff Maya einfach nach einem anderen Feuersteinsplitter und schlug sich eine neue Schneide zurecht. Sie vollführte diese Handgriffe ohne nachzudenken; Stein hatte sie vortrefflich angeleitet.

Stein hatte seine Bedenken nicht laut werden lassen, ob es klug war, ihr diese Anleitung zu erteilen – es war ihm unangemessen erschienen, einem Mädchen, das noch nicht einmal zur Frau geworden war, seine Fähigkeiten beizubringen –, doch aus irgendeinem Grund hatte Alter Zauber es so gewollt, und so hatte er Maya in seinem Handwerk unterwiesen. Zu seiner Überraschung hatte sich herausgestellt, daß Maya eine lernwillige, begabte Schülerin war. Ihre Augen – diese fremdartigen, beunruhigenden Augen! – konnten die Stelle, an der ein Stück Stein splittern würde, konnten die Richtung, in der der trennende Stoß geführt werden mußte, ebensogut erkennen wie er selbst. Dessen fähig zu sein war eine große Gabe. Es gehörte Geschicklichkeit und Gespür dazu, ein hartes, sprödes Stückchen Fels mit einem vorsichtigen Hieb hier, einem Druck da dazu zu bringen, in lange, hauchdünne Steinsplitter mit natürlich scharfen Kanten zu zerspringen.

Irgendwie hatte Maya ihn in der Zeit ihrer Unterweisungen fast für sich eingenommen – sie war mit Sicherheit wesentlich talentierter als seine anderen Schüler, zwei unbeholfene Jungen, von denen einer Anzeichen der Begabung zeigte, doch der andere war so ungeschickt, wie man es nur sein konnte. Und Mayas fröhliches, offenes Wesen hatte ihn dazu gebracht, sich noch mehr für sie zu erwärmen und zu glauben, daß auch die Geister ihr nur wohlgesonnen sein konnten.

Die Geister umgaben das Volk wie ein Nebel; sie beeinflußten jeden Augenblick, jeden Aspekt des Alltagslebens; doch sie zeigten sich niemals selbst. Man konnte sie beeinflussen, gewiß; das war die Aufgabe von Altem Zauber – und mittlerweile in wachsendem Maße die Aufgabe seines Nachfolgers Geist. Doch auch Schamanen vermochten nicht mehr zu tun, als die Geister davon abzuhalten, daß sie in ihren schlimmsten Launen das Volk vernichteten, wie ein gedankenlos einherstampfendes Mammut eine Fliege zertreten mochte. Manchmal ließen sich die Geister sogar soweit schmeicheln, daß sie dem Volk Gaben gewährten; doch auch hier galt, daß sie nicht mehr Anteilnahme für die Menschen übrig hatten als für die Fliege, die verschont oder mit einer saftigen Ladung Dung gefüttert wurde.

Wie dem auch war, Stein setzte seine Unterweisungen fort, bis Maya in der Fertigung von Schabern, Beilen und Klingen fast so tüchtig war wie er selbst. Irgendwann hatte Alter Zauber beschlossen, daß sie nun genug gelernt hätte. Stein hatte seinen Unterricht mit einer Erleichterung eingestellt, die er immer noch nicht verstand, obwohl das Gefühl, etwas Falsches zu tun, schließlich verschwunden war, das ihn die ganze Zeit über gequält hatte.

Maya wußte nichts von Steins Empfindungen; er hatte sie angeleitet, hatte aber peinlich darauf geachtet, nur über ihre Lektionen mit ihr zu reden. Sie hatte keine Wärme in seinem Verhalten gespürt, keine Veränderung in seiner Haltung ihr gegenüber, ganz gleich, wie oft sie gelächelt hatte, wie glücklich sie zu sein versucht hatte, wie sehr sie die schrecklichen Krämpfe in ihren Fingern und Handgelenken zu ignorieren bemüht hatte bei der Plage, die Steine *genau so* und nicht anders zu halten. Viele Male war sie zu ihrem Zelt zurückgelaufen und hatte Beere die blutenden Schürfwunden auf ihren Handflächen gezeigt, und erst, nachdem Beere lindernde Salben auf diese Wunden gerieben hatte, hatte Maya endlich vor Schmerz und Elend über ihre Einsamkeit schluchzen können.

Maya verstand genausowenig wie Stein, warum Alter Zauber sie dazu trieb, dieses spezielle Wissen zu erwerben. Das Erlernen der Fähigkeit, den Feuerstein zu bearbeiten, machte sie noch mehr zu einer Außenseiterin. Nicht genug damit, daß sie bereits die Bürde all der anderen Dinge zu tragen hatte, die die Frauen dazu veranlaßte, zu tuscheln und ihr den Rücken zuzudrehen, nun wurde sie durch ihre neuen Lektionen auch noch zu einem Mädchen, das Männerarbeit tat, und darüber ereiferten sich manche noch mehr als über ihre früheren Verfehlungen.

»Warum muß ich das tun?« hatte sie sich jammernd bei Altem Zauber beklagt. Das war nach einer besonders ärgerlichen Unterrichtsstunde gewesen, bei der sie sich beinahe den kleinen Finger ihrer linken Hand gebrochen hatte, als sie sich einen schweren Schlagstein darauf geschmettert hatte, doch Alter Zauber hatte sie keiner Antwort gewürdigt. Nun, das stimmte nicht ganz, denn er hatte nur gelächelt und gesagt: »Mach dir keine Sorgen, kleine Maya. Eines Tages wirst du den Grund erfahren.«

»Ich will es aber *jetzt* wissen!« war es aus ihr herausgeplatzt, und wieder waren Tränen aus ihren Augen geflossen.

Er hatte den Mund nur zu einem zahnlosen Grinsen verzogen, den Kopf geschüttelt und gesagt: »Aber das ist ein Geheimnis, Maya.«

Manchmal mußte es ihr so scheinen, als sei alles ein Geheimnis – doch sie hätte sich auch nicht besser gefühlt, wenn Zauber ihr die Wahrheit erzählt hätte. Er wußte nicht ganz genau, warum er sie zu Stein geschickt hatte, es war nur ein Gefühl, daß er es eben tun sollte. Und er wußte auch nicht, warum er gesagt hatte, daß ihr dieses Geheimnis später offenbart werden würde. Bei diesen seinen eigenen Worten hatte er einen Anflug von Unruhe verspürt.

Das Geheimnis war schließlich auch vor ihm verborgen.

Jetzt, wo Maya mit ihrer Arbeit fertig wurde und sich erhob, um den gehäuteten Hasen zum Fluß hinunter zu tragen, waren ihre Lektionen – halb Schmerz, halb Vergnügen – fast vergessen. Sie dachte nicht mehr an ihre Begabung, Steine zu spalten, und auch nicht an all die anderen Dinge, die sie, da Alter Zauber darauf bestand, gelernt hatte.

Das Glucksen des kleinen Flusses an der Stelle, wo er aus dem Ersten See heraustrat und über Felsblöcke sprudelte und spritzte, gab ihrer Stimmung Auftrieb. Sie liebte das Geräusch schnell dahinfließenden Wassers, liebte den feuchten, klaren Geruch in ihrer Nase, liebte es, wie die Gischt, wenn Maya sich hinabbeugte, ihr Gesicht mit kühlen Tropfen überzog.

Sie legte den Hasen hin und begann, zähen schwarzen Schlamm auf ihn zu schaufeln, bis er mit einer zwei Finger dicken Schicht bedeckt war. Dann erhob sie sich, zufrieden mit dem Ergebnis ihrer Hände Arbeit – manchmal war der Schlamm zu naß, so daß er nicht richtig auf dem Fleisch hielt – und stieg zu dem Felssims zurück.

Zaubers Feuerstelle – nun auch die ihre! – war ein graubepuderter Berg glühender Kohlen draußen vor dem Zelt. Vorsichtig bettete sie den Hasen in die Mitte der Kohle. Die Hitze würde den Schlamm trocknen und härten, während das Kaninchen im Innern der Kruste zu einem saftig-zarten, perfekten

Braten schmoren würde. Das Wasser lief ihr im Mund zusammen, als sie sich vorstellte, die gehärtete Kruste aufzubrechen und zuzusehen, wie der rote Fleischsaft und das zähflüssige, heiße Fett heraustropfen würde.

Zauber konnte nicht mehr gut beißen, doch dieses Fleisch würde ihm im Mund zergehen.

Es wird ihm schmecken, gelobte sie. *Ich werde ihm eine gute Frau sein. Und, wenn ich das bin, kann er die anderen – Stein, Speer, sogar meinen Vater, Haut – vielleicht irgendwie dazu bringen, daß sie mich mögen.*

Irgendwie.

In der Ferne signalisierte ein plötzliches Stimmengewirr das Ende der Versammlung im Haus des Mysteriums. Immer noch leicht vor sich hin lächelnd, stand Maya auf und ging zum Eingang ihres neuen Heims. Sie wollte dort stehenbleiben, bis der alte Mann zurückkehrte.

Etwas Warmes rann an der Innenseite ihrer Schenkel entlang. Bis vor kurzem hatte sie das noch erschreckt. Nun trug es nur dazu bei, daß sich das verborgene Lächeln in ihrem Innern vertiefte. *Eine Frau,* dachte sie.

Jetzt bin ich eine Frau.

Nordwestlich des Grünen Tals

»Mach schon«, sagte Schwarzes Karibu. »Iß alles auf.« Jetzt strömten die Tränen ungehindert über seine sonnengegerbten Wangen, doch Frühlingsblüte schien es nicht zu bemerken. Sie lächelte ein kleines, süßes Lächeln und wunderte sich darüber, daß sie alles um sich herum so verschwommen sah, daß ihr Schädel so voller wirbelnder, sich drehender Dinge war. Doch sie bemühte sich zu tun, was ihr Bruder ihr aufgetragen hatte, auch wenn seine Stimme so weit entfernt und so dumpf klang, als riefe er ihr vom Rand eines tiefen, dunklen Brunnens aus etwas zu. Sie machte einen Versuch, die Hand zu dem Korb zu führen, schaffte es jedoch nicht; ihre jungen Muskeln gehorchten nicht mehr ihrem Willen, sondern zuckten nur noch schwach, wie die ziellosen, krampfhaften Zuckungen eines erlegten Bisons, das noch lange nach Eintritt des Todes mit den Beinen strampelte.

Karibu sog angesichts des mitleiderregenden Anblicks den Atem ein, ein langgedehntes, seufzendes Klagen, und wischte sich mit dem Ärmel seines Umhangs den Rotz ab, der ihm aus der Nase tropfte. Er hielt Frühlingsblüte auf seinem Schoß, stützte ihren Rücken mit seinem starken linken Arm. Sie schien überhaupt nichts zu wiegen, nicht mehr als die kleine gelbe Blume, der sie ihren Namen verdankte. Ihre Lider waren schwer, halb zugefallen, ihre schwarzen Pupillen auf die Größe einer Nadelspitze geschrumpft. Sie war fast entschlummert, und immer noch lächelte sie dieses zärtliche, vertrauensvolle Lächeln. Er wußte, daß er ihr keine Beeren mehr geben sollte, denn wenn sie völlig das Bewußtsein verlöre, würde Gebrochene Faust sich ärgern. Das Ritual verlangte, daß der Geopferte bei vollem Bewußtsein blieb, in der Lage war, den entsetzlichen Schmerz bis zum äußersten zu erfahren, denn der Schmerz selbst war das, wonach es den Geist der Lüfte am heftigsten verlangte. Karibu *wußte,* daß er seiner Schwester die Beeren wegnehmen sollte, doch er vermochte es nicht. Seine Finger bewegten sich fast von selbst, schaufelten eine weitere Portion von dem klebrigen Brei auf und verschmierten es sanft – oh, so sanft – auf ihren Lippen und ihrer Zunge.

Er sah zu, wie sie zu kauen versuchte, doch das giftige Zeug, rot und klebrig, floß langsam wieder aus ihrem Mund, bevor sie etwas dagegen tun konnte.

Vielleicht ist es genug, dachte er hoffnungsvoll. Er warf einen flüchtigen Blick zu dem Korb; er war fast leer. *Laß es genug sein,* betete er, und dann erkannte er mit ängstlichem Schrecken, daß er ja keine Ahnung hatte, an wen er sein Gebet richtete. Die plötzliche Erkenntnis lähmte ihn; seine Muskeln verkrampften sich zu harten, hervortretenden Knoten. Wenn er seine unausgesprochenen Bitten nicht an den Geist der Lüfte richten konnte, an wen dann? Es gab nichts um das Entsetzen und die Verzweiflung zu lindern, die er empfand, als er Frühlingsblüte – das *Opfer* – in seinen tauben Armen wiegte.

»Bruder . . .?«

Der leise, seufzende Laut, ein so ersticktes Flüstern, daß er es zuerst für Einbildung gehalten hatte, schien nichtsdestotrotz wie Donnerhall in seinen Ohren zu tönen. Er keuchte auf und blickte auf ihr kleines, herzförmiges Gesichtchen hinab. In einem letzten Moment bei klarem Bewußtsein leuchteten ihre Augen vertrauensselig auf; ihre weichen, braunen Lippen bewegten sich schwach, und ein dünner Speichelfaden rann durch die roten Spuren auf ihrem Kinn.

Dann durchlief sie ein Schauder, und ihre Augen fielen zu.

Karibu mußte husten. Seine mächtigen Arme schlossen sich um Frühlingsblütes kraftlosen, schlaffen Körper, als er trocken hustete und würgte, bis er schließlich einen bitteren Geschmack auf der Zunge schmeckte und sich erbrach.

Der Krampf verebbte; Karibu fühlte sich wie ausgepumpt. Sein Magen schmerzte entsetzlich, seine Wangen und seine Stirn fühlten sich klamm und kalt an. Er versuchte, das Zittern seiner Finger zu unterbinden, während er zärtlich die Stirn des kleinen Mädchens berührte. Heiß, trocken wie ein Stein im Herdfeuer, ausbrennend. Doch ihre Lider rührten sich nicht, und auch der langsame Rhythmus, in dem ihre Brust sich hob und senkte, änderte sich nicht.

Gebrochene Faust würde nicht erfreut sein. Doch Schwarzes Karibu kümmerte das nicht mehr, während sich draußen der schreckliche dumpfe Schlag der Trommeln zu steigern begann. Das ganze Universum war auf diese kleine schlafende Gestalt zusammengeschrumpft, die er in seinen Augen wiegte.

Ihre Knochen sind wie die eines Vögelchens, dachte er mit plötzlichem, verlorenem Staunen. Seine Knie knackten laut, als er sich erhob. Der Trommelschlag hämmerte und dröhnte in seinem Schädel. Frühlingsblütes Kopf baumelte schlaff herum, ihr Haar fiel zur Seite, entblößte das weiche Fleisch ihrer Kehle.

Er würgte und spuckte ein letztes Mal, schnitt eine Grimasse ob der Bitterkeit, die in ihm aufzusteigen schien, nicht in seinem Körper, sondern vielmehr in seiner Seele. Dann bückte er sich und verließ das Zelt. Draußen im hellen Licht blieb er stehen, blinzelte. Irgend etwas brannte ihm in den Augen. Es vernebelte ihm die Sicht. Nach einem kurzen Moment war es vorbei, und er sah den bedrohlichen Anblick, der sich ihm darbot.

Er schauderte, straffte sich und trat vor, trug seine leichte und doch so schwere Last in den grauen Morgen hinaus. Niemand schenkte ihm einen Blick. Die Kälte brachte ihm neue Kräfte, brachte Farbe in sein blutleeres Gesicht zurück. Während er halb ging, halb taumelte, schien es ihm, als seien seine Sinne schmerzhaft scharf geworden. Tausende von Einzelheiten prägten sich ihm ein, überwältigten ihn beinahe mit ihrer schrecklichen Macht; das ganze Bisonvolk – Männer, Frauen und Kinder – stand um die stinkende Grube herum, die fettige Rauchwolken giftigen schwarzen Qualms in den bleiernen Himmel stieß. Der Gestank halb verfaulten Fleisches verpestete die Luft, die er atmete – aus den Augenwinkeln sah er dessen Ursprung. Berge von abgenagten Knochen, die neben den Zelten aufgehäuft waren, die Fleischreste daran braun und purpurn und mit weißen Sehnen aneinandergehalten.

Drei Männer machten sich an den hohlen Holzscheiten zu schaffen; trotz der Kälte hatten sie ihre Überwürfe abgelegt. Sie arbeiteten mit äußerster Konzentration, und die Muskeln ihrer Arme zuckten unter der gebräunten Haut, auf der Schweiß glänzte. Sie hatten die Lippen in einer verkrampften Grimasse zurückgezogen, die Augen weit geöffnet und leer, und ihre Zähne knirschten im Rhythmus des Liedes aufeinander.

Die Trommler hockten auf der anderen Seite der Grube, so daß der Rauch, der aufstieg, sie verdeckte, und einen kurzen Augenblick lang hielt Karibu sie für Geister, tote Männer, die trommelten und trommelten und trommelten, und von neuem ergriff ihn unbeschreibliches Entsetzen.

Abgesehen von den sich unermüdlich hebenden und senkenden Armen der Trommler regte sich nichts. Zu seiner Rechten standen die Stammesangehörigen – war das Ratte, dessen Kiefer schlaff herunterhing, während die rote Zunge in langsamer, hungriger Gier in seinem Mund herumfuhr? –, versammelt wie verdorrte Bäume nach einem Feuer, reglos, schwarz und kahl.

Schwarzes Karibu erkannte plötzlich, wie er sich fühlte. Er

fühlte sich *tot*, soweit er sich vorstellen konnte, wie man sich dann fühlte. Alle anderen waren mit einemmal zu stummen Geistern geworden, genau wie die Trommler, die er aus irgendeinem merkwürdigen Grund nicht mehr hören konnte. Und der Stamm – seine Freunde, seine Familie (zwei Schwestern seiner Mutter starrten ihn aus stumpfen, leeren Augen an, kleine schwarze Gruben inmitten ihrer Gesichter, nichts als zwei kleinere Abbilder *der Grube*), jeder einzelne von ihnen war ihm seit seiner Geburt vertraut – war nun, *abgetrennt von ihm*, und allein war er ihren verabscheuungswürdigen, erwartungsvollen Blicken ausgesetzt.

Verzweifelt versuchte er, in dem, was er trug, nichts als ein lebloses Bündel zu sehen, doch das Bündel *bewegte sich*, und er sah es an. Frühlingsblume hatte sich bereits wieder beruhigt. Doch nun war sie wieder Frühlingsblume, nicht mehr ein Bündel, nicht mehr ein lebloses *Ding*, aber Karibu wußte, daß es kein Entkommen gab.

Ein schmaler Pfad erstreckte sich von dem Zelteingang, aus dem er soeben getreten war, durch die versammelte Menge direkt zur Grube – und dort, das Gesicht weiß bemalt, die Augen zwei funkelnde Schmutzflecken in dieser gräßlichen weißen Fratze, wartete Gebrochene Faust, der der verkörperte Schrecken geworden war.

Das fettige schwarze Haar des Schamanen war stramm aus seiner breiten Stirn gekämmt, so daß sein Kopf einem Totenschädel glich. Nackt stand er dort, und seine angespannten, schlanken Muskeln traten unter der Schicht weißer Farbe wie Lederschnüre hervor – oder wie Schlangen. Sein Penis war flammend rot angemalt und baumelte wie eine teuflische Zunge vor seinem Hodensack herunter. Und an winzigen Häkchen aus Fischgräten, deren Spitzen das Fleisch seiner Brust, seiner Oberarme, seiner Schenkel und seiner Waden durchbohrten, hingen Schlangenhäute; lange, graue, trockene Haut, von jeglichem Fleisch befreit und fast so leicht wie Luft. Sachte bewegten sie sich in der schwachen Brise, die ihn umspielte.

Das schlimmste jedoch war sein Mund. Er war weit geöffnet und in ihm steckte der Kopf einer großen Schlange, deren lange, gewundene Fangzähne über das Kinn von Gebrochener Faust hinausragten. Und fast sah es aus, als seien dies nicht die Zähne einer Schlange, sondern die des Schamanen selbst. Karibu erinnerte sich jedoch daran, daß Faust so weit außen keine Zähne mehr hatte; sie waren schon vor langer Zeit herausgeschlagen worden, um Platz für den Schlangenschädel zu schaffen. Gebrochene Faust war für diese Opferdarbietung der Geist der Lüfte geworden, dessen Totem die Schlange war, dessen Reich Qual und Tod waren.

»Agghhh. Aahhaagghhaa . . .«

Der Schamane konnte mit den entsetzlich weit aufgerissenen Kiefern keine verständlichen Worte von sich geben, nur dieses heißhungrige, gierige Knurren. Aber Karibu verstand ihn nur zu gut. Die erstickten, keuchenden Laute waren die Stimme des Geistes selbst, und sie befahl Karibu, vorzutreten mit seiner Last, dem Geist der Lüfte die einzige Speise zu bringen, die seinen ekelerregenden Appetit zu stillen vermochte.

Lebendiges Menschenfleisch.

Nun verstummten die Trommeln, und Karibu vernahm das Geräusch seiner eigenen Schritte, feucht und knirschend. Er hatte Angst, hinabzublicken, hatte Angst, er könnte sehen, daß er über ein Feld von Gebeinen schritt, die immer noch mit Blut besudelt waren.

»Aagghhhaa . . .«, seufzte der Schamane und reckte beide Arme als Geste des Willkommens empor.

Das trockene Rascheln und Knistern der aneinanderschabenden Schlangenhüllen erfüllte die feuchte, kalte Luft.

Karibu bemerkte, daß der Penis von Gebrochener Faust nun erigiert war und pochte, und die rote Tonfarbe dort glitzerte wie frisches Blut; das Glied zuckte und wand sich, so daß es für kurze Zeit so schien, als sei ihm eine Schlange aus dem Bauch gekrochen und wiege sich nun dort, beobachtete das Näherkommen des Opfers.

Gebrochene Faust nickte – Schlangenhäute raschelten –, und die Trommeln begannen erneut zu schlagen. Karibu war jetzt nah genug, um den durchdringenden, beißenden Schweißgeruch des Schamanen wahrnehmen zu können, der sich mit dem dünnen, kupferartigen Duft halbgeronner Blutfäden vermischte, die ein Muster auf der weiß bemalten Haut des Schamanen hinterlassen hatten, und er spürte das Mißfallen von Faust, als er Frühlingsblütes Zustand bemerkte.

Unwillkürlich fuhr ein Gedanke wie ein greller Blitz durch Karibus Gehirn: *Ich bringe dich um.* Und einen kurzen Moment lang sah er sich selbst, wie er seine Last ablegte, seine Arme, dick wie junge Baumstämme, ausstreckte, seine Hände wie die Krallen eines Löwen in das Fleisch des Schamanen bohrte, sein Rückgrat wie einen dürren Zweig zerbrach und seine Überreste in die rauchende Grube warf – doch er tat nichts dergleichen.

Es war, als hätte er keine Macht mehr über seinen Körper, als bewegte sich dieser von selbst. Als Gebrochene Faust beiseite trat, nickte Schwarzes Karibu nur und legte dann, mit bedächtiger und zärtlicher Sorgfalt, seine Schwester auf ihr letztes, grauenerregendes Bett.

Karibu hatte sich nicht an der Fertigstellung der Opferstätte beteiligt. Er hatte zuvor bei solchen Arbeiten mitgeholfen, bei den wenigen Gelegenheiten, wo ein großes Opfer verlangt worden war. Doch dieses Mal hatte er nicht geholfen, hatte es nicht über sich gebracht. Zweifellos hatte Gebrochene Faust sein Versäumnis bemerkt, doch das kümmerte Schwarzes Karibu nicht. Doch als er den schmächtigen Körper – *so leicht wie ein Vögelchen* – auf das Bett niederlegte, gingen ihm die Einzelheiten seiner Fertigstellung durch den Kopf.

Sie hatten einen winzigen Hain kleiner Kiefern unten am Fluß gefunden. Junge Stämme, so dick wie der Unterarm eines Mannes, deren Rinde glatt und seidig war, deren bleiches weißes Inneres so vor klarem goldenen Saft strotzte, daß auch die große Hitze des Feuers sie nur zum Kokeln und Qualmen bringen würde – eine Zeitlang zumindest, lange genug.

Sie hatten vier der von Rinde befreiten Pfähle an den Enden zusammengebunden und weitere Pfähle in einem groben Webmuster darübergelegt, hatten große Mühe darauf verwendet, die Lederschnüre einzuweichen – selbst am Rand würden die Schnüre noch großer Hitze ausgesetzt, und sie mußten doch auch eine ganze Weile halten. Dann schichteten sie an den vier Ecken der Grube Steine bis zur Hüfthöhe auf, Pfeiler, die das Bett tragen sollten.

Auf das mit Harz eingeschmierte Kieferngestell schichteten sie eine Unterlage aus trockenen Zweigen, süßduftenden Blättern, gedörrten Bündeln Steppgras – Material, das bei der ersten Berührung mit einer glühenden Kohle in Flammen stehen würde.

Darauf legte Karibu seine Schwester. Eine seltsame Schwäche überfiel ihn, drohte ihm den Lebenssaft auszusaugen, ließ ihm nur noch die Kraft zu tun, was getan werden mußte. Flatterten ihre Lieder da kurz? Bewegten sich ihre Lippen überhaupt?

So zart, so verletzlich, in ihrem besten Überwurf und die Beinlinge aus weißen Rentierfellen gekleidet.

Wußte sie es?

»Aagghhaaa!«

Auf das tiefe, gutturale Knurren des Schamanen hin drängten die Umstehenden vorwärts. Jeder trug irgend etwas: ein Stückchen Fell, eine Perle, ein kleines Körbchen, ein Messer, *irgend etwas.* Und nun prasselten all diese Geschenke auf Frühlingsblütes schlafende Gestalt.

Karibu spürte, wie er zurückgedrängt wurde; keine Hand berührte ihn, kein Wind blies ihm ins Gesicht, doch er taumelte, als müsse er gegen feindliche Kräfte kämpfen.

Nach einer Weile versiegte der Geschenkeregen. Vier Männer traten vor und hoben die vier Ecken der Trage an. Der Rhythmus der Trommeln wurde zu seinem anhaltenden Donnergrollen, als sie das Gestell über die Grube hoben, es absetzten und zurücktraten.

Der Wind wechselte fast gleichzeitig damit die Richtung. Hatte er zuvor noch sachte vom Fluß herauf geweht, gereizt Nebelfetzen und den Gestank verdorbenen Fleisches vor sich hergetrieben, drehte er nun plötzlich und fuhr mit aller Macht aus den gefrorenen Eisbergen des Nordens hernieder, blies das Bahrtuch des Nebels weg.

Darunter glühte Kohle, rot wie entzündeter Wundbrand unter einer weißen, abblätternden Kruste, wie aufreißende

Haut, die dunkles, blutrotes Fleisch enthüllt. Kleine gelbe und blaue Flammen züngelten über die scheußliche Oberfläche.

Der erste Kiefernzweig fing Feuer.

Schwarzes Karibu stand reglos wie ein Fels. Nicht einmal seine Augenlider zuckten, als Gebrochene Faust vortrat und mit einem einzigen Keulenhieb Frühlingsblütes Schädel zertrümmerte. Er legte seine Finger in die aufgeplatzte Hirnschale, tauchte sie in die weiche, graue, glänzende Masse und führte sie rituell an den Schlangenkopf, der aus seinen Kiefern hervorwuchs.

Der durchdringende Geruch geschmorten Fleisches erfüllte die Luft. Karibu konnte sich immer noch nicht bewegen, nicht, bis einer der Männer – er glaubte später, daß es Ratte gewesen war, dessen Augen eine seltsame Mischung aus Mitleid und Wahnsinn wiedergespiegelt hatten – seine tauben Finger um den Heft eines Steinmessers schloß, ihn vorschob und so den Bann des Grauens brach, der ihn gefangengehalten hatte.

Er beugte sich weit über die qualmenden, verkohlten Überreste dessen, was nur Minuten zuvor noch ein vertrauensvolles kleines Mädchen gewesen war, stieß mit dem Messer zu (wie leicht doch die Klinge durch die schmächtige Brust schnitt), riß Knochen und Fleisch auseinander, griff hinein und holte das dunkle, blutgefüllte Organ heraus, das er dort fand.

Schließlich erbarmte der Wahnsinn sich seiner, und er sollte sich später nie mehr daran erinnern, wie er das tropfende Herz – das heißer in seinen Händen brannte als alles, was er jemals zuvor in seinem Leben festgehalten hatte – gegen seine Zähne gepreßt und zugebissen hatte, wie er das blutige Fleisch gekaut und heruntergeschluckt hatte.

»Aagghhhaaa . . .«, gurgelte Gebrochene Faust.

Und das Volk des Bisons, das nun in besinnungsloser Ekstase vortaumelte, die Finger zu scheußlichen Klauen gekrümmt, riß und zerrte und stöhnte zur Antwort, bis die Münder mit heißem, dampfenden Fleisch gestopft waren und sie nicht mehr klagen konnten.

So versuchte das Volk des Bisons, den unendlichen, grausamen Hunger des Geistes der Lüfte zu stillen, als dieser und der Gott der Schlangen zum erstenmal in das Grüne Tal kam.

An jenem Morgen, dem Tag nach der großen Versammlung im Zelt des Mysteriums, als Alter Zauber verkündet hatte, daß er mit den Geistern gesprochen und sie ihm befohlen hätten, das Volk solle keinerlei Anstrengungen unternehmen, um dem fremden neuen Volk zu begegnen, das am Flußufer sein Lager aufgeschlagen hatte, ja, das Volk solle seine Feuerstellen löschen und nur ein paar wenige glühende Kohlen für die Zeit zurückbehalten, wenn das fremde Volk wieder abgezogen und es ungefährlich sei, die Herdstellen wieder zu entzünden, an jenem Morgen also blickte Maya auf.

Alter Zauber, dessen gefurchtes Gesicht ganz friedlich war, kaute auf den Resten des Hasen herum, den sie ihm am Abend zuvor zubereitet hatte. Er hatte nur wenig gesagt, nachdem er vom Mysterienzelt zurückgekommen war, hatte ihr nur seinen Dank für das Mahl ausgesprochen. Er hatte müde ausgesehen, erschöpft, als sei die Energie, die seinen alten Körper so überraschend neu belebt hatte, nun restlos verbraucht.

Er hatte gegessen, sich in seinen Fellen zusammengerollt und nach einer kurzen Weile zu schnarchen begonnen. Schließlich hatte auch Maya sich niedergelegt, nachdem sie entschieden hatte, daß ihr das, was Alter Zauber für sie haben mochte, höchstwahrscheinlich nicht in dieser Nacht zuteil werden würde.

Doch nun blickte sie übers Feuer hinüber und bemerkte, daß er ihren Blick erwiderte.

»Stimmt irgend etwas nicht, kleine Maya?« wollte er wissen.

Ob etwas nicht stimmte? Sie wußte es nicht. Wie sollte sie beschreiben, daß sie das scheußliche Gefühl hatte, vor einer riesigen schwarzen Tür zu stehen, die sich öffnete und einen riesigen, stinkenden Abfallhaufen aus Feuer und Rauch enthüllte? Die Empfindung hatte nur Bruchteile von Sekunden gedauert, und dann war sie – wie eine Erinnerung, aber dann auch wieder nicht – verblaßt. Was sie fühlte, machte ihr unendliche Angst, obwohl sie nicht wußte, was sie eigentlich gesehen hatte hinter dieser Tür.

Sie schüttelte verwirrt den Kopf. »Nein, Alter Zauber. Es ist alles in Ordnung. Möchtest du heute abend noch einen Hasen essen?«

Auch Zauber hatte die Tür gesehen, aber noch verschwommener als Maya, wie die Fetzen eines Alptraums, den man nach dem Erwachen nicht mehr zu packen vermochte. Er starrte sie einen Herzschlag länger an, um dann zu lächeln.

Der Hase war köstlich gewesen. »Ja, Maya«, sagte er. »Ein Hase wäre gut.«

KAPITEL ZWÖLF

Das Grüne Tal: 17983 v. Chr.

Maya starrte Geist mißtrauisch an.

Sie saßen am Ufer des Ersten Sees, und die Nachmittagssonne brannte auf sie hernieder – die Wolken der letzten Woche hatten sich verzogen und einem strahlenden blauen Himmel Platz gemacht –, während sie Seite an Seite auf einem umgestürzten Baumstamm rasteten und ihre nackten Zehen fast das sanft bewegte, eisige Wasser berührten.

Der Sommer machte einem überaus kurzen Herbst Platz, doch eine kurze Zeitlang würde das Wetter im Grünen Tal so schön sein wie nie: faule, heiße Tage und frische, kühle Nächte, der Geruch von Wasser und Gras und trockenen, abgefallen Blättern in der Luft. Eins jedoch fehlte in dem üppigen Duftgemisch: Die Feuerstellen lagen kalt und stumm. Feuer hatte sorgfältig glühende Kohlen aus jeder Herdstelle genommen und sie in kleine, mit getrocknetem Moos ausgepolsterte Lehmkugeln gebettet, die er in einer kleinen Höhle in den Klippen aufbewahrte. Er fütterte die schwach glimmenden Kohlen, als seien es kleine, zerbrechliche Tierchen – um sie für die Zeit aufzubewahren, wenn er sie wieder hervorholen und mit ihnen lodernde Feuer entzünden würde, über denen köstliche Mahlzeiten bereitet werden würden.

»Nein, das ist nicht wahr, Maya«, sagte Geist sanft. »Ich möchte dein Freund sein.«

Sie fuhr sich mit der Zunge über die Lippen, den Blick unverwandt auf ihn gerichtet. Diese Worte, diese kostbaren, wundervollen Worte! Wie lange schon hatte sie sich danach gesehnt, sie zu hören? Sie hatte schon so lange an einem kalten Ort gelebt, daß auch ihr Herz zu Eis gefroren war, so lange, daß sie schon befürchtet hatte, daß nichts, aber auch gar nichts jemals einen Funken Wärme in die kalte Ödnis ihres Inneren zu hören, von ihm vor allen anderen im Volk, erschütterte sie bis ins Mark.

Sie schaute den jungen Schamanen an, als sehe sie ihn zum erstenmal, verstummt angesichts der Ungeheuerlichkeit seiner ruhigen Worte.

Er hatte sie vor dem Geisterhaus aufgesucht, wo sie, eine einfache Weise vor sich hinsummend, gesessen hatte, die Augen strahlend und funkelnd, während sie Eicheln, im letzten Herbst gesammelt aus einem Korb gelesen hatte. Sie hatte seine Schritte nicht gehört, so leise hatte er sich angeschlichen, und war so erschrocken zusammengezuckt, als er sich zu ihr niedergebeugt und ›Hallo, Maya!‹ gesagt hatte. Sie hatte vor Schreck den gesamten Inhalt des Korbs auf ihren Schoß verschüttet.

»O je!« Die Röte war ihr in die Wangen gestiegen, während sie mit fahrigen Fingern die zerstreuten Gaben der Natur aufgehoben hatte.

»Komm«, hatte er gesagt, »ich helfe dir.«

Zusammen hatten sie schweigend die kleinen braunen Früchte wieder eingesammelt – Geists Finger schienen ruhiger und geschickter zu sein als die ihren, und sie war sich der braunen Haut seiner Arme, die bei der Arbeit sanft an ihrer Schulter gestreift hatten, nur allzu bewußt gewesen –, und als sie damit fertig gewesen waren, die Eicheln einzusammeln, hatte Geist gesagt: »Kleine Maya, kannst du eine Weile mit mir kommen? Ich möchte mit dir reden.«

Das war die längste Rede, die er in den vergangenen fünf Jahren an sie gerichtet hatte, und mit Sicherheit die freundlichste. Freundlichkeit, ja einfache Höflichkeit ... das waren nicht gerade Eigenschaften, die sie mit Geist in Verbindung gebracht haben würde. Kalte, distanzierte Konzentration, die in ihr das Gefühl weckten, einer jener schwarzen Käfer zu sein, die hilflos in das Licht blinzelten, wenn man das schützende Stück Holz über ihnen lüftete, das vielleicht, aber auf keinen Fall Freundlichkeit.

In letzter Zeit war er dazu übergegangen, sie ganz zu ignorieren. Wenn ihre Wege sich gekreuzt hatten, war sein ausdrucksloser Blick über sie hinweggglitten wie über etwas, das er, wenn überhaupt, als etwas Störendes wahrnahm, ein Staubkorn, das seine Sicht für einen kurzen Augenblick trübte, bevor er wieder verschwand.

Geist hatte ihr im Verlauf des letzten Jahres das Gefühl vermittelt, so unbedeutend zu sein, daß sie ihm mittlerweile absichtlich aus dem Weg ging, um die Hoffnungslosigkeit, die er in ihr erweckte, gar nicht erst aufkommen zu lassen. Am schlimmsten von allem war das Wissen (das stärker zu werden schien, sobald sie sich ihm näherte), daß Alter Zauber nicht ewig leben würde und daß Geist, wenn der alte Schamane zur Großen Mutter heimgekehrt war, dessen Platz und dessen Amt einnehmen würde.

Und was würde dann mit ihr geschehen?

Dieser düsteren Überlegungen wegen platzte seine schlichte Erklärung wie ein Donnerschlag in ihre Gedanken.

»Ich weiß«, fuhr er bedächtig, freundlich fort, »daß du denkst, daß ich dich hasse. Nicht wahr?«

Er lächelte sie an, und sie war erstaunt über die Wärme, die dabei in seinem hageren Gesicht aufleuchtete. Sie erwiderte sein Lächeln. Sie konnte einfach nicht anders.

»O nein, Geist, ich habe nie...«

Langsam hob er seine rechte Hand. »Du mußt nicht lügen, Maya. Ich weiß, was du glaubst. Und du hattest auch recht damit. Einst habe ich dich gehaßt. Doch ich hasse dich nicht mehr, glaube ich.«

Diese neue Enthüllung ließ sie vor Verwirrung erbeben, Schauer fuhren ihr über die Arme, über den Bauch. Geist bemerkte es und berührte sie an der Schulter. Seine Hand zu spüren war eine völlig neue Empfindung – keiner aus dem Volk außer Geist, Beere und Wolf hatten sie in letzter Zeit so berührt. (Früher einmal war sie geliebt worden, da war Blüte dagewesen und Knospe und sogar Haut, doch das war lange her und hinter einem Schleier aus Blut verborgen. Lange, lange her, und fast vergessen.)

Sie fühlte, wie etwas Heißes und Nasses über ihre Wangen

rann. Wieder leckte sie sich die Lippen ab, und diesmal schmeckte sie Salz.

»Weine nicht, Maya«, sagte Geist. Er beugte sich vor und sah ihr ins Gesicht. Sie konnte die Hitze seines Atems fühlen und riechen. »Du hast wunderschöne Augen, wußtest du das?«

Diese Worte ließen sie vor Schreck fast vom Baumstamm fallen – ihre *Augen*!

Niemand hatte jemals so etwas über ihre Augen gesagt, über diese verhaßten, verschiedenfarbenen Augen, die das für alle sichtbare Zeichen einer tief verankerten Schande waren, an deren Ursprung sie sich nicht mehr erinnern konnte, diese Augen, die ihr jedesmal, wenn sie in eine klare Wasserfläche blickte, ins Gedächtnis riefen, daß sie anders war – *ich gehöre nicht zum Volk*.

Wunderschön?

Sie brach in Tränen aus und ließ den Kopf hängen, während langgedehnte, würgende Töne aus ihrer Kehle hochstiegen. Dann geschah das Seltsamste, Erschreckenste, Wundervollste, das ihr je widerfahren war. Etwas Warmes und Schweres legte sich um ihre Schultern und drückte sie sanft an eine fremde, noch stärkere Hitzequelle; die Hitze von Geists Körper, die Wärme eines anderen menschlichen Wesens, eine Wärme, die sie für immer verloren zu haben wähnte.

Geist preßte sie fest an sich und wartete, bis ihre Schluchzer verebbten. Dann wiegte er sie sachte hin und her, als sei sie ein Kind. Er brachte seine Lippen dicht an ihre Ohren und wisperte: »Es ist alles gut, kleine Maya. Alles gut. Alles wird gut werden.«

Nach einer Weile sagte er: »Komm, geh ein Stückchen mit mir, Maya. Der Wald ist so angenehm jetzt, nicht wahr? Und außerdem ist es ein schöner Tag für einen kleinen Spaziergang.«

Er stand auf, nahm sie bei der Hand und zog sie sanft mit sich. Sie erhob sich wie ein Traum – ein wundervoller Traum, der, so hoffte sie plötzlich aus vollem Herzen, der nie enden durfte – und folgte ihm, während er auf dem Pfad voranging, der von Tausenden von Fährten gekreuzt wurde; er führte sie den Pfad entlang in den kühlen grünen Schutz des Waldes.

Der Kieferduft hüllte sie ein und der schwere, durchdringende Geruch verfaulender Blätter und das gute, frische Aroma des Wassers, das im Fluß schäumte; Schwärme goldener Mücken tanzten in den schräg einfallenden Sonnenstrahlen, die den Baldachin des Blätterdachs hoch über ihnen durchbrachen; Rotkehlchen jubilierten, und Eichelhäher krächzten rauh, und von irgendwo hoch oben stieß eine einsame Ente ihren klagenden Ruf aus. Ihre nackten Füße – Geist trug eine Hose und Beinlinge, aber keine Mokassins – schritten lautlos über den warmen Staub des Pfades. Ein dünner Schweißfilm glänzte auf Geists Schultern, so daß seine Haut aussah, als sei sie aus schmelzendem braunen Eis geschnitzt.

Sie spürte, wie ihre Brüste – sie waren in letzter Zeit erheblich größer geworden – auf und ab hüpften und sanft gegen ihre Rippenbogen prallten, und diese Empfindung weckte ein ganz neues Durcheinander von Emotionen, Emotionen, die irgendwie mit Geist in Zusammenhang standen, aber nein, nicht wirklich... Und doch war sie sich seiner Gegenwart deutlich bewußt, der Art und Weise, wie seine Muskeln sich bei jeder seiner Bewegungen unter seiner Haut abzeichneten, des schwachen Pochens einer Ader an seinem schlanken Nacken, an dem die Muskelstränge hervortraten, der Art und Weise, wie er den Kopf beim Gehen ganz leicht geneigt hielt, seiner Hand, die sich um die ihre schloß, weich und trocken und warm.

War es möglich? Hatte sie sich so vollständig in ihm getäuscht? Etwas, das so in Vergessenheit geraten war, daß sie gedacht hatte, es sei für immer aus ihrem Leben verschwunden, durchbohrte sie in diesem Moment, riß ihren mühsam errichteten Schutzwall gegen alle Anfeindungen nieder: ein Gefühl der Zuneigung.

Mayas Herz ergab sich, und das bei dem unkompliziertesten aller Angriffe: einem Akt simpler Freundlichkeit.

Sie hatte keine Verteidigungsmöglichkeiten dagegen.

Sie folgte Geist blind und hoffte, daß das Ganze kein Traum sei, oder wenn dem so war, daß er nie enden werde. Und so gelangten sie schließlich zu einem sandigen Fleckchen Erde, umgeben vom Zischen und Sprudeln der heißen Quellen, und setzten sich nieder und blickten auf den Rauchsee hinaus und aufs andere Ufer, wo das Wasser hohe Dampffontänen ausstieß und der Dunst wie silbriger Nebel in der Luft des Nachmittags hing.

Hier legte Geist erneut seinen Arm um sie und sagte: »Maya, wir müssen jetzt Freunde werden. Zauber ist alt. Eines Tages wird er fort sein. Und wer soll sich dann um dich kümmern?«

Sie sah in sein Antlitz hoch, so hager, so ernst. »Ich ... weiß nicht.«

Er nickte gewichtig. »Aber ich weiß es«, erklärte er.

Sie konnte nur blinzeln und sich abwenden und auf den Rauchsee hinaus starren, und so konnte sie seine Augen in dieser Sekunde nicht sehen: weit aufgerissen und schwarz und stechend, und der Rauch des Sees wurde in ihnen reflektiert, in hohen, silbrigen Säulen, ausdruckslos, leer, brennend.

In der Nacht, als Frühlingsblütes Gehirn auf die glühenden Kohlen der *Grube* spritzte, erwachte Geist zitternd und schweißgebadet. Die Zunge brannte ihm im Mund. Er wälzte sich zur Seite, spuckte aus und schmeckte das Kupfersalz seines eigenen Blutes. Noch nicht ganz wach, hob er die Finger an seinen Mund, fuhr sich über die Zungenoberfläche, ertastete dort einen tiefen Riß – es tat weh, daran zu fühlen! – und erkannte, daß die Geister im Schlaf Besitz von ihm ergriffen hatten. Angst schnürte ihm die Kehle zu. Die Heimsuchungen zur Nachtzeit waren die schlimmsten, denn er konnte sich nicht auf sie vorbereiten, wie er es bei den Gelegenheiten tat, die er selbst herbeiführte. Diesmal hatte er noch Glück gehabt: Er hatte sich die Zunge nicht durchgebissen. Er hatte sich nicht an ihr verschluckt, wie es ihm bereits einmal passiert war; damals hatte er nur durch Zufall überlebt: Seine Krämpfe hatten ihn wieder ins Bewußtsein zurückgeholt, kurz bevor eine tiefere Finsternis ihn hatte überwältigen können.

Geist mußte mit dem geheimen Wissen leben, daß sein eigener Körper jederzeit seinen Tod herbeiführen konnte. Es ließ ihn vieles anders sehen als jene, die die Geister nicht mit soviel Aufmerksamkeit bedacht hatten. Die Geister konnten ihn erheben oder niederschmettern, und zu was sie sich auch entschließen würden, er hätte nicht die geringste Kontrolle darüber. Geist war mit der Gewißheit aufgewachsen, daß er letztendlich nichts als eine Marionette war – und daß, noch schlimmer, diejenigen, die die Fäden zogen, sich keinen Deut um *ihn* scherten. Er war nur ein Mittel zum Zweck, ein Werkzeug, das man je nach Laune *benutzte.*

Dieser Gedanke machte ihn natürlich zornig, viel zorniger, als Alter Zauber in seinen düsteren Überlegungen befürchtet hätte. Geist konnte die, mit denen er lebte, nur so sehen, wie die Geister ihn sahen – als Werkzeuge.

Die Menschen waren für ihn nicht wichtig. Nur, wenn sie auf seine eigene Existenz einwirkten, wurden sie bedeutend für ihn. Alter Zauber war geringfügig bedeutender für ihn als zum Beispiel Haut, da Geist der Meinung war, der Schamane habe Macht über ihn. Zauber konnte ihn vermutlich *verletzen,* ja er mochte sogar in der Lage sein, ihn zu *töten,* und aus diesem Grunde nahm der alte Mann einen größeren Raum in der leeren Weite von Geists Innenleben ein.

Spätere Schamanen, von deren weit in der Zukunft liegenden Existenz Geist natürlich nicht die leiseste Ahnung hatte, hätten ihn wohl zahllosen Tests unterzogen und endlose Diskussionen geführt, ob es nun ›angeboren‹ oder ›anerzogen‹ sei. War es die Epilepsie, die für seinen besonderen, zerstörerischen Gemütszustand verantwortlich war? Oder waren es die Schrecken seiner Kindheit, die fundamentale Angst vor seiner eigenen Andersartigkeit, die ihn geprägt hatten?

Geist selbst hätte beide Theorien abgelehnt. Für ihn stand fest, was ihn zu dem gemacht hatte, was er war – dasselbe scheußliche Wesen, das auch alles andere geschaffen hatte.

Sie, die er haßte.

Er spuckte diesen Satz als ein einziges, langes Wort hervor, Siedieerhaßte, ein langer, geifernder Laut purer Bosheit. Siedieerhaßte besaß wesentlich mehr Realität für ihn als irgendeiner jener bleichen Schatten, mit denen er sein leeres graues Leben lebte.

Sie hatte ihn zu dem gemacht, was er war, denn *sie* hatte alles gemacht. Sie war die schreckliche Mutter, die ihn geboren hatte, die ihn aus ihren abscheulichen Lenden in jene Welt gespien hatte, die ihm nichts bedeutete, weil sie ihm zwar das Leben, aber sonst nichts eingehaucht hatte.

Sie hatte ihm keine Seele gegeben, und so war in seinem tiefsten Innern nichts als eine kalte, wirbelnde Leere, wo namenlose Wesen in der Nacht plapperten.

Er war eine leere Hülle, die wie ein Mann einherging, doch das war sein Geheimnis, eins, das er nie enthüllen durfte, denn wenn jene, die ihm gefährlich werden konnten – wie Zauber und Beere –, jemals entdecken sollten, wie verkümmert, wie leer, wie wahrhaft *anders* er war, dann würden sie möglicherweise die Hülle aufreißen und sehen . . .

. . . nichts.

Überhaupt nichts.

Es hatte ihn lange, lange Jahre gekostet, die wahre Bedeutung seiner eigenen Existenz zu ergründen, schließlich zu verstehen, daß er *keine* Bedeutung hatte, die über das hinausging, was die Geister mit ihm im Sinn hatten. Doch selbst *Dinge, die benutzt wurden,* konnten lernen, andere *Dinge* zu benutzen. Und das hatte er dann auch getan, hatte gelernt, zu manipulieren und zu täuschen.

Einmal, vor vielen Jahren, hatte er bemerkt, daß viele aus dem Volk – Speer insbesondere – ihm oft verstohlene Blicke zuwarfen und dann wegsahen, wobei ein ganz besonderer Ausdruck des Abscheus ihre Lippen nach unten zog und die Haut ihrer Wangen furchte. Als hätten sie etwas Schlechtes gerochen.

Das hatte ihn verunsichert und geängstigt. Aus diesem Grund hatte er das Volk (die *Dinge)* genau beobachtet und nach Hinweisen gesucht. Schließlich hatte er geglaubt, den Grund für die verstohlenen Blicke herausgefunden zu haben – die anderen reagierten so auf einen ganz bestimmten Gesichtsausdruck.

Dazu war es nötig, die Zähne andeutungsweise zu blecken und die Lippen so zu dehnen, daß eine aufwärts weisende Biegung entstand.

Der Ausdruck wurde ›Lächeln‹ genannt. Er dachte noch ein wenig eingehender darüber nach und erkannte, daß Speer und die anderen ihn nur, wenn er lächelte, mit diesem an Furcht grenzenden Ausdruck ansahen. Am Ende machte er sich auf den Weg zum Dritten See, zu einem Fleckchen am Ufer eines Arms, der fast immer ruhig und still war, und in dessen stillem Wasser er sein eigenes Gesicht sehen konnte.

Er begann zu üben. Er schob seine Gesichtshaut mit den Fingern hoch und runter, steckte sie sich in den Mund und zog die Lippen hierhin und dorthin. Er brauchte Monate geheimen Übens, bis er den Trick dabei herausbekam, und viele weitere Monate, bis er schließlich *lächeln* konnte. Nach einer Weile konnte er sogar das verzweifelte Verlangen unterdrücken, zu schreien, wenn er sein Spiegelbild sah.

Vielleicht war es das andere Ding, das ihm dabei geholfen hatte. Hin und wieder dachte er über das andere Ding nach, immer dann, wenn die Welt für ihn besonders kalt und grau war. Das andere Ding hatte es ihm ein bißchen wärmer ums Herz werden lassen, hatte ihm Farbblitze gebracht, die über seine Gedanken gezuckt waren wie der Schein verglühender Kohlen in einem nächtlichen Feuer.

Es war einfach so passiert. Er war unten am Wasser gewesen, hatte seine Haut wie schlaffen Ton verschoben, als er ein schwaches Weinen vernommen hatte. *Hinten in den Wäldern,* dachte er und drehte sich überrascht um. *Ja, in den Wäldern. Und es kommt näher.*

Er kroch über den Boden, bis er hinter einem großen Felsen versteckt war, und wartete dort, während eine seltsame Erregung in seinem Magen kribbelte.

Als ein kleiner Junge aus dem Wald tapste, dessen Füße über den Weg stolperten und dem Tränen die Wangen hinunterrannen, fühlte Geist sich auf merkwürdige Weise betrogen. Nur eins der Bälger – er erkannte dieses spezielle natürlich nicht; es war schon schwer genug für ihn, all die Erwachsenen, die von Bedeutung für ihn gewesen waren, auseinanderzuhalten –, und er fühlte sich leicht verärgert darüber, daß seine wichtige Übungszeit von so etwas Bedeutungslosen unterbrochen worden war.

Er stand auf.

Der kleine Junge – nicht älter als sieben Jahre – erblickte ihn und blieb stehen. Er schniefte zweimal auf, rieb sich mit den Knöcheln über die geröteten Augen, gab dann einen kurzen, glücklichen Laut von sich und schwankte vorwärts.

Geist trat von dem Felsbrocken weg und wartete, die Arme vor der Brust gekreuzt, bis das Kind ihn erreicht hatte, ihm die Arme um die Knie schlang und ihn festhielt.

»Laß los!« verlangte Geist, doch das Kind preßte sich nur um so fester an ihn. Zögernd streckte Geist die Hand nach unten aus und tätschelte den Jungen leicht den Kopf. Das Kinderhaar dort oben war fein und dünn; er spürte die zarten Knochen des Schädels darunter.

Das war ziemlich interessant. Es ließ ihn an etwas denken ...

... an verschiedene Träume, die er manchmal hatte.

Ein neuer Gedanke kam ihm. Offensichtlich war das Kind den Frauen weggelaufen. Und die Frauen, soviel war ihm bekannt, sammelten Nüsse und Beeren in der Nähe des Lagers, und somit hatte sich der Junge sehr weit von ihnen entfernt. Er hatte Glück gehabt, daß er zufällig auf Geist getroffen war, anstatt in Sumpf oder Treibsand zu geraten oder gar einem herumstromernden Höhlenlöwen in die Fänge zu laufen.

Dieser Gedankengang erregte Geist auf unerklärliche Weise. Es war fast, als ob ihm der Junge ...

... gesandt worden wäre.

Der Wald war völlig still gewesen. Der Junge hatte schließlich Geists Beine losgelassen, war zurückgewichen und hatte sich offensichtlich erschöpft fallen lassen.

Geist bemerkte, daß das Kind ihn anlächelte, ein glückliches kleines Lächeln, vertrauensvoll.

Vielleicht war ihm der Junge geschickt worden, um ihn in der Kunst des Lächelns zu unterweisen.

Geist beugte sich vor, hob die schmächtige Gestalt auf seine Arme und ging wieder zu seinem Platz am Wasser. Er ließ sich mit untergeschlagenen Beinen nieder und setzte den Jungen in seinen Schoß. Glücklich rekelte er sich dort herum. Den Körper des kleinen Jungen an seinem zu spüren erinnerte Geist wieder an diese anderen Träume.

Heiße Träume.

Das Kind lächelte Geist an.

Geist lächelte zurück.

Das Gesicht des Jungen wandelte sich, als er zu weinen begann, und dann hieb er auf Geist ein, und die kreischenden, gellenden Geräusche, die aus seinem weit aufgesperrten Mund drangen, waren so laut, daß sie Geists Trommelfelle schmerzen ließen.

»Psst! Sei still!« sagte Geist. Er versuchte es noch einmal mit einem Lächeln, machte alles aber nur noch schlimmer damit. Jetzt trommelte der Kleine mit seinen winzigen Fäustchen gegen Geists Brust, und sein Gesicht war rot und häßlich geworden.

Geist preßte ihm seine große Hand auf den Mund. Der Junge biß fest in das harte Fleisch von Geists Handinnenfläche, so daß dieser sie mit einem unterdrückten Fluch zurückzog.

Immer noch fand Geist den plötzlichen Schmerz interessant. Das kleine Ding wurde so *wirklicher* für ihn. Erneut legte er ihm die Hand auf den Mund, wartete auf das Gefühl des Schmerzes, das ihm diese Kinderzähne verschafften.

»Ah!« machte Geist, obwohl er diesmal eigentlich keinen allzu großen Schmerz verspürte.

Das Kind war mittlerweile völlig panisch, es kreischte und schlug um sich. Dann entleerte sich seinen Darm. Geist fühlte, wie etwas Heißes, fast flüssiges über seine Leiste sickerte.

Es war ganz hart da unten, genauso wie in seinen anderen Träumen.

Hitze stieg von seinem Hodensack auf, breitete sich in seinem Bauch aus. Irgendwie schien er *es* gar nicht mehr hören zu können, obwohl *es* ganz offensichtlich immer noch eine Menge Krach machte.

Er krallte seine Finger in das weiche Fleisch seines Nackens und sah zu, wie die Haut dort langsam an Farbe verlor.

Er hob seine andere Hand vor die Augen und starrte auf die Abdrücke der Zähne auf seiner Handfläche, auf die winzigen Bluttröpfchen. Er sah auf das Balg hinab, und was er als nächstes tat, erschien ihm völlig natürlich. Es hatte Löcher, und aus diesen Löchern quollen Krach und Flüssigkeiten. Geist dachte sich, daß er diese Löcher wohl am besten zustopfen sollte. Sie auffüllen, so daß kein Lärm und keine Nässe mehr aus ihnen dringen konnte.

Vielleicht sollte man Schlamm nehmen. Er schaufelte ein bißchen feuchte Erde auf und versuchte, sie dem Ding in den Mund zu stopfen, doch es spie alles wieder aus.

Nein, Schlamm war keine gute Idee.

Finger?

Aber er biß ihm in die Finger, und obwohl Geist den Schmerz immer noch recht interessant fand, kam er zu dem Ergebnis, daß Finger auch keine gute Idee seien.

Vielleicht . . .

Später, nachdem er fertig gewesen und die Farbexplosion, die er gefühlt, geschmeckt, gerochen hatte, wieder zu jenem stumpfen Grau verblaßt war, hatte Geist die zerschlagenen, zerfetzten Überbleibsel weit in den Rauchsee hinaus geschleudert, hatte zugesehen, wie sie noch ein wenig an der Oberfläche getrieben waren, bevor sie schließlich in dem roten, trüben Schaum versunken waren.

Er wusch sich die Hände in dem warmen Wasser, und als sie wieder sauber waren, erstaunte es ihn, wie *gut* er sich fühlte. Er lehnte sich über das immer noch schwach rosafarbene Wasser hinaus, erinnerte sich nochmals an die Farben, die er zum erstenmal in seinem Leben gesehen hatte, und lächelte erneut.

Nicht schlecht. Alles andere als schlecht.

Später am Abend hatte Aufruhr im Lager geherrscht. Es hatte etwas mit einem vermißten Kind zu tun. Geist schenkte dem keine Aufmerksamkeit, selbst als sie zu ihm kamen, damit er seine Magie anwenden solle. Er führte ein Ritual durch, aber es zeigte keine Wirkung. Der Junge wurde nie gefunden.

Geist erstaunte das nicht. Sie würden ihn nie finden, weil er nie existiert hatte. Er war nur ein Geist gewesen, ein armer Geist.

Arm, sagte Geist. Und wer konnte schon so einen Geist finden?

Doch das lag alles in der Vergangenheit verborgen, als er in jener Nacht erwachte und erkannte, daß die Herrin der Marionetten, Siedieerhaßte, ihn wieder heimgesucht, wenn auch diesmal nur wenig verwundet hatte.

Und während er dort in seinem finsteren Elend lag, kam ganz kurz etwas über ihn. Eine Erinnerung, die eigentlich keine Erinnerung war, eher eine Vision, die ihm eingegeben worden war, etwas, das nichts mit ihm und dem Leben, das er führte, zu tun hatte. Es war eine Schreckensvision, die ihn ganz verschluckte, ihn zerstörte.

Es war, als habe sich eine breite, hohe Tür geöffnet, und irgend etwas sei hindurchgekommen.

Einen kurzen Moment lang dachte er, Siedieerhaßte könne es gewesen sein. Doch noch als er an sie dachte, erfaßte ihn ein solcher Ekel, daß er sich auf die Seite wälzte und sich erbrach, bis nichts mehr kam als dünne grüne Galle.

Während er dort in seiner Verzweiflung lag, in Schmerz und Erbrochenem, kam ihm irgendwie der Gedanke, daß es vielleicht doch nicht Siedieerhaßte gewesen war, die ihn in jener Nacht heimgesucht hatte. Nein, ganz und gar nicht.

Aber etwas anderes.

Nach einer Weile begab er sich wieder zum Schlafen und träumte von Schlangen. Es war gut, daß er alleine schlief. Kein menschliches Wesen hätte den widerwärtigen Anblick seines Lächelns in jener Nacht ertragen.

Beere gesellte sich zu dem Schamanen und zu Maya und aß mit ihnen kaltes Trockenfleisch von einem Bison, das Speer und Haut vor zwei Wochen nördlich der Klippenwand erlegt hatten. Sie hockten auf den eingesessenen Baumstümpfen vor dem Geisterhaus; die Feuerstelle vor ihnen, normalerweise eine fröhliche Quelle der Wärme, lag nun öd und dunkel. Im Innern des Geisterhauses, inmitten des kleineren der beiden Steinkreise, stand ein Tontopf, in den die Herdfeuerkohlen gebettet worden waren. Im Unterschied zu jenen schwach glimmenden Kohlestücken der anderen Feuer, die der Mann gleichen Namens,

Feuer, in seiner Höhle barg, blieben diese Kohlen getrennt von den anderen. Dieses Feuer war geheiligt, und Zauber würde es nicht aus seiner Obhut geben.

Die normalen Alltagsgeräusche des Dorfes waren gedämpft, als sei auch das Leben mit den Feuern fast ganz niedergebrannt. Hoch oben funkelten die Sterne wie Eisensplitter, kalt und fern; ein sichelförmiger Mond stieg soeben über dem schattenhaften Klippenwall auf, und sein bleiches Licht umfloß stumme, sich langsam bewegende Gestalten. Kalt war es indes nicht; wenigstens die Wärme der Feuerstellen würden sie nicht vermissen. Maya wußte, daß viele in dieser Nacht im Freien schlafen würden, ihre Bettstellen mit den Füßen zum Überhang ausgerichtet, der die Hitze, die der schwarze Stein tagsüber gespeichert hatte, wieder ausströmte. Sie würde sich ihnen natürlich nicht anschließen; ihr Platz war bei ihrem Mann, auch wenn Alter Zauber keine jener männlichen Neigungen an den Tag gelegt hatte, über die sie sich anfangs, als sie in das Geisterhaus gezogen war, den Kopf zerbrochen hatte.

In der Tat hatte Zauber nichts an seiner Beziehung zu ihr geändert. Der einzige Unterschied, den der Umzug mit sich gebracht hatte, war der, daß der Lärm, den sie in den langen Nächten erdulden mußte, anders war. Beere hatte in langgedehnten, pfeifenden Zügen geschnarcht, die fast wie Husten klangen. Zauber bevorzugte eine tiefere Tonlage mit weniger Pfeifgeräuschen, doch dafür blähte er gehörig, so daß Maya am Morgen froh war, die Zeltklappe zurückschlagen zu können und ein wenig frische Luft hereinzulassen.

Nach wie vor jedoch schlief sie gemeinsam mit einem alten Menschen in einem kleinen Zelt; nur die Geräusche und die Art des Gestanks hatten sich geändert, und allmählich kam sie zu der Überzeugung, daß das alles war, was sich jemals ändern würde.

In gewisser Weise verspürte sie Erleichterung darüber. Sie ließ den Blick über das im Dunkel liegende Lager schweifen, kaute bedächtig und dachte über die Ereignisse des Nachmittags nach.

Geist hatte sie zurück zum Heimlager gebracht; der Spaziergang war wundervoll gewesen. Sie hatte sich fast gefühlt, als schwebe sie, als sie sich Geists Schritt angepaßt hatte, obwohl der junge Schamane ein wenig hinkte. Er hatte sogar wieder ihre Hand gehalten, und die Wärme, die Berührung hatten unbestimmte Sehnsüchte in ihr geweckt.

Doch sie war auch zutiefst verunsichert. Es war ihr noch genug von ihrem scharfsinnigen Verstand geblieben, um sich selbst in dem Augenblick, als sie den Weg entlangschritten, zu fragen, welche Motive Geist wohl haben könnte.

Warum gerade jetzt? hatte sie sich gefragt. *Warum jetzt, nach all dieser Zeit?*

Denn sie vertraute ihrem Instinkt, und trotz des Gefühlsaufruhrs an jenem Nachmittag wußte sie nur zu genau, daß Geist sie noch kurz zuvor ganz und gar nicht gemocht hatte. Während sie auf dem zähen Fleisch herumkaute (beim ersten Bissen schmeckte es ganz ähnlich wie Rinde; erst nach harter, die Kiefermuskeln strapazierender Kauarbeit begann es, seine verborgenen Säfte abzugeben), versuchte sie, seinen nahezu unfaßbaren Sinneswandel zu deuten.

Und dann fiel ihr die Antwort ein: das Blut. Es war das Blut zwischen ihren Beinen, das diesen abrupten Wandel bewirkt hatte!

Die Anzeichen waren die ganze Zeit deutlich zu sehen gewesen. Sie hatte sie nur schlicht nicht bemerkt oder nicht verstanden, was sie bedeuteten. Nun stürzten all diese geheimnisvollen Dinge auf sie ein, als hätte sie sie nie zuvor richtig gesehen, doch im gleißenden neuen Licht ihres Frauseins schimmerten sie hell und aufschlußreich.

Sonnenblume.

Sie dachte an Sonnenblume, ein Mädchen, das ein Jahr älter war als sie. Es bestand kein besonderer Grund dafür, daß die Erinnerung an einen Vorfall, in den sie verwickelt gewesen war, sie gerade jetzt überfiel, wenigstens kein offen ersichtlicher Grund, denn der Vorfall war schmerzlich gewesen. Es war ein weiterer Mißerfolg gewesen, einer, der sie wieder ganz fest in ihrer Einsamkeit verankert hatte, obwohl Sonnenblume das zu jenem Zeitpunkt nicht gewußt hatte.

Sonnenblume hatte von Geburt an einen völlig verkrüppelten rechten Fuß, der es ihr unmöglich machte, wie die anderen zu gehen, so daß sie fast ebenso eine Außenseiterin war wie Maya selbst. Sie hatte jedoch ein sanftes, schüchternes Wesen, gepaart mit einer kämpferischen Natur. Sie bemühte sich immer, mit den anderen Mädchen zusammenzusein, auch wenn die langen Ausflüge eine Qual für sie waren. Doch manchmal neigte sie dazu, stundenlang zu verschwinden, und sie tobte und tollte auch nicht mit den anderen herum. Sie flocht gerne Blumenketten, die sie sich um den Hals wand, Blüten in Weiß und Blau und zartem Rosa. Manchmal hatte Maya sie aus der Entfernung gesehen, inmitten von wilden, üppigen Büschen, wie sie sich bückte und vorsichtig die prachtvollen Blüten pflückte, und auf ihren ruhigen, ausdruckslosen Zügen lag dann ein sanfter entrückter Ausdruck.

Weil Sonnenblume so schüchtern war, dachten manche Erwachsene, sie sei von einem Geist besessen, der sie schwachsinnig mache, wie es hin und wieder geschah, doch Maya spürte die wache Intelligenz, die tatsächlich unter Sonnenblumes stiller, in sich gekehrter Art wohnte.

Maya hatte gar davon geträumt, sich mit Sonnenblume anzufreunden, wurde ihnen doch beiden soviel Einsamkeit und Zurückweisung zuteil. Doch dann war etwas geschehen. Mit einem Schlag war Sonnenblume keine Außenseiterin mehr gewesen.

Wenigstens nicht bei den jungen Männern, die wie gierige, schlaksige Krähen um sie zu schwirren begannen, und in ihren Augen funkelte eine geheime Erregung.

Doch Maya bemerkte mit dem kritischen Blick der ewigen Außenseiterin noch mehr. Auch wenn Sonnenblume unter den Mädchen immer noch keine Freundinnen hatte, so nahmen die Frauen doch immer mehr Notiz von ihr. Sie nickten ihr jetzt häufiger zu, sprachen mit ihr und halfen ihr sogar hin und wieder bei ihren Pflichten.

Und Sonnenblume machte es sich immer öfter zur Gewohnheit zu lächeln.

Maya beobachtete diese Vorgänge mit stummem Staunen und in der geheimen Hoffnung, daß das, was Sonnenblume verwandelt hatte, auch ihr eines Tages zuteil werden würde. Nach wie vor entfernte sich Sonnenblume hin und wieder für längere Zeit vom Lager, gewöhnlich am Nachmittag, doch gegenüber früher gab es einen Unterschied. Sie kehrte nicht mehr mit gefertigten Halsketten aus Blüten zurück. Um ihre Schultern lagen nun die braunen, schlanken Arme von jungen Männern, und die zwei – manchmal waren es gar drei oder vier – lachten für gewöhnlich.

Das Ganze war Maya ein völliges Rätsel.

Und an einem kühlen, grauen Frühlingsmorgen, wurde alles noch rätselhafter, als Maya ein lautes Knacken im Gebüsch auf der anderen Seite der kleinen Lichtung hörte, wo sie während des Winters vom Baum gefallene Eicheln sammelte. Sie war ganz allein dort, und so erschreckte der Krach sie anfangs; dann entspannte sie sich jedoch, denn außer dem Knacken der Äste und dem Blättergeraschel vernahm sie eine Stimme.

»Autsch!«

Mayas spontane Reaktion war, ihren Beutel aus weichem Leder, den sie mit sich trug, zu greifen und sich aus dem Staub zu machen, doch dann gewann der Ärger die Oberhand. Sie hatte hier eine Arbeit zu erledigen. Sollten die, die jetzt ankamen, sich doch ihr eigenes Fleckchen suchen! Und sie war sich sicher, daß sie das tun würden, wenn sie sie, Maya, erst einmal entdeckt hätten.

Sie setzte einen wilden, abweisenden Blick auf, wohl wissend, daß diese finstere Miene jeden ungebetenen Besucher vertreiben würde, doch als sie Sonnenblume auf die Lichtung hinken sah, entspannte sie sich und sah dem Mädchen entgegen.

»Oh«, machte Sonnenblume. Sie blinzelte. »Ich wußte nicht . . .« Sie machte kehrt, um dorthin zurückzukehren, wo sie hergekommen war.

»Nein – warte!«

»Was?«

»Geh nicht. Bitte.« Plötzlich durchfuhr Maya der Gedanke, daß dies vielleicht der richtige Zeitpunkt war. Sie waren allein, und niemand konnte es sehen, wenn Sonnenblume die Mauer des Schweigens brach, die Maya umgab.

Widerwillig blieb das ältere Mädchen stehen. Irgend etwas hielt es auf der Lichtung fest. Maya dachte, daß möglicherweise sie das sein könne, doch da irrte sie.

»Nun . . .«, meinte Sonnenblume, die ärgerlich zu der anderen hinübersah. »Ich wußte nicht, daß du hier bist.«

Maya, zu erregt angesichts der Tatsache, daß sie sich aus welchem Grund auch immer, sich mit jemand *anderem* unterhielt, überhörte den leisen Unwillen in Sonnenblumes Worten. Verzweifelt ließ sie die Blicke schweifen, um irgend etwas zu finden, was das kleine Wunder verlängern konnte.

»Kommst du . . . oft hierher?« fragte sie. »Hier gibt es eine Menge Eicheln, und . . .« Sie schwieg und dachte nach. »Da drüben, in diesen Büschen, wachsen wunderschöne purpurne Blüten, so groß wie deine beiden Fäuste.«

Trotz all der Veränderungen, die während der letzten paar Monate mit Sonnenblume vor sich gegangen waren, liebte sie doch immer noch ihre Blumen. Ihre Augen wurden groß vor Interesse. »Wirklich? Wo?«

Wenig später schwatzten die beiden Mädchen glücklich, und beide schienen sich zu verbieten, über ihr Tun nachzudenken.

»Mein Vater sagt, du hättest einen bösen Geist in dir«, erklärte Sonnenblume plötzlich, als sie eine Handvoll Eicheln in Mayas Korb warf.

Maya entgegnete verschmitzt: »Und Alte Beere sagt, du wärst schwachsinnig.«

Und so verglichen sie ihre jeweiligen Mißbildungen, zwei Mädchen, allein im Wald, bis Sonnenblumes Kopf hochfuhr, als erneut Zweige knackten.

»Hab keine Angst«, sagte Maya schnell und legte dem anderen Mädchen beruhigend die Hand auf die Schulter, »ich glaube, es sind keine Tiere.«

Doch Sonnenblume schüttelte die Hand ab und erklärte: »Weiß ich auch, daß es keine Tiere sind.«

»Was ist es denn dann?«

»Junger Bison und Schildkröte.«

Maya blinzelte. »Woher weißt du das?«

»Wir sollten uns tref . . .« Sonnenblume unterbrach sich, und ein neuer, verschlagener Gesichtsausdruck erschien auf ihren Zügen.

Maya registrierte den Wechsel nicht, sonst hätte sie die nächste Frage nicht gestellt. »Die beiden Jungen? Aber was machen sie hier?«

»Es sind keine *Jungen«*, widersprach Sonnenblume, und ihre Stimme war leise und eindringlich. »Keine *Jungen* mehr.«

»Was sind sie denn dann? Und was wollen sie mit dir machen?«

Zwei heiße rote Flecken brannten mit einemmal auf Sonnenblumes Wangen. Ihr Gesichtsausdruck änderte sich wieder. Etwas Gieriges lag jetzt in ihrem Blick. Es war, als habe sie Maya an diesem Tag zum erstenmal richtig angesehen und als täte es ihr leid, daß sie das getan hatte.

»Du verstehst das ja doch nicht.« Fast unbewußt senkte sich Sonnenblumes Hand auf jene Stelle, wo ihre Schenkel zusammentrafen, und begann langsam zu reiben. »Du bist doch noch ein Baby.«

»Ein Baby? Bin ich *n-nicht*!« stotterte Maya und fühlte sich, als habe sie einen Schlag in den Magen erhalten.

»O doch, das bist du!« rief Sonnenblume ihr über die Schulter hinweg zu, denn sie stürzte sich schon in Richtung der Büsche, wo das Knacken und Rascheln seinen Ursprung zu haben schien. Maya sah, daß ihre Augen fast unnatürlich funkelten, dann war Sonnenblume verschwunden.

Maya war allein auf der Lichtung zurückgeblieben und hatte sich gefragt, was gerade geschehen war. Das alles war nun schon lange her.

Nun, wo sie auf dem Baumstumpf saß und den sauren Geschmack gekauten Fleisches im Mund schmeckte, verstand sie. Sonnenblume hatte zu *bluten* begonnen. Sie war eine *Frau* geworden. Und in dem Augenblick hatten die Jungen oder *Männer* sie trotz ihres Klumpfußes und trotz all der schlimmen Gerüchte von neuem entdeckt.

Maya hegte keine Illusionen. Männer mochten es, das Schlangending, das zwischen ihren Beinen baumelte, in das Loch zu stecken, das Frauen zwischen *ihren* Beinen hatten. Sie wußte nicht, warum, doch sie wußte, daß sie das machten, bei welcher Frau auch immer – sogar bei Sonnenblume. Blut und Frauen konnten also ganz offensichtlich fast alles ändern.

Vielleicht, so überlegte sie, und neue Hoffnung durchflutete sie, als sie an das fremdartige warme Gefühl dachte, das sie gespürt hatte, als Geist sie umarmt hatte. Vielleicht konnte das Blut selbst ihr Ausgestoßenendasein beenden.

Geist hatte gesagt, daß dies möglich sei. Er wollte ihr Freund sein. Vielleicht wollte er sogar noch mehr. Vielleicht wollte er seine Schlange in ihr Loch stecken.

Der Gedanke ließ einen kleinen Schauer ihren Rücken hinauf und wieder hinunter laufen. Und dann bekam sie es plötzlich mit der Angst zu tun. Sie war die Frau von Altem Zauber. Was würde *er* wohl dazu sagen?

Sie blickte auf. Zauber sagte mit gesenkter Stimme etwas zu Alter Beere, die kaute, hin und wieder zustimmend nickte, jedoch keine Antwort gab. »Zauber?« sagte Maya schließlich, und es fiel ihr schwer, mit dem Kloß, der sich in ihrer Kehle gebildet hatte, das Wort auszusprechen.

Er blinzelte und wandte sich ihr zu. »Was ist, kleine Maya?«

»Geist hat heute mit mir gesprochen. Er hat gesagt, daß er mein Freund sein will.«

Ohne Feuerschein war es zu dunkel, so daß Maya nicht sehen konnte, wie Zaubers weiße, geschwungene Augenbrauen in die Höhe zuckten. »Wirklich?« sagte er. »Erzähl mir mehr.«

Zauber war alt und schrecklich erfahren. Seine plötzliche Besorgnis klang nicht in seinen Worten mit. Doch Alte Beere zuckte angesichts der Kraft in seinen Fingern zusammen, als sein Griff sich mit einer Wucht, die sie ihm nicht mehr zugetraut hätte, in ihre Schultern krallte.

Nicht in seinem Alter. Außer, er war zu Tode erschrocken.

KAPITEL DREIZEHN

Das Grüne Tal: 17983 v. Chr.

Im engen, düsteren Innern des Geisterhauses spürte Maya, wie sich eine knisternde Spannung aufbaute. Zauber starrte Alte Beere an, deren Blick dem Schamanen zu bedeuten schien: Ich habe es dir ja gesagt.

Schließlich seufzte Alter Zauber tief auf und wandte sich wieder Maya auf der anderen Seite des kleinen, kalten Herdfeuers zu. »Mein Liebes«, sagte er. »Ich glaube, die Zeit ist gekommen, daß du einige Dinge erfährst.«

Die Spannung ließ nicht nach; im Gegenteil, Maya hatte das Gefühl, daß die Nerven aller zum Zerreißen strapaziert waren. »Ein Geheimnis, Alter Zauber?«

Ein schwaches Lächeln glitt über sein Antlitz. »Ja, Kind. Ein Geheimnis.« Wieder stieß er einen Seufzer aus. »Vielleicht ein Geheimnis, das kein Geheimnis hätte sein dürfen – zumindest für dich nicht.«

Maya hatte nicht die leiseste Idee, worüber der alte Mann sprach. Geheimnisse hatten ihr ganzes bisheriges Leben bestimmt – die verborgenen Dinge, die Zauber und Beere ihr beigebracht hatten, die Geheimnisse von Pflanzen und Tieren und Geistern, und auch andere, dunklere Rätsel; ihre Augen, beängstigende, unerklärliche Zeichen ihres Andersseins; die gräßlichen, schändlichen Taten, die sie *begangen haben mußte* (obwohl sie auch die nicht verstand), die selbst ihren leiblichen Vater dazu veranlaßten, ihr wie einem Dämon aus dem Weg zu gehen, die unausgesprochene Übereinkunft im Volke, die sie für alle Zeiten in ihrer einsamen Stille einschloß. Immer nur Geheimnisse. Geheimnisse hatten sie zu schrecklicher Einsamkeit verdammt, und nun, da Geist zum erstenmal seine Absicht bekundet hatte, ihr das Geschenk zu machen, nach dem sie sich am heftigsten sehnte, drohte ein neues Geheimnis ihre Hoffnung, zart wie sie noch war, gleich wieder zu zerstören.

Sie faßte einen Entschluß. »Ich möchte keine Geheimnisse mehr hören.«

Er fuhr hoch. »Was?« Es war das erste Mal, daß Maya Widerspruch geübt hatte. Er starrte sie an, als habe sie versucht, ihn zu beißen – und in diesem Moment beging er seinen ersten großen Fehler, jenen Fehler, der all die folgenden Ereignisse nach sich ziehen sollte. In diesem Moment sah er all seine Pläne, seine Visionen, die von Mayas Geburt an sein Leben bestimmt hatte, vor seinem inneren Auge vorbeiziehen – und wurde zornig.

Wie konnte dieses vorlaute Mädchen, das sich für eine Frau hielt, es wagen, ihm zu widersprechen? Wußte es denn nicht, was er alles für es getan hatte? Wer ihr das Leben gerettet hatte – nein, nicht nur einmal, sondern viele, viele Male –, wer es unterrichtet, eingeführt, *vorbereitet* hatte für die Rolle, die es spielen sollte? Wußte Maya denn nicht, welche Todesängste er in dunklen, schmerzlichen langen Nächten ausgestanden hatte? Wie er sich für sie *aufgeopfert* hatte, für sie und für das Volk, das sie schon bald so verzweifelt brauchen würde? (*Wie* werden sie sie brauchen? *Wie?*) Wußte sie denn überhaupt nicht, was *Dankbarkeit* war?

Und so überhörte er, während sein Ärger sich zur Wut steigerte, jenes leise Stimmchen in seinem Kopf, das all diese Fragen beantwortete. *Nein, das weiß sie nicht, denn du hast es ihr ja nie erzählt.* Statt dessen gestattete er sich zu vergessen, was sie wirklich war: ein kaum zur Frau gereiftes Mädchen, ein einsames Kind, doch stark, eigensinnig und launenhaft wie jedes andere Mädchen ihres Alters.

Deshalb sprach er jetzt in schroffem Ton zu ihr, heftig, und Wut schoß aus jedem seiner Worte hervor wie eine helle Flamme.

»Maya. *Du wirst mir jetzt zuhören.*« Begriff sie denn nicht?

Er ignorierte die Verdrossenheit, die in ihrer Erwiderung mitschwang, die Art, wie ihre Lippen sich langsam zu einem eigensinnigen Schmollen schürzten. »Ja sicher, Alter Zauber«, sagte sie. Sie senkte den Blick und weigerte sich, ihn wieder zu heben und den Schamanen anzusehen, während er sprach. Statt dessen beobachtete sie ihre Finger, wie sie sich wanden und drehten, wie ein kleines Nest von ... Schlangen.

Alter Zauber war wütend, gewiß, doch dann verstand er seine Wut; sie erwuchs aus der Furcht. Wenn Maya ihn zurückwies, würde sie damit die Mutter selbst zurückweisen – so zumindest wollte es ihm scheinen, da er seine eigene Mission mit einer weit größeren durcheinandergebracht hatte –, und das Schicksal des Volkes wäre ungewiß. Er schwieg; dunkel begriff er die Bedeutung dieses Augenblicks. *Sie mußte ihn verstehen.* (Und Geist ... Warum ließ der Gedanke an Geist seine neuerdings erstarkten Finger wieder zittern, Schweiß auf seine Stirn treten?)

Geist war gefährlich!

Dieser Gedanke kam ihm ganz spontan. Geist übte einen schlechten Einfluß auf Maya aus, er brachte sie von ihrem Weg ab, zerstörte den dünnen Faden, der das Mädchen an ihn, den Schamanen, und an ihr Schicksal band. Und weil er Geist fürchtete, holte er einmal tief Luft und tat das einzige, was seiner Meinung nach die Dinge ein für allemal ins Lot bringen würde.

Sie mußte verstehen!

Er drehte sich um, griff hinter sich und holte das verhüllte Päckchen hervor. Schweigend löste er die Knoten – wobei er das unbehagliche Gemurmel Alter Beere neben sich ignorierte –, bis die blankpolierte Oberfläche des Mammutsteins schwach in der düsteren Luft schimmerte.

»Hier«, sagte er brüsk, und warf Maya den Stein über die Feuerstelle hinweg zu. »Nimm es.«

Maya fing ihn auf. Obwohl sie sich danach gesehnt hatte, nach draußen zu gehen, Geist aufzusuchen und mit ihm zu *reden*, veranlaßte sie irgend etwas, nach dem Mammutstein zu greifen. Sie konnte nicht anders.

Und als sie ihn nahm, spürte sie, wie eine kaum wahrnehmbare Vibration durch ihre Handfläche drang und dann ihren

Unterarm hinaufkroch. Verdutzt starrte sie den Stein an, der nichts weiter tat, als in ihrer Hand zu liegen. Doch immer noch fühlte sie dieses Beben, als trüge der Stein irgendeine unbekannte Macht in sich und wolle diese geradewegs in ihre Finger gebären.

Ihr wurde bewußt, daß sowohl Alter Zauber als auch Beere sie mit Augen anstierten, die so heiß wie brennende Kohlen waren. Unbewußt schlossen sich ihre Finger um den Stein und drückten ihn an sich. Sie bemerkte nicht, daß sie beim Reden den Stein dicht an ihre Brust, an ihr Herz führte. »Was?« fragte sie in die Wellen der Erwartung hinein, die ihr aus den glühenden Augen der beiden entgegenschlugen. »Was ist das?«

»Spürst du etwas?« wollte Zauber wissen.

Sie schüttelte den Kopf. Was sollte sie denn spüren? Worauf *warteten* die beiden Alten nur? Wieder wallte eine Woge der Auflehnung in ihrer Brust empor. Immer hatten sie ihre Geheimnisse, diese beiden waren sich in ihrem Alter und ihren Runzeln und ihrem Schweigen so ähnlich geworden, daß man sie kaum auseinanderhalten konnte. Und sie hatte es *satt*, ja, satt, all ihre Erwartungen und Geheimnisse und unausgesprochenen Rätsel. Sie senkte den Blick und war überrascht festzustellen, daß sie den Stein fest gegen ihre Brüste preßte. »Ich spüre überhaupt nichts. Nicht mehr als vorher.«

Zauber stieß den angehaltenen Atem in einem langen, langsamen Beben aus. Er sackte in sich zusammen, und einen Moment lang dachte Maya, daß sein Kopf wie ein Totenschädel aussehe, gebleicht, ausdruckslos, die Augen wie leere Höhlen.

»Ah«, sagte er leise. »Aha. Ich verstehe.«

Dann erzählte er es ihr. Er begann mit geflüsterten Worten, die sie kaum hören konnte, obwohl er nur ein paar Fuß von ihr entfernt saß, doch mit der Zeit wurde seine Stimme kräftiger, er verfiel in den Singsang, den sie die Jahre über so gut kennengelernt hatte, und dann am Ende erkannte sie auch, was sie da hörte. Die größte aller Geschichten, die Erinnerung, die er sein Leben lang gehütet hatte, das Geheimnis, das von Schamane zu Schamane weitergereicht worden war, das tiefer und tiefer in die Vergangenheit zurückreichte, zurück in Zeiten, die so uralt waren, daß es Mayas Vorstellungskraft überstieg.

Der Stein fühlte sich warm an. Ohne nachzudenken, hob sie ihn an die Wange und rieb ihn sanft an ihrer Haut.

Nun gemahnte Zaubers Stimme sie an die Baumstammtrommeln, die das Volk manchmal benutzte, in Zeiten des Triumphes oder der Verzweiflung. Die Worte rollten ihm von der Zunge, jedes einzelne klar und deutlich.

»... und du, Maya, der Stein gehört dir«, sagte er. »Nur du kannst ihn für das Volk einsetzen, nur du. Du bist die, auf die wir gewartet haben.«

Ihre Kinnlade fiel herunter, und Maya starrte den Schamanen erschrocken an. Das war kein Geheimnis, das war eine *Offenbarung*. Das änderte *alles*. Erklärte *alles*.

Natürlich bist du anders ... Du bist die, auf die man gewartet hat, du bist die Göttin, du bist ...

Sie brach in Tränen aus.

»Eines Tages«, fuhr Alter Zauber erbarmungslos fort und ignorierte ihr wildes Schluchzen (*Sie mußte verstehen!*), »wirst du meinen Platz einnehmen, Maya. Nicht Geist, sondern du. Noch ist es ein Geheimnis, und Geist darf es nicht erfahren. Die Zeit ist noch nicht reif. *Hast du mich verstanden?*«

Und obwohl sie ihn nicht verstand, nein, nicht im geringsten, nickte sie, denn sie hatte ihm ihr Leben lang beigepflichtet, und er war ihr Mann, und er wollte es so ...

»Ja«, schniefte sie. »Ja, Zauber, ich verstehe.«

Doch das tat sie nicht. Und all das, was später aus dieser Lüge entstehen sollte, wurde in diesem Moment geboren, aus Zaubers schrecklichem Fehler.

Flußlager des Bisonvolkes

Nach der Opferung von Frühlingsblüte hatte Gebrochene Faust sich für die Dauer einer Nacht und eines Tages in sein Zelt zurückgezogen. Als er wieder hinaustrat, verkündete er, daß die Zeichen günstig ständen. Der Geist der Lüfte war zufrieden mit dem Opfer. Ganz wie Gebrochene Faust, denn er hatte sehr wohl die Qual von Schwarzem Karibu, seinem Feind, bemerkt.

Wenn Schwarzes Karibu und Ratte und die anderen jetzt auf die Jagd gingen, würde die Beute reich sein.

Also sprach Gebrochene Faust in den blauen Morgen, und die Männer trafen die Vorbereitungen für die Jagd. Karibu bewegte sich wie im Traum. Er weigerte sich, den Schamanen anzusehen, und Ratte versuchte, ihn aufzuheitern.

»Heija, Karibu, wir werden ein großes Töten veranstalten! Viele Bisons, vielleicht, viel Fleisch!«

Doch Karibu, der dort stand und über die schiefergraue Wasseroberfläche des Flusses blickte, so weit weg, wie er nur konnte, von der immer noch schwelenden Grube, wo er das Herz seiner geliebten Schwester verzehrt hatte, wollte sich nicht aufheitern lassen. Er grunzte nur und wandte sich ab.

»Geht ohne mich«, sagte er.

»Nein. Du mußt mitkommen. Du bist unser stärkster Arm, unser größter Jäger. Wie können wir jagen, wenn du uns nicht führst?«

Karibu stand so reglos wie sein Namensgeber, prüfte die Luft der endlosen Steppe. Ein schwacher, beißender Wind blies über die Spitzen des silbriggrünen Grases, zerrte an seinem Überwurf, schliff über seine Wangen. Ihm war, als riefen ihm Stimmen aus dem Wind etwas zu, und vielleicht war dem wirklich so. Die Geister lebten in den Lüften. Dort wandelte auch er, der über alles regierte.

Frühlingsblüte.

Ein Schauer durchfuhr ihn. Vielleicht sollte er jagen. Irgend etwas tun, um die schrecklichen Erinnerungen an das Opfer aus seinem Gedächtnis zu tilgen. Plötzlich erschien ihm der Gedanke an frische Windböen, leere Horizonte, die Konzentration des Anschleichens – ja selbst an den Speerwurf und das Blut – ungeheuer anziehend. Er zuckte mit den massiven Schultern.

»Nun gut«, sagte er. »Ich werde jagen.«

»Gut«, erwiderte Ratte.

Dann bereiteten auch sie sich vor.

Maya behielt das Geheimnis drei ganze Tage lang für sich, bevor sie es Geist weitererzählte. Sie hatte es eigentlich nicht gewollt – nicht richtig. Es rutschte ihr einfach so heraus.

Als sie drei Tage zuvor aus dem Geisterhaus getaumelt war, hatte Geist sie mit Augen beobachtet, die so völlig leer gewesen waren wie die gewaltigen Gletschermassen im Norden. Er hatte sich gefragt, was sie wohl so erregt haben mochte, und hatte dann schon geglaubt, es zu wissen. Geist war ein guter Menschenkenner – obwohl er von ihnen nie als Wesen seiner Art dachte, wodurch er jedoch auch in der Lage war, sie so leidenschaftslos zu studieren wie einen merkwürdigen Felsblock oder irgendein emsig umherkrabbelndes Tier, das er zum erstenmal sah. Und als er beobachtete, wie sie blind einen Pfad zum Ersten See hinunter schwankte, wußte er, daß ihr etwas von großer Tragweite widerfahren war. Das wahrscheinlichste war, daß sie Altem Zauber von ihrem neugewonnenen Freund berichtet hatte.

Geist hegte keine Illusionen in bezug auf Alten Zauber – er vermutete, daß der alte Schamane auf der Stelle alles daransetzen werde, die gerade erst geknüpften, zarten Bande zwischen den beiden jungen Menschen zu zerreißen. Geist wußte nicht genau, warum Alter Zauber so auf der Hut vor ihm war, doch er wußte, wann dieses Mißtrauen begonnen hatte, und wieder einmal bedauerte er, daß er es nicht vermocht hatte, Mayas Leben gleich am Anfang mit einem einfachen Stoß jenes Speers, den er an besagtem Tag bei sich getragen hatte, ein für allemal ein Ende zu setzen.

Und dennoch, vielleicht, weil er sei eigenes, geheimes Leben abseits der alltäglichen Welt des Volkes hatte, erblickte er Dinge, die Alter Zauber nicht bemerkt hatte. Er erkannte Maya als die junge Frau, die sie war, allein, einsam, nach eben den Freunden und Kameraden und nach eben der Anerkennung dürstend, nach der es Geist so sehnlich verlangt hatte, damals in den langen vergangenen Tagen seiner freudlosen Jugend.

Er hatte damals gelitten, und genau so, vermutete er, litt sie jetzt, fühlte sich schwach und verwundbar. Zauber mochte sie unterweisen, sie vieles lehren, doch er konnte nicht ihr Freund sein, nicht so, wie sie es sich wünschte. Aber Geist konnte es, und er hatte auch gelernt, so zu lächeln, daß sich andere nicht schaudernd davor abwandten. Er hielt seine Maske für nahezu perfekt; nicht makellos, das nicht, aber doch gut genug.

Gut genug, um ein verängstigtes, einsames Mädchen zu täuschen.

Also erhob er sich von seinem Platz und folgte ihr, und nach einer Weile hatte er sie eingeholt.

»Geist, ich kann nicht mehr mit dir reden!« sagte sie.

Er nickte und *lächelte* und klopfte ihr auf die Schulter und meinte: »Nun gut, aber du kannst doch wohl mit mir spazierengehen, oder? Schließlich bin ich dein Freund. Freunde müssen nicht immer miteinander *reden*.«

Mayas Gedanken waren in Aufruhr. Zauber hatte sich nur allzu deutlich ausgedrückt: Dieser lächelnde junge Mann, der ihr Freund zu sein wünschte, konnte ihr Feind werden. Der alte Schamane hatte ihr eröffnet, daß *sie* sein Nachfolger sein würde, nicht dieser hier. Und er hatte ihr auch nicht verschwiegen, daß das Geist kaum gefallen dürfte, daß er dann möglicherweise nicht länger ihr Freund würde sein wollen. Sie konnte das in einer vagen, verschwommenen Weise verstehen; sie verglich es mit der Vorstellung, daß ihr irgend jemand eins ihrer kostbaren wenigen Besitztümer stehlen würde – den glänzenden blauen Stein, den Beere ihr einmal geschenkt hatte, oder den perfekten weißen Rattenschädel, den Zauber so lange poliert hatte, bis er glänzte wie der Mond. Wenn irgend jemand ihr diese Gegenstände wegnähme, würde sie ihn dafür *hassen*. Sie hatte das Altem Zauber erzählt, und er hatte genickt.

»Ja, Maya, genau so, und noch schlimmer. Viel schlimmer. Du mußt dich vor Geist sehr in acht nehmen. Und du mußt das Geheimnis wahren. Es ist dein Geheimnis, nicht seins!«

Das Geheimnis!

Das Geheimnis hatte sie gelähmt. Es hockte wie ein großer schwarzer Felsklotz im rauschenden Strom ihrer Gedanken, undurchdringlich, unbeweglich, so daß ihr Geist in gewaltiger, schäumender Konfusion um ihn herum spritzte und wirbelte – und, wie ein Felsbrocken, war es unverdaulich. Sie konnte es nicht herunterschlucken. Sie kehrte immer wieder zu ihm zurück, kratzte an ihm herum, prüfte und kostete es, versuchte, den Sinn zu ergründen, den es verkörperte.

Ich bin die, auf die wir gewartet haben. Ich bin Teil der Großen Mutter. Ich bin die Retterin des Volkes. (Wodurch, bitte sag's mir!) Ich werde Schamanin sein. Ich werde –

Sie konnte es nicht. Sie konnte einfach die Vorstellung nicht ertragen, daß sie, die zurückgewiesene Außenseiterin, ein kleines, einsames Mädchen, den Höhepunkt einer großen Legende verkörpern sollte, die ihre Wurzeln im Anbeginn der Welt hatte.

Und dann war da der Mammutstein. Jetzt verstand sie, warum Alter Zauber immer fragte, ob *sie* irgend etwas spürte, wenn sie das glatte, warme Elfenbein berührte. Doch was sollte sie ihm zur Antwort geben? *Ja, Zauber, ich verspüre großartige Dinge, ich fühle, wie die Macht in mir wächst, die Mutter selbst.*

Aber das stimmte nicht. Sie spürte ein bißchen Wärme, eine leise Vibration, schnell empfunden und ebenso schnell vergangen. Der Stein war hübsch. Sie hielt ihn gerne fest. Aber das war auch alles. Der Stein zeigte ihr nicht, daß sie die war, auf die alle gewartet hatten, nicht die geringste Andeutung einer gewaltigen Macht, nichts, um ihr durch diese unglaubliche Offenbarung zu helfen.

Es war nichts als ein Stein, genau wie der Felsklotz, der ihren Geist blockierte. Sie war sich nicht einmal sicher, ob sie es mochte, daß sich der Stein nun wieder eingeschnürt unter ihrer eigenen Bettstatt befand, denn Alter Zauber hatte ihn ihr gegeben.

»Er gehört jetzt dir, Maya. Du mußt ihn behalten und bewahren, bis die Zeit kommt.«

Die Zeit wofür?

Sie wußte die Antwort nicht. Das einzige, was sie wußte, war, daß an jenem Tag der Enthüllung eine der größten Hoffnungen ihres Lebens zerstört worden war. Insgeheim hatte sie immer geglaubt, daß die Möglichkeit bestünde, das Volk werde irgendwie seine Einstellung ihr gegenüber ändern, am Ende doch in seiner Ablehnung nachlassen und sie in die Gemeinschaft aufnehmen. Doch jetzt konnte es nichts davon mehr geben! Alter Zauber – und Beere, die unbehaglich an seiner Seite genickt hatte – hatte sie nur zu gut davon überzeugt. Sie war die, auf die wir gewartet haben, und nichts, nicht in und nicht außerhalb dieser Welt, konnte diese schreckliche Bestimmung von ihr nehmen.

»Ja«, hatte sie gesagt und den Blick gehoben, und Geists Lächeln hatte sie sich ein bißchen weniger einsam fühlen lassen, ein bißchen wärmer, »du kannst mit mir spazierengehen.«

Und Geist hatte genickt und gelächelt und geschwiegen. Er war zufrieden. Er konnte warten.

Er wiederholte seine geheime Zauberformel. *Der alte Narr kann nicht ewig leben.*

Zur gegebenen Zeit wird sie mein sein. Ihre Geheimnisse werden die meinen sein. Sie wird mir gehören. Und dann werde ich nicht mehr lächeln müssen.

Seine Zunge schnellte einmal vor und wieder in seine Mundhöhle zurück wie die einer Schlange, doch Maya bemerkte es nicht. Er sagte nichts, ergriff jedoch ihre Hand, und so schritten sie gemeinsam dahin.

Jetzt, drei Tage nach dem schweigsamen Marsch, während dessen Maya gelegentlich verstohlen zu Geist aufgeschaut hatte, ja sogar ein paarmal den Versuch gemacht hatte, zu sprechen, und er hatte nur gelächelt, gelächelt, saßen sie zusammen auf einem Baumstumpf am Ufer des Rauchsees, lauschten dem Gurgeln des kochenden Schlamms, das den diesigen Nachmittag noch geheimnisvoller scheinen ließ. Weit draußen auf dem See stieß ein Eistaucher seinen einsamen Schrei aus.

Was soll ich tun? fragte sich Maya. *Er ist so freundlich.* Denn Geist hatte sie überhaupt nicht gedrängt, hatte sie nicht gefragt, warum sie nicht mit ihm reden durfte, warum sie ihre aufkeimende Freundschaft ersticken sollte. Zuerst hatte sie ihm aus dem Weg zu gehen versucht, doch das schien unmöglich zu sein. Wo immer sie hinging, da war auch er, schweigend, aber lächelnd, und gelegentlich berührte er sie wie zufällig, wenn sie gemeinsam einen Weg entlanggingen. Immer war er da, und sie wünschte sich so sehnlich, seine Hand wieder zu halten, wieder mit ihm zu reden.

Was wußte Alter Zauber schon? Sie konnte immer noch nicht alles glauben, was sie gehört hatte – und jetzt, nach drei Tagen des Grübelns, war der Felsbrocken immer noch da, groß und schwarz und unverdaulich wie zuvor. Sie, auf die wir gewartet haben? Was hatte das zu bedeuten? Sie fühlte sich nicht wie die Große Mutter (wie auch immer die sich fühlen mochte), und Zaubers verzweifelter Versuch, *sie verstehen zu machen,* hatte sie sich nur noch winziger und schwächer und hilfloser fühlen lassen.

Ich will nicht Schamanin werden, dachte sie mit einemmal. *Ich will diese Verantwortung nicht tragen.*

Alles, was ich will, kam es ihr plötzlich zu ihrem Erstaunen in den Sinn, *ist jemand, der mich liebt.*

»Geist?« fragte sie leise.

»Mmm?«

»Kann ich dir etwas erzählen?«

Er wandte sich ihr zu und sah ihr ins Gesicht. Er trug nur Beinlinge und einen bis zur Taille reichenden Überwurf, der über der Brust offenstand. Ihr fiel auf, wie stark, aber schlank seine Brust war, so anders als die bulligen, fettgepolsterten der anderen Männer.

Er ist anders, dachte sie. *Wie ich . . .*

»Natürlich«, gab er zur Antwort. Seine Stimme war beruhigend. Sie schien sich nahtlos in die Hintergrundgeräusche aus dem Summen von Insekten und dem leisen Plätschern des Wassers auf das Ufer und dem Zischen und Schäumen des Schlamms einzufügen.

Er lächelte sie an.

Sie faßte einen Entschluß. Das Geheimnis war zu groß. Sie mußte es mit jemandem teilen, und es gab nur einen, der das würde verstehen können, der ihr die schrecklich schwere Bürde würde tragen helfen können, die Zauber auf ihre Schultern gewälzt hatte. Sie biß sich auf die Unterlippe. Und dann sagte sie: »Zauber hat mir erzählt, daß einst, vor langer, langer Zeit . . .«

Und Geist nickte aufmunternd und lächelte weiterhin, als sie zu erzählen begann, mit der Floskel, die für alle Zeiten Überlieferungen einleitete und einleiten würde – *Es war einmal* –, die älteste Geschichte aller Zeiten, die Erzählung vom Geschenk der Götter.

Als sie fertig war, ihre Stimme zu wenig mehr als einem Flüstern herabgesunken, wandte sie das Gesicht ab, als fürchte sie, was er sagen könnte. *(Hasse mich nicht dafür, Geist.)* Zärtlich legte er ihr die Hand auf die Schulter.

»Mach dir keine Sorgen, kleine Maya«, erwiderte er. »Es ist alles gut, mach dir nur keine Sorgen. Alles wird gut werden.«

Und er lächelte.

Nachdem Maya ins Geisterhaus zurückgegangen war, suchte auch Geist sein Haus auf. Seine Muskeln zitterten von der Anstrengung, seine Wut zu beherrschen; er war nahe daran gewesen, doch er hatte es geschafft, seine langen Finger *nicht* um ihren schlanken Hals zu legen und zuzudrücken, bis die Knorpel und kleinen Knöchelchen wie brechende Äste unter seinen Händen zerknackten.

Statt dessen hatte er weitergelächelt, immer weitergelächelt, bis er das Gefühl gehabt hatte, unsichtbare Finger zögen seine Gesichtshaut zu Fratzen, die nicht für ein menschliches Antlitz bestimmt waren.

Es war das Schwerste, was er jemals vollbracht hatte, schwerer, als es gewesen war, die Beleidigungen und Qualen seiner Kindheit zu ertragen, schwerer zu ertragen als die leeren stummen Löcher, die sein Innerstes ausmachten, wenn Siedieerhaßte seinen Geist erfüllte und ihn ritt wie ein Tier. An einem bestimmten Punkt ihres Gesprächs hatte er gedacht, in einen dieser Abgründe zu fallen, und hatte sich nur durch pure, zähneknirschende Willensanstrengung zurückgehalten.

Er riß sich den Umhang vom Leib und zerkratzte sich die Brust mit den Fingernägeln, bis lange, tröpfelnde Blutfäden seine Rippen überzogen. Die Augen traten aus ihren Höhlen, und seine Kiefermuskeln mahlten aufeinander, entließen erstickte, geknebelte Laute aus seinem geschwollenen Mund.

Nach einer gewissen Zeit verebbte der Wutanfall, und nur noch kalter Wahnsinn blieb zurück. Wenigstens konnte er jetzt wieder nachdenken.

Also hat der alte Narr eiskalt geplant, mich aus dem Weg zu räumen.

Er hatte geahnt, daß Alter Zauber etwas gegen ihn im Schilde führte, doch nichts von dieser Tragweite. Nicht nach all dieser Zeit. Und das Mädchen, das er um ein Haar getötet hätte, sollte seine Nachfolgerin werden.

Er streckte die Hand aus und griff nach seinem Zeremonienspeer, der dort unter seinem anderen Handwerkszeug lag. Er schloß die Augen und rammte die Spitze in die weiche Erde des Zeltbodens, wieder und immer wieder, wobei er sich vorstellte, gewaltige Blutschwälle würden aus der Erde hervorsprudeln. Speichel rann ihm aus den Mundwinkeln. Er würgte mehr Speichel hoch und hechelte wie ein Hund und sog ihn wieder ein, um ihn sodann wieder auszuspucken, alles, ohne sich dessen bewußt zu sein.

Schließlich ließ er sich zu Boden fallen. Die wilden Bewegungen seiner Arme wurden langsamer, um dann ganz aufzuhören. Rotz troff ihm aus der Nase. Er bemerkte es nicht. Seine Kiefer mahlten in einem häßlichen Rhythmus aufeinander; seine Muskeln zuckten unkontrolliert. Er rollte sich in eine Fötalhaltung zusammen, die Knie gegen das auf seiner Brust trocknende Blut gepreßt, und zitterte.

»Ugh. Ugh a-hugh, a-hugh.«

Es war kein menschlicher Laut mehr.

Als Geist zwei Stunden später erwachte, fühlte sich sein Kopf so klar und kalt an wie das Eis, das im Winter den Zweiten See bedeckt. *Es ist ganz einfach,* dachte er bei sich. *Sie ist der*

Schlüssel zu allem, sie und dieser Stein. Doch wegen des Steins kann ich nichts unternehmen. Der Stein gehört Ihrdieerhaßte, und wenn ich ihn berühre, sterbe ich.

Immer sie, immer wieder *Siedieerhaßte,* auch dies hier gehörte zu einer Verschwörung, die sie um ihn spann. In gewisser Weise erstaunte es ihn überhaupt nicht; sie hatte ihn immer gehaßt *(Warum?),* und da es ihr bislang noch nicht gelungen war, ihn zu zerstören, hatte sie einen Abgesandten geschickt. Einen bösen Geist namens Maya, deren Augen unverhüllt offenbarten, daß sie eine Gefahr für ihn darstellte.

Aber wer war er, daß die Götter eigens einen bösen Geist sandten, um ihn zu vernichten, daß sie ihn für so wichtig hielten?

Nun, dann muß wohl auch ich ein Gott sein.

Der Gedanke überfiel ihn mit der Wucht eines Gewitters über dem Grünen Tal. Ja, es war so *offensichtlich.*

Er begann leise in sich hinein zu kichern – denn in demselben blindmachenden Augenblick sah er die Antwort, und auch sie war so *offensichtlich.*

Er wischte sich den Speichel vom Kinn. Seine Lippen zuckten. Ganz kurz lächelte er. Dann ließ er die groteske Maske fallen.

Heute nacht, dachte er. *Heute nacht ist ein guter Zeitpunkt.*

Nachdem Maya dem Schamanen das Abendessen gebracht hatte, verließ sie das Geisterzelt, um für eine Weile draußen auf dem Baumstamm Platz zu nehmen. Sie lauschte dem leisen Heulen des Windes und starrte blicklos in den sternenübersäten Himmel. Für einen der sehr seltenen Augenblicke in ihrem Leben fühlte sie sich völlig im Einklang mit sich und der Welt. Es war, als habe sie dadurch, daß sie Geist das Geheimnis anvertraut hatte, eine schwere Last von ihren Schultern gewuchtet. Der Felsbrocken, der ihre Gedanken eingedämmt hatte, hatte sich auf magische Weise in kleine Kiesel aufgelöst, war davongetragen worden, und nun flossen ihre Gedanken so leicht und kühl wie das Licht aus den funkelnden und glitzernden Sternen hoch oben.

Verschwommene Schatten huschten durchs Lager. Sie vernahm leise Rufe, Gelächter, Klänge eines Liedes aus dem Zelt des Mysteriums. Und doch fehlte etwas in der vertrauten, behaglichen Szenerie: der süße Duft brennenden Holzes, das Aroma gerösteten Fleisches, das warme Glühen der gelöschten Feuerstellen. Denn diese lagen dunkel und kalt, bis die Männer, die Zauber zur Beobachtung des neuen Volkes ausgeschickt hatte, zurückkehren und berichten würde, daß es nun ungefährlich sei, die Feuer wieder zu entzünden.

Doch selbst ohne das lustige Knistern der glühenden Kohlen ist es schön, einfach nur hier zu sitzen, dachte sie, zu sitzen und über nichts nachzudenken und den Sternen zuzusehen, die hoch über ihr strahlten.

Das leise Schaben von Füßen auf der weichen Erde des Pfades ließ sie leicht hochfahren; sie starrte der Gestalt entgegen, die sich aus den Schatten der Nacht löste.

»Hallo, Maya«, sagte Geist. Er sprach mit gesenkter Stimme, fast ein Flüstern. Sie wußte, daß er das tat, damit Zauber ihn nicht hörte, und war ihm dafür dankbar. Er hatte Verständnis – das war das Beste an ihm. Er verstand sie, ihre Verwirrung, ihre Einsamkeit, die Art und Weise, wie Zaubers Geschichte sie in große Verwirrung gestürzt hatte. Und er verdammte sie nicht dafür, daß sie in dieses Dilemma geraten war, er sagte nicht, daß sie ein schlechtes Mädchen sei, weil sie Altem Zauber nicht in jeder Hinsicht gehorchte, weil sie insgeheim das Leben, das sich der alte Schamane für sie ausgedacht zu haben schien, in Zweifel stellte.

Die Dankbarkeit, die sie dafür verspürte, war überwältigend in ihrer rührenden Naivität. Hätte sie sich überhaupt irgendwelche Gedanken gemacht, hätte sie sich vermutlich gewundert, daß sich Geists Verhalten ihr gegenüber so abrupt und vollständig hatte wandeln können. Doch sie grübelte nicht über diese Frage nach, da sie es genausowenig über sich brachte, diese Freundschaft zurückzuweisen, wie sie sich die Luft zum Atmen hätte versagen können. Im Gegensatz zu den Schrammen auf der Brust des jungen Schamanen waren ihre Wunden unsichtbar, indes nicht weniger tief, nicht weniger schmerzend, und überdies schlecht verheilt. Hätte sie sich nach dem Grund für Geists plötzlichen Sinneswandel gefragt, hätte sie auch seine Freundschaft in Frage stellen müssen, und dessen war sie einfach nicht fähig.

Sie hatte in der Tat den einzigen Schatz, den sie besaß – um die zukünftige Macht, die Zauber ihr prophezeit hatte –, auf dem Altar dieser Freundschaft geopfert, weil das, was Geist ihr bot, wirklich war, nicht irgendein Traum von einem entfernten Morgen, der irgendwann einmal – oder eben auch nicht, wenn ihre bisherigen Erfahrungen irgend etwas taugen sollten – wahr werden könnte. Und so verspürte sie bei seinem Anblick wohlige Erregung, erfreute sich daran, wie seine Zähne in der Dunkelheit aufblitzten, genoß den leisen gedämpften Klang seiner Stimme.

»Kannst du reden?« flüsterte er.

Sie brachte ihn mit einer Handbewegung zum Schweigen. Dann strengte sie ihre Ohren an. Aus dem Geisterhaus hinter ihr vernahm sie leise, gedehnte Schnarchlaute. Ein anderer hätte diese Laute vielleicht gar nicht gehört oder sie für etwas anderes gehalten, doch sie hatte nun eine ganze Weile mit diesen Geräuschen gelebt – zumindest lange genug, um sie, fast ohne nachzudenken, erkennen zu können.

»Er schläft«, entgegnete sie. »Eine Weile jedenfalls. Trotzdem kann ich nicht lange bleiben.«

Er schüttelte den Kopf. »Nein, nur einen kleinen Spaziergang hinunter zum anderen Ufer des Ersten Sees. Weit genug weg, daß wir reden können. Ich habe darüber nachgedacht, was du mir heute erzählt hast. Ich glaube, ich habe eine Lösung gefunden. Möchtest du sie hören?«

Sie blickte zu ihm auf, sah sein schmales Gesicht, sein Lächeln, und in diesem Moment wollte sie, was immer er auch zu geben hätte, wollte es mit einem Verlangen, das in seiner Heftigkeit erschreckend war.

»O ja«, keuchte sie. »Ich will es hören.«

Auf dem gegenüberliegenden Ufer des Ersten Sees, weit weg von dem Glutofen des hohen Klippenwalls, der das Lager schützte, war es ein wenig kühler – doch der Wind, der über den Rand der Klippen fegte, gelangte nicht bis zum See hinunter, wo die Luft vom Duft feuchten Mooses, süßen Schlammes und anderen Gerüchen des Spätsommers erfüllt war. Glühwürmchen funkelten hier unten, schienen kleine gelbe Lichter hochzuhalten.

Sie saßen so nah beieinander, daß ihre Schultern sich berührten, und Geist legte ihr eine Hand aufs Knie. Sie erbebte bei der leichten Berührung seiner Hand und seines warmen Atems, der über ihre Wangen streichelte, als er zu sprechen begann.

»Es geht um den Stein, Maya«, setzte er an.

Ihr Zittern verstärkte sich. Er spürte es und drückte ihr Knie fester. »Hab keine Angst, Maya. Es ist nichts als ein Stück alter Knochen. Zauber ist verrückt, weißt du.«

Maya fuhr hoch. Diese Behauptung war so ungeheuerlich, daß sie Geists Finger völlig vergaß. »Was?« wisperte sie. »Was sagst du da?«

»O ja«, fuhr er mit sanfter, ruhiger Stimme fort. »Ein böser Geist, vielleicht der Geist eines Menschen des neuen Volkes hat von ihm Besitz ergriffen. Ist dir das nicht aufgefallen?«

Er schwieg einen Augenblick, um dann, als begreife er erst jetzt, daß sie nicht antworten würde, in demselben einschmeichelnden Ton fortzufahren. »Nun, vielleicht auch nicht. Für mich jedenfalls ist es so klar zu erkennen« – er kicherte – »wie die Nase in deinem Gesicht. Sieh ihn dir doch an. Seine Hände – hast du nicht bemerkt, wie sie sich verändert haben?«

Das hatte sie bemerkt; o ja, das hatte sie.

»Und all das andere. Er sagt uns, wir sollen die Feuer löschen, um uns vor diesem neuen Volk zu verbergen. Erscheint dir das nicht seltsam? Wie lange können wir noch so weitermachen? Schon bald wird unser Trockenfleischvorrat zur Neige gehen. Es ist Jagdzeit, aber er will uns nicht jagen lassen. Was sollen wir denn tun? Hungern, bis diese Menschen wieder fort sind? Was passiert, wenn sie überhaupt nicht weggehen?«

Seine Überlegungen waren, das mußte sie zugeben, berechtigt. Sie waren selbst ihr gekommen, als sie auf dem Grunde der Vorratsgrube neben dem Geisterzelt herumgewühlt und herausgefunden hatte, wie wenig Fleisch noch übrig war; sie hatte sich auch schon gefragt, ob sie genügend Beeren und Nüsse würden sammeln können, um den Mangel auszugleichen. Und während sie über all das nachdachte, überhörte sie eine andere Stimme, die ihr sagte, daß etwas *nicht stimmte*, daß sich etwas Schreckliches im würzigen Duft dieses Abends ausbreitete.

»Alter Zauber ist nicht verrückt«, erklärte sie. *Doch, ist er. Er muß den Verstand verloren haben. Und wenn nicht er, dann werde ich ihn verlieren, und zwar schon bald.*

Geist legte eine Pause ein, als wäge er jedes Wort sorgfältig ab, bevor er es ausspräche. »Nun, vielleicht ist er nicht richtiggehend verrückt«, verkündete er schließlich. »Doch irgend etwas hat von ihm Besitz ergriffen. Irgendein Geist. Maya, ich wußte schon über den Mammutstein Bescheid. Er hat mir alles erzählt, als ich noch ein Junge war, in den ersten Monden, als ich bei ihm war. Es ist nur ein Schnitzwerk – er hat es selbst gemacht. Ich ...« Einer plötzlichen Eingebung folgend fügte er hinzu: *»Ich habe es mit eigenen Augen gesehen, wie er es geschnitzt hat, Maya.«*

»Das hast du gesehen?« Nun war sie völlig verwirrt. Sie hatte den Stein gesehen, hatte ihn berührt, hatte ihn gar unter ihren Fellen geborgen. Alter Zauber hatte behauptet, daß er alt sei, uralt, doch die geschnitzten Linien waren scharf und deutlich zu erkennen gewesen, wirkten alles andere als alt. Oh, die Farbe des Knochens hatte sich ein bißchen geändert, doch alles in allem sah das kleine Figürchen so aus, als wäre es erst am Tag zuvor entstanden, nicht, als wäre es von Generation zu Generation in die Hände des neuen Schamanen gelegt worden, was ohnehin keinen Sinn ergab.

Nichts von alledem macht Sinn. Sie hatte schließlich auch nichts gespürt, als sie das Schnitzwerk in ihren Händen gehalten hatte, nicht wahr? Nein, natürlich nicht. *(O doch, ich habe etwas gespürt.)* Nicht das geringste. *(Licht.)* Doch aus welchem Grunde hätte Alter Zauber sie anlügen sollen? Warum sollte ihm daran liegen, sie unglücklich zu machen?

Sie konnte keine Antwort auf diese Frage finden – zumindest keine, die plausibler war als die, die Geist ihr anbot, während seine schlanken Finger die Haut ihres Schenkels liebkosten.

Das Gefühl, im Einklang mit sich und der Welt zu sein, löste sich auf wie der Nebel, der einst das Grüne Tal eingehüllt hatte. Gedanken zuckten durch ihren Kopf wie tanzende Gestalten, die immer ein klein wenig außerhalb ihrer Reichweite blieben. Zauber ... Geist ... dessen Finger ... Der Stein war nichts als ein Stein, und sie, Maya, würde nicht zu etwas Schrecklichem werden müssen, zu etwas *völlig Einsamem*. Geist konnte ihr helfen, er konnte die Geister aus Zauber vertreiben ...

(Seine Hände!)

... konnte bewirken, daß all die Qual und die Furcht und die Verwirrung ein Ende nahmen.

Konnte er das? *O könnte er es doch nur!*

Aber *konnte* er es wirklich?

»Geist?«

»Was, Maya?«

»Was soll ich tun?«

Lächelnd, lächelnd sagte er es ihr.

KAPITEL VIERZEHN

Das Grüne Tal: 17983 v. Chr.

Maya führte die Tat aus, bevor ihre neugewonnene Entschlossenheit im Licht der Morgensonne vergehen konnte. Sie ließ Geist am Seeufer zurück und begab sich wieder zum Geisterhaus, um sich dort in ihre Decken zu rollen. Doch dann lag sie mit weit geöffneteten Augen da, starrte in die Finsternis, horchte auf die Laute, die Zaubers alter Körper von sich gab. Reglos lag sie da, stundenlang, so wollte es ihr scheinen, bis die Kälte, die ins Geisterhaus zog, ihr anzeigte, daß die längsten Stunden der Nacht nahe waren. Und dann wälzte sie sich, so schnell sie konnte, herum und holte, fast nur auf ihren Tastsinn vertrauend, den eingewickelten Mammutstein aus seinem Versteck unter ihren Schlaffellen hervor.

Nur einen kurzen Augenblick lang hielt sie inne, denn es wollte ihr scheinen, als spüre sie den Herzschlag des Päckchens wie den eines kleinen Tieres in ihrer Hand. Doch dann verging selbst die Empfindung, und sie beruhigte sich damit, daß sie sich das Ganze vermutlich nur eingebildet hatte.

Ich weiß nicht..., dachte sie. Irgend etwas Namenloses kämpfte gegen ihre Entschlossenheit an, doch es war so gestaltlos, so vage, daß sie am Ende in der Lage war, es beiseite zu schieben.

»Ich glaube, daß es der Stein selbst ist«, hatte er gesagt. »Zauber hat ihn gemacht, doch irgendwie ist ein Geist in den Stein und von dort in Zauber gefahren. Solche Dinge geschehen, Maya. Die Geister sind unberechenbar. Wir können nie genau wissen, wie sie wirken. Doch manche Dinge wissen wir – *weiß ich* – über Geister. Wie man sie vertreibt.«

Er hatte geschwiegen, als ordne er seine Gedanken, und

atemlos hatte sie gewartet. Wenn er das zu vollbringen vermochte, was er behauptet hatte – die gräßliche Last von ihren Schultern heben, die Alter Zauber ihr aufgebürdet hatte –, jenen endlosen, leeren Fluch aufheben, dann hätte sie vielleicht, wer konnte das wissen, eine richtige Zukunft. Und doch scheute sie sich davor, den alten Schamanen zu hintergehen.

Mit Bedacht hatte Geist, der ihr Dilemma spürte, so viele gute Gründe auf seine Waagschale gehäuft, wie er vermochte. Wieder hatte er ihren Schenkel berührt, und zum erstenmal hatte er seinem Ellbogen erlaubt, wie zufällig gegen ihre Brust zu stoßen. Sie war schwach erbebt. »Bring mir den Stein«, hatte er gesagt. »Ich werde den Geist aus ihm vertreiben. Dann nimmst du ihn wieder mit zurück zu Zauber, und er wird auf der Stelle seine verrückten Schrullen vergessen. Glaubst du, du kannst das tun?«

Für eine, wie ihr schien, endlos lange Zeit hatte sie einfach nur dagesessen und in den Himmel gestarrt, durch den die Glühwürmchen tanzten, hatte auf jene Laute gehorcht, die nur sie hören konnte; die Laute der Stille vielleicht. Die Stille, die sie ihr Leben lang umhüllt hatte.

»Ja«, hatte sie schließlich gewispert. »Das kann ich.«

Und dann löste sich die Erstarrung, die sie für kurze Zeit gelähmt hatte. Sie machte den letzten Schritt über jenen Rand des Zögerns und taumelte kopfüber in den Abgrund. Und doch hatte sie keine Ahnung, daß sie stürzte. Ihr schien es, als tue sie nichts anderes, als leise aus dem Geisterhaus zu kriechen, ein leichtes, weiches Päckchen mit einem gräßlichen Herzen an den Busen gepreßt.

Die Nacht war kalt geworden. Die Sterne funkelten auf sie hernieder, als sie schweigend über den Pfad schritt. Kurz vor Geists Zelt wuchs plötzlich ein Schatten aus der Dunkelheit, der ihr entgegentrat.

Erschrocken fuhr sie zurück. »Oh!«

»Psst. Ich bin es doch nur, Maya«, flüsterte Geist beruhigend.

Sie ging auf ihn zu.

»Hast du ihn?«

Wortlos hielt sie ihm das Bündel hin.

»Hier, nimm es.«

»Ahh.«

Als sie Geist schließlich den Mammutstein überreicht hatte, schienen zwei Dinge zu passieren. Wieder, wie damals, als sie ihm das Geheimnis anvertraut hatte, hob sich ein gewaltiges Gewicht sachte von ihren Schultern. Doch gleichzeitig verspürte sie unvermittelt ein Gefühl, als habe sie etwas unendlich Kostbares weggegeben, als habe sie einen gräßlichen, nicht wiedergutzumachenden Fehler begangen.

Fast hätte sie die Arme ausgestreckt, um den Stein zurückzufordern, doch Geist hatte sich von ihr abgewandt, und sie konnte das in Felle gewickelte Bündel nicht mehr sehen.

»Geist?«

»Was ist?« *Was war das für ein neuer Unterton in seiner Stimme? Schroffer, triumphierend?* Sie war so durcheinander, daß sie es nicht genau bestimmen konnte.

»Wird Zauber jetzt wieder in Ordnung kommen?«

»O ja, Maya. Mach die keine Sorgen. Zauber wird es gutgehen.«

Sie wechselten noch ein paar Worte, doch Geist schien es eilig zu haben, fortzukommen. Schließlich erklärte er: »Maya. Ich werde die Sache so schnell wie möglich erledigen müssen – aber es wird seine Zeit dauern. Ich muß sofort damit anfangen.«

Sie zuckte mit den Schultern. »Werde ich dich morgen sehen?«

Keine Antwort.

»Geist?«

»Mmmm?«

»Werde ich . . .«

»Ich habe dich durchaus verstanden. Mach dir keine Sorgen, Maya. Wie werden uns noch sehr oft sehen. Sobald ich damit fertig bin, können wir beisammen sein, sooft wir wollen. Geh jetzt.«

Er kehrte ihr den Rücken zu, und auch sie wandte sich ab, und als sie langsam zum Geisterhaus zurückschlich, das nun vor ihr aus der Dunkelheit aufragte – und zum erstenmal wirkten seine Umrisse bedrohlich und finster –, fragte sie sich, was sie getan hatte.

Sie glaubte, das Richtige getan zu haben. Warum fühlte es sich dann so *falsch* an?

Geist hielt vor dem Eingang seines Zeltes inne und sah Maya nach, wie sie den Weg entlangging, wie ihre Umrisse verschwammen, verschwanden. Seine Lippen zuckten, als wolle er lächeln. Dann bückte er sich und wand sich unter der Zeltklappe hindurch in die Dunkelheit, die ihn erwartete.

Dunkelheit.

Er *mochte* diese Dunkelheit. Sie war eine Verbündete, verbarg ihn. Ihn kümmerte es nicht, ob die Feuerstellen des Volkes jemals wieder entzündet werden würden. Er hatte ein seltsames Gefühl der Macht erfahren, als er durch die stille, leere Nacht geschritten war. Er war zwischen den düsteren, geduckten Umrissen der Häuser einhergeschlichen, und seine Füße hatten kaum Geräusche in dem vielbetretenen Staub der Wege gemacht; er hatte die gedämpften Töne der Schläfer gehört, ihr Grunzen und Stöhnen, und ein wildes Gefühl der *Herrschaft* durchströmte seine Adern wie heißer Honig. *Sie sind in meiner Hand! All ihre elenden kleinen Leben! Ich bestimme über ihr Geschick!*

Im Innern seines Zeltes war es kühl. Sein Atem stand in kleinen silbrigen Wölkchen in der Luft, als er sich auf die Fersen niederließ und schließlich im schwachen Sternenlicht, das durch die offene Zeltklappe hereinfiel, einen Blick auf das kostbare Päckchen warf, das er in Händen hielt.

Eigentlich gab es nicht viel zu sehen, was er nicht bereits schon einmal gesehen hatte. Auch trieb ihn nichts dazu, den Felleinband zu entfernen und den Stein wieder zu enthüllen. *Sie* steckte da drin. Er wußte es mit derselben Gewißheit, die ihm auch sagte, daß *sie* ihn töten würde, wenn er ihren Stein berührte.

Er hatte allerdings auch gar nicht die Absicht, den Mammutstein zu berühren. Keineswegs – aber einen Plan hatte er schon.

Er kicherte leise in sich hinein. Schließlich legte er den Mammutstein in seinen Schultersack, straffte seinen Fellüberwurf und kroch wieder ins Freie hinaus.

Das Lager schien gänzlich still zu liegen, leer und öde, als habe das Volk sich auf eine neue, endlose Wanderung begeben und ihn allein zurückgelassen. Ganz kurz drang die Kälte der Nacht in sein Herz, so daß er erschauerte. Doch dann setzte er sich in Bewegung, wie ein Geist, nahm den Weg zum Ersten See hinunter.

Als die Sonne über den Rand der Klippenwand lugte, hatte er beinahe das Ende des Grünen Tals erreicht. Er schritt kräftig aus, die Sonne brannte ihm auf die Schultern, und Moskitosummen schwirrte ihm in den Ohren. Ein Eichhörnchen keckerte im Unterholz, und in der diesigen Ferne meinte er das gutturale Fauchen eines jagenden Löwen zu hören. Doch all dem schenkte er keinerlei Beachtung. Selbst der Löwe erfüllte ihn nicht mit Furcht. Er stand hoch über all dem, ein Geist, der durch die Welt wandelte, und nichts konnte ihm etwas anhaben.

Vorne schob sich eine große Schlange über den schwach erkennbaren Pfad, und er lachte laut heraus, ohne zu wissen, warum.

Bald schon würde sich alles ändern. Bald schon würde der alte Narr seinen Verrat bitterlich bereuen. Bald schon würde das Mädchen ihm gehören – und er würde es nicht töten; o nein, er würde es *überhaupt nicht* töten.

Er hatte andere Pläne.

Er schritt weiter voran, sah weder nach links noch nach rechts.

Er wußte genau, wohin er ging.

Schwarzes Karibu hob eine muskelbepackte Faust – selbst an seinen *Fingern* wölbten sich dicke Sehnenstränge – und gebot der kleinen Schar so einzuhalten.

»Da«, sagte er.

Es war ihr vierter Tag der Jagd, und bislang hatten sie trotz der glückverheißenden Worte von Gebrochener Faust kein Wild aufgestöbert. Ein paar Hasen, doch ohne Fallen waren die Jäger machtlos gegen die Schnelligkeit der hakenschlagenden Tiere. Ihre schweren Speere konnten Karibus, Bisons, ja sogar Mammuts erlegen, doch für die flinken Hasen waren sie keine Gefahr.

Sie waren dem Fluß in Laufrichtung gefolgt, hatten nach Tränken Ausschau gehalten, nach den Fährten der großen Tiere, die sie jagten, doch nach drei Tagen hatten sie kehrtgemacht. Oh, sie hatten Wasserstellen gefunden, das stimmte: Plätze, wo das hohe, abbröckelnde Flußufer von den dahinschießenden Wassern – die so kalt waren, daß sie einem Mann innerhalb kürzester Frist die Hand abfrieren würden – zu natürlichen Pfaden abgetragen worden war. Und Spuren hatten sie in der spätsommerlichen Hitze gefunden, gut erhaltene Hufabdrücke und die breiten, flachen Mammutfährten. An einem Ort sogar einen Kothaufen, der noch nicht eingetrocknet war – aber nicht eins der Tiere selbst.

Nun stapften sie in einer kleinen Gruppe von sieben Mann einher, die schweren Speere über die Schulter gehängt. Es wäre nicht das erste Mal, daß sich die Vorhersage des Schamanen nicht erfüllte, und bestimmt auch nicht das letzte Mal. Die diesbezüglichen Irrtümer von Gebrochener Faust waren leicht zu erklären – er konnte ja nur das wiedergeben, was die Geister ihm in dem Augenblick mitteilten, wenn er sprach –, und die Geister, besonders der finstere und unheilvolle Geist der Lüfte, sie änderten ihre Meinung so schnell, wie der Wind umschlug.

Doch Karibu kümmerte der Mißerfolg nicht. Die Jagd hatte ihn weitgehend beruhigt; irgendwie hatten ihn hier, unter der weiten blauen Himmelsschale, unter langgestreckten Wolken, die Winde gereinigt, die über die leere Steppe fegten.

Seine Erinnerungen an die Opferdarbringung waren verblaßt. Der Schrecken jenes Tages erschien ihm jetzt fast nur noch wie ein Traum, ein gräßlicher Alptraum, der nichts mit der Wirklichkeit gemein hatte. Er konnte sich nicht mehr daran entsinnen – und er versuchte es auch gar nicht erst –, wie Frühlingsblütes sanfte, vertrauensvolle Lippen sich bewegt hatten, um lautlos seinen Namen zu formen, als er ihr das blutfarbene Gift eingeflößt hatte. Selbst der ekelerregende Anblick ihres kochenden, gerösteten, sich von den Knochen lösenden Fleisches war in einen anderen Teil seines Schädels verbannt, an einen verschlossenen Ort, wo er noch durch seine Träume spuken mochte, er ihn aber nicht mehr im Lichte des Tages sehen konnte.

Tatsächlich war die einzige Erinnerung, die ihm geblieben war, das Geräusch der Trommeln, und selbst das verblaßte allmählich.

»He, Ratte!« brüllte er.

Der kleinere Mann schloß zu ihm auf, beschattete seine Augen gegen das schräg einfallende Feuer der Sonne. »Was ist, Karibu?«

»Sieh mal da drüben.«

Ratte blickte in die Richtung, die Karibus ausgestreckter Arm ihm wies. Erst sah er nichts – nichts Außergewöhnliches jedenfalls. Sie hatten soeben die Kuppe eines niedrigen Hügels erstiegen. Zu ihrer Linken schäumte und sprudelte der Fluß in seinem Bett, zur Rechten, deutlich sichtbar bis zum Horizont, in dessen Richtung Karibus Hand nun wies, erstreckte sich Meile um Meile braunen, verbrannten Steppengrases wie der glatte Rücken eines riesigen, schwarzbraunen Tiers. Ratte blinzelte in die Sonne. Er war stolz auf seine guten Augen, die vielleicht die besten im ganzen Stamm waren. »Ich sehe nichts«, murrte er.

»Da«, sagte Karibu. »Nicht in der Mitte; sieh, wohin ich deute.«

Ratte schielte zu Karibu hinüber und schaute dann wieder auf die Steppe. Die Sonne war geringfügig über ihren höchsten Stand hinaus gewandert und warf ein kümmerliches Fleckchen Schatten auf den Boden zu seinen Füßen, und weiter draußen, kurz vor dem Horizont, wurde die Sicht noch zusätzlich von den verzerrenden Effekten schräg einfallender Sonnenstrahlen behindert. Trotzdem versteifte er sich.

Ganz schwach, sehr weit weg, bewegte sich irgend etwas.

Zunächst dachte er, es handle sich um eine niedrige Wolkenbank, ähnlich wie Nebel und doch anders. Er biß sich auf die Lippe und versuchte sich zu konzentrieren. Es war mehr wie ...

... Rauch.

Ja, das war es, aber es war sehr schwer auszumachen; da war es, ein wenig dunkler, ein Farbklecks, der sich ganz schwach abhob, wie eine aufgebrochene Wunde auf einem sonst makellosen Körper.

»Mmm. Ich sehe es.«

Karibu knurrte. »Sieht wie Rauch aus.«

Ratte nickte. »So etwas in der Art. Aber es steigt nicht wie Rauch hoch.«

Sie starrten einander an. Der seltsame Anblick machte sie beide neugierig, doch sie waren nun schon vier Tage unterwegs, und das, was sie ausgemacht hatten, war ziemlich weit entfernt. Sie waren in der Steppe aufgewachsen, so daß die merkwürdigen Täuschungen, die das Licht der Sonne oft vergaukelten, keine Geheimnisse mehr für sie bargen, und, ohne groß nachzudenken, schätzte Ratte schnell ab, daß der rätselhafte ›Rauch‹ mindestens einen Tagesmarsch weit weg war. Es sei denn, sie würden sich beeilen – und sie hatten nicht den geringsten Grund, sich zu beeilen.

»Was hältst du davon?« fragte Karibu.

Ratte antwortete mit einem Schulterzucken. »Weiß nicht. Es ist kein Zeichen vom Mammut. Kein Staub vom Bison.«

Schnelle Schlange, ein junger Jäger mit einer gezackten Narbe, die von seiner Stirn über eine leere linke Augenhöhle und über seine Wange verlief, stieß zu ihnen vor. Seine Fernsicht war zwar nicht annähernd so gut wie die Karibus oder Rattes, doch seine Begabung zum Fährtenlesen war außerordentlich, als habe die Natur ihn dadurch für seine Behinderung entschädigt, daß sie seinen Geruchs- und Geschmackssinn verfeinert hatte. Er konnte ein Stück zertrampelten Grassodens in den Mund nehmen und fast auf die Stunde genau bestimmen, wie lange es her war, daß das betreffende Tier darauf seine Fährte hinterlassen hatte.

»Ich rieche Bison«, sagte er.

Die beiden Älteren wandten sich wie ein Mann zu ihm um.

Schlange nickte eifrig. »Der Wind ist gerade eben umgesprungen. Er kam vom andern Flußufer her, und jetzt bläst er von flußaufwärts. Könnt ihr es nicht riechen?«

Schlanges Nase zuckte vor lauter Eifer. Sein noch verbliebenes Auge von dunklem Braun glühte vor Erregung.

Ratte, der Schlanges Wahrnehmungsfähigkeiten ebenso außergewöhnlich fand wie Schlange diejenigen von Ratte, konnte nichts erschnuppern. Doch Schlange irrte sich nur selten.

»Wie weit?« wollte Ratte wissen.

Schlange legte den Kopf schief. »Nicht weit«, gab er zur Antwort. »Erinnert ihr euch an den Platz, wo wir diese Knochen gefunden haben?«

Ratte warf Karibu einen flüchtigen Blick zu. Nicht weit flußaufwärts waren sie auf ihrem Rückmarsch über eine offensichtlich vielbenutzte Wasserstelle gestolpert. Sie hatten bleichende Karibu- und Bisonknochenhaufen entdeckt, säuberlich abgenagt und mit den tief gefurchten, gesplitterten Spuren von Höhlenlöwenzähnen gezeichnet. In dem Durcheinander und dem darauffolgenden Zerstörungswerk, das Löwen und kleine Aasfresser hinterlassen hatten, hatten sie eine andere Spur völlig übersehen: die schrägen Bruchstellen, die von menschlichen Steinwerkzeugen stammten.

»Ja«, sagte Karibu. »Ich erinnere mich.«

»Ich glaube, dort«, fügte Schlange hinzu.

»Wie viele?« fragte Ratte. Er sprach knapp und bündig, doch ein Unterton wachsender Spannung schwang in seiner Stimme mit.

Wieder legte Schlange den Kopf schräg. »Viele«, gab er schließlich zum besten. »Ich glaube, es sind viele.«

Ratte nickte. »Was glaubst du?« wandte er sich an Karibu. Auf der Jagd wandte Ratte sich um Rat an den riesigen, starken Mann wie jeder andere auch. Der wahre Pfeiler von Karibus wachsender Macht war seine Geschicklichkeit als Jäger – als einziger im ganzen Bisonvolk hatte er einmal in einem mörderischen Zweikampf ein Mammut mit einem einzigen Speerstoß getötet.

Karibu knurrte. Schlange irrte sich manchmal, aber nicht so oft wie Gebrochene Faust in seinen Jagdvorhersagen. Etwas in ihm erwärmte sich für die Idee, daß menschliches, nicht göttliches Gespür sie zu ihrem Fleisch führen würde.

Sie hätte also gar nicht sterben müssen?

Er faßte seinen Entschluß. »Stromaufwärts«, beschied er sie. »Und zwar schnell.«

Ratte nickte und prüfte den Halt der beiden schweren Speere, die er mit sich trug. »Gehen wir!« rief er den anderen zu und verfiel in einem ausgreifenden, täuschend mühelos aussehenden Laufschritt. Die anderen folgten Karibu und Ratte.

Kurze Zeit war der Tag vom weichen, stampfenden Rhythmus ihrer Füße erfüllt, dann verhallten die Geräusche, als sie über den Gipfel der Erhebung und auf der anderen Seite wieder hinunter liefen. Innherhalb kürzester Frist waren sie außer Sicht.

Niemand schaute zurück, blickte noch einmal auf den mysteriösen schwarzen Schmutz und den Rauch, der vielleicht kein Rauch war. Das mußte warten.

Aber nicht lange.

Gegen Mittag erreichte Geist den Friedhof am Flußufer. Er hatte sich schnell vorwärtsbewegt, in der Hoffnung, die Tat rasch hinter sich zu bringen und bis zur Abenddämmerung wieder im Lager zu sein. Er hatte den ganzen Tag über Rückenwind gehabt, was seine Geschwindigkeit zusätzlich erhöht hatte, als hätten mächtige Geister ein Interesse daran, daß er seine Aufgabe möglichst schnell erledigte.

Der immer noch eingepackte Mammutstein schlug in dem leichten Lederbeutel, in dem er ihn trug, gegen seine Hüfte. Sein Gewicht war belanglos – manchmal vermochte er gar zu vergessen, daß der Stirn überhaupt da war. Dann wieder fühlte sich die Last ohne Vorwarnung so schwer wie ein Felsbrocken an, und er hatte das Gefühl, daß ihn die Bürde hinabzog. Dann verging auch diese Empfindung, und er wurde wieder Geist, der im Wind schritt, der der Göttin bedeutend genug war, daß sie ihn verachtete.

Den ganzen blauen Morgen über blieben seine Gedanken eine glühende, gestaltlose Nebelmasse. Später sollte er sich kaum noch an die Wanderung erinnern. Er fühlte sich erhaben. Obwohl er beinahe einen ganzen Tag lang nichts gegessen hatte, protestierte sein leerer Magen nicht, und wenn er auch in der Gluthitze der Sonne vor sich hin schwitzte, so verschwendete er doch keinen Gedanken daran zu bereuen, keinen Tonkrug Wasser mitgenommen zu haben.

In gleißendem Licht erreichte er den Fluß, ein schmales, bräunliches Band, das sich fast in der endlosen, sanfthügeligen Weite der Steppe verlor, und hielt am Rand des Einschnitts an, der zum Ufer hinabführte.

Er hatte hier schon große Tiere herbeigesungen, hatte viel blutiges Schlachten von der Spitze seines Geisterpfahls aus gesehen. Manchmal wollte es ihm scheinen, als *lebe* er nur richtig, wenn er, den Wind im Gesicht, von der Spitze dieses Pfahls hinabhing, Lieder der Macht sang und die großen Bisons in ihr Verderben lockte. *Doch auch das wird bald zu Ende sein,* fuhr es ihm durch den Kopf. *Ihr* Zauber baumelte nun an seiner Hüfte, machte seine letzte Reise – eine Reise weg aus dem Herzen des Volkes, eine Reise hin zu ...

... ja wohin denn?

Er blieb einen Moment am Rande des Einschnitts stehen und starrte auf das träge dahinströmende Wasser des Flusses hinab. Es sah glatt und kraftvoll aus, wie eine riesige, durchscheinende Schlange, endlos, ohne Kopf oder Schwanz, nur ein Körper. *Der Körper der Schlange,* ging es ihm durch den Kopf, und kurzfristig lähmte ihn die Macht des Gedankens.

Wirf ihn hinein. Werde ihn für immer und ewig los!

Er leckte sich über die Lippen. Der Fluß stürzte mit dumpfem, ersticktem Donnern durch sein felsiges Bett. Kleine glitzernde Gischttröpfchen stoben von den zerklüfteten Felsen auf, die wie abgebrochene Zahnstummel am Ufer des Stroms aufragten. Die einzigen Laute waren die des Wassers.

Er machte einen Schritt voran. Eingetrocknete Schlammbröckchen blätterten unter seinen Füßen ab, kugelten den steilen Abhang hinunter.

Wirf ihn hinein!

Seine Sicht verschwamm. Einen kurzen Moment lang erblickte er zwei Flüsse, von denen einer neben dem anderen einherströmte. Doch der eine war rot und sah aus wie von Blut. Die Ufer jenes Flusses bildeten Knochen, riesige, zerstreute Beinhaufen, und für Sekundenbruchteile schien es ihm, als stammten diese Gebeine von Menschen. Hügel weißer, gebleichter Schädel mit leeren, ihn anklagend anglotzenden Augenhöhlen, und unter ihnen Skelettreste, zerbrochen und verstreut, auseinandergezerrte Rippen, Arm- und Beinknochen zermalmt wie unter einem gräßlichen Gewicht.

Er schüttelte den Kopf. Ein leises Beben stieg in seinem Rücken auf, und einen kurzen Moment lang dachte er schon, *sie* wolle ihn wieder reiten, gleich hier am Flußufer. Dann ging der Schwindelanfall vorüber, als habe er nie existiert. Geist blinzelte.

Eine Vision, zweifellos. Geist fürchtete sich nicht vor Visionen. Seine Träume waren noch weit schrecklicher gewesen als diese Vision von Bein und Blut. Er träumte von einer absoluten Leere, vom Verlust seines Körpers, von den endlosen Wanderungen der Geister.

Wirf ihn ins Wasser!

Er seufzte.

Visionen waren ihm für gewöhnlich keine große Hilfe. Die Visionen jedenfalls, die er im Wachzustand hatte. Sie waren ihm Rätsel, die viele Worte zu machen schienen, ohne doch etwas zu sagen. Wie wahr. Er hatte also einen Fluß aus Blut gesehen, der zwischen knöchernen Ufern einherströmte. Was hatte das zu bedeuten? Woher war diese Vision gekommen? Was hatte sie ihm geschickt? *Wessen Blut? Wessen Knochen?*

Die Geister spielten wie üblich ihre Spielchen mit ihm. Er machte noch einen Schritt voran, und sein Päckchen schlug sachte gegen die Stelle, wo sein Oberschenkelknochen auf das Becken traf. Seltsam. Wieder fühlte sich der Mammutstein schwer an, als wolle er ihn hinabziehen. Hinab in das zischende, hungrige Wasser. Hinab zu den Gebeinen. Hinab zum Blut.

Wie hypnotisiert ging er vorwärts, den Blick der verschleierten Augen auf den Fluß gerichtet. Dessen tiefes, donnerndes Dröhnen tönte in seinen Ohren, lauter gar als das seufzende Ächzen der Eiswand im Norden. Schließlich erreichte er das Ufer unten im Tal – seine Füße machten scharfe Saug- und Schmatzgeräusche in dem Schlamm dort unten – und setzte sich wieder in Bewegung.

Hielt inne.

Fußabdrücke?

Viele, und manche waren immer noch halb mit Wasser gefüllt. Also ganz frisch. Und nicht von jemandem seines Volkes.

Ein unheilvoller Schauer zuckte seinen Hals hinauf in den Schädel. Das waren die anderen . . . und plötzlich erkannte er die Bedeutung der Vision.

Er warf einen schnellen Blick nach rechts, wo ein Haufen großer Knochen den Friedhof von Mammut, Bison, ja gar Karibu bezeichnete. Manche waren auf natürliche Weise verendet, andere hatte er selbst in den Tod gesungen. Die von Zeit und Zähnen sauber abgenagten Gebeine funkelten im gleißenden Sonnenlicht.

Das Sonnenlicht, das nun seinen Schädel ausfüllte.

Fußabdrücke. Flußabwärts weisend.

Das Lager jedoch, das Speer erspäht hatte, lag flußaufwärts.

Dann würden die Fremden also zurückkommen.

Und dann . . .?

Er *lächelte.*

Der Mammutstein schien in seinem Beutel zu hüpfen wie ein zu Tode geängstigter Hase. Sein Gewicht zog seine Schulter zu Boden, doch er ignorierte das Gefühl. Er bückte sich und begann, Steine einzusammeln. Er brauchte nur wenige Minuten, um einen oben abgeflachten Hügel zu errichten, der ihm knapp bis an die Knie reichte.

Als er fertig war, blickte er auf das kleine Monument hinab. Es schien ihm angemessen zu sein, und kein Wanderer, der hier entlangzog, würde es übersehen können. Mit langsamen Bewegungen (er konnte hören, wie seine Knochen gegeneinanderglitten, konnte das Knirschen seiner Knorpel hören, das Rauschen des Blutes in seinen Adern) nahm er den Beutel von seiner Schulter. Er legte ihn ab, öffnete ihn und nahm das in Leder gewickelte Päckchen, vor Anstrengung keuchend – der Stein war nun schwer, so *schwer* – heraus. Er plazierte es auf die Spitze des Steinhaufens, und während er das tat, übertönte in der Ferne ein langes Trompeten das Tosen des Flusses.

Geist schaute abrupt auf. Seine Augen fühlten sich an, als stünden sie in Flammen. Mammut. Hinter der gegenüberliegenden Uferbank, unsichtbar für ihn. Der Schrei des Giganten, zornig und siegesgewiß.

Keine Angst mehr, dachte er wild. *Nie wieder!*

Das fest eingepackte Bündel glitzerte in der Mittagssonne, und jeder Fellstreifen schien das Licht aufzusaugen und es hundertfach zurückzuwerfen. Es wurde so grell, daß Geist nicht länger hinsehen konnte. Er wandte sich um und machte sich den Pfad hinauf auf den Rückweg. Einmal rutschten seine Füße auf dem glatten Untergrund aus, doch er bemerkte es nicht.

Schließlich erreichte er den Gipfel des Einschnitts, und eine frische Windbö, die sich von Osten erhob, peitschte ihm ins Gesicht. Sie war kalt und trug Feuchtigkeit mit sich. Viele Meilen entfernt, an der sanft geschwungenen Halbkugel des Horizonts, zogen dunkelgraue Wolken auf.

Sturm, dachte er. *Muß mich beeilen.*

Er entfernte sich vom Fluß, hastete in die hügelige Ödnis der Steppe. Er blickte nicht zurück. Dort war ohnehin nichts. Jedenfalls nichts, was er hätte sehen wollen.

Nachdem er gegangen war, in der Ferne zu einem winzigen nadelkopfgroßen Punkt geschrumpft und schließlich ganz verschwunden, zischte der Fluß immer noch zornig wie eine gigantische Schlange, die um ihre Beute betrogen worden war. Das kleine Bündel wartete immer noch still auf seinem Steinhaufen darauf, welches Schicksal es wohl ereilen mochte.

Schnelle Schlange gelangte als erster an die Stelle am Fluß, die er bei sich den ›Ort der Gebeine‹ getauft hatte. Er erreichte den im Schatten liegenden Rand der Senke; die langen schräg einfallenden Strahlen der Sonne, die als orangeroter Feuerball im Westen versank, ließen seine Silhouette schwarz hervortreten. Er sah in den Sonnenuntergang, und eine Weile mußte er die Augen zusammenkneifen, um den Weg hinunter ausmachen zu können.

Seine Nasenflügel bebten empfindlich. *Zu spät,* dachte er, *hier ist Wild gewesen, aber es ist wieder weg.* Dann erstarrte er, und sein Kopf fuhr hoch wie der eines verschreckten Fuchses. Er reckte den Schädel so hoch wie möglich nach oben, hielt inne und begann dann, ihn langsam kreisen zu lassen. Er schloß die Augen, sowohl das intakte wie auch das verletzte, obwohl das Lid über seinem blinden Auge den in sich zusammengefallenen Augapfel nur teilweise bedeckte.

Schlange war auf dem einen Auge blind und kurzsichtig auf dem anderen. Das Mißgeschick, das ihn geblendet und entstellt hatte – ein Sturz, denn selbst als Kind, das noch beide Augen besaß, war er schon ungeschickt gewesen –, hatte sich früh genug ereignet, so daß seine anderen Talente sich noch voll hatten entfalten können. Er verstand nicht, warum nicht jeder das tun konnte, was er zu leisten vermochte. Zuerst hatte er es für völlig belanglos gehalten, daß er ein Blatt schmecken konnte oder einen Grashalm, daß er Hunderte, ja Tausende verschiedener Geruchs- und Geschmacksempfindungen auseinanderzuhalten vermochte. Das Grün eines Blatts; das klare Silber des Wassers in diesem Blatt; die Spuren toten grauen Rauchs, von einem längst erloschenen Feuer stammend; der schwere moschusartige Geruch des Mammuts oder der schärfere, salzigere des Bisons; selbst den schwachen, beißenden Geruch eines kleinen Insekts, das sich einen Moment auf den Blattadern ausgeruht hatte, bevor es wieder weitergeflogen war.

Die Welt, die er ›sah‹, war eindrucksvoll, eine überwältigende Mischung aus Düften und Aromen, die unmöglich zu erklären war. Das einzige wirkliche Problem, das Schlange hatte, ergab sich, wenn er versuchte, diese unglaublich prachtvolle Welt jenen zu beschreiben, die für alle Zeiten unfähig waren, sie kennenzulernen. Für ihn *rochen* Düfte nicht nur einfach, sie hatten auch Farbe und Geschmack und ein *Gefühl*, das er deutlich spüren konnte.

Sein Gehör war nur geringfügig schlechter als seine anderen überscharfen Sinne. Nun also, als er an fast derselben Stelle stand, an der vor wenigen Stunden noch Geist gestanden hatte, konnte er, ohne auch nur die Augen zu öffnen, mehr von dem begreifen, was sich hier ereignet hatte, als Ratte oder Karibu mit ihren scharfen Augen und stumpfen Nasen, Zungen und Ohren jemals herausbekommen würden.

Mammut war hier gewesen, vier Tiere: eine Kuh, ein junger Bulle und zwei Kälber aus dem Frühlingswurf – es war ihm ein leichtes, ihre unterschiedlichen Düfte zu unterscheiden. Sie hatten hier Rast gemacht, um zu trinken, Kot auszuscheiden (zwei große Haufen, drei oder vier kleinere), um dann etwa hundert Stocklängen flußaufwärts zu einer seichten Furt zu ziehen, wo sie sich gesuhlt hatten, erneut auf dem anderen Flußufer angehalten hatten und dann weitergezogen waren.

Doch danach war noch etwas anderes hierher gekommen. Der leichte, bittere Geruch lag über allem – nein, das stimmte nicht –, eher *zwischen* den schweren Duftmarken der Mammuts. Schlange roch Menschen. Aber keine von seinem Volk, und er rümpfte die Nase. Dieser neue Gestank unterschied sich erheblich von den Gerüchen, die er von seinem Volk kannte. Es war anders.

Die Augen immer noch geschlossen, begann er schwach vor Aufregung zu zittern. Der Rauchgeruch, der Geruch nach gegerbtem Leder, Schweißausdünstungen waren den bei seinem Volk üblichen Gerüchen ganz ähnlich und doch fremd. Ein *anderer* war hier gewesen – und vor nicht allzu langer Zeit. Kurz nachdem Mammut fortgezogen war.

Nachdem er all dies zu seiner Zufriedenheit festgestellt hatte, schlug er die Augen wieder auf. Dann ließ er sich auf Hände und Knie fallen und kroch vorwärts, die Nase dicht am Boden, bis er den Fuß des Abhangs erreichte und den ersten schlammigen, bis zum Rand mit Wasser vollgelaufenen Fußabdruck fand.

Er beugte sich vor, streckte die Zunge heraus und kostete die Feuchtigkeit.

Eine unglaublich große Anzahl von Eindrücken stürmte auf ihn ein. Er würde das seinen Jagdgefährten nie richtig erklären können, aber er *kannte* diesen anderen. Er war, leicht zitternd, immer noch in dieser Pose erstarrt, als Karibu und Ratte etwas vor den anderen über den niedrigen Kamm der Senke schritten.

Die beiden Jäger blieben stehen, sahen einander an und begaben sich dann hinab.

»Schlange!« rief Ratte. »Was bedeutet das?«

Ratte erreichte das Schlammloch ein paar Schritte früher als Karibu, doch es war der bullige Anführer, der den Steinhaufen als erster erblickte. Er ging um Schlanges kauernde Gestalt herum und näherte sich dem Steinhaufen mit weit aufgerissenen Augen.

Er holte einen seiner Speere vom Rücken und nahm ihn in seine rechte Hand. Unbehaglich schielte er nach rechts und links. Tiere hatten dieses Ding sicher nicht errichtet, und Tiere hatten auch nicht die komplizierten Knoten geknüpft, die das Bündel zusammenhielten, das auf den Steinen lag. Er bewegte sich vorsichtig und langsam, näherte sich der seltsamen Konstruktion mit mehr als nur ein bißchen Furcht.

Er erkannte Zeichen der Magie, wenn er sie vor Augen hatte.

Seit fast zwanzig Jahren hatte das Volk der Bisons nicht mehr den Pfad eines anderen Stammes gekreuzt. Karibu erinnerte sich noch schwach an jenes letzte Zusammentreffen und die Ereignisse, die darauf gefolgt waren. Er war noch zu klein gewesen, um mit den Männern auszuziehen, als sie ihre Speere und Keulen genommen hatten und in die Nacht hinausgeschlichen waren. Gebrochene Faust war damals noch nicht Schamane gewesen, doch der Geist der Lüfte hatte sich auch durch den Mund des vorigen Schamanen gut verständlich machen können, und er war damals ebenso hungrig gewesen, wie er es in der Gegenwart war.

Der Stamm der anderen war klein gewesen, weniger als zehn, und von langer Wanderschaft geschwächt. Sie hatten versucht, sich gegen den nächtlichen Überfall zu wehren, doch das Bisonvolk war stark gewesen und hatte Glück gehabt – zwei der anderen Jäger waren getötet worden, und den Rest hatte man mit gegerbten Lederseilen aneinandergebunden, ins Lager gebracht.

Der Geist der Lüfte war satt geworden in jenen Zeiten. Karibu erinnerte sich noch gut an den gierigen, verkniffenen Ausdruck auf den Zügen seines Freundes Starke Faust. Starke Faust sollte bald Gebrochene Faust werden, auch wenn das damals noch niemand gewußt hatte. Doch nun, im klaren, durchscheinenden Licht der nachträglichen Einsicht, dachte Karibu, daß Fausts Zukunft für jeden ersichtlich gewesen war, der seine Augen hatte benutzen wollen: in der wollüstigen Art, in der er seine Lippen verzerrt hatte, als der heilige Rauch in den wartenden, unsichtbaren Schlund des Geistes der Lüfte gestiegen war.

Solche Gedanken fuhren ihm durch den Kopf, als er sich dem geheimnisvollen Steinhaufen und dem, was darauf lag, näherte. Das Volk des Bisons hatte keinen Grund, Fremden zu vertrauen, hatte vielmehr guten Grund, auf der Hut zu sein. Der Geist der Lüfte war immer hungrig – gelegentlich fragte sich Karibu, was wohl passieren würde, wenn sie jemals auf einen *großen* Stamm träfen. Würde der Geist der Lüfte, der Gott der Schlangen sie unter allen Umständen auf die Jagd nach seiner Nahrung schicken, bis das Volk des Bisons selbst zu Opfern für ihn würde?

Er erbebte. Über seinem Kopf reckten sich lange, gewundene Wolkenfinger, rot angestrahlt von der sinkenden Sonne, über den Himmel. Und hinter diesen blutigen Bannern türmten sich wie ein mächtiger Gebirgszug schwarzgrüne Gewitterwolken auf. Der Geruch drohenden Sturmes lastete schwer in der plötzlich windstillen Luft. Der abflauende Wind war ein weiteres schlechtes Zeichen.

Zu seiner Rechten ragte drohend ein riesiger Knochenhaufen auf. Für eine Weile hatte Karibu Schwierigkeiten zu atmen. Er spürte die Anwesenheit von Geistern, die sich hier unsichtbar zusammenfanden wie ein gigantischer, langsam surrender Fliegenschwarm, um ein Festmahl über dem Kadaver abzuhalten.

Er blinzelte. Er merkte, daß er stehengeblieben war, auch wenn er sich nicht daran erinnern konnte, dies mit Absicht getan zu haben. Hinter ihm kam Schlange wieder auf die Füße, flüsterte Ratte schnell etwas zu, der nickte und sich nun seinerseits auf den Weg machte. Karibu mußte sich nicht umdrehen, um das zu sehen. Die leisen, schlurfenden Geräusche, die gedämpften Worte sagten ihm alles, was er wissen mußte, genauso wie Rattes plötzliches, scharfes Einatmen und das Knirschen von Kieseln, als Ratte langsam näher kam.

Auch er hatte nun den Steinhaufen entdeckt, begriff Karibu. Und mit einemmal wollte er nicht, daß Ratte als erster dort anlangte.

Karibu senkte den Kopf und stapfte in der zunehmenden Dunkelheit voran, Rattes leise Frage ignorierend.

»Was ist denn das?«

Karibu stieß seinen Speerstumpf in die weiche matschige Erde neben der Steinpyramide mit der abgeflachten Spitze, beugte sich vor und fuhr mit den Fingern über die Oberfläche des Bündels darauf.

Nichts als Fell. Weiches, glänzendes, gepflegtes Fell und straffe kleine Knoten. Er nahm es hoch, wendete es zur einen und zur anderen Seite, als Ratte plötzlich hinter ihm stand.

»Was ist das?«

»Weiß nicht«, gab Karibu zurück.

»Mach es auf.« Rattes Stimme klang gepreßt, als habe er Angst und versuche, diese zu verbergen. Aber hungrig, hungrig war er auch. Fast *gierig*.

Karibu schüttelte den Kopf. Seine dicken, klobigen Finger machten sich an den Schnüren zu schaffen, hantierten an den Knoten herum.

Ungeduldig sagte Ratte: »Komm, laß mich ...«

Er streckte die Hand aus, doch Karibu wandte sich zu ihm um und schob ihn weg. »Nein.«

Wieder mühte er sich mit den Knoten ab, um dann zu erkennen, daß er nie ihre Rätsel lösen würde; das Päckchen in seiner linken Hand haltend, zog er seinen Speer aus dem Schlamm. Mit einem häßlichen Schmatzen löste er sich. Er senkte die rasiermesserscharfe, behauene Spitze und schob sie unter eine der Schnüre. Dann rieb er die Schnüre darüber hin und her. Die

Schnur riß auf. Er brauchte noch einige Zeit, bis er auch den Rest des strammen Einbandes gelöst hatte. Als er damit fertig war, konnte er einen harten Klumpen unter der weichen Hülle ertasten.

Einen kurzen Augenblick lang war es Karibu, als habe er einen plötzlichen Lichtblitz gesehen, drüben auf der anderen Seite des sich verschwommen dahinwälzenden Flusses. Das war *nur die Sonne,* beruhigte er sich.

Er sah auf seine linke Hand hinab, schlug dann die letzten Lederhüllen beiseite und machte: »Ahh.«

Ratte sagte nichts, doch er drängte sich dicht an Karibu heran.

Das kleine Figürchen strahlte in bernsteinfarbener Klarheit zu ihnen hoch. Langsam, ganz langsam senkte Karibu eine schwielige, dicke Fingerspitze auf die glatte Oberfläche.

Warm, dachte er.

Warum sollte es warm sein?

Ratte hustete rasselnd, wandte sich ab, spuckte aus und sah wieder hin.

»Es ist ein magisches Ding«, erklärte er schließlich.

»Ja«, pflichtete Karibu ihm bei. »Aber nicht unsere Magie.«

Ratte dachte kurz nach. »Wir sollten es zu Faust bringen.«

Waren es nicht eigentlich zwei rote Blitze gewesen? Wie Augen?

»Ich schätze«, sagte Karibu schließlich, als die Dämmerung hereinbrach und sich die ersten Sturmausläufer ankündigten. »Ich schätze, das sollten wir wohl tun.«

Schlange sagte: »Fußspuren. Sie verlaufen in *dieser* Richtung.«

KAPITEL FÜNFZEHN

Der Ort der Gebeine: 17983 v. Chr.

Karibu, der immer noch den Mammutstein in Händen hielt, wandte sich um und sah Schlange an, dessen kurzsichtige Augen düster und blind funkelten, während er über seinem neuesten Fund kniete. Er blickte weg von den anderen zu dem abgebröckelten Felsabhang hinüber, den sie gerade hinabgestiegen waren. »Seht«, murmelte er eifrig. Er führte seine rechte Hand an die Lippen, schmeckte, nickte.

»Noch nicht lange her«, sagte er. »Er war hier – dann ist er dem anderen Weg zurückgefolgt. Ich kann ihn auch riechen«, setzte er hinzu.

Karibu warf einen flüchtigen Blick zu Ratte hinüber. Das Elfenbeinfigürchen zeugte davon, daß ein Mensch hier gewesen sein mußte. Schlange behauptete, es sei ein Mann gewesen, und sie hatten keinen Grund, seinen Worten in dieser Angelegenheit zu mißtrauen. Karibu starrte den kleinen Spurenleser an, der wie ein zitternder Wolf über seiner Fährte kauerte.

»Keiner von uns«, fügte er hinzu. Es hätte auch immer noch die Möglichkeit bestanden, daß eine andere Gruppe nach ihrem Aufbruch vom Lager den Fluß hinuntergekommen war. Doch Schlange schüttelte energisch den Kopf. »Nein. Ein anderer«, sagte er.

»Diese Stelle, wo der Rauch nicht wie Rauch aussieht . . .«, warf Ratte ein.

Karibu nickte. Er blickte auf den Mammutstein hinab, den er hielt. Irgend etwas hatte sich verändert. Er konnte es nicht genau bestimmen – die Farbe war anders, vielleicht ein wenig blasser geworden. Er zuckte die Schultern, wickelte die Figur wieder in die Fellhüllen und warf das Bündel in seinen Rucksack. »Komm«, forderte er Ratte auf.

Gemeinsam kletterten sie zum Rand der Klippen hinauf. Beide Männer beschatteten ihre Augen mit der Hand und hielten Ausschau über die weite, sanft gewellte Steppe. Schließlich zuckte Ratte die Schultern. »Ich kann überhaupt nichts mehr sehen.«

Karibu nickte. Weit draußen über den rollenden schwarzbraunen Ebenen tanzten kleine Vorläufer des gewaltigen Sturmes, der sich über dem Horizont zusammenbraute und ausgedehnte Grasstreifen hinter hin und her gepeitschten Regenvorhängen verschwinden ließ. Der unbekannte Besucher konnte sich hinter einem von ihnen verbergen – und auch der mysteriöse Ort des Rauchs war nicht mehr zu sehen. Die Steppe wirkte verlassen und leer, als der große Sturm sich bereit machte, über ihn hinwegzufegen.

Karibu zitterte.

»Laß uns umkehren«, meinte er.

Ratte nickte.

Einen Augenblick später lag auch der Ort der Gebeine leer und verlassen; nur ein Steinhaufen der, von verirrten Regenspritzern getroffen, schon fast ganz von der Dunkelheit geschluckt wurde, zeigte, daß hier überhaupt etwas geschehen war.

Das Grüne Tal

Der gewaltige Sturm hatte seine von Blitzen durchzuckten schwarzen Wolken über das Lager geschoben, als die Abenddämmerung in die Nacht überging. Alter Zauber saß allein im Geisterhaus und blickte starr auf die offene Zeltklappe, hinter der ein dichter Wasservorhang herniederging. Die hohe Klippenwand schützte das Lager vor den schlimmsten Auswirkungen des Sturms, doch Zaubers Gedanken weilten nicht bei dem Sturm. Auf Maya wirkte der alte Schamane wie gelähmt. Seine Augen, die sie sah, wenn Blitze über den Himmel zuckten, schienen leer. Sie war nicht sonderlich besorgt; sie hatte schon oft gesehen, wie er in tiefe Trance verfallen war. Für gewöhnlich warnte er sie vor, doch manchmal geschah es, daß er unvorbereitet hinüberglitt. Sie fuhr mit ihren Essensvorbereitungen fort und verspürte nur noch ein leichtes Unbehagen angesichts dessen, was sie in der vergangenen Nacht getan hatte.

Sie war bis kurz vor Ausbruch des Sturms draußen herumgestreift – hatte still in der Nähe des Ersten Sees gearbeitet, war müßig die Wege entlanggeschlendert (immer in Sichtweite von Geists Zelt, auch wenn der junge Schamane nirgends zu finden war).

Schließlich hatte der Regen sie ins Geisterhaus zurückgetrieben, wo sie Zauber vorgefunden hatte, der bereits in einer anderen Welt versunken war. Er hatte weder ein Wort gesprochen noch irgendwie erkennen lassen, daß er um ihre Rückkehr wußte.

Der kalte Brei aus zerstoßenen Eicheln war inzwischen fertig, den Maya mit dem letzten Rest ihres Trockenfleisches und ein paar kleingehackten Grünpflanzen vermischt hatte. Die zähe graue Masse sah recht unappetitlich aus, würde ihn jedoch sättigen. Wenn sie den Schamanen denn dazu würde bringen können, zu essen.

»Zauber . . .?«

Keine Antwort.

Sie stieß einen Seufzer aus. Manchmal verharrte er stundenlang in diesem Zustand. Ihr blieb nichts anderes übrig, als zu warten. Sie zog sich ihren Fellumhang enger um die Schultern, um sich dann noch in eins ihrer Schlaffelle zu wickeln. *Er ist nicht mehr da.*

Das Wissen um das Fehlen des Steins war wie ein winziger spitzer Stein, auf den sie unvermittelt trat. Es war sehr kalt in dem Zelt. Sie wünschte, sie könnte das Feuer entzünden, doch Alter Zauber hatte nichts Dahingehendes verlauten lassen. Im ganzen Lager drängten sich die Menschen dicht zusammen, auf der Suche nach ein wenig Wärme.

Sie stieß langsam den Atem aus, der ein durchscheinendes silbriges Fähnchen vor ihrem Mund entstehen ließ. Und dann breitete sich die schmerzlichste Pein in ihr aus, die jemals ihre Muskeln ergriffen hatte. Ihr Zähne wurden fast aufeinander gepreßt, ihr Gesicht verzerrte sich urplötzlich, als kämpften die einzelnen Muskeln gegeneinander. Ein Arm – ihr rechter – hob sich wie von selbst, die Handfläche nach oben gedreht, und verharrte zitternd. Langsam kippte ihr Kopf nach hinten, der Hals dehnte sich unnatürlich weit, dünne Sehnen traten deutlich hervor.

Alter Zauber riß die Augen weit auf, und für einen Moment kehrte er in die Welt der Lebenden zurück und sah Maya in ihrer Qual. Der Schamane war älter als alle anderen seines Volkes. Die kleinste Krankheit, die unbedeutendste Verletzung hätten ihn so mühelos umbringen können, wie eine Hand eine Ameise zu zerquetschen vermochte. Doch er hatte lange Jahre über seine Zeit hinaus überlebt, ja es war ihm sogar recht gut dabei ergangen. Teils lag es daran, daß sein Leben in vielerlei Hinsicht weniger anstrengend war als das er übrigen Angehörigen seines Volkes, teils mochte es darauf zurückzuführen sein, daß er sich weigerte *loszulassen*, bevor er nicht seine Aufgabe erfüllt hatte. Vielleicht war auch *etwas anderes* der Grund für sein langes Leben gewesen sein – der geheimnisvolle, mächtige Mammutstein, der ihn so lange mit Energie gefüllt hatte und dessen Kraft nun, in der Sekunde seines letzten Augenblicks, hinwegfloß in das unwissende Fleisch des Schwarzen Karibus, weit, weit weg am Ufer der dahinstürzenden Wasser.

Karibu hatte außer einer schwachen Wärme nichts gespürt. Doch genau in dem Moment, in dem er auf die kleine Schnitzfigur blickte und mit dem Finger über die glatte Oberfläche fuhr, krampfte sich jeder Muskel des Schamanen zusammen, und er riß die Augen weit auf. Adern platzten wie winzige durchgefaulte Dämme, und eine Flut pulsierenden Blutes ergoß sich in sein Inneres. Mehr und immer mehr Blut floß auch in seine Augen, die nicht länger weiß waren, und große purpurfarbene Flecke entstellten sein Gesicht.

Er fühlte nichts. Es geschah völlig schmerzlos. Für ihn sah es so aus, als werde ein breiter roter Vorhang langsam vor seinen Augen herabgelassen.

Ein letztes Mal fiel sein Blick auf Maya, deren Züge in stummer Qual verzerrt waren. Er wollte die Hand nach ihr ausstrecken, sie berühren, ihr helfen, doch es war zu spät.

Zu früh und zu spät!

»Maya . . .«, stöhnte er.

Dann fiel der Vorhang ganz zu, und Alter Zauber trat ein in die empfangsbereite Dunkelheit. Irgendwo vor ihm in der Ferne, winzig, aber größer werdend, sah er ein Licht. Er bewegte sich darauf zu, und seine Sorgen fielen von ihm ab. Alles fiel von ihm ab, als er sich auf das Licht zubewegte.

Sie hörte seinen Todesschrei, obwohl sie selbst von tödlichem Entsetzen gelähmt war. Die Dunkelheit öffnete ihren Rachen vor ihr, doch ihr erschien sie weder freundlich noch gastlich. Sie war nun leer, die Dunkelheit der Grube, die sie sich selbst gegraben hatte.

Als Maya endlich aus ihren Tiefen entlassen wurde, starrte sie auf den alten Mann, der dort lag, der mit dem Gesicht in den kalten, leeren Ring seines erloschenen Feuers gesunken war.

Der Klang des letzten Wortes, das er gesprochen hatte, dröhnte ihr noch in den Ohren, so laut wie der Donner, der draußen polterte.

Ihr Name. Ihr Name und sonst nichts.

Langsam hob sie die Hand an den Mund und fühlte, wie ihre Lippen in kaltem Entsetzen bebten. »Z-z-zauber . . .?«

Doch natürlich antwortete er nicht.

Dann: »Oh – *Mutter*!«

Doch auch sie gab keine Antwort. *Wie könnte Sie auch?* fragte sich Maya mit neuem, noch größerem Entsetzen. *Ich habe Sie ja weggegeben, nicht wahr?*

Auch darauf erhielt sie keine Antwort. Sie schloß die Augen und wartete, sich sachte hin und her wiegend, auf Geists Rückkehr.

Gebrochene Faust drehte und wendete den Gegenstand in seinen Händen. Das kleine Schnitzwerk wirkte unbedeutend und nichtig, als es von den verstümmelten Überresten von Fausts Fingern umklammert wurde. Seine kalten, leeren Augen musterten das Ding nachdenklich; von dem er spürte, daß es einen Wendepunkt ihres Schicksals besiegeln würde.

Karibu sah ihn durch das qualmende Feuer im Inneren seines Zeltes an. Die Lüftungsklappe im Dach war festgebunden worden, um den Regen abzuhalten, doch auch so fanden noch ein paar vereinzelte Tropfen ihren Weg ins Zelt, um dann zischend und knisternd in dem kleinen Feuer zu verdampfen, über das hinweg Karibu und Faust einander beäugten.

»Ist das eine magische Figur?« fragte Karibu leise. Er hatte einen Stich im Herzen verspürt, als er dem Schamanen den Stein gereicht hatte, fast so, als wünsche der Stein nicht, seine Obhut zu verlassen. Doch falls der Stein magisch war, gehörte er in Fausts Hände, denn nur der Schamane war fähig, ihn zu verstehen – und die Gefahr zu erkennen, die er vielleicht bedeutete. So hatte Karibu also nicht gezögert, den Stein abzugeben, selbst an jemanden, den er für seinen Feind hielt, wußte er doch, daß das Wohl des ganzen Stammes auf dem Spiel stand.

Gebrochene Faust sah über des Feuer hinweg zu ihm hinüber; seine Augen blickten wachsam, funkelnd und gefährlich. »Ja, es ist ein magischer Stein. Ich kann die Magie in ihm spüren. Schwach zwar, aber . . .« Und immer noch war sein Blick auf Karibu gerichtet, als fordere er ihn heraus, irgend etwas zu äußern.

In gewisser Weise tat er das auch. Faust verstand sich auf Magie und, was noch wichtiger war, auf *Symbole* der Magie und auf die Macht dieser Symbole. Dieses winzige Schnitzwerk war ein Symbol, und es war auf andere Weise gefährlich, als es die Macht des Gotts der Schlangen war. Es war *fremde* Magie, und Faust entging nicht, daß auch Karibu dies spürte. Aber was genau dachte der gewaltige Jäger über das, was er da gefunden hatte? Daß es ein Werkzeug war? Eine Waffe, womöglich gegen Faust selbst?

Doch Gebrochene Faust wußte, daß Karibu ihm nicht gefährlich werden konnte, solange er, der Schamane, mit dem Geist der Lüfte eins war. Das hatte er bewiesen, als er Karibu gezwungen hatte, das Herz seiner eigenen Schwester zu verzehren. Die Benommenheit, mit der Karibu danach umhergewandelt war, war ihm ebensowenig entgangen wie die Tatsache, daß er jetzt wieder an Stärke gewonnen hatte. Als gebrochener Mann hatte sich Karibu zur Jagd aufgemacht – war nun gekräftigt wieder zurückgekehrt –, als sei das Opfer, das ihn hatte vernichten sollen, gar nicht gebracht worden.

War es diese Schnitzfigur, dieses *Symbol* der fremden, unbekannten Magie, die ihn mit neuer Hoffnung erfüllt hatte? Wenn auch nur durch seine bloße Existenz, die ihn daran gemahnte, daß es da draußen noch andere Kräfte gab, andere Zauber, die vielleicht sogar stärker waren als die des Geistes der Lüfte? Diese Gedanken waren es, die Faust beschäftigten, während Karibu den Blick unablässig auf den Stein gerichtet hielt.

»Ich habe geglaubt, Magie in dem Stein zu spüren, schwach zwar, aber da war etwas«, murmelte er.

Mit einemmal wußte Gebrochene Faust genau, was er tun mußte. Daß Karibu auch die Magie gespürt hatte, bedeutete einen schmalen Riß in den Wällen seiner, Fausts, Machtfestung, und dieser mußte irgendwie gestopft werden, und der beste Weg dazu würde sein, das Symbol vollkommen seiner Macht zu berauben, von Anfang an jeden *Glauben* in die Macht des Steins in Grund und Boden zu stampfen.

Er zuckte die Schultern. »*Sehr* schwach. Hier. Du kannst es in die Hand nehmen. Ich brauche es nicht.« Und er warf Karibu den Mammutstein wieder zu, der ihn auffing, als sei er darauf vorbereitet gewesen.

Gebrochene Faust kniff die Augen zusammen, als er Schwarzer Karibu beobachtete. Er forschte nach irgendwelchen Anzeichen von Triumph von Karibus Seite, aber er entdeckte nichts. Karibu grunzte nur leise, um dann den Stein in seinen Rucksack zu stecken, als sei er wirklich so bedeutungslos, wie Faust behauptete.

Gebrochene Faust runzelte leicht die Stirn, doch gleich darauf gab er sich wieder den Anschein gleichgültiger Unbekümmertheit. »So«, erklärte er. »Jetzt erzähl mir alles darüber, wie ihr ihn gefunden habt. Alles. Und auch alles über diesen Rauch, den ihr, du und Ratte, gesehen habt.«

Als Karibu bereitwillig alles wiedergab, woran er sich erinnern konnte, nickte Faust, um angemessenes Interesse zu bekunden – auch wenn ihn die tatsächlichen Einzelheiten nicht kümmerten. Das, was seine ganze Konzentration in Anspruch nahm, war etwas ganz anderes.

Es gab andere, ganz in der Nähe!

Und schon wurde der Hunger vom Ihm-der-immer-hungrig-ist wach, und er regte sich mit der ruhelosen, unersättlichen Gier eines sich windenden Schlangenknäuels.

Die einzige Frage, die zu beantworten blieb, war, wie man seinen Hunger am besten zu stillen vermochte.

Das Grüne Tal

Maya vernahm leise Schritte, hörte, wie die Zeltklappe zurückgeschlagen wurde, fühlte das plötzliche Eindringen der feuchten, kalten Luft, bewegte sich jedoch nicht. Sie saß dort, wo sie seit etwa einer Stunde saß, und stierte auf das kahle Schädeldach von Altem Zauber. Es war ein interessanter Schädel – sie hatte Zauber vorher nie *richtig* angesehen, doch nun, da er tot war, hielt sie ihn für überaus faszinierend –, für das *einzig* Faszinierende in ihrer ganzen Welt. In dem gräulichen Fleisch da drüben gab es Knoten und Beulen und eine kurze, stark gefurchte Narbe, die hoch über seiner rechten Braue begann und sich dann über seinen Hinterkopf schlängelte. Die Narbe sah sehr alt aus, und war eigentlich bis zur Unkenntlichkeit verblaßt, doch nun hob sich ihr gewundener Verlauf in weißem Hochrelief von dem sonst glatten Schädel des alten Mannes ab.

»Maya . . .«

Geist erstarrte. Es war ziemlich kalt im Geisterhaus, und zuerst konnte Geist nur die zusammengekauerte Gestalt des Mädchens und gegenüber, auf der anderen Seite des erloschenen Feuers, ein zusammengesunkenes, schlaffes Etwas ausmachen. Dann tauchte ein plötzlicher Blitzstrahl die Szene in ein grelles, blauweißes Licht und brannte sie für alle Ewigkeit in sein Gedächtnis ein.

»Er ist tot, Geist«, sagte Maya mit dumpfer Stimme. »Alter Zauber ist tot.«

Das hätte Geist auch selbst deutlich sehen können. Er war sich nur nicht sicher, ob er glaubte, was er sah. Eigentlich war er sich sogar ziemlich sicher, daß er es *nicht* glaubte. Ganz gleich, wie sehr er Zaubers Tod herbeigesehnt hatte, ganz gleich, wie oft er sein persönliches Mantra vor sich hingesummt hatte (*Der alte Narr kann auch nicht ewig leben*), ganz gleich, wie lange er auf diesen Moment hatte warten müssen – *er mußte sich sicher sein!*

Er hockte sich auf Händen und Knien hin, zerstreute die stumpfen schwarzen Kohlen der Feuerstelle, schürfte sich die Knie schmerzhaft an den Steinen auf. Seine geschwärzten Hände umfaßten Zaubers Kopf und hoben ihn hoch. Er starrte in das leblose Gesicht, das immer wieder vom Licht greller Blitze erleuchtet wurde.

Das Antlitz war zu einer Maske des Schreckens geworden. Zaubers Unterkiefer hing schlaff herunter, die zurückgezogenen Lippen entblößten die wenigen noch übriggebliebenen gelben Zähne, die wie Steine aus einem dürren Feld ragten. Seine Zunge, geschwollen und purpurfarben, baumelte über seinen ausgedörrten Lippen. Die gesamte obere Hälfte seines Gesichts hatte die Farbe von geronnenem Blut, dort, wo er sich geprellt hatte, als sein Kopf auf die Steine geschlagen war. Ein Augenlid war geschlossen, das andere offen und entblößte einen Augapfel, der von geplatzten Äderchen durchzogen war.

Der Augapfel stierte ins Leere, und plötzlich erschauerte Geist und ließ Zaubers Haupt los. Ein zweites Mal schlug das Gesicht des Schamanen auf. Tot.

Tot, tot, *TOT*!

»Ahhh!« Ein gewaltiger Freudenschrei entrang sich Geists Kehle. Er warf den Kopf zurück und preßte den ekligen Laut aus seinen Lungen, aus seinem Hals, denn wenn er ihn in sich behalten hätte, wäre er mit Sicherheit geplatzt wie eine faule Frucht.

»AIEEEEEEAAAAHHHH!«

Maya stöhnte schwach und preßte sich die Hände auf die Ohren. Sie schloß die Augen.

»AAAHHHGGGHH!«

»Geist . . .«

Donner übertönte ihre Bitte, als habe sie sie nie geäußert. Geist hätte noch stundenlang jubilieren können, während er über Zaubers zusammengefallenem Körper hockte, und die Muskeln an seinem Hals und seiner Kehle sich zusammenkrampften, um diese gräßlichen Laute aus seinem Innern freizusetzen – selbst der Donner konnte seine Freude nicht gänzlich übertönen.

Irgend jemand stürzte ins Geisterhaus, eine massige, regennasse Gestalt, die nach verfilztem Fell und Schweiß und Rauch stank.

»Was geht hier vor? Was ist passiert?« Speer versuchte sich einen Überblick zu verschaffen, doch in dem Zelt war es zu dunkel, als daß er etwas hätte erkennen können.

»Geist, bist du das? Maya! Was?«

Wieder zuckte ein Blitz über den Himmel. Speer erblickte den über die leblose Gestalt von Altem Zauber gekauerten Geist, ein wilder Hund, der seine Beute bewachte. Die Hände des jungen Schamanen waren zu Klauen gekrümmt, und seine Augen funkelten in einem teuflischen Licht. Als er zu sprechen ansetzte, war seine Stimme beherrscht und vernünftig.

»Alter Zauber ist tot«, sagte er ruhig. Er blickte auf seine Finger hinab, schien erstaunt, sie so gekrümmt zu sehen, und unternahm eine sichtbare Anstrengung, sich zu entspannen. Scheinbar wie von selbst tasteten seine Hände nach Altem Zaubers Haupt und betteten es in eine natürlichere Lage. »Ich habe meinen Schmerz gesungen, Speer. Hast du es gehört?«

Die entsetzlichen Laute, die aus dem Geisterhaus gedrungen

waren und Speer – und andere – hastig herbeigeführt hatten, hatten in den Ohren des Jägers nicht sehr nach Schmerz geklungen, eher wie der Triumphschrei eines großen Fleischfressers, der über eine erlegte Beute jubelte. Doch Speer war nicht in der Stimmung, Zweifel an der Handlungsweise des neuen Schamanen zu äußern.

Und das war derjenige nun, der ihn über die Leiche des alten Schamanen hinweg ansah. Was immer auch Geist einst gewesen sein mochte, er war nun der Schamane des Volkes des Mammuts, und das erregte Leuchten in seinen Augen strafte die Gelassenheit, die sein schmales Gesicht spiegeln sollte, Lügen.

»Ich habe verstanden, Schamane«, erwiderte Speer mit sanfter Stimme.

»Geist ...«, flüsterte Maya wieder. Sie schien nichts anderes sagen zu können.

Speer warf ihr einen schiefen Blick zu. »Sie war bei ihm?«

Geist hörte die Abneigung, ja die Furcht in Speers Stimme, als er diese Worte ausstieß, und mit einemmal begriff er, daß sein Sieg vollkommen war. In Speers Augen war dies die Kindfrau, die den Tod ihrer leiblichen Mutter, den ihrer Schwester und den ihrer Ziehmutter verursacht hatte, und nun war sie offensichtlich Zeugin – zumindest Zeugin – des Todes des Schamanen geworden, der mit ihr befreundet gewesen war.

»Ja«, erklärte er, und seine Stimme war so ausdruckslos wie die von Mayas verzweifelter Bitte.

»Töte sie«, verlangte Speer.

Geist *lächelte*. »O nein, Speer«, versetzte er. »Ich bin jetzt der Schamane. Vertrau mir, ich weiß, wie ich mit ... bösen Geistern verfahre.«

Noch einmal richtete Speer den Blick auf das Mädchen, um dann rasch wieder fortzusehen, als fürchte er sich, sie zu lange anzuschauen. »Was immer du sagst, ... Schamane.«

Und verschwand.

»Geist?«

Der neue Schamane ließ Zaubers Kopf erneut fallen, erhob sich und hinkte auf Maya zu. »Mach dir keine Sorgen, kleine Maya. Jetzt ist alles vorüber.« Er schwieg und fuhr sich mit der

Zunge über die Lippen, kostete den Triumph, an den er schon gar nicht mehr geglaubt hatte, bis zur Neige aus.

Und nun war er da. O ja, das war er.

Er *lächelte.*

»Jetzt ist *alles* vorbei«, wiederholte er, und Maya, die nun endlich verstand, in welch entsetzliche Lage sie sich gebracht hatte, begann zu weinen.

Flußlager des Bisonvolks

»Finde heraus, woher dieser Stein stammt«, befahl Gebrochene Faust.

»Ja, Schamane«, erwiderte Karibu.

Das Grüne Tal

Der Sturm war vorübergezogen, hatte die ganze Nacht über getobt, und nun, da Geist das zitternde, zu Tode verängstigte Mädchen aus dem Geisterhaus hinausführte, das ihr Heim geworden war, schimmerten die Sterne an dem wieder klaren Himmel.

Fast graute der Morgen. Ein schwacher Lichtschein zeigte sich am Klippenrand, hinter dem bald, wie sie vermutete, die Sonne wieder aufgehen würde. Aber nicht für Maya. Für sie gab es nur die Finsternis, die leere trübe Ödnis der Grube. Kein Licht dort. Sie hatte kein Licht, denn das hatte sie selbst fortgegeben.

»Komm, Maya, Beeilung!« drängte Geist sie. Er zerrte an ihrer Schulter. Unbehagen war über ihn gekommen, als er Zaubers leblosen Körper in die Totenfelle eingenäht und für den Scheiterhaufen zurechtgemacht hatte. Alte Beere hatte ihm geholfen, ihr zerfurchtes Gesicht tränennaß, obwohl sie nicht laut geschluchzt hatte. Geist wußte, daß sie trauerte – er wußte, wie nah die beiden Alten einander gewesen waren, wußte es besser als die meisten, hatte er sie doch jahrelang mit krankhafter Eifersucht beobachtet.

Doch selbst Alte Beere akzeptierte den Wechsel. Der Tod war kein Fremder für das Volk – der Kampf gegen den Tod war eins der elementarsten Dinge ihres Lebens, ein Kampf, den sie am Ende immer verloren.

»Bist du traurig, Beere?« hatte er gefragt, als sie damit fertig gewesen waren, Zaubers Totenfell zu ordnen.

Sie hatte etwas Unverständliches gegrunzt, aber genickt. Er hatte über den Leichnam hinweg zu ihr hinübergeschielt, hatte bemerkt, wie ihr Blick von seinem Gesicht abglitt. »Ich bin jetzt der Schamane«, hatte er sie sanft gemahnt. Das war eine Herausforderung, und sie wußten es beide.

Kurzfristig hatten ihre Augen wieder geleuchtet, und sie hatte seinen Blick voll erwidert. Doch dann war es, als könne sie den Ausdruck auf seinem Gesicht nicht ertragen, und hatte wieder den Blick gesenkt.

Dann sprach sie ihre einzigen Worte in jener langen Nacht: »Ja, Geist. Du bist der Schamane.«

Mit diesem Einverständnis sah Geist die letzte Hürde überwunden, den letzten Feind besiegt. Und aus der Befriedigung ob dieses Sieges wurde ein merkwürdiges Gefühl geboren: Mitleid für die Besiegten.

Er konnte es sich leisten. Wer würde sich ihm jetzt noch entgegenstellen? Beere offensichtlich nicht, und Maya ganz gewiß nicht, ganz gleich, welche Pläne Alter Zauber für sie gesponnen haben mochte. Tatsächlich würde er rasch und bedacht handeln müssen, um Speer – und möglicherweise sogar Haut, ihren leiblichen Vater – davon abzuhalten, Maya, die sie für einen bösen, bedrohlichen Geist hielten, glattweg zu ermorden.

Mit Speer wird es keine Schwierigkeiten geben, entschied er, nicht einmal mit Haut. Bleibt noch Wolf, Mayas Bruder, dachte Geist. Er wußte, daß Wolf immer noch zärtliche Gefühle für Maya hegte, doch im Laufe der Jahre war Wolf vom Jungen zum Mann geworden und hatte sich ihr mehr und mehr entfremdet. Wolf mochte ein Problem werden, jedoch nicht Mayas wegen. Nicht, wenn Geist vorsichtig vorgehen würde, und das war seine Absicht. Waren nicht Sorgfalt und Voraussicht das gewesen, was sein bisheriges Leben bestimmt hatte? Nein, eine schreckliche Rache auf Maya herabzubeschwören, könnte Wolf gegen ihn aufbringen, und im Augenblick wollte Geist nicht, daß irgend etwas einen Schatten auf die glorreichen Visionen warf, die er wahrzunehmen beabsichtigte.

Ohnedies war Maya bereits vollständig geschlagen. Nachdem Alter Zauber nun tot war, erkannte Geist, daß all ihre Macht durch den Schamanen begründet gewesen war. Ohne ihn war sie ein Nichts, mit Gewißheit indes keine Bedrohung. Ja, er konnte es sich leisten, großherzig zu sein.

Am besten war es allerdings, daß sie begriff, wie grundlegend ihre Welt sich verändert hatte. Er erinnerte sich an die Rundung ihrer Brüste, die nun unter dem sackartigen, durchnäßten Überwurf verborgen waren, den sie trug. Sein Atem ging schneller.

»Jetzt bist du meine Frau, Maya. Verstehst du das? Du gehörst mir.«

Sie hatte den Blick nicht gehoben. Vielleicht war ein leiser Laut über ihre Lippen gedrungen, die blau vor Kälte waren und im heller werdenden Licht des Morgens bebten. Vielleicht auch nicht.

»Was hast du gesagt?« fragte er nach und zerrte fest genug an ihrer Schulter, daß sie ein wenig ins Straucheln geriet.

»Ja, Geist«, erwiderte sie, deutlich hörbar diesmal. Ihre Augen suchten seinen Blick. Sie erschienen ihm leer und verhangen, wie die Augen eines kleinen Lebewesens, das in einer Falle steckte, aus der es kein Entrinnen gab.

Was natürlich auch so war.

»Gut«, meinte er.

Maya schlief. Sie hatte Träume, aber sie erinnerte sich hinterher an keinen mehr. Da gab es nicht viel zu erinnern – nur riesige, leere, verdorrte Ausblicke auf Verwüstung und Verhängnis, sprühende Funken, die endlos von einem Berg brennender Gebeine aufstiegen.

Da war kein Licht gewesen.

»Nein...«, stöhnte sie stumm. »*Nein...*« Und sie war

erwacht, als harte gelbe Lichtstrahlen durch den offenen Eingang eines ihr fremden Zeltes gefallen waren.

Nein, es war ihr nicht fremd. Sie blinzelte in die Sonne. Sie lag in Felle eingehüllt in der Nähe des Eingangs, einem Fellberg gegenüber, der sich auf der anderen Seite des sanft flackernden Feuers türmte. Das Zelt war warm. Das Rauchabzugsloch war geöffnet, und der graue Rauch entwich nach oben hoch in den Himmel.

Für eine, wie es ihr schien, lange Weile sah sie dem Rauch zu. Sie vermochte keine klaren Gedanken zu fassen. Es schien, als sei auch in ihrem Schädel nichts als Rauch. Nach einer gewissen Zeit begannen die wabernden Nebel sich aufzulösen. Sie hörte Geräusche und fand erstaunt heraus, daß diese Geräusche aus ihrem eigenem Mund kamen. Schluchzer, leise und erstickt. Tränen vernebelten ihr die Sicht.

Sie befand sich in Geists Zelt. Nach einer Weile beruhigte sie sich. Sie fragte sich, was sie wohl tun sollte. Nichts, das war am wahrscheinlichsten. Es gab auch nichts mehr zu tun. Zauber war fort. Das Licht war fort. Sie hatte bemerkt, wie selbst Alte Beere sie mit diesem Ausdruck angesehen hatte, eine Mischung aus Abscheu und Enttäuschung, als sei *sie* auf irgendeine Weise der Grund für Alten Zaubers Tot gewesen.

Von der alten Kräuterfrau hatte sie keine Hilfe zu erwarten.

Und auch von sonst niemandem. Nur von Geist, der sie *anlächelte* und ihr sagte, daß sie nun *seine* Frau sei. Vage begriff sie, daß tatsächlich alles ihre Schuld war. Sie hatte geglaubt, daß die Übergabe des Mammutsteins – dieses verhaßten Symbols ihrer endlosen Knechtschaft – an den jungen Schamanen sie befreien würde – und tatsächlich war sie befreit worden.

Mit Sicherheit würde Alter Zauber nun keine Pläne mehr hinsichtlich ihrer Zukunft schmieden. Und der Stein war auch fort, oder etwa nicht? Sie hatte keine Ahnung, was Geist mit dem Stein angestellt haben mochte, doch sie hatte nicht den geringsten Zweifel, daß der Mammutstein sich nicht mehr im Lager, bei dem Volk befand. Sie hätte dieses Wissen nicht erklären können, nicht einmal vor sich selbst, doch sie war sich dessen so sicher wie der Tatsache, daß die Entfernung des Steins auf irgendeine Weise Alten Zauber umgebracht hatte.

Und das bedeutete, daß *sie* Alten Zauber getötet hatte, genauso, wie sie für den Tod aller Menschen verantwortlich war, die sie jemals geliebt hatte. Plötzlich stießen die Erinnerungen an den Tod von Knospe und Blüte aus keinem ersichtlichen Grund wieder an die Oberfläche ihres Bewußtseins vor, um sie zu quälen. Bis in die gräßlichste letzte Einzelheit entsann sie sich wieder dieses fürchterlichen Tages: der heiße, stinkende Atem von Mutter Löwe, die immer höher in den Baum kletterte; das Jaulen der Jungen unten auf der Erde; die Schreie und wie der Baum mit einemmal zurückgeschnellt war und sie wie einen winzigen Stein durch die Luft geschleudert hatte.

Und dann sah sie wieder die zerfetzten Leiber ihrer Schwester und ihrer Ziehmutter vor sich – und jetzt, in ihrer fiebrigen Vision, standen deren Augen weit offen und sahen sie anklagend an.

»*Du!*« schienen sie ihr zuzurufen. »*Das ist dein Werk! Du hast uns auf dem Gewissen! Ungeheuer! Dämon!*«

»Dämon . . .«, wisperte sie. Ja, das mußte es sein. Es war alles ihre Schuld. Sie mußte bestraft werden. Ohne Zweifel würde Geist sich darum kümmern. Sie las ihre Bestrafung in seinem gräßlichen *Lächeln*, in diesem Anblick, der ihr alle Pein versprach, die sie ertragen konnte.

Nun gut, dachte sie stumpf. *Dann gibt es nun also kein Licht mehr. Ganz allein Dunkelheit.* Wieder wollte sie in Tränen ausbrechen, doch sie vermochte es nicht. Sie hatte keine Tränen mehr.

Sie hatte den Grund der Grube erreicht, und sie hatte es sich allein selbst zuzuschreiben.

»Oh, Mutter . . .«, flüsterte sie.

Doch sie erhielt keine Antwort, und alles, woran sie denken konnte, waren Schlangen. Riesige, schwarze Schlangen, rotäugig, die triumphierend zischten.

Schlangen.

Er hatte vorgehabt, Güte zu zeigen, nun, da er gesiegt hatte. Irgendwo tief auf dem Grund jener verdorrten Ödnis, die Geists wahres Innerstes war, wanderte immer noch ein verlorener kleiner Junge herum, der angstvoll schluchzte. Manchmal, in Zeiten des Triumphs, war die Stimme dieses kleinen Jungen sogar hörbar – das waren die einzigen Momente, in denen es Geist vergönnt war, mit einem anderen menschlichen Wesen zu empfinden. Doch selbst die Empfindung, die ihn in solchen Augenblicken überkam, brachte ihn anderen nicht wirklich nah. Es war eher das Ergebnis nüchterner Überlegung: Geist selbst war einmal ein ganz gewöhnlicher Mensch gewesen – ein verlorener kleiner Junge –, und diese anderen dachten von sich auch als gewöhnliche Menschen, und deshalb mußte es eine Art Verbindung zwischen diesen beiden geben. Keine Verbindung jedoch, die er unmittelbar erfahren konnte.

Nachdem er das Aufschichten von Zaubers Scheiterhaufen überwacht hatte, war er in sein Zelt zurückgekehrt. Es würde ein großes Feuer geben, und er würde ein großes Lied der Heimkehr für den alten Mann singen. Ob er an irgend etwas von dem glaubte, was er in das Lied legte, spielte überhaupt keine Rolle – sie, die anderen, würden es glauben, und das war alles, worum es ging.

Nichtsdestoweniger hatten ihn die körperliche Betätigung, das Aufschichten des trockenen Holzes, das sie nach dem Sturm gesammelt hatten, und der dann sichtbare Beweis seines endgültigen Sieges in eine ausgezeichnete Stimmung versetzt.

Bei seiner Rückkehr hatte er Maya auf dem Rücken liegend vorgefunden, immer noch in ihre Felle gehüllt, den Blick der trockenen Augen zur Spitze des Zeltes gerichtet. Sie hatte das Feuer zu glimmenden Kohlestückchen herunterbrennen lassen, was seinen Unwillen erregte und die dünne Schicht der guten Laune durchbrach, die er bis zu diesem Zeitpunkt gefühlt hatte.

Er wollte, daß die Feuer wieder brannten. Geist bezweifelte ohnehin, daß die Anordnung zum Löschen der Feuer von den Geistern gekommen war. Wahrscheinlicher erschien es Geist, daß Zauber die anderen Menschen aus nur ihm bekannten Gründen gefürchtet und deshalb gehofft hatte, einer Entdeckung zu entgehen, bis die anderen weitergezogen sein würden.

Geist scherte das nicht. Er hatte sorgfältig Speers Berichten gelauscht – das Lager des anderen Volks war klein. Sie hätten nicht die geringste Chance gegen das zahlenmäßig überlegene Volk des Mammuts, und aus eben diesem Grund begannen in Geists Kopf düstere Pläne Gestalt anzunehmen.

Nur zu, sollten diese Eindringlinge doch das Volk finden. Es würde ihnen schon früh genug leid tun – o ja, richtig leid tun.

»Maya, du hast das Feuer ausgehen lassen.«

Stumm starrte sie zu ihm hoch. Ihre Augen – diese fremdartige Mischung aus Grün und Blau – schienen ihn gar nicht zu fixieren, als sähen sie ihn und nähmen ihn doch nicht wahr, als sei er irgendwie gar nicht da.

Bohrende Furcht durchzuckte seine Brust. *Diese Augen.* Doch er hielt sich zurück und hockte sich neben sie, bis sein Gesicht ganz dicht neben dem ihren war.

»Steh jetzt auf, kleine Maya. Ich bin hungrig. Ich will, daß du für mich kochst.«

Sie blieb reglos, als hätte sie ihn gar nicht gehört, als sei sie absolut allein im Zelt. Ihre Augen rührten sich nicht, wenn er mit ihr sprach, und auf einen Schlag war all seine gute Laune verflogen. Wie konnte sie es wagen, ihn zu ignorieren, ihn, Geist, der ihr Herr war, jetzt und für alle Zeiten? Sie mußte dazu gebracht werden, ihm besser zu gehorchen.

»Maya!«

Immer noch diese wachsbleiche Haut, diese leeren, starren Augen.

Wut verzerrte seine Züge. Er griff nach Maya, erwischte eine Handvoll Pelz und zerrte ihr die Decken vom Leib. Die Heftigkeit seiner Bewegung wälzte sie herum wie eine Puppe – und wie eine leblose Puppe lag sie da, rührte sich nicht, lag unbeseelt da und *ignorierte* ihn!

Das konnte er nicht ertragen!

Erst in dem Moment, als er ihren Überwurf mit einer einzigen brutalen Bewegung wegriß, bemerkte er, daß sein Penis steif war und pulsierte. Wie eine Schlange, die zubeißen will.

All seine Gedanken von Sieg und Großzügigkeit verschwanden unter der riesigen Welle von Haß und Wut, die hinter seinen Augen zu wogen begann. Als er sich auf Maya warf, knurrte er, und als er sich in sie bohrte, stöhnte er.

Erst als das Blut zu fließen begann und sie endlich zu schreien anfing, *lächelte* er wieder.

Es war schließlich nur der Schmerz, den er wollte.

Den er *brauchte*.

Das waren seine Gedanken, während er Siedieerhaßte ritt, tiefer und tiefer hinein in die grinsende Dunkelheit.

KAPITEL SECHZEHN

In der Nähe des Grünen Tals: 17983 v. Chr.

Sie waren dem Sturm gefolgt, waren mit ausgreifenden Schritten und unermüdlich ins Morgengrauen gezogen. Schlange hatte die sieben angeführt, und selbst nachdem der reinigende Regen eingesetzt hatte, hatte er Geists Spur nicht verloren. Der Eingang in das Grüne Tal hatte sich vor ihren staunenden Augen aufgetan wie ein schimmerndes Mysterium. Karibu führte sie zu der nächstgelegenen Felswand, so weit entfernt von dem Fluß, der das Tal teilte, wie er konnte.

»Ich denke, wir sollten oben langgehen«, erklärte er.

Ratte nickte. Sollte es hier andere geben – was wahrscheinlich war –, dann würden sie im und nicht oberhalb des Tales leben. Wenn sie vorsichtig waren, konnten sie sich unter Umständen völlig unbeobachtet anschleichen – und wenn sie doch entdeckt wurden, dann hätten sie den Vorteil, von oben Steine auf mögliche Feinde werfen zu können.

Der kleinere Jäger, in dessen leuchtenden Augen sich das tiefblaue Licht des leeren Himmels hoch über ihnen widerspiegelte, deutete auf eine Reihe von Felsvorsprüngen, die einen bequemen Aufstieg zur Spitze der Klippen zu bieten schienen. »Da entlang?«

Karibu nickte versonnen. Ein Teil von ihm sehnte sich danach, diese unglaubliche Entdeckung näher zu erforschen; das Grüne Tal weckte die Sehnsucht in ihm, diese seltsamen Bäume näher zu betrachten, die rätselhaften silbrigen Wölkchen des Rauchs, der kein gewöhnlicher Rauch war, zu riechen, die deutlich über den Wipfeln des Waldes zu sehen waren. Doch er hatte eine Aufgabe. *Finde heraus, woher dieser Stein kommt,* hatte Gebrochene Faust ihm aufgetragen. Er war nicht hier, um das Gebiet zu erforschen. Er war gekommen, um das Lager der anderen auszuspionieren – derer, die schon hier lebten. Ein Anflug von Neid packte ihn. Das Grüne Tal würde nie dem Bisonvolk gehören, denn die anderen hatten es schon für sich beansprucht.

Es wird nie mir gehören, dachte er, *außer . . .*

Doch das war die Entscheidung von Gebrochener Faust – und vom Geist der Lüfte. Zum erstenmal in seinem Leben hoffte Karibu, daß der Gott der Schlangen diesmal hungrig sein würde. Das wäre ein Appetit, den er von ganzem Herzen würde gutheißen können.

Doch zuerst mußten sie herausfinden, wie stark ihr möglicher Gegner war. Und dazu gab es nur einen Weg. »Hoch«, entschied er. »Und kein Laut.«

Er folgte dem Rest der Schar, den gewaltigen Speer griffbereit. Er glaubte, das Keuchen eines Höhlenlöwen auf dem Weg, den sie gekommen waren, gehört zu haben.

Das Lager im Grünen Tal

Es schmerzte. Oh, es schmerzte ja so sehr.

Die Sonne näherte sich ihrem Zenit, als Maya endlich ihren zerschundenen und zerschlagenen Körper aus dem blutigen Fell rollte, auf dem sie wie eine achtlos beiseite geworfene Puppe gelegen hatte.

Jede Bewegung bereitete ihr Todesqualen. Zweimal verlor sie das Bewußtsein, als sie nur versuchte, sich aufrecht hinzusetzen. Schließlich schaffte sie es, sich auf ihren rechten Arm aufzustützen. Als sich der rote Nebel, der um sie wallte, ein wenig lichtete, begriff sie, daß ihr linker Arm sie nicht tragen würde – er war gebrochen, und jedesmal, wenn sie ihn zu benutzen versuchte, raste ein brennender Schmerz ihre Schulter hoch bis in die Zähne, die wie ohne ihr Zutun aufeinander knirschten.

»Uuff . . .«, stöhnte sie. Erstickt drang der Laut durch ihre zusammengebissenen Zähne, quälte sich über ihre geschwollenen Lippen. Ihr Unterleib war eine einzige gigantische, klebrige Quelle der Pein. Undeutlich nahm sie wahr, daß da unten möglicherweise immer noch etwas aus ihr sickerte. Gewiß floß nun ihr Lebenssaft aus ihr heraus, nicht gemäßigt, wie bei dem Bluten, das mit dem Mond kam, sondern es war ein Strom von Blut, auf dem sie – gnädigerweise – bald hinwegtreiben würde.

Als sie ihre Augen zu öffnen versuchte, geschah zunächst gar nichts. Schließlich gelang es ihrem linken Augenlid, mit einem klebrigen Sauggeräusch das Siegel aus geronnenem Blut zu zerreißen, und durch einen rosafarbenen Schleier erblickte Maya das Innere von Geists Zelt. Ihr rechtes Auge ließ sich gar nicht öffnen.

Angestrengt sah sie sich um und versuchte, sich wieder an alles zu erinnern. Es wollte ihr nicht gelingen – der Schock und das Entsetzen und der Blutverlust hatten ihre Erinnerungen getilgt. Sie wußte noch, wie er sich auf sie gestürzt hatte, und dann diese gewaltige, ziehende Qual zwischen ihren Schenkeln, und dann . . .

Nichts.

Ihr linkes Auge blickte starr auf das Lager des jungen Schamanen auf der anderen Seite des schwelenden Feuers. Er würde wiederkommen. Der Gedanke weckte keine Furcht in ihr – was auch immer geschehen mochte, es konnte nicht schlimmer sein als das, was sie erlebt hatte. Etwas in ihr war zerstört. Es erschien ihr in der Tat so, als sei *alles* in ihr zerstört. Sie fühlte nichts als Schmerz – und einen Wunsch . . .

. . . den Wunsch zu sterben.

»Uff.« Mit äußerster Anstrengung zog sie die Beine an und bemühte sich, sich hinzuhocken. In ihrem Kopf drehte sich alles. Einen Augenblick dachte sie, die Dunkelheit würde sie wieder überkommen, doch dann verging der Schwächeanfall, und an seine Stelle trat eine Art von kristallklarer Ruhe. Eine zielstrebige Ruhe.

Und das Ziel war der Tod. Der einzige Ausweg, die einzige Möglichkeit, diese gräßliche Leere zu beenden. Selbst ein Dasein als Geist – denn sie nahm an, daß sie zu einem solchen werden würde –, selbst dieses blasse und rastlose Dasein als Schatten wäre noch besser als das, was sie nun hatte.

Nun hatte sie nichts außer Pein. Geister spürten keine Pein, oder?

»Uuff.«

Sie brauchte fast eine ganze Stunde, und die Sonne hatte ihren Zenit soeben überschritten, als Maya schließlich aufrecht auf die leere, staubige freie Fläche vor Geists Zelt taumelte. Sie holte einmal tief Luft und schwankte weiter, den Pfad zum Ersten See hinunter, auf die Wege zu, die aus dem Grünen Tal hinaus in die weite, leere Steppe führten. Durch den Schleier ihres Schmerzes war sie sich verschwommen der anderen bewußt, nahm sie als schwache, purpurrote Schatten wahr, die entsetzt vor ihr zurückwichen. Doch niemand sagte etwas, niemand machte Anstalten, ihr zu helfen, niemand hielt sie auf ihrer torkelnden, schlingernden Reise ins Vergessen auf.

Die Dämmerung brach herein, als Karibu den Männern schließlich gebot einzuhalten. Sie waren schnell vorangekommen; sie hatten nur wenige Stunden benötigt, um das Lager des Mammutvolkes auszumachen, das sich unter den Felsüberhang der mächtigen Klippen duckte.

Der Anblick hatte Karibu entsetzt. Das war keine umherstreifende Wandererschar; die Zelte der anderen bedeckten beinahe die ganze Fläche des breiten Felsens zwischen dem Fuße der Klippen und dem kleinen See dahinter – und dort standen gar noch mehr Zelte, am Ufer des Wassers, ja auch noch in den Außenbezirken des Waldes!

Und es gab mehr Menschen, als er zählen konnte! Sie wimmelten auf den Wegen; Männer, Frauen und viele, viele Kinder. Es schien eine enorm große Anzahl von Kindern zu geben – die meisten zu jung, um im Kampf eine Rolle zu spielen, doch auch die jungen Jäger waren zahlreich. Er entdeckte das Zelt des Mysteriums – das er ganz richtig für den Versammlungsort der Männer des Stammes hielt – und war entsetzt angesichts seiner gewaltigen Größe. Diese Menschen waren so zahlreich wie die

Blätter an den Bäumen; wenn sich alle Bisonleute in ihre Mitte setzen würden, würden sie so vollständig verschluckt werden wie ein Stein, den man in einen See warf.

Doch Karibu war ein großer Jäger, und er wußte, wie man Furcht besiegte. Er unterband das aufgeregte Geflüster der anderen, bedeutete ihnen, sich still in ihrem Versteck oberhalb des Lagers zu verhalten, und winkte Ratte zu sich.

»Wie viele?« fragte er leise.

Rattes für gewöhnlich funkelnde schwarze Augen waren zu nachdenklichen Schlitzen zusammengekniffen. »Zu viele«, antwortete er mit ebenso leiser Stimme.

Er hat Angst, dachte Karibu abwesend. *Nun ja, das habe ich auch.*

»Wir müssen Faust warnen. Aber zuerst müssen wie die anderen dort genau erkunden.«

Ratte nickte, obwohl es offensichtlich war, daß der Gedanke, den möglichen Feind eine Weile zu beobachten, nicht die oberste Stelle in seinem Denken einnahm. Alles, was Ratte Karibus Meinung nach tun wollte, war, von hier wegzukommen, bevor sie entdeckt wurden. Doch Karibu war der Anführer, und er konnte das nicht zulassen, auch wenn er großes Verständnis für Rattes Wunsch verspürte.

»Schneid einen Zweig ab«, befahl er Ratte.

Ratte zögerte, um dann zu nicken und auf dem Bauch rückwärts kriechend zu verschwinden, bis er von unten nicht mehr gesehen werden konnte. Dann hockte er sich hin und benutzte sein Messer, um einen Zweig von einem niedrigen Gebüsch abzutrennen. Zähflüssiger Pflanzensaft troff aus dem zerfaserten Schnitt. Er kehrte zurück und reichte Zweig und Messer an Karibu weiter, der Ratte mit einer leichten Kopfbewegung bedeutete, sich wieder zu den anderen zurückzuziehen.

Nun stand der gefährlichste Teil der Aktion an, den Karibu natürlich sich selbst vorbehalten hatte. Er kroch zum Rand, bis er einen ungehinderten Blick auf das Lager tief unter sich hatte. Sein Kopf war gut sichtbar, sollte es jemandem von den anderen in diesem Moment einfallen, in seine Richtung hochzuschauen. Er hoffte, daß die blendende Sonne in seinem Rücken zumindest einen gewissen Schutz darstellen würde, doch konnte er damit nicht unbedingt rechnen.

Dann begann er, gefährlich auf seinem hohen Ausguck postiert, für jeden der anderen, den er sah, eine kleine Kerbe in den Zweig zu ritzen. Er arbeitete, so rasch er konnte, verkrampft und in unbequemer Stellung. Und hoffte, daß die Länge des Zweiges ausreichen würde.

Nun, wo sie einen sicheren Abstand zwischen sich und das Gewimmel im Lager des fremden Volkes gelegt hatten, bedeutete Karibu ihnen, anzuhalten. Nachdem er so viele der Fremden gezählt hatte, wie er konnte, hatte er seine Männer zurückgezogen und war mit ihnen am Klippenrand entlang zurückmarschiert, bis sie zu einem Weg hinab ins Tal gelangten. Dort machten sie sich an den Abstieg. Karibu hatte immer noch vor, diese seltsamen Rauchfähnchen, die sie gesichtet hatten, zu enträtseln. Dies hielt er für das Gefährlichste ihrer Erkundung. Falls die geheimnisvollen Rauchwölkchen eine möglicherweise noch größere Ansammlung von anderen Menschen bedeuten sollten – was für eine unheilvolle Vorstellung! –, dann mußten er und Faust auch darüber informiert sein.

Was immer er selbst im stillen von dem Schamanen halten mochte – und sie waren einst sogar Freunde gewesen –, die Rolle von Gebrochener Faust im Leben des Bisonvolkes war von entscheidender Bedeutung. Karibu hatte noch nicht ganz begriffen, welche Bedeutung er selbst inzwischen erlangt hatte – obwohl er vermutete, daß sie groß sein mußte und dies die Ursache für Fausts immer offener geäußerte Feindseligkeit war –, doch auch wenn er sie begriffen hätte, wäre er der festen Überzeugung gewesen, daß sie beide zusammenhalten mußten, besonders in Situationen wie der augenblicklichen, wo dem Bisonstamm wirklich Gefahr drohte.

Also tat er seine Pflicht, obwohl der Marsch durch den bedrohlichen Wald mit all den seltsamen Gewächsen und Geräuschen einen ängstlichen Ausdruck auf ihrer aller Gesichter brachte.

Der See der Rauchwolken hatte sich als ein weiteres Wunder erwiesen. Und Karibu hatte große Erleichterung angesichts der Tatsache verspürt, daß es sich nicht um Lagerfeuer einer weiteren Niederlassung handelte, die vielleicht noch größer war als die am Ende des Tals.

Als sie anhielten, kurz bevor sie das eigentliche Tal verließen, funkelten die Sterne wie silberne Augen an dem schwarzen Baldachin des Nachthimmels. Das Geräusch, das sie hatte erstarren lassen, war erschreckend gewesen: das teife, gutturale Brüllen eines Höhlenlöwen, unverkennbar – und nah.

Sehr nah.

Finsternis hatte sich über sie gesenkt, die auch die Sterne nur schwach zu erhellen vermochten.

Karibu hob seinen Speer und blickte beklommen in die Runde.

»Schlange?«

Der kleine Mann zitterte fast vor Aufregung und Furcht. »Da!« zischte er. »Gleich da drüben! Und ... noch etwas anderes.«

»Etwas anderes?«

»Was?« Karibu war nicht in Stimmung für Ratespiele – Löwen waren schon schlimm genug, und wenn sie bei Nacht jagten, war das sogar noch schlimmer. Ein unbehagliches Kribbeln zog über seinen Rücken. Irgend etwas stimmte nicht. Höhlenlöwen jagten nie in der Nacht. Doch das erstickte Knurren war unverkennbar gewesen – *irgend etwas* jagte da draußen.

»Blut«, flüsterte Schlange.

Karibu durchfuhr ein tödlicher Schrecken. Wer wußte schon, welche seltsam und furchterregenden Geister diesen Stamm der anderen beschützen mochten? Hatten sie diese Geister – wie auch immer sie geartet sein mochten – geweckt? Waren da draußen Geister und nicht Höhlenlöwen auf der Jagd?

Er umklammerte seinen Speer fester und wünschte sich, daß Faust mit ihnen gekommen wäre. Geister waren etwas für Schamanen, nicht für Jäger, ganz gleich, wie stark diese sein mochten. Doch Gebrochene Faust war nicht hier. Also würden die Jäger sich allein behaupten müssen.

»Schlange, du bleibst bei mir. Ratte, du führst die anderen an. Gehen wir.«

Dicht zusammengedrängt, die weißen Augäpfel im Schein des aufgehenden Mondes schimmernd, huschte die kleine Schar den Pfad entlang.

Irgendwo in der Nähe gähnte etwas Großes.

Maya stolperte die Wege entlang, verlor immer wieder halb das Bewußtsein, gewann es wieder; selbst als die Dunkelheit über sie hereinbrach, hatten es ihre Beine noch irgendwie geschafft, sie zu tragen.

Doch dann, wann genau, hätte sie nicht zu sagen vermocht, zwangen ihre zuckenden Schenkel – so klebrig, so heiß war es da unten, so ... *leer* –, sie einzuhalten. Die überanstrengten Muskeln wollten ihr einfach nicht länger gehorchen, und mit einem leisen gurgelnden Seufzer sank sie da, wo sie eben noch gestanden hatte, in die Knie und brach schließlich ganz zusammen.

Sie lag auf der Seite. Ihr angeschwollener linker Arm sandte Schmerzensschreie in ihr Hirn, doch der Schmerz schien weg, weit weg zu sein. Er hatte nichts mehr mit ihr zu tun. Sie war inzwischen fast blind; auch ihr linkes Auge versagte den Dienst, gleichgültig wie sehr sie sich mühte, die Blutrinnsale wegzublinzeln. Die tiefe Schnittwunde über ihrer Braue platzte jedesmal wieder auf, wenn sie sich mit dem Arm über die Stirn fuhr, um sich das Blut aus den Augen zu wischen.

Schwarze Dunkelheit brach über die stille Welt herein; Maya wußte, daß sie sich weiter vom Lager entfernt hatte als je zuvor, doch diese stöhnende, nörgelnde und fordernde Stimme in ihr wisperte die ganze Zeit unerbittlich: noch nicht weit genug. Noch immer befand sie sich im Schutz des Tales, und ihr Ziel lag noch in weiter Ferne. Sie wollte *hinaus*, nach draußen auf die weite Ebene, wo die kalten Winde ihr ins Gesicht beißen, die rastlose Hitze kühlen würden, die in ihrem Innern brannte, bis sie schließlich einfach auf diesen Winden würde davonschweben können, ein Schatten, der Geist des Bösen, den jeder in ihr sah.

»Uh-*ougha*!«

Der leise, gräßliche Laut durchdrang ihren Nebelschleier, wie dies vielleicht kein anderes Geräusch vermocht hätte. Sie kannte es nur zu gut; in ihren Alpträumen hatte sie es immer wieder verfolgt.

Mutter Löwe war auf der Jagd. Fast gelang ihr bei dieser Erkenntnis ein Lächeln, trotz abgebrochener Zähne und geschwollener Lippen. Vielleicht wäre das ein besserer Weg als die leere Steppe; es war etwas Angemessenes an diesem Tod durch Klauen und Zähne, etwas, das ihr gefiel.

Mutter Löwe hatte sie nach der greulichen Zerstückelung von Knospe und Blüte verschont. Mayas Kraft hatte damals nicht ausgereicht, um diese beiden zu retten. Jetzt würde sie auch nicht ausreichen, um sich selbst zu retten.

Dankbar streckte sie ihren rechten Arm dem Tod entgegen. »Komm«, lockte sie. »Komm zu mir.«

Die Bewegung riß frische Wunden wieder auf, und frisches Blut – eben das Blut, das die großen Raubtiere aus ihren Höhlen ganz in der Nähe gelockt hatte – schickte seinen Duft in die Nachtluft aus. Mutter Löwe witterte den verführerischen Geruch der Hilflosigkeit und eilte herbei.

Es geschah alles so schnell, daß Karibu hinterher nicht genau hätte sagen können, was vor sich gegangen war. Alles, was er wußte, war, daß plötzlich, ganz dicht an seinem Ellbogen, etwas Dunkles und Schweres durch das Unterholz brach, das den Pfad säumte. Er sah, daß einer seiner Männer aufschreiend zu Boden ging, sah den riesigen angreifenden Schatten und hatte kaum die Zeit, den Speer fest in die Hand zu nehmen. Er kniete immer noch, als Mutter Löwe wild brüllte, von der Spitze des Speeres getroffen.

Die Wucht ihres mörderischen Angriffs warf ihn rückwärts zu Boden, doch noch im Fallen hörte er ihr Todesröcheln: ein leises, gurgelndes, seufzendes Zischen, als das Blut in ihre Lungen strömte und heiße, stinkende Luft entwich.

Seine Speerspitze hatte ihre rechte Lunge durchbohrt und

dann ihr großes Herz fast in zwei Teile geschlitzt. Sie war tot, noch bevor sie sich im Fallen den Speer noch tiefer in den Körper trieb und schließlich Karibu unter sich begrub.

Karibu trat und strampelte wild um sich, als ihr übelriechendes, schmutziges Fell ihm Nase und Mund verstopfte und die Leibesmassen ihm die Sicht raubten.

Er setzte seine Anstrengungen noch ein paar Sekunden fort, bevor die Erkenntnis, daß die Löwin tot war, in sein panisches Bewußtsein eindringen konnte.

»Ufff!« grunzte er und stemmte noch einmal gegen das Gewicht, das ihn zu Boden drückte, und die Muskeln an seinen Schultern und seiner Brust schienen vor Anstrengung schier zu bersten. Der tote Körper von Mutter Löwe bewegte sich leicht, so daß es ihm gelang, seinen Kopf unter ihr hervorzustrecken und tief Luft zu holen.

»Helft mir!« rief er dann.

Er hörte Rascheln im Unterholz, schwaches Flüstern und dann Rattes leise, aber deutliche Stimme.

»Karibu?«

»Ich bin in Ordnung!« antwortete er. »Er ist tot, der Löwe ist tot, und jetzt *holt mich endlich hier raus*!«

Plötzlich wurde die Nacht lebendig. Ratte stieß einen schrillen Triumphschrei aus. Schlange lachte wie wahnsinnig. Die anderen stimmten ein, und Karibu mußte brüllen, um sich Gehör zu verschaffen.

»Seid still, ihr Narren! Wir sind hier nicht allein. Seid still!«

Allmählich kehrte wieder Ruhe ein, nur hin und wieder durch angestrengtes, gedämpftes Schnauben unterbrochen, als die anderen sich plagten, den blutigen Löwenkörper von Karibus hingestreckter Gestalt zu hieven. Nach einigen Minuten schweißtreibender Mühe spürte Karibu, wie die Last des toten Tieres von ihm genommen wurde und er nicht länger das Gefühl verspürte, daß ihm sämtliche Rippen gebrochen würden. Er setzte sich auf und wuchtete sich dann auf die Füße. Als er zu Boden sah, bemerkte er, daß der schlaffe Kadaver des liegenden Löwen ihm auch so fast bis zur Hüfte reichte.

Gigantisch, wahrlich. Doch ein Löwe und kein Geist, auch

wenn es der größte Löwe war, den er je zu Gesicht bekommen hatte. Er hatte mehr als Glück gehabt in dieser Nacht. Er schickte ein stummes Dankgebet an den Geist der Lüfte, der gewiß über ihn gewacht hatte.

Erst als das erledigt war, erlaubte er sich, über die Situation nachzudenken. Es war schon mehr als seltsam – alles, was er von den mächtigen Raubtieren wußte, sagte ihm, daß sie *nie* nach Einbruch der Dunkelheit auf die Pirsch gingen. Darüber hinaus wichen Höhlenlöwen den Menschen gewöhnlich aus. Und doch hatte dieses Riesenvieh sie bei Nacht angegriffen? Warum?

Er sollte nie eine Antwort auf seine Frage erhalten, nie entdecken, daß Mutter Löwe über die Jahre hin ihre Angst vor dem Menschen verloren hatte; eine gewisse Vertrautheit – die Male, wo sie Menschenblut gekostet hatte – hatte auch zu Verachtung geführt. Denn dies war tatsächlich dieselbe Löwin, die Knospe den Bauch aufgeschlitzt, Blüte fast enthauptet und später noch zwei kleine Kinder des Mammutvolkes verschleppt hatte, die sich zu weit von ihren Müttern entfernt hatten und nie mehr gefunden wurden.

Sie war ein Menschenfresser geworden, und es war der Geruch von Menschenblut und Menschenbeute gewesen, der sie angelockt hatte, hatte sie doch Mayas Hilflosigkeit ebenso deutlich gewittert, mit der sie die Erschöpfung eines Beutetieres gewittert hätte, draußen in der Steppe, die so gut zur Farbe ihres Fells paßte.

Doch das sollte Karibu nie erfahren, und so blieb ihm nichts übrig, als verwundert seinen Kopf zu schütteln, während er darauf wartete, daß das Herz in seiner Brust wieder ruhiger schlug. Die anderen drängten sich um ihn, vor Ehrfurcht verstummt vor dem Ungeheuer, das ihr großer Jäger mit einem einzigen Speerstoß zur Strecke gebracht hatte.

Karibu schüttelte sich, bückte sich, legte die Hand um seinen Speerschaft und ruckte ihn hin und her, um seine Waffe aus dem mächtigen Kadaver zu ziehen.

»Geist der Lüfte, das war knapp«, sagte Ratte.

Karibu nickte.

»Sie muß krank gewesen sein – oder von einem bösen Geist getrieben.«

Karibu wußte dazu nichts zu sagen. Rattes Gedanke glich seinen eigenen schlimmen Ahnungen allzusehr. Endlich löste sich der Speer aus dem festen Fleisch des einst starken Tieres. Der Jäger kniete sich hin und wischte die Spitze am Löwenfell sauber.

Für einen Moment verlockte ihn der Gedanke, sich eine Trophäe mitzunehmen – der Kopf wäre wirklich nett; Karibu konnte das schwache Aufblitzen der langen Zähne des Tieres sehen, die im Sternenlicht schimmerten –, entschied jedoch, daß sie nicht genug Zeit für solche Spielereien hätten. In der stillen Nachtluft hallten Geräusche meilenweit; wer mochte den Kampflärm noch gehört haben?

»Gehen wir«, sagte er, als er seine Waffe gesäubert hatte.

Leise murrend versammelte sich der Rest der Männer um ihn. Auch sie verlangte es nach Trophäen; in dem toten Körper zu ihren Füßen ruhte große Macht, und es würde nur wenige Minuten dauern, um die Klauen von dem Riesenkadaver abzutrennen.

Karibu jedoch gewährte ihnen diese Zeit nicht. Er war immer noch nicht ganz davon überzeugt, daß es nicht doch eine übersinnliche Macht gewesen war, die die Löwin in der Nacht auf Menschenjagd geschickt hatte. Und er war sicher, daß er sich bedeutend besser fühlen würde, sobald er dieses geheimnisvolle und furchterregende Tal hinter sich gelassen haben würde.

Sie hatten sich gerade zum Gehen gewandt, als Schlange sagte: »Da drüben. Hört ihr denn nichts?«

Karibu starrte ihn an.

»Da atmet etwas. Und ... da ist Blut.«

Und so kam es, daß Schwarzes Karibu, Häuptling des Bisonvolkes, Maya vom Volk des Mammuts entdeckte, und Kräfte, deren sich keiner von ihnen bewußt war, wurden wieder zusammengeführt.

Maya erwachte und hatte für eine Weile das Gefühl, durch die Luft zu schweben. Der Schmerz hatte sie geweckt und sie davon überzeugt, daß Mutter Löwe sie auf irgendeine geheimnisvolle Weise ein zweites Mal verschont hatte.

Die Frage, wo sie war, vermochte sie nicht zu beantworten. Sie versuchte, durch den Nebel der stechenden Schmerzen hindurchzudringen, zu erkennen, was mit ihr geschah; irgend etwas hielt sie mit festem Griff, etwas, das sich gleichmäßigen, kräftigen Schrittes vorwärtsbewegte. Das Gefühl war so fremd, daß sie in ihre frühe Kindheit zurückgehen mußte, um etwas Vergleichbares zu finden: *Getragen werden*. Irgend jemand *trug* sie. Als sie diesen Teil des Ganzen einmal begriffen hatte, machte es keine Mühe, sich auch den Rest auszumalen. Die Arme, die sie hochhielten, waren stark und muskulös. Massive Lungen arbeiteten ganz nah an ihrem Kopf; sie bemühte sich die Augen aufzuschlagen, doch das geronnene Blut und die Schwellungen in ihrem Gesicht vereitelten ihre Anstrengungen. Ihr linker Arm baumelte nach unten, und jede Erschütterung ließ ein Glockenspiel aus Schmerzen auf dieser Körperseite erklingen.

»Mmmmahh . . .« Sie versuchte zu sprechen, doch alles, was sie vorbringen konnte, war ein schwaches Stöhnen. Wer oder was immer sie trug, hielt inne. Stumpfe, dröhnende Geräusche, rhythmisch, aber unverständlich, drangen an ihre Ohren. *Worte*, dachte sie mit vernebeltem Kopf. Jemand sprach, doch sie konnte nichts verstehen.

Karibu sah auf seine Last hinab. Der Mond war aufgegangen und übergoß die Steppe mit seinem silbrigen Licht, doch selbst seine scharfen Augen konnten keine genauen Einzelheiten der Gestalt in seinen Armen ausmachen; allerdings sah er genug, um zu wissen, daß diese seltsame junge Frau gräßlich verletzt worden war. Die dunklen Schatten, die ihr Gesicht zeichneten, die weichen Schwellungen, die er ertastete, und auch der in einem merkwürdigen Winkel herabhängende linke Arm weckten Zweifel in ihm, ob er nicht eine dem baldigen Tod geweihte Bürde trug.

Wenigstens war sie nicht zur Beute des Löwen geworden, ob durch Zufall oder dank einer wohlwollenden Vorsehung. Was hatte sie da draußen gemacht, so weit weg von ihrem Stamm, mit gebrochenen Gliedern, am Rande einer Ohnmacht? Vielleicht war sie ein Omen oder auch ein Geschenk des Schlangengottes. Was auch immer, er hatte sie nicht einfach da liegen lassen können. Es war besser, sie zu Gebrochener Faust zu bringen und ihn entscheiden zu lassen, was man mit ihr anstellen sollte. Als er sie aufgehoben hatte, hatten die Knochen in ihrem verletzten Arm so vernehmlich aufeinandergemahlen, daß er den schwachen, knirschenden Ton hatte hören können. Sie hatte einen gellenden Schrei ausgestoßen, war dann schlaff in sich zusammengesunken. *Besser für sie,* hatte er zu diesem Zeitpunkt gedacht.

Er hatte sie meilenweit über die Steppe geschleppt. Sie mit sich zu tragen, ließ sie langsamer vorankommen, als ihm lieb war, doch auch so waren sie noch schnell genug. Nichts und niemand schien ihnen zu folgen, soweit er das in der Finsternis beurteilen konnte. Nun, da der Mond sich dem Horizont entgegensenkte, begann ein schwacher grauer Schimmer den Himmel hinter ihnen aufzuhellen – eine falsche Morgendämmerung, der die richtige bald folgen würde.

Sie wand sich in seinen Armen, gab leise klagende Laute von sich. »So, kleine Frau. Bald kannst du dich ausruhen«, knurrte er in einem Tonfall, den er für beruhigend hielt.

Er konnte kaum sehen, wie sich ihre Lippen bewegten, wie ihre Zunge langsam zwischen den Zähnen hervorkroch, doch er verstand. »Ratte«, sagte er. »Tauch ein Stück Leder in dein Wasser.«

Ratte schloß zu ihm auf und gab ihm ein Stück Leder, das er von seinem Umhang abgerissen und in seinen Wasserbeutel getunkt hatte. »Halte es ihr an die Lippen«, wies Karibu ihn an.

Wortlos gehorchte Ratte. Karibu konnte die Unruhe des kleineren Mannes spüren, doch er ignorierte sie. Mit Ratte konnte er fertig werden. Die Frau schmeckte die Flüssigkeit und stöhnte leise. Ihre Lippen – er konnte sehen, wie geschwollen sie waren – schlossen sich um das weiche Leder und saugten an ihm. Sie wurde ruhiger.

Karibu seufzte. »Laß uns weitergehen«, sagte er.

Sie war leicht wie ein Vögelchen. Wieder fragte er sich, was ihr wohl widerfahren sein mochte. Wenn sie am Leben blieb, würde sie es womöglich selbst erzählen können.

Aus irgendeinem geheimnisvollen Grund sehnte er sich nach diesem Augenblick. Sie zu tragen, weckte in ihm schöne Erinnerungen an glücklichere Zeiten mit seiner Schwester.

Schlange, der ihnen vorausgeeilt war, hastete zurück. »Es ist nicht mehr weit«, verkündete er. Sie gingen nun schon geraume Zeit nordwärts, parallel zum Fluß.

Karibu knurrte. Seine Arme schmerzten, doch er hatte nicht vor, seine Bürde abzugeben. Schon hatte er begonnen, sie als sein Eigentum zu betrachten.

Seine Entdeckung. Seine . . . Frau.

Seine.

Heimlager, das Grüne Tal

Geist stellte sich vor, wie nett es sein würde, die Finger seiner rechten Hand zu Haken zu krümmen, seine Fingernägel in die weiche Stelle zwischen Speers Augen zu krallen und zu zerren, ihm das Wangenfleisch von den Knochen zu reißen wie die Haut eines erlegten Karibus. Er konnte das Muster des rohen Fleisches und der glänzenden weißen Sehnen, die dann freigelegt werden würden, beinahe vor Augen sehen. Er erbebte leicht angesichts dieser wunderschönen Vision, doch Speer bemerkte dies nicht. Geists Miene spiegelte nach wie vor Mißbilligung.

»Sie hat den Weg in den Wald genommen«, ließ Speer mit ausdrucksloser Stimme verlauten.

Geist hatte den Großteil des Tages im Geisterhaus verbracht, wo er die Leiche von Alter Zauber für das Feuer am nächsten Tag vorbereitet hatte. Was immer er auch von dem alten Schamanen gehalten hatte, gewisse Dinge mußte man ordentlich erledigen; die machtvollen Kräfte, die den Alten beschützt hatten, mußten besänftigt werden, und wenn auch nur, um zu verhindern, daß ihr Zorn sich gegen den neuen Schamanen richtete. Darüber hinaus war Geist sich dessen bewußt, daß fremde

Augen ihn beobachten würden, Augen, die auf den kleinsten Fehler in den Begräbnisriten lauern würden – Alte Beere mochte sich ihm dem Anschein nach unterworfen haben, doch sie war und blieb eine Gegnerin und verfügte immer noch über ihre mächtigste Waffe: den Klatsch der Frauen.

Also hatte er alles gewissenhaft ausgeführt, auch wenn es ihn viel Zeit gekostet hatte; die Herrichtung des Körpers selbst, die langen Trauergesänge, die Überwachung der Errichtung des Scheiterhaufens. Endlich, in der Abenddämmerung, war er in sein Zelt zurückgekehrt, um dort zu entdecken, daß Maya fort war.

Und nun erzählte ihm dieser Narr von einem Jäger, daß das halbe Dorf sie gehen gesehen hatte, daß jedoch niemand den Versuch gemacht hatte, sie aufzuhalten oder auch nur Geist von ihrem Verschwinden in Kenntnis zu setzen.

Ja, es wäre sehr nett, Speer bei lebendigem Leib mit einem stumpfen Schabmesser zu häuten, dann seine Gedärme herauszuzerren und sie in den schreienden Schlund zu stopfen. Langsam.

Geist sog zitternd den Atem ein und *lächelte*. Speer wandte den Blick ab. »Nun gut, Speer. Wann ist sie gegangen?«

Speer teilte es ihm mit. Er hatte natürlich gesehen, wie sie fortgetaumelt war, hatte gedacht: »Gut, daß ich sie los bin.« Nun schwante ihm, daß er eine Art Fehler begangen haben könnte. Der Zorn wallte in beinahe sichtbaren Wogen von Geist aus, und Speer bemerkte erst jetzt, daß Geist bedeutend aufgebrachter war, als er vermutet hatte.

Und das verwirrte ihn. Warum war Geist so wütend? Jeder, der Augen im Kopf hatte, hatte sehen können, daß der neue Schamane das Mädchen von Anfang an gehaßt hatte. Jahrelang hatte er Maya wie Dreck unter seinen Füßen behandelt. Ja, Speer war nicht davon überzeugt, daß Geist sie, ohne zu zögern, umgebracht hätte, wäre da nicht Alter Zauber gewesen, der sie schützte. Nun jedoch schien sich alles geändert zu haben.

»Sie ist gegangen, als die Sonne hoch am Himmel stand. Was kümmert es dich, Schamane? Sie war ein böser Geist. Das hast du selbst gesagt. Warum liegt dir daran, daß ein böser Geist mitten unter dem Volk lebt?«

Zum erstenmal spürte Geist die volle Bedeutung des Geheimnisses. Er wußte, wer Maya war, und warum er sie haben mußte. Sie war Siedieerhaßte, ihrer Macht beraubt, und er mußte dafür sorgen, daß das so blieb. Doch sie war ihm entkommen. Er spürte eine kleine Woge des Schreckens – war das Zufall? Oder war die schreckliche Mutter wieder am Werk und schmiedete Pläne gegen ihn?

Doch nichts davon durfte er Speer sagen. Das Geheimnis mußte gewahrt bleiben. Fast hätte er einen Anflug von Mitgefühl ob der Qualen verspürt, die Alter Zauber durchlitten haben mußte, als ihm noch die Wahrung des schweren Erbes oblegen hatte.

Er zwang sich dazu, seine Stimme ruhig und besonnen klingen zu lassen. »Speer«, sagte er. »Maya war in der Tat von einem bösen Geist besessen. Doch ich bin der Schamane, und ich weiß, wie man mit diesen Dingen umgeht. Du hast sie gesehen?«

Speer nickte trotzig.

»Geister müssen ausgetrieben werden. Damit war ich gerade befaßt.«

Speer erinnerte sich an Mayas Blut, an die schreckenerregenden Blutergüsse, den seltsam verdreht herabbaumelnden Arm und erbebte. Wäre *er* ein böser Geist gewesen, hätte er einen solcherart geschundenen Körper wohl längst verlassen. »Ja«, sagte er.

»Also gut«, Geist straffte sich. »Ich war noch nicht fertig mit ihr. Ohne Zweifel hat der böse Geist ihr zur Flucht verholfen. Jetzt ist er irgendwo da draußen. Wir müssen sie finden, einfangen und wieder zurückbringen, so daß ich meine Arbeit zu Ende führen und diese große Bedrohung für das Volk ein für allemal beseitigen kann. Verstehst du mich?«

Zögernd nickte Speer. Er verstand, gleichgültig, wie groß der Widerwille war, den er dagegen verspürte, das verfluchte Mädchen zurückzubringen.

»Gut«, meinte Geist, und wieder *lächelte* er. »Kannst du die

Männer zusammenrufen? Sie dürfte nicht schwer zu finden sein. In ihrem Zustand kann sie nicht weit kommen.«

Wieder nickte Speer. Nein, weit konnte sie nicht gekommen sein. Aller Wahrscheinlichkeit nach war sie inzwischen schon tot. Der Gedanke mißfiel ihm keineswegs. Ja, das war die wahrscheinlichste Lösung; und wenn sie ihren leblosen Körper fanden, würde Geist vielleicht auch zufrieden sein. Speer mochte die Art, wie der Schamane ihn anlächelte, ganz und gar nicht. Hinter seinen dunklen Augen brannte ein Fieber, und seine Zähne schienen zu groß zu sein.

»Ich rufe Haut. Und Wolf«, entschied er. »Das sollte genügen.«

»Einverstanden. Beeilt euch«, sagte Geist und schwieg dann eine Weile. »Aber wartet auf mich. Ich werde mit euch kommen.«

Die ersten Sterne gingen auf, als sie mit weitausgreifenden Schritten den Pfad hinuntereilten. Doch sie fanden sie nicht. Nicht in jener Nacht. Lange Zeit nicht. Und als sie sie fanden, hatte sich viel verändert.

KAPITEL SIEBZEHN

Flußlager des Bisonvolks: 17982 v. Chr.

Der Frühling setzte in diesem Jahr zeitig ein. Ende des vierten Mondes brach die Eisdecke des Flusses mit lautem, dröhnendem Krachen auf, verstopfte die dahinstürzenden Wasser mit gezackten Eisbergen, von denen hohe weiße Gischtfontänen in den Himmel stiegen.

Karibu führte eine Gruppe von Jägern aus dem Lager und kehrte drei Tage später zurück. Sie brachten das Fleisch reicher Beute mit, die sie nur einen Halbtagesmarsch weit entfernt auf der anderen Flußseite erlegt hatten. Die Frauen waren ihnen entgegengegangen und nahmen frohen Herzens genug Nahrung in Empfang, um das Bisonvolk für viele Tage, mehr als zweimal die Finger jeder Hand, zu ernähren.

Die Zeichen standen günstig, auch wenn es anfangs nicht so ausgesehen hatte. Als sie das erste Mal von ihrem Erkundungszug aus dem Grünen Tal zurückgekehrt waren, hatte Karibu gefürchtet, daß dem Bisonvolk Schreckliches bevorstünde, doch dem war nicht so gewesen.

Es hatte Zeichen gegeben, und das erste schlechte hatte darin bestanden, daß sie Eichhörnchen in der Dunkelheit im Kampf mit Mutter Löwe verloren hatten. Als sie sein Fehlen bemerkt hatten, war es bereits zu spät gewesen, umzukehren und ihn zu suchen. Das zweite schlechte Omen war die Frau selbst gewesen. Karibu hatte schon befürchtet, sie werde sterben – im unbarmherzigen Tageslicht hatten ihre Verletzungen sich als wahrhaft grauenvoll erwiesen. Sie war immer wieder ohnmächtig geworden, als Gebrochene Faust ihren zerschmetterten Arm gerichtet und ihre Wunden mit magischem Balsam gesalbt hatte. Karibu hatte eigenhändig ihr Schultergelenk mit einem einzigen heftigen Ruck wieder eingerenkt – da hatte die Frau erneut das Bewußtsein verloren, und er hatte eine Zeitlang gedacht, sie werde nicht mehr erwachen.

Und doch hatte die Frau irgendwie überlebt. Fieberanfälle hatten sie geschüttelt, und sie war immer mehr dahingesiecht, bis ihre Knochen wie Stöcke aus der Haut stachen. Doch sie starb nicht. Nach drei Wochen schließlich wurde sie das erstemal mit klarem Blick wach.

Die Schnitte in ihrem Gesicht und die Blutergüsse um ihre Augen waren zu diesem Zeitpunkt schon verheilt; zwei Vorderzähne waren ausgeschlagen, doch wenn sie zu ihm hochlächelte, war sie schön in Karibus Augen.

Vor allem ihre Augen; anders als die des Mammutvolkes, hatten die des Bisonvolkes nicht alle schwarze Augen. Die Tatsache, daß Maya ein blaues und ein grünes Augen hatte, war jedoch auch hier eigenartig, aber auf keinen Fall mit einem Fluch behaftet. Auch ansonsten rief ihre Augenfarbe wenig Beachtung hervor, außer vielleicht bei den Frauen, für die es klar war, daß Karibu sie sich vielleicht aufgrund dessen zur Frau genommen hatte. Doch selbst unter den Frauen verblaßte die Eifersucht zu Beginn des Winters, und als Maya wieder krank wurde, hustete und glänzende Speichelfäden hochwürgte, pflegten die Frauen sie, ohne zu murren.

Wieder fürchtete Karibu, er werde sie verlieren, doch wie zuvor, verhinderte die innere Kraft der Frau ihren Tod. Die Fieber- und Hustenanfälle hielten fast eine ganze Woche an, und weitere zwei Wochen war sie ermattet und apathisch, doch danach begann sie wieder zuzunehmen und Interesse an ihrer neuen Umgebung zu zeigen.

Der erste Wintersturm war in der Nacht über das Flußlager hinweggefegt, und als das Volk am Morgen erwachte, war seine Welt weiß geworden. Sie hatten ihren Lagerplatz jedoch gut gewählt, und die Felsufer des Flusses schützten sie vor den schlimmsten Unbilden des Wetters. Die Jäger hatten großen Erfolg gehabt, und so waren die Vorratslager voller Trockenfleisch. Wenn sie Wasser brauchten, mußte sie nur eine Öffnung in die Eisdecke des Flusses schlagen; ein kleiner Hain ein bißchen stromaufwärts versorgte sie mit Brennholz. Alles in allem wollte es Karibu scheinen, daß der Geist der Lüfte es gut mit seinem Volk gemeint hatte.

Und mit mir auch, dachte er plötzlich, als sein Blick auf die dünne, stille Frau fiel, die auf einem Baumstumpf von seinem Zelt saß und stumm eines seiner Felle ausbesserte.

Maya war ihr Name. Soviel wußte er mittlerweile. In der langen Dunkelheit der kalten Zeit hatte er ihr mit viel Geduld die Sprache seines Volkes beigebracht. Sie hatte schnell gelernt, auch wenn ihre Zunge manchmal noch über einen ungewohnten Laut stolperte. Nichtsdestotrotz fiel ihr das Sprechen leicht, und es gab Zeiten, da Karibu ganz vergaß, daß sie keine aus seinem Volk war.

Das Sprechen fällt ihr leicht, sinnierte er, während die ersten Strahlen des Frühlingssonnenscheins über ihr schwarzes Haar huschten und es hier und da rötlich aufschimmern ließen, wenn sie sich über ihre Handarbeit beugte. *Aber sie spricht nicht viel.* Er spürte eine Finsternis in ihrem Innern, vor deren Berührung er zurückschreckte. Sie behauptete, sich nicht mehr zu erinnern, wie sie in jener Nacht auf den Pfad gelangt war, und auch nicht daran, wie ihre Verletzungen entstanden waren.

In der Tat behauptete Maya, nur noch sehr wenig über ihr eigenes Volk zu wissen. Gebrochene Faust hatte am Anfang viel Zeit darauf verwendet, sie über das Lager auszufragen, das Karibu entdeckt hatte. Doch Maya, die nur zögernd und schleppend geantwortet hatte, hatte sich nicht als besonders mitteilsam erwiesen. Das Volk war das Volk, dies schien ihre ganze Weisheit zu sein. Woher sie gekommen waren, wie viele von ihnen dort lebten, welche Geister über sie herrschten – all dies vermochte sie nicht zu berichten.

Zuerst hatte Faust ihr nicht geglaubt, daß sie nichts wisse, doch Karibu hatte ihn beiseite genommen: »Weißt du noch, in welchem Zustand sie war, als ich sie hergebracht habe? Die Prellungen an ihrem Kopf, die Schnitte und blauen Flecken? Ich glaube, daß ein Geist ihr Gedächtnis gestohlen hat.«

Faust hatte nachdenklich dreingeblickt und war zu dem Schluß gekommen, daß Karibu recht haben mochte. Solche

Dinge waren schon zuvor geschehen. Er gab noch nicht völlig auf, doch seine Befragungen wurden weniger und die Abstände zwischen ihnen größer, und schließlich hörten sie ganz auf.

Der Winter breitete seinen Eismantel über die Welt, doch im Lager des Bisonvolkes blieb das Leben behaglich und bequem. Karibu hielt diesen für einen der besten Winter, an die er sich erinnern konnte, und allmählich schwand das Gefühl drohenden Unheils.

Nun, da milde Frühlingswinde ihm den Geruch grünen Grases in die Nase trugen, wandten sich seine Gedanken seiner und ihrer Zukunft zu. Er vermutete, daß sie bald weiterziehen würden – die wenigen Sommermonate waren die beste Zeit für die Wanderung –, und obwohl ein Teil von ihm bereute, das Rätsel des Grünen Tals ungelöst zurücklassen zu müssen, freute sich doch ein anderer Teil seines Wesens auf den Marsch, auf die lange Jagd, auf die unbekannten Orte und Anblicke.

Außerdem hatte Mayas Leib sich zu runden begonnen, wenn auch nicht viel. Es würde noch viele Tage dauern, bis sie ihr Kind gebären würde, und er vermutete, daß das Volk dann schon längst ein neues Winterlager errichtet haben würde.

Sobald Mayas Gesundheit wiederhergestellt gewesen war, hatte Karibu sie natürlich genommen. Sie hatte sich weder gewehrt noch protestiert, sich nur in stumpfer Ergebung in ihr Schicksal gefügt. Später jedoch war aus dem Erdulden Vergnügen geworden, so hatte es zumindest den Anschein. Sie hatte auf seine Lust geantwortet, zunächst sehr zaghaft, dann mit mehr Inbrunst.

Nun wuchs also ein Kind in ihrem Leib heran, und sie wußte es. Die anderen Frauen hatten erkannt, daß ihr Wissen auf diesem Gebiet äußerst lückenhaft war, und hatten sich mit Begeisterung in die Aufgabe gestürzt, diese Lücken zu stopfen – nicht einmal die Anfälle morgendlicher Übelkeit, wenn sie sich plötzlich übergeben mußte, machten Maya daher noch große Sorgen.

Maya blickte von ihrer Näharbeit auf und merkte, daß Karibu sie ansah, ein Lächeln auf den Lippen. Sie lächelte zurück. Bei Karibu fühlte sie sich wohl. Ja, bei ihm zu sein machte sie richtig glücklich, und an dieses Gefühl konnte sie sich nur äußerst schwer gewöhnen.

Sie hatte nicht die geringste Vorstellung, wie sie zum Volk der Bisons gestoßen war, abgesehen von dem, was Karibu ihr erzählt hatte. In ihrem Gedächtnis waren große schwarze Löcher. Das letzte, woran die sich noch klar und deutlich erinnerte, war Alter Zauber, obwohl sie die vage Befürchtung hatte, daß der alte Schamane nicht mehr unter den Lebenden weilte. Sie erinnerte sich nicht mehr an seinen Tod, und selbst die Existenz von Geist war so vollständig aus ihrem Gedächtnis getilgt, als hätte es ihn nie gegeben.

Ohne daß es ihr bewußt gewesen wäre, war fast ihr gesamtes elendes, altes Leben allmählich von ihr abgefallen. Gelegentlich stiegen Erinnerungsfetzen an Wolf, an Knospe oder Blüte, an die Menschen also, die sie geliebt hatte, in ihr Bewußtsein auf, doch es waren nur zusammenhanglose Bruchstücke. Es störte sie nicht. Ohne Vergangenheit war sie gezwungen, ganz in der Gegenwart zu leben, und ihr neues Leben gefiel ihr.

Die anderen Frauen behandelten sie gut. Verschwommen begriff sie, daß das etwas völlig Neues für sie war, doch den Grund dafür kannte sie nicht. Und so akzeptierte sie ihre Freundschaft als selbstverständlich, wie auch alle anderen es taten.

Nur in ihren Träumen, aus denen sie manchmal nachts mit erstickten Schreien erwachte, ahnte sie noch etwas von der dunklen Einsamkeit, die ihr vorheriges Leben bestimmt hatte. Doch mit dem Tageslicht verblaßten auch jene undeutlichen Schrecken, und mit der Zeit wurden auch die Träume immer seltener.

»Karibu«, sagte sie. »Du brauchst einen neuen Umhang.« Sie hielt das abgetragene Kleidungsstück in die Höhe und schwenkte es leicht hin und her. »Sieh nur. Es besteht nur noch aus Flicken. Das werde ich bald nicht mehr ausbessern können.«

»Ich mag ihn aber«, entgegnete er. Er ging zu ihr und hockte sich neben sie hin, und ein winziges Lächeln glitt über seinen kantigen Züge. »Willst du denn einen neuen machen?«

Sie zuckte die Schultern. »Wenn du mir die Felle dafür bringst . . .«

Er nickte. »Die Karibus werden schon bald weiterziehen. Sie werfen jetzt ihre Kälber, und wenn die Jungen alt genug sind, sammeln sich die großen Herden.« Er hob den Kopf und blickte über den Fluß hinweg auf die weiten wogenden Weiten frischen grünen Grases. »Dann werden auch wir diesen Ort verlassen – um den Herden zu folgen. Karibu und Bison. Hast du sie jemals gesehen, Maya?«

Sie blickte auf ihn hinunter. Seine massigen Schultern waren nach vorne gebeugt, die starken Unterarme um seine Knie geschlungen. Er sah immer noch auf die Steppe hinaus, und sie spürte, daß jetzt die Herden, donnernd und riesig, vor seinem geistigen Auge vorbeigaloppierten. Sie konnte sich den Augenblick nicht vorstellen.

»Nein«, sagte sie leise, »aber ich würde sie gerne sehen.«

Mehrere Minuten blieben sie so sitzen; ihre Finger arbeiteten wie von selbst, und er verharrte in Gedanken versunken an ihrer Seite. Die Sonne des Frühlings streichelte sie bereits sachte mit ihren Strahlen, wärmte sie; Maya konnte die Geräusche des Lagers vernehmen – das schrille, hohe Lachen der Kinder, die Frauen, die sich gegenseitig etwas zuriefen, ein gelegentlicher Aufschrei von einer Schar Jäger, die Speere auf einen entfernten Busch schleuderten –, und sie wünschte sich plötzlich, daß dieser Augenblick nie vorübergehen würde. Obwohl Maya nur noch wenige Erinnerungen in ihrem armen, verwirrten Gedächtnis geblieben waren, genügte das wenige, woran sie sich erinnerte, um ihr diesen Augenblick noch kostbarer erscheinen zu lassen. *Es ist so friedlich,* dachte sie. *So wundervoll friedlich.*

Sie seufzte und berührte Karibu zärtlich an der Schulter. »Da kommt Faust«, sagte sie.

Karibus Blick schwenkte aus der Ferne auf die Gestalt des Schamanen. Gebrochene Faust war bis zur Taille nackt, und die Sonne glänzte auf seinem glatten, muskulösen Brustkorb und auf seinem Rücken. Er lächelte beim Näherkommen.

»Ho, Karibu!« rief er ihnen zu.

Karibu hob die rechte Hand zu einer Geste der Begrüßung. »Faust«, erwiderte er.

Der Schamane erreichte sie und hockte sich neben Karibu. Er nickte Maya kurz zu, grüßte sie jedoch nicht mit Namen. Maya verspürte immer noch ein wenig Angst vor ihm – seine ersten Befragungen waren nicht besonders freundlich gewesen. Später, als sein Interesse an ihr zu schwinden begann, war es erträglicher gewesen. Mittlerweile, das wußte sie nun, betrachtete er sie schlicht als Frau ihres Mannes, der man nur wenig Aufmerksamkeit schenken mußte.

Sie hatte nichts gegen diese neue Entwicklung, da sie Faust immer noch fürchtete. Sie war sich nicht sicher, warum das so war. Vielleicht hatte es mehr damit zu tun, *was* er war – ein Schamane –, als damit, *wer* er war. Maya hatte das unbestimmte Gefühl, daß sie Schamanen nicht besonders mochte, auch wenn sie nicht die geringste Ahnung hatte, warum das so sein könnte.

»Ein schöner Tag, Faust«, sagte Karibu.

Der Schamane bekundete Zustimmung und wippte auf den Füßen vor und zurück. Offensichtlich hatte er etwas auf dem Herzen, das er loswerden wollte. Karibu wartete. Schließlich klatschte Gebrochene Faust einmal in die Hände, eine merkwürdige formelle Geste.

»Ich möchte, daß du noch einmal ins Grüne Tal gehst«, erklärte er. »Nimm ein paar von den Jägern mit – Schlange vielleicht und auch Ratte. Sieh es dir einfach noch einmal an, und dann komm zurück und berichte mir, was du entdeckt hast.«

Karibu starrte ihn verständnislos an. »Warum?«

»Ich habe mit den Geistern gesprochen«, versetzte Faust, den die Frage überraschte. »Ich muß ein paar Dinge wissen.«

»Was für Dinge?«

Der Schamane ballte seine Hände zu Fäusten und drehte sie hin und her. »Ich weiß nicht genau«, sagte er schließlich. »Ich habe Träume gehabt. Vielleicht werden wir ins Grüne Tal ziehen, anstatt den Fluß entlang zu wandern.« Er unterbrach sich, um dann Karibu anzustrahlen. »Der Geist der Lüfte will es so. Wann brichst du auf?«

Karibu behielt eine ausdruckslose Miene bei, wenn es innerlich auch in ihm brodelte. *Ins Grüne Tal ziehen? Was ging in Faust vor, daß er dies von ihm verlangte? Aber im Grunde war das gleichgültig. Wenn der Geist der Lüfte es wünschte, welche andere Möglichkeit blieb ihm dann noch?*

»Morgen bei Anbruch des Tages«, erklärte er schließlich nach kurzem Überlegen.

»Das ist gut«, gab Faust zur Antwort. Er erhob sich, gönnte Maya einen zweiten flüchtigen Blick und setzte hinzu: »Sorge dafür, daß dein Mann einen warmen Umhang für den Marsch hat«, trug er ihr auf. Dann wandte er sich um und ging federnden Schrittes davon, anmutig wie eine große Katze auf der Jagd.

Maya warf Karibu einen Blick zu. »Was hat er vor?«

Karibu richtete sich auf. »Ich weiß es nicht.«

Bedächtig legte sie die Flickarbeit auf den Baumstumpf neben sich. »Es ist fertig«, ließ sie ihn wissen. Er griff nach dem Überwurf, unterzog ihn einer Prüfung, nickte und lächelte sie an.

»Sei vorsichtig«, beschwor sie ihn.

»Darauf kannst du dich verlassen«, gab er zur Antwort.

Das Grüne Tal

Langsam setzte Geist seinen Weg zwischen den fast verlassenen Zelten des Lagers fort, während die Frühlingssonne auf dem Ersten See glitzerte und grelle, schmerzhafte Stacheln in seine Augen schickte. Die wenigen, die schon so früh auf den Beinen waren – meist Frauen –, gingen ihm mit gesenktem Blick aus dem Weg.

Er kletterte den schroffen, von Felsbrocken gesäumten Uferhang hinab und setzte sich auf einen Stein am Wasserrand. Über dem winzigen See stieg eine einsame Rauchfahne in den Himmel.

Nur eine, dachte er. Einst war das Lager voller Lärm und Bewegung gewesen, die Frauen hatten gearbeitet, die Männer hatten sich Geschichten erzählt, die Kinder hatten gelacht und waren herumgetollt. Nun herrschte eine beklommene, ängstliche Stille, und nur eine einzige Rauchsäule stieg in den Himmel empor.

Er fragte sich, wie lange wohl die noch übriggebliebenen Menschen des Mammutvolkes brauchen würden, bis sie den Mut gefaßt hatten, ihn zu töten. Nicht mehr lange, schätzte er. Schon bald, so dachte er, würde das ganze Elend mit seinem eigenen Tod zu einem Ende kommen. Nur die mystische Aura seiner Stellung hatte ihn bislang gerettet, doch diese Macht war nun auf traurige Weise ausgehöhlt.

Er beugte sich vor, um seine dürren Arme um die Schienbeine zu schlingen und das Kinn auf die Knie zu legen. Hinter der Ansammlung leerer Zelte gähnte der dunkle Schlund des Hauptpfades, der zum Rauchsee führte. Er blinzelte in die Öffnung und entsann sich jener schrecklichen Nacht, die seines Wissen nach der Beginn jener Katastrophe gewesen war, die sich nun langsam ihrem unerbittlichen Ende entgegenneigte.

Er, Speer, Haut und junger Wolf hatten sich in der Finsternis auf den Weg gemacht, in der Erwartung, Maya hilflos durch den Wald taumelnd oder gar auf dem Weg selbst zusammengebrochen vorzufinden. Doch sie hatten sie nicht gefunden, und als der Weg sich gabelte – der eine Abzweig führte zum Zweiten See, der andere durch den düsteren Wald –, hatte Haut lange gebraucht, bis er schließlich entschieden hatte: »Da lang.« Er hatte auf den Weg zur Linken gedeutet, der zum Zweiten See und schließlich zum Rauchsee führte.

Doch Maya war weder beim Zweiten See gewesen, noch war sie, soweit sie beurteilen konnten, von dem Pfad abgekommen und in die Sümpfe und Treibsandlöcher geraten, die den Weg säumten. Haut hatte sie angeführt, und er war häufig stehengeblieben, um sich hinzuhocken, zu schnüffeln und zu tasten. Er war schon alt, doch das Volk besaß keinen besseren Fährtenleser. Geist schrieb den wachsenden Widerwillen, den er an dem älteren Mann spürte, Hauts offensichtlichem Widerwillen allem gegenüber zu, was mit seiner verstoßenen Tochter zu tun hatte.

Doch sie waren weitergegangen, durch die unheimliche Dunkelheit – Geist konnte die schwebenden Geister *riechen*, die leise in den Schatten abseits des Pfades raschelten –, bis sie zu ihrer Linken die gespenstischen Dampfsäulen aus dem Rauchsee emporsteigen sahen.

Speer hatte sie anhalten lassen. »Glaubst du wirklich, sie könnte so weit gekommen sein, Geist?« fragte er beklommen. »Sie... sah nicht so aus, als hätte sie noch die Kraft dazu gehabt.«

Geist schwieg, lauschte den langgezogenen Seufzern des Windes in den schwarzen Blättern, dem Schnattern der Geister. Einige Fußabdrücke, die Haut aus den vielen Fährten als ihre hatte zu deuten gemeint, waren alles, was sie an Spuren gefunden hatten, und selbst diese lagen nun schon ein gutes Stück hinter ihnen. Konnte sie wirklich so weit gekommen sein? Geist war erstaunt, daß sie überhaupt in der Lage gewesen war, sich von ihrem Lager zu erheben. Doch sie hatte es geschafft, und nun war sie fort. Am liebsten hätte er sich angesichts dieser Vorstellung vor Wut die Haare gerauft.

Es war nicht nur Maya, die ihm entkommen war. Es war *Siedieerhaßte*, die er endlich besiegt hatte – oder nicht? Nun war die furchtbare Gottheit *in* Maya, und sie war zu *allem* fähig. Und wenn er Maya nicht wieder aufspüren konnte, würde sie erneut über ihn triumphieren.

»Ja«, knirschte er. »Sie konnte so weit kommen. Sogar noch weiter – der böse Geist in ihr war sehr stark.« Er faßte einen Entschluß. »Weiter«, sagte er. »Wir werden sie finden.«

Speer nickte, obwohl er an den Worten des Schamanen zweifelte – das Mädchen konnte unmöglich so weit gekommen sein, nicht dieses zerschundene, gebrochene, dahinkriechende Wesen, das er mit eigenen Augen gesehen hatte –, aber andererseits war Geist es, der sich mit Geistern auskannte. Möglicherweise hatte tatsächlich ein Geist – ein böser natürlich – sie so weit gebracht. Er zuckte mit den Schultern.

»Wir gehen bis zu den Löwenhöhlen«, entschied Speer. »Da möchte ich allerdings nicht zu ausgiebig herumstreifen, nicht nach Einbruch der Dunkelheit und mit nur vier Männern.«

Geist nickte. Er hatte keine Angst vor Löwen. Er hatte nur

Angst, daß Maya für ihn verloren sein könnte. »Einverstanden«, sagte er. Die kleine Schar setzte ihren Weg fort.

Sie gingen etwa eine weitere Meile, als sie das Brüllen von Mutter Löwe hörten, die auf Karibus Speer stürzte. Das Brüllen ließ ihnen das Blut in den Adern gefrieren. Entsetzt starrten sie einander an. »Was war das?« wisperte Geist.

»Ein jagender Löwe, aber das war sein eigener Todesschrei«, ließ Speer verlauten.

Dann hob Haut die Hand. »Hört«, sagte er. Der Laut war schwach, doch nach einem Augenblick der Konzentration hörten sie ihn alle deutlich genug. Eine Männerstimme, die vor Entsetzen aufschrie.

»Die anderen!« zischte Geist.

Speer schaute unglücklich drein. »Ja«, stimmte er ihm zu.

»Vorwärts«, drängte der Schamane.

Doch Speer legte seine starke Hand auf Geists Brust. »Nein«, versetzte er. »Nicht weiter. Ich weiß nicht, was – oder wer – da draußen ist. Wir kommen bei Tageslicht wieder. Mit mehr Jägern«, beschied er ihn.

Er klang unnachgiebig, und selbst Geist mußte zugeben, daß Speer recht hatte. Weiterzusuchen, wo sie wußten, daß Fremde in ihr Gebiet eingedrungen waren, war völlig verrückt. Selbst in seiner Furcht, Maya nicht zu finden, konnte Geist das einsehen.

Dann heiterte ihn ein anderer Gedanke wieder etwas auf. Vielleicht war Maya diesen Weg entlanggegangen, nur um in die Speere der anderen zu laufen. Das lag durchaus im Bereich des Möglichen und war eine angenehme Vorstellung.

Die Hitze in seiner Brust begann sich ein wenig abzukühlen. Schließlich zuckte er die Schultern. »Nun gut, wir kehren um. Aber wir kommen morgen zurück mit den anderen Männern. Einverstanden?«

Wolf fragte: »Und was ist mit Maya?«

Geist kam wieder zu Bewußtsein – manchmal vergaß er das einfach –, daß Wolfs Gefühle für seine Schwester nicht immer so waren, wie der Schamane es sich gewünscht hätte. Warum hatte er ihn überhaupt mitgenommen?

Er schob den Gedanken beiseite. »Sie auch«, knurrte er. »Wir werden auch sie morgen früh finden.«

Es gab nichts mehr zu sagen. Wieder vernahmen sie Stimmen – erst triumphierend, dann zornig – und erstarrten vor Angst. Sie blickten einander mit entsetzensgeweiteten Augen an, dann gingen sie den Weg zurück, den sie gekommen waren.

Und so hatte Karibu Mayas zerschundene Gestalt schon längst weit in die Steppe hinaus getragen, als der große Jägertrupp – alle Männer, die man auf die schnelle hatte auftreiben können – schließlich den fliegenumschwirrten Kadaver von Mutter Löwe in einer klebrigen Pfütze ihres eigenen Bluts liegen fand.

Haut war es, der versuchte, die Fährten rund um das riesige Tier zu deuten, der schließlich den leblosen Körper eines Mannes entdeckte und Geist herbeirief.

»Schamane! Hier drüben!«

Geist, der über die Löwin gebeugt gewesen war, erhob sich und humpelte zu dem kleineren Fährtenleser hinüber, der ihn zu einem der Büsche winkte.

»Was? Oh . . .«

Haut hockte neben dem Kopf des Toten. Er sah auf. »Ich weiß nicht, was diesen hier zur Strecke gebracht hat«, gestand er. »Jedenfalls nicht der Löwe.«

Geist nickte und kniete sich nun seinerseits hin, um das Ganze genauer zu betrachten. Das Antlitz des Mannes vom Stamm der anderen war gefaßt im Tode. Seine offenen Augen starrten glasig gen Himmel. Eine dicke Schicht gelben Schleims bedeckte seine Oberlippe und lief seine Wangen hinab. Blutiger Schaum war in seinen Mundwinkeln angetrocknet.

Geist berührte seine Haut. Kalt und schon weich werdend in der Morgenhitze. Eine große grüne Fliege summte nieder und lief über den rechten Augapfel des Toten.

Geist leckte sich über die Lippen. Es gab viele kleine Unterschiede an diesem anderen – seine Kleidung war anders gemacht, die Nähte waren auf andere Weise gefertigt, als es beim Mammutvolk üblich war. Mit der einen verkrümmten Hand hielt der Jäger immer noch seinen Speer umklammert –

Geist bemerkte, daß der Speerkopf größer war als jene, die sein Volk mit sich trug. Außerdem hatte dieser hier keinen Speerwerfer in seiner Ausrüstung.

Es gab viele Fragen, die Geist gerne gestellt hätte, doch der Bisonmann war tot. Geist stieß einen tiefen Seufzer aus und wandte sich an Haut. »Maya?« fragte er.

Haut ließ ein Schulterzucken sehen. »Kann ich nicht sagen. Die Fährten hier sind ein einziges Durcheinander, völlig zertrampelt. Hier sind sechs oder sieben Männer langgestapft – und natürlich der Löwe.«

Wieder warf Geist einen Blick auf den Toten. Ein einziges Rätsel. Die tote Höhlenlöwin, mit einem einzigen mächtigen Stoß niedergemetzelt und dann unberührt zurückgelassen. Keine Trophäen mitgenommen. Keine Maya weit und breit. Und dieser hier tot, ohne daß zu ersehen war, warum er hatte sterben müssen.

Was war hier geschehen?

In Geist stieg die Befürchtung auf, daß er das nie herausfinden würde.

Der Wind drehte, so daß er jetzt heftig aus Norden blies, immer stärker auffrischte und heulend über die Klippenränder herniederfegte. Weit draußen über der Steppe brauten sich Wolken zusammen, von den Sonnenstrahlen golden und purpurn gefärbt. Die Wolken hatten niedrighändende schwere Bäuche voller Dunkelheit.

Der Winter kommt, dachte Geist. Der Gedanke ließ ihn sich einsam und sehr ängstlich fühlen. Hier war irgend etwas geschehen, und er wußte nicht, was. Er ahnte indes, daß all dies nichts Gutes bedeutete; nicht für das Volk, nicht für ihn.

Er sollte sich nicht täuschen.

Nun stierte er leeren Blickes auf die frühlingsfrischen Wasser des Ersten Sees und das trostlose Zeltgewirr dahinter. Selbst in seinen wildesten Träumen hätte er sich das Ausmaß der Katastrophe, die über sie gekommen war, nicht träumen lassen.

Das Verhängnis hatte allerdings nicht lange auf sich warten lassen. Weniger als drei Tage nach der Entdeckung der erlegten Großkatze war eine von Hauts Frauen in das Geisterhaus gekommen, wo der Schamane jetzt lebte. Alter Zauber war erst zwei Tage zuvor ins Feuer gelegt worden, die Erinnerung an ihn noch frisch, doch Geist hatte nicht gewartet. Er begriff den Wert von Symbolen. Wer immer auch im Geisterhaus wohnte, war der Schamane – und aus diesem Grund war er dort eingezogen.

Still war die Frau ins Zelt gekrochen und hatte geduldig gewartet, bis Geist damit fertig war, ein dunkelblaues Pulver zwischen zwei glatten Steinen zu zermahlen. Als er seine Arbeit beendet hatte, blickte er zu ihr hoch. »Was ist?« herrschte er sie an.

»Haut«, sagte die Frau. »Irgend etwas stimmt nicht mit ihm. Ein Geist, glaube ich. Kannst du kommen?«

Deutlich hatte er das blanke Entsetzen aus ihrer Stimme herausgehört. Haut war alt – doch was immer mit ihm los war, es hatte nichts mit der natürlichen Schwäche der Alten zu tun.

»Geh voraus«, hatte Geist sie angewiesen. »Ich folge dir gleich.«

Haut erkannte den Schamanen nicht mehr, als dieser eintrat. Der Fährtenleser phantasierte bereits im Fieberwahn. Die Hitze, die von seiner Stirn ausströmte, war so stark, daß Geist ihm kaum die Hand auflegen konnte. Und Haut hustete, und dünne Schleimfäden spritzten aus Nase und Mund.

Seine Frauen waren um sein Lager versammelt, die drei Frauen, die er immer noch mit Stein teilte; in ihren schwarzen Augen lag Besorgnis. Stein selbst trat ins Zelt, sah seinen alten Freund und dann Geist an.

»Ist es ein böser Geist?« fragte er.

»Möglicherweise«, gab Geist schroff zur Antwort. »Laßt mich allein. Ich habe zu tun.«

Bereitwillig kehrten sie ihm den Rücken und ließen den Schamanen allein mit dem Sterbenden, der der erste Prüfstein für seine neue Macht und seine Fähigkeiten werden sollte.

Geist leerte seinen Medizinsack aus, holte eine kleine Pfeilspitze, eine Rassel und den Rest seiner Utensilien hervor. Er schloß die Augen, suchte nach einem Zugang zu dem Geist, der Haut in seinen Fängen hielt, ihm das Leben vor seinen, des

Schamanen, Augen aussaugte. Nach einer Weile griff er nach der Rassel und stimmte einen Gesang an.

Das Lied war leise und zögernd. Schon spürte er, wie das Unheil ihm drohend im Nacken saß, auf ihn niederblickte, ihn angrinste.

Die düsteren Nebel nahmen die Gestalt einer Frau an.

Es war beinahe so, als ritte *sie* ihn wieder.

Geist erschauerte leicht und setzte seine Bemühungen zur Austreibung dieses neuen bösen Geistes fort.

Vierundzwanzig Stunden später, als Haut einen riesigen, blutigen Klumpen hervorwürgte, den dünnflüssigen, sauren Inhalt seiner Därme entleerte und verschied, wußte Geist, daß er gescheitert war.

Es sollte nicht sein einziges Scheitern bleiben.

Eigentlich, dachte er, während er über den Ersten See blickte, *habe ich Glück gehabt, daß ich überhaupt einen von ihnen retten konnte.* War das alles Teil des großen Geheimnisses?

Doch dessen Macht war vernichtet. Er hob einen Kieselstein auf und schleuderte ihn weit aufs Wasser hinaus, wo er in einem Kreis sich ausbreitender Ringe versank. Das Geheimnis war fort, zerbrochen, seine Teile zerstreut in den Flüssen, den Winden, den . . . wo immer auch Maya hingegangen war.

Zweifellos tot, tröstete er sich. Sie hatte fürchterliche Verletzungen davongetragen. Er wußte es, hatte sie ihr zugefügt, hatte sie mit kaltem Frohlocken geschlagen, während er sie wieder und immer wieder vergewaltigt hatte, hatte ihren Arm zerschmettert, den sie in schwachem Protest erhoben hatte, um ihr Gesicht zu schützen, hatte ihr die Zähne ausgebrochen und ihr Gesicht entstellt, und in all der Zeit war er sich seines Tuns bewußt gewesen, und er hatte *gelächelt.*

Er hätte sie damals töten sollen, das wußte er jetzt, doch er hatte seinen Sieg noch länger auskosten wollen. Immer wieder derselbe Fehler.

Nein, natürlich war sie tot. Er umklammerte seine Knie, wiegte sich vor und zurück und sagte sich immer und immer wieder, daß sie tot sei, natürlich, ja, und das Geheimnis fort, und alles war gut, gut.

Er wiegte sich schneller und schneller, wiederholte seine Worte ein ums andere Mal, bis seine Augen Schlitze waren und seine Zähne stumm aufeinandermahlten, und er schließlich fast vornüber kippte.

Der Anfall verging genauso schnell, wie er gekommen war. Dann saß Geist völlig reglos da, spürte, wie der Schweiß ihm den Rücken hinunterrann, und schmeckte den salzigen Geschmack seines eigenen Blutes.

Schließlich seufzte er und erhob sich. Vielleicht gab es noch eine Möglichkeit. Wenn er schnell zugriff und überzeugend wäre. Er würde sich gegen Speer durchsetzen müssen, doch das traute er sich nicht zu. Speer und Wolf. Aus irgendeinem Grund hatten die Geister ihn alleingelassen.

Endlich gestand er sich die Wahrheit ein, die er geleugnet hatte, seit Maya zerschlagen und zerschunden aus dem Lager in die Finsternis getaumelt war.

Siedieerhaßte lebte noch.

Während des Winters, in der Zeitspanne zwischen Mayas Verschwinden und dem Jetzt, dem Frühling, in dem es überall um ihn herum sproß und blühte, hatten ganze drei Viertel der Menschen vom Mammutvolk – zuerst die ganz alten und ganz jungen, dann allmählich auch die kräftigsten Erwachsenen – ihr Leben in blutigen Schleimklumpen ausgewürgt.

Siedieerhaßte lebte noch, und ihre Rache war furchtbar. Er fragte sich, ob ihm noch genug Zeit bleiben würde.

»Die bösen Geister kommen von den anderen«, hatte Geist gesagt. Er hielt seine Stimme beherrscht und leise. Er saß im Innern des Geisterhauses, alle Totems seiner Macht und Amtswürde um sich geschart. Speer und Wolf hockten ihm gegenüber. Speers dunkle Augen waren ausdruckslos und feindselig. Wolf nickte nur mit regloser Miene.

»Sie haben Maya und ihren Dämon mit sich genommen. Nun richten sie ihre Magie gegen uns.« Er schlug die Augen auf, um Speer wütend anzufunkeln. »Du hast sie entkommen lassen, Speer. Jetzt siehst du, was du uns damit angetan hast.«

Ein uralter Trick, die Schuld auf jemand anderen zu schieben, doch Geist blieb keine andere Wahl, als es zu versuchen.

Der Angriff erschütterte den alten Jäger. »Ich wußte schließlich nicht, was geschehen war und geschehen würde. Wie kannst du mich dafür verantwortlich machen?«

»Du hattest *Angst* vor ihr. Darum hast du keinen Versuch unternommen, sie aufzuhalten. Wenn du damals nur . . .« Geist schüttelte in gespielter Verzweiflung den Kopf. »Nichts von all dem wäre passiert. Doch ich verzeihe dir, Speer. Und ich gebe dir eine Chance, deinen Fehler wiedergutzumachen.«

Speer nagte an seiner Unterlippe, während er die Worte des Schamanen auf sich wirken ließ. Er hatte sowohl seine Frauen als auch alle seine Kinder verloren. Er war allein, und er hatte Angst. Er hatte sich seine eigene Deutung der Geschehnisse zurechtgelegt. Geist mochte ja toben und wüten und behaupten, daß das Verschwinden des Mädchens der Anfang allen Schreckens gewesen sei. Doch Speer entsann sich, daß damals noch ein anderes Ereignis eine Wende im Leben des Volkes bezeichnet hatte.

Ja, Maya war von ihnen gegangen, aber zuvor auch Alter Zauber. Speer hielt dies nicht für belanglos. Nie war ihnen Unheil wie das des vergangenen Winters widerfahren, solange Alter Zauber gelebt und seine Magie gewirkt hatte. Die Geister waren ihnen damals freundlich gesonnen. Erst nach dem Tod des alten Schamanen und dem Nachrücken des jüngeren Mannes, der ihm nun mit eingefallenen Wangen und fiebernden Augen gegenüber saß, hatte all das Unheil begonnen.

Doch wer war er, daß er das mit Sicherheit behaupten konnte. Und Geist hatte mit seinen Anschuldigungen in einer Hinsicht vollkommen recht: Er, Speer, hatte Maya nicht aufgehalten, weil sie ihn mit Furcht erfüllt hatte, wie sie blutend und halb ohnmächtig durch das Lager gestolpert war.

Er dachte noch angestrengter nach. Vielleicht sollte er Geist ermorden, doch dann stünde das Volk ohne Schamanen da. Der dumme Junge, den Geist als Schüler angenommen hatte, war nicht bereit, seinen Platz einzunehmen. Doch falls der Schamane wirklich die Quelle all ihres Elends war, dann wäre es vielleicht besser, gar keinen Schamanen zu haben, als in ihrer jetzigen Not zu verharren.

Ja, das war eine ansprechende Vorstellung: einfach seinen Speer in Geists Körper stoßen, dann die noch Lebenden sammeln und sie aus diesem von Dämonen heimgesuchten Tal zu führen.

Doch was war, wenn er sich irrte? Dann würde er die Überlebenden in den Tod führen.

Er schwankte und zauderte. Und so entschloß er sich, noch abzuwarten, ein allerletztes Mal die Macht ihres Zauberers auf die Probe zu stellen. Schließlich würde sein Speer nicht in ein paar Tagen stumpf werden.

»Was soll ich tun?« fragte er schließlich.

Geist nickte, als habe er keine andere Antwort erwartet, obwohl sich sein wild klopfendes Herz gerade erst wieder zu beruhigen begann. »Nimm dir ein paar Männer und finde das Lager der anderen. Wenn sie die Teufelsfrau haben, muß ich es wissen.«

Speer warf Wolf einen flüchtigen Blick zu, der nur mit den Schultern zuckte. Mayas Bild verschwamm in seiner Erinnerung. Er glaubte zu spüren, daß sie nicht tot war, doch mit derselben Gewißheit wußte er, daß sie fort war. Vielleicht für immer.

»Ja«, meinte Speer. »Das werden wir tun.«

Und so säten die beiden Schamanen, die voneinander nichts wußten, den Samen des Krieges in die Welt. Dies und noch etwas hatten sie gemeinsam: ihre Träume, die voll von Feuer waren, von Feuer und der Schlange, die in ihm wohnte.

Die Schlange, deren Augen in roter Gier glühten im Dunkel der Nächte.

KAPITEL ACHTZEHN

Über dem Grünen Tal: 17982 v. Chr.

Karibu kroch zum Rand des Klippenüberhangs und schaute nach unten. Die Männer hinter ihm lagen genauso zusammengekauert da wie bei ihrem ersten Erkundungsgang. Über ihnen strahlte der Himmel in einem ungetrübten Blau, und die Sonne brannte heiß. Karibu duckte seinen Kopf tief hinunter und hoffte, daß er für mögliche Beobachter mit dem gezackten Felsrand verschmelzen würde. Dann sah er, daß er sich keine Sorgen hätte machen müssen.

Niemand dort unten blickte zum Himmel empor. Die wenigen, die matt über die Wege des Lagers trotteten, hielten ihre Häupter gesenkt. Er sah drei Frauen, die an den Ufern des Ersten Sees Körbe schleppten, wo er beim erstenmal zwanzig gesehen hatte. Die Frauen bewegten sich schleppend und traumwandlerisch.

Er warf einen Blick zum Mysterienhaus der Männer hinüber. Zwei Männer saßen dort auf einem Baumstumpf. Sie wirkten wie verlassene Vögel, die auf kahlen Ästen eines abgestorbenen Baumes hockten. Einer der Männer schürte ein Feuer, das nur ein Viertel der großen Herdstelle einnahm, in der es brannte.

Irgend etwas Gräßliches war mit diesem fremden Volk geschehen. War es das, was Gebrochene Faust gemeint hatte?

Karibu zog sich vorsichtig zurück und flüsterte Ratte leise zu: »Sieh's dir selbst an.«

Der Kleinere schlich nun zum Klippenrand und spähte nach unten. Fast fünf Minuten lang blieb er so liegen, dann nickte er vor sich hin und kam wieder zurück. »Wo sind sie hingegangen?« fragte er.

Karibu runzelte die Stirn. »Gegangen? Ich glaube nicht, daß

sie irgendwo *hingegangen* sind. Hast du nicht all die Stellen gesehen, wo große Feuer niedergebrannt worden sind?«

Ratte nickte und fuhr sich mit der Zunge über die Lippen. Das Volk der Bisons kannte sich gut mit Gruben aus. »Tot?«

Karibu nickte. »Ich denke schon.«

Ratte schüttelte den Kopf. »So viele? Was kann ihnen zugestoßen sein?«

Der Häuptling zuckte die Schultern. »Ich weiß nicht. Vielleicht weiß Faust es. Er hat uns schließlich geschickt.«

Rattes Augen weiteten sich. »Es *muß* es gewußt haben«, sagte er. Ehrfurcht schwang in seiner Stimme. Und wenn Faust gewußt hatte, daß so viele des anderen Stammes umgekommen waren, wäre es dann möglich, daß er dies heraufbeschworen hatte? Ratte entsann sich der erstaunlichen Ankündigung des Schamanen: daß das Bisonvolk vielleicht ins Grüne Tal ziehen werde, anstatt weiter flußabwärts zu wandern.

»Wir sollten umkehren. Er wird es ohne Verzug erfahren wollen.«

»Ja«, stimmte Karibu ihm zu. Er überlegte. »Ich möchte noch einen zweiten Blick nach unten werfen«, sagte er. Und schlich sich wieder zum Klippenrand vor. Diesmal sah er, wie die breite Zeltklappe des Mysterienhauses aufflog und drei Männer ins Freie traten. Zwei von ihnen waren ältere Jäger, der dritte jung und in der Blüte seiner Manneskraft. Irgend etwas an dem jungen Mann kam ihm bekannt vor, erinnerte ihn an jemanden, doch Karibu vermochte dieser seltsamen Einbildung – denn mehr konnte es schließlich nicht sein – nicht auf den Grund zu gehen. Die drei Männer blieben stehen. Sie schienen auf etwas zu warten. Nach einem Augenblick trat ein Vierter aus dem großen Zelt.

Karibu leckte sich die Lippen. Diesen da hatte er bei seinem letzten Besuch nicht entdecken können, obwohl er nach ihm Ausschau gehalten hatte. Der Mann trug als Kopfschmuck ein Karibugeweih und dazu einen langen, wundervoll gearbeiteten Umhang. Er führte eine kleine Trommel mit sich, auf die er mit den Fingern der rechten Hand zu schlagen begann.

Der Schamane des anderen Volkes. Karibu bemerkte, daß

der Schamane hinkte. Das erinnerte ihn an die Mißbildung von Gebrochener Faust. Die Trommel verstummte, und der Schamane wandte sich den anderen drei Männern zu und sprach zu ihnen. Er schien sie eindringlich zu ermahnen. Schließlich erwiderte der Älteste der drei, ein Jäger von Karibus Statur, etwas. Es lag etwas Wildes in der Art, wie er redete und gestikulierte. Seine Hand schnitt einmal durch die Luft, dann noch einmal.

Worum auch immer sich das Gespräch gedreht hatte, als es zu Ende war, kehrten die drei Männer dem Schamanen den Rücken und eilten mit weitausgreifenden Schritten zum ersten der Seen hinab. Sie trugen Speere und Schultersäcke bei sich, doch Karibu wußte, daß sie zu wenige für einen Jagdtrupp waren. Sie zogen aus, um etwas zu erkunden, und Karibu glaubte zu erahnen, was das Ziel ihres Erkundungszugs war. Er wich wieder vom Klippenrand zurück.

»Schnell«, flüsterte er. »Und lautlos. Entlang der Klippenspitze zurück. Ich will vor ihnen an der Talöffnung sein.«

»Vor wem?« wollte Ratte wissen.

»Es sind drei von ihnen«, beschied ihn Karibu. »Ich glaube, sie suchen nach uns.«

Speer, Stein und Wolf hatten sich nach Norden gewandt, sie schritten weit aus und erreichten den Fluß, der immer noch das Wasser der Eisschmelze mit sich führte, bei Einbruch der Dämmerung. Sie schlugen kein Lager auf, schliefen in ihren Fellüberwürfen und entzündeten auch kein Feuer. Als der Morgen dämmerte, erwachten sie durchgefroren, all ihre Glieder schmerzten; Wolf ging zum Flußufer hinunter, hockte sich auf einen nassen Felsen und hob eine Handvoll Wasser an seine Lippen.

»Kalt«, erklärte er.

Speer, der zu ihm gekommen war, sagte: »Beeil dich. Ich will ihr Lager erreichen, bevor die Sonne hoch am Himmel steht.«

Wolf nickte. Über ihnen krächzte ein schwarzer Vogel, der durch ihre Anwesenheit aufgeschreckt worden war. Er schien ein schlechtes Omen zu sein. »Glaubst du, daß sie da ist?« fragte Wolf.

Speer zog eine seiner ergrauten Augenbrauen hoch. »Deine Schwester?« Die Vorstellung schien ihn nicht gerade glücklich zu machen. »Könnte schon sein, schätze ich. Wir haben sie nie gefunden. Obwohl das nicht viel bedeuten muß. Im Tal gibt es auch Sümpfe. Vielleicht hat sie aber auch einer der Löwen weggeschleppt.«

Wolf beendete seine Waschungen. »Ich hoffe, sie ist da«, sagte er.

»Warum?« Speer teilte die Hoffnung des Jüngeren nicht. Und er verstand auch nicht, warum es dem Schamanen so wichtig war, das verschwundene Mädchen zu finden. Was konnte ein einziges Mädchen, das von einem bösen Geist besessen war, mit dem Unheil zu tun haben, das das Volk heimgesucht hatte? Und wenn Maya für dieses Unheil verantwortlich war, würde dann nicht alles noch schlimmer werden, wenn sie sie tatsächlich fanden? *Wenn sie lebt*, dachte Speer, *töte ich sie eher, als daß ich zulasse, daß Geist sie zu uns zurückbringt.*

Wolf zuckte die Schultern. »Sie ist meine Schwester.«

Speer nickte. Das war ein Grund, den er zumindest verstehen, wenn auch nicht eben gutheißen konnte. Geists Besessenheit dagegen konnte er sich nicht erklären und noch weniger gutheißen.

Er ließ jedoch nichts von diesen Überlegungen laut werden. Wolf war ein mächtiger Jäger. Speer mochte ihn gerne. Er hoffte, daß ihre unter einem schlechten Stern stehende Mission keine Feinde aus ihnen machen würde. Also knurrte er nur und sagte: »Dann laß uns gehen. Je schneller wir es hinter uns bringen, desto besser.«

Wolf nickte und richtete sich auf. Nach zehn Minuten zogen die drei Männer flußabwärts, hielten sich so dicht wie möglich am Fuße der hohen Uferböschung, um nicht gesehen zu werden. Sie ließen nichts zurück, das ihre Lagerstätte hätte verraten können.

Kurz nachdem die drei Jäger aufgebrochen waren, hockte Schlange da, wo sie geschlafen hatten, und leckte versonnen einen schwarzen Steinsplitter ab. »Hier haben sie geschlafen«, erklärte er.

Karibu nickte. Er war mit seinen Männern in sicherem Abstand hinter den anderen zurückgeblieben. Er hatte gewußt, daß Schlange deren Nachtlager leicht würde wittern können. Nun, da er die Gegend einer genaueren Prüfung unterzog, stellte er fest, was für Mühen sie unternommen hatten, um ihre Anwesenheit zu verbergen.

Zweifellos waren sie Kundschafter. Oder waren sie . . . vielleicht etwas Schlimmeres?

»Wir werden uns oben halten«, teilte er Ratte mit, der nickte.

»Sie werden unten am Fluß Deckung suchen«, erwiderte er. »Sie wollen nicht bemerkt werden.«

Karibu nahm seinen Speer in die Hand. »Wir werden sie aufspüren« antwortete er. Einige Zeit später machten sie sich auf den Weg, in der Hitze der immer höher steigenden Sonne schwitzend.

»Was willst du mit ihnen machen, wenn wir sie gefunden haben?« wollte Ratte wissen.

»Vielleicht töten«, gab Karibu zur Antwort. »Vielleicht auch nicht.«

Ratte nickte. Der Geist der Lüfte war allzeit hungrig. Und er wäre wohl auch nicht abgeneigt, seinen Appetit mit dem Fleisch Fremder zu stillen.

Über dem Flußlager des Bisonvolks

Speer schob sich auf dem Bauch liegend zu der dürftigen Deckung vor, die ein niedriges Gebüsch bot. Er lugte über den Rand, um dann Wolf und Stein zu sich zu winken.

»Ich sehe das Mädchen nicht«, wisperte er.

Reglos blieb er eine Weile liegen, bis er begriff, daß irgend etwas nicht stimmte. Er hob den Kopf, alarmiert durch die plötzliche Stille. Er wandte sich um und sah Wolf. Der junge

Jäger lag ausgestreckt auf dem Rücken, Rattes Speer an der Kehle. Dann schmetterte ihm, Speer, der größte Mann, den er je gesehen hatte, das stumpfe Ende seiner Jagdwaffe gegen die Stirn, und er sah gar nichts mehr.

Flußlager des Bisonvolks

Gebrochene Faust trat vor Speer und lächelte. Speer hing an einem Pfahl, der neben der kalten Feuergrube in den Boden gerammt war, an Armen und Beinen mit Lederriemen, die tief in sein Fleisch schnitten, hinter seinem Rücken festgebunden. Er war nackt und zitterte in der kühlen Nachmittagsbrise. Ein Pfad getrockneten Bluts verlief von seinem verfilzten grauen Haar bis zu seinem Bart. Seine Blicke schossen wild hin und her, doch er schwieg. Seit zwei Tagen hing er bereits so.

»Warum seid ihr zu unserem Lager gekommen?« wiederholte Faust mit sanfter Stimme. Er wandte sich um und warf Maya einen flüchtigen Blick zu, die an Karibus Seite stand und das Geschehen unsicheren Blickes verfolgte. »Los« befahl Faust. »Frag ihn.«

»Warum bist du zum Lager des Bisonvolkes gekommen?« fragte Maya folgsam.

Speer rührte sich. Er hob den Kopf. Seine Lippen arbeiteten, und dann spuckte er Maya einen dicken, glänzenden Speichelklumpen ins Gesicht. »Dämon!« knurrte er. »Tier! Mörderin!«

»Was hat er gesagt?« fragte Faust.

»Er hat mich einen Dämon genannt, ein Tier.«

»Oh.« Faust wandte sich erneut dem Jäger zu. Verschlagen musterte er ihn. Dann ließ er die scharfe Klinge niedersausen, die er in der Hand hielt, die ihm den Dienst nicht versagte. Wie durch Zauberei erschien eine dünne rote Linie auf der mit drahtigem Haar bedeckten Brust des Gefesselten. Speer bog den Rücken durch, schrie jedoch nicht. Die Wunde selbst war nicht mehr zu sehen, als das Blut über seine Haut rann.

Stein und Wolf, die auf ähnliche Weise gefesselt waren wie Speer, verfolgten die Szene aus kurzer Entfernung. Stein sah immer wieder unbehaglich in die Tiefe der leeren Feuergrube. Wolf blickte stolz geradeaus, als habe all dies nichts mit ihm zu tun. Seine glatte, straffe Haut glänzte im Sonnenlicht. Anders als die beiden anderen Jäger hatte er nur sehr wenig Körperhaar – Maya blickte ihn an und fragte sich, warum seine Haut so glatt war wie die einer gerade geborenen Bisamratte.

Faust wischte die Klinge an Speers Haar ab. Dann führte er sie nach unten und berührte mit der Spitze die Hoden des älteren Mannes. »Ich schneide sie dir ab, wenn du mir nicht sagst, warum ihr hergekommen seid«, flüsterte er. »Ich stecke sie dir in den Mund und warte, bis du daran erstickt bist.«

Speer verstand zwar die Worte des Schamanen nicht, doch seine Gesten waren unmißverständlich. Seine Lippen bewegten sich, während er sich mühte, noch einen Schleimpfropfen hochzuwürgen, doch Faust lachte nur und trat einen Schritt zurück. Er hob seine verstümmelte Linke, und ließ sie hart wie eine Keule auf Speers Nase niederkrachen. Speer schnappte nach Luft und prallte schmerzhaft gegen den Pfahl. Frisches Blut sprudelte hell aus seinem Gesicht.

Mayas Augen zeigten bei all dem keine Regung, doch Karibu spürte, wie angespannt ihre Muskeln waren, wie sie kaum merklich zusammenzuckte, als Faust seinen hilflosen Gefangenen weiter mißhandelte. Schweiß und Blut vermischten sich auf Speers Gesicht, seiner Brust und seinen Armen, als der Schamane erneut die Klinge hob und damit in seine Haut schnitt, ihm jedoch nie zu tiefe Wunden zufügte; langsam und mit offensichtlichem, boshaftem Vergnügen schnitt er Speer die Haut in Fetzen vom Leib, während dieser ihm hilflos ausgeliefert war. Nachdem fast eine ganze Stunde vergangen war und Speer schließlich schlaff und bewußtlos in seinen Fesseln hing, stöhnte Maya schwach.

»Ich möchte zurück ins Zelt gehen«, flüsterte sie Karibu zu.

Er blickte auf sie hinab und bemerkte, daß sie bleich schien unter der gebräunten Haut ihres Gesichtes. Sie leckte sich immer wieder die Lippen, als seien sie trocken, und schluckte zu wiederholten Malen. Er beugte sich nah zu ihr hin und flüsterte ihr ins Ohr: »Faust wird das nicht entgehen. Er wird denken, daß du mit dem Herzen immer noch bei deinem alten Volk bist.«

»Das ist mir gleichgültig. Ich will nichts mehr sehen ... davon.« Sie lehnte die Stirn gegen seinen Oberarm. »Mir ist schlecht.«

Karibu entschied, daß das vielleicht eine Lösung war. »Dann komm«, sagte er laut genug, daß Faust ihn hörte und von seinem Spielchen abließ. »Wenn dir von der Hitze übel wird, dann mußt du nicht hierbleiben.«

Er schielte über ihren Kopf hinweg zu Faust, dessen Augen mißtrauisch zu Schlitzen zusammengekniffen waren. Karibu zuckte mit den Schultern. »Sie trägt meinen Sohn«, teilte er dem Schamanen mit. »Der da wird sowieso nichts sagen.« Er nickte mit dem Kopf in Speers Richtung.

Der gefangene Jäger sah aus wie ein erlegtes Karibu, nachdem die Frauen es gehäutet hatten. Die weißen Wundränder zahlloser Schnitte, zwischen denen feuchtes, rosiges Fleisch sichtbar war, bedeckten kreuz und quer seinen Oberkörper. Geronnenes und noch klebriges Blut haftete überall auf seines Körper, selbst auf den Beinen. Die Zunge hing ihm aus dem Mund, und der Kopf baumelte schlaff herunter.

Karibu bezweifelte, daß der Jäger eine weitere Stunde dieser Tortur überstehen würde; es war offensichtlich, daß Gebrochene Faust das nicht kümmerte. Der Schamane, nackt und bemalt, war tief in seinen Blutrausch versunken. Der Geist der Lüfte war hungrig in ihm, hungrig auf die einzige Speise, nach der es den Gott der Schlangen gelüstete: Blut und Pein.

Wie immer.

Faust zuckte die Schultern. »Dann bring sie weg. Aber haltet euch bereit für den nächsten.«

Karibu nickte. »Komm, Maya«, sagte er zärtlich und führte sie weg.

Maya vernahm einen hohen, schrillen Schrei draußen vor dem Zelt und schloß die Augen. Sie hätte Karibu nicht erklären können, warum sie so außer sich war; sie war sich selbst nicht sicher. Irgend etwas in ihr rebellierte gegen die Marter, die dem Gefangenen zuteil wurde, doch dieser Abscheu stand im Widerstreit mit einem tieferen Gefühl dunkler Freude. Ein Teil von ihr hatte, so spürte sie, immer gewollt, daß der alte Jäger solche Todesqualen erlitt. Sie konnte sich nicht wirklich an Speer erinnern, wußte jedoch, daß er sie in ihrer Vergangenheit verletzt hatte. Mit den beiden anderen Gefangenen war es etwas komplizierter.

Der eine mit Namen Stein brachte Empfindungen in ihr auf, die sowohl schön als auch unangenehm waren. Die Erinnerungen waren zu schwach, um zu entscheiden, was überwog. Und der dritte, der jüngste, bereitete ihr die größten Sorgen.

Er hatte sie angestarrt, als Karibu die drei ins Lager gebracht, sie mit Speerspitzen angetrieben und wild gelacht hatte. Wolf war sein Name; das immerhin hatte er ihnen gesagt. Er hatte nur einen einzigen Satz zu ihr gesprochen, hatte sie sogar beim Namen genannt: »Maya, warum siehst du mich auf diese Weise an?«

Rastlos wälzte sie sich auf ihrem Lager herum. Übelkeit stieg in ihr auf, doch es war nicht das Kind. Tief in ihr vergrabene Erinnerungen drängten an die Oberfläche, versuchten in ihr Bewußtsein zu gelangen, und sie hatte Angst vor ihnen.

Die Verletzungen, die ihr zugefügt worden waren, hatten eine Menge Schaden angerichtet, hatten sie vergessen lassen, doch sie verspürte nicht den Wunsch, sich an das zu erinnern, was sie verloren hatte.

Im Gegenteil hatte sie darum gekämpft, in jener tröstlichen grauen Wolke bleiben zu können, die alles Vergangene vor ihr verbarg. Doch diese drei Fremden bedrohten ihren harterkämpften Frieden. Maya war sich sicher, daß ihr bisheriges Leben entsetzlich gewesen war, so wollte sie nichts darüber erfahren. Und doch schien sie keine Wahl zu haben. Faust würde zweifellos alle drei dem Geist der Lüfte opfern – sie ahnte, daß es ein grausames Opfer werden würde, auch wenn ihr noch niemand von einem solchen Akt erzählt hatte –, doch zuvor würde er ihr gewiß wieder befehlen, in seinem Namen mit den Fremden zu reden.

Warum hatte sie zusammen mit allem anderen nicht auch ihre Sprache vergessen? Dann würde Faust sie in Ruhe lassen. Sie setzte sich auf, von einer Ruhelosigkeit ergriffen, die es ihr in den Fingern jucken ließ, etwas zu tun. Sie ließ den Blick durch das dämmerige Innere des Zeltes schweifen, so vertraut. Die Bettstelle, die sie und Karibu teilten. Die kleine Feuerstelle, genau unter der rußverschmierten Dachklappe errichtet. Ihrer beider Besitztümer – seine, um genau zu sein. Messer und Schaber, zwei Lederbeutel, die winzige Gegenstände enthielten: mit Schnitzwerk verzierte Knochen, dünne Lederriemen, Feuersteinsplitter.

Sie stöhnte, kroch zu einem der Beutel und leerte ihn aus, um seinen Inhalt zu säubern, neu zu ordnen, vielleicht nutzlos gewordene Dinge wegzuwerfen.

Ein weiches, in Leder eingewickeltes Bündel kullerte auf ihre Knie. Sie starrte es an. Sie erinnerte sich nicht daran, es jemals zuvor gesehen zu haben, und dann verstand sie. Sie hatte Karibus Jagdrucksack ausgeleert, den er für gewöhnlich immer bei sich trug. Er war voll von den Dingen, die ein Jäger brauchte: Speerspitzen, Lederstreifen, ein getrocknetes, in mehrere Blattschichten gehülltes Stück Bisonfleisch, ein zusätzliches Paar Beinlinge. Und eben das Bündel.

Sie seufzte, ließ sich auf die Fersen zurückfallen und begann Ordnung zu schaffen. Während sie arbeitete, drang Wimmern wie in Todespein an ihre Ohren. Sie zuckte zusammen, als sei sie es, die die Schmerzen erlitt.

Die Speerspitzen waren stumpf geworden. Vor ihrem geistigen Auge konnte Maya sehen, was man tun mußte, um diesem Zustand abzuhelfen: ein paar scharfe Schläge mit einem entsprechend geformten Werkzeug würden den Mangel in kurzer Zeit abhelfen.

Sie blinzelte. Woher wußte sie das?

Lange starrte sie die Speerspitze an, nahm sie in die Hand, testete ihre Ausgewogenheit und ihr Gewicht, bewunderte die Geschicklichkeit, mit der sie gefertigt worden war. Schließlich putzte sie sie an ihren Fellen sauber und legte sie beiseite. Sie zu schärfen würde sie von weiteren dummen Gedanken abhalten.

Doch zuvor nahm sie das in Leder eingewickelte Päckchen hoch und ertastete den harten kleinen Gegenstand darin.

Nur ein einziger Riemen hielt das Päckchen zusammen. Der Knoten war locker geknüpft, als habe Karibu dem, was immer sich darin verbergen mochte, nur wenig Bedeutung beigemessen und es achtlos eingewickelt. Ohne darüber nachzudenken, lösten ihre Finger flink den Knoten, schoben das Leder beiseite und enthüllten den Mammutstein.

Als Maya auf ihn hinabblickte, brachen die Dämme, die ihre Erinnerungen so lange von ihr ferngehalten hatten. Nach einer Weile begann sie zu zittern.

Aus dem Augenwinkel beobachtete Karibu den Fortgang der Folter. Er machte sich Sorgen um Maya. Die Gefangennahme der drei Kundschafter – er hegte keinerlei Zweifel, daß sie das waren – hatte seine Frau nicht unberührt gelassen. Er allein wußte, wie spärlich die Erinnerungen an ihr früheres Leben waren, doch dieser Mangel erschien ihm eher wie ein Vorzug. Manchmal träumte sie, doch beim Erwachen entsann sie sich nie daran, was ihren Schlaf so gestört hatte. Karibu fragte sich, wer ›Zauber‹, ›Blüte‹ und ›Knospe‹ wohl sein mochten. Diese beiden letzten Namen kannte er sehr gut, denn Mayas schlimmste Alpträume schienen mit ihnen zusammenzuhängen – zumindest waren es diese Namen, die sie aus dem Schlaf hochschrecken ließen, mit weitaufgerissenen und verängstigten Augen, schweißbedeckt. Doch wenn er sie im Tageslicht nach ihnen fragte, schüttelte sie nur den Kopf und behauptete, daß sie es nicht wüßte.

Er hoffte, daß der unvermeidbare Tod dieser drei Männer ihres Volkes nicht Anlaß zu weiteren Alpträumen geben werde, fürchtete jedoch, daß dem so sein könnte.

Allmählich wurde Faust seiner Spielchen überdrüssig – Karibu bemerkte erste Anzeichen, die in diese Richtung wiesen. Dann würde bald das Feuer in der Grube entfacht werden. Maya war nie Zeugin eines Großen Opfers geworden; wenn es schon Karibu vor Abscheu und Ekel elend und schwach machte, ihn, den diese Grausamkeiten sein Leben lang verfolgt hatten, was würde es dann bei seiner armen Frau anrichten?

Besonders, wenn die Opfer Menschen waren, die sie einst gekannt hatte. Würde der Schock zu groß sein und die Erinnerungen zurückbringen, von denen er hoffte, sie seien für immer verloren?

Vielleicht gelingt es ihnen zu entkommen, dachte er und warf wieder einen flüchtigen Blick auf die drei Männer. Ein müßiger Gedanke, und nun, da er sie genauer betrachtete, ein abwegiger dazu. Der erste Mann, der große, der sich Speer nannte, war dem Tod nahe. Schlaff und bewußtlos hing er an seinem Pfahl, von Kopf bis Fuß von seinem eigenen Blut besudelt.

Der zweite, dessen Name Maya ihm mit Stein angegeben hatte, war nicht viel besser dran. Faust hatte ihn nicht so lange wie Speer gequält, war dafür mit mehr Brutalität zu Werke gegangen. Zwei Finger von Stein waren abgeschnitten, seine Zähne ausgeschlagen, und ein Augapfel war aus seiner Höhle getreten und hing auf seiner Wange. Auch er war ohne Bewußtsein.

Nun widmete sich Faust dem dritten, dem jungen Mann. Karibu bezweifelte, daß er diesen dort übel zurichten würde, ahnte er doch, was in Faust vorging: Der jüngste Gefangene würde ein gutes Opfer sein. Er war stark und würde noch lange leben, während das Fleisch bereits von den Knochen schmolz und seine Schreie als kostbare Geschenke zum Gott der Schlangen emporgellen würden.

Nein, sie können nicht entkommen, dachte er. *Nicht einmal mit meiner Hilfe.* Er fragte sich, ob er es irgendwie würde verhindern können, daß Maya Zeuge ihrer Vernichtung würde, fürchtete jedoch, daß Gebrochene Faust dies nicht dulden würde. Wenn Maya voll und ganz ins Volk der Bisons aufgenommen werden wollte, mußte sie auch voll und ganz an ihrem Leben teilhaben – einschließlich dieser Rituale, die jenem schrecklichen Geist, der über sie herrschte, so großes Vergnügen bereiteten.

Die Marter dauerte nun schon so lange, daß der Großteil des Volkes das Interesse verloren hatte. Ein paar Frauen standen noch mit gierigen Augen nahe dabei, und wieder einmal dachte Karibu, daß Frauen erbarmungsloser waren als Männer. An dem verzückten, hungrigen Ausdruck auf ihren Zügen konnte er ablesen, daß diese Frauen, gäbe man ihnen die Gelegenheit, die Gefangenen viel gräßlicher verstümmeln würden, als Faust es getan hatte.

Das wußte auch der Schamane. Er wandte sich um und scheuchte eine der Frauen davon, die ihm zu nahe gekommen war, eine scharf gezackte Muschel in der erhobenen Hand.

Die Männer hatten sich zum größten Teil entfernt. Karibu erblickte Ratte unten am Fluß, wo dieser einen langen Lederriemen einweichte. Karibu war eben im Begriff, auch zum Fluß hinunterzugehen, als die bemalten, heulenden Gestalten über die Hügel quollen, die das Lager umschlossen. Ein Speer, mit ihm unerklärlicher Kraft geschleudert, durchbohrte den Nacken der Frau mit der Muschel und drang in einem Sturzbach purpurnen Blutes wieder aus ihrer Kehle heraus.

Die Frau stürzte auf die Knie, den Mund zu einem stummen Schrei verzerrt, und schon war ihr Todeskampf vorüber.

Maya hörte ein wirres Durcheinander von Brüllen und Rufen, doch es war, als käme dies alles aus einer anderen Welt. Es hatte nichts mit ihr zu tun. Das einzige, was nun noch zählte, war die winzige geschnitzte Figur in ihrer Hand.

Zuerst hatte sie ihr gar nichts bedeutet. Sie hatte nur die Wärme gespürt, die sie verströmte, und den Blick nicht abzuwenden vermocht. Dann, als sie zu zittern begann, bewegten sich ihre Lippen schwach.

»Wolf«, wisperte sie. »O Große Mutter, *Wolf*!«

Unwillkürlich tastete Karibu nach seinem Speer, um dann feststellen zu müssen, daß er ihn gar nicht bei sich trug. Die Waffe lehnte immer noch neben dem Eingang seines Zeltes. Karibu hastete in diese Richtung, erkannte dann, daß der Weg zu weit war. Er sah sich nach einer anderen Waffe um, eilte zum Rande der Grube, wo Zweige und Holzscheite aufgeschichtet lagen. Er griff nach einem Holzscheit, das so lang und so dick war wie sein Bein. Mit wild verzerrten Zügen stürzte er sich ins Kampfgetümmel.

Die Angreifer strömten über den Rand des Abhangs, manche schleuderten ihren Speer mit Hilfe einer seltsamen, einem Stock ähnlichen Vorrichtung, andere hielten ihre Waffen beim Anstürmen umklammert. Erst dachte er, daß es unzählige seien, doch dann erkannte er, daß die Schar überschaubar war.

Viermal die Finger seiner Hände an Angreifern, höchstens sechsmal. Einige Männer und Frauen seines Stammes waren zu Boden gegangen, von scharfen Speerspitzen durchbohrt. Ein leises Knurren brodelte in Karibus Kehle. Den Geschossen ausweichend, stürzte er sich in den Kampf. Die nun unbewaffneten Speerwerfer bückten sich nach Steinen, um sie den Bisonmenschen entgegenzuschleudern.

Ratte war plötzlich an Karibus Seite und schwang seinen Speer. »Laß sie näher rankommen!« brüllte er ihm zu, gegen den ohrenbetäubenden Lärm anschreiend. »Geh zur Seite!«

Karibu nickte. Noch mehr Männer scharten sich um ihn und Ratte, und er führte sie an. »Da lang! Da rüber!« brüllte er und schwang seine Keule.

Als er sich wieder dem Kampfgeschehen jenseits der drei Pfähle zuwandte, an die die Gefangenen gefesselt waren, bot sich Karibu ein seltsamer und beängstigender Anblick: Der größte der drei Gefangenen, derjenige, den sie Speer nannten, erlangte das Bewußtsein wieder. In seinen Augen glomm der Wahnsinn. Seine Muskeln spannten, entspannten, spannten sich. Das Blut strömte aus zahlreichen Wunden, als er mit einer übernatürlichen Kraftanstrengung die Lederriemen zerriß, mit denen seine Beine gefesselt waren. Dann hob er den langen Pfahl aus dem Boden, beugte sich vor und rannte, den Pfahl auf dem Rücken geradewegs auf Karibu und die anderen zu.

Karibu an der Spitze vermochte noch zur Seite auszuweichen. Ratte hinter ihm hatte nicht so viel Glück; Karibus massiger Körper hatte Ratte daran gehindert, Speers Angriff richtig einzuschätzen. Der gigantische Pfahl erwischte ihn in Schulterhöhe und schleuderte ihn beiseite wie eine Fliege. Karibu hörte und sah, daß Ratte die Schulter brach, als er zu Boden ging. Ohne nachzudenken, ergriff Karibu Rattes Speer; mit einer richtigen Waffe fühlte er sich besser.

Speer stand nun inmitten eines Kreises, den Bisonjäger um ihn bildeten, wirbelte um die eigene Achse und sang. Die Jäger versuchten, sich Speer zu nähern, doch ohne Erfolg. Zwei fielen, von dem Pfahl getroffen, vor Karibus Augen zu Boden; der eine war nur verletzt, doch der Schädel des anderen war aufgesplittert, und seine graue Hirnmasse spritzte auf die Erde.

Karibu warf einen flüchtigen Blick zurück über die Schulter. Die Angreifer waren nunmehr fast bis zur Mitte des Lagers vorgestoßen. Die Frauen stoben vor ihnen davon; nur ein paar vereinzelte Bisonmänner stellten sich ihnen in den Weg und wurden niedergemacht.

Die Kräftigsten der Jäger waren mit Speer beschäftigt. *»Laßt ihn!«* brüllte Karibu. Seine dröhnende Stimme erregte ihre Aufmerksamkeit. Er wies zu den anderen Feinden hin. »Dort lang! Haltet sie auf! Ich kümmere mich um diesen hier!«

Und die Männer gehorchten.

»Komm, Jäger!« rief Karibu. »Ich töte dich!«

Speer verstand zwar die Worte nicht, dafür begriff er, was Karibu von ihm verlangte. Mit der Kraft des Wahnsinns sammelte er seine letzten Reserven, hob den Pfahl wieder in die Höhe und stürzte sich auf Karibu. Rosiger Schaum bedeckte seine Lippen, als er wild brüllte.

Karibu wartete so lange, bis er sicher sein konnte, daß Speer seine Angriffsrichtung nicht mehr ändern konnte. Dann schwang er sich, kurz bevor die Pfahlspitze seine Magengrube berührte, zur Seite. Er spürte einen tödlichen Luftzug an sich vorbeizischen. Dann stolperte Speer, nicht mehr in der Lage, seinen Angriff zu stoppen, an ihm vorbei; Karibu wirbelte herum und versenkte Rattes Speer mit aller Kraft, die er aufbringen konnte, im Rücken des Jägers.

Ein letzter, ein schauerlicher Todesschrei entrang sich Speers Lippen, dann sackte er zusammen, für immer stumm.

Karibu hatte nicht mehr als einen flüchtigen mitleidigen

Blick für ihn übrig. *Ein überaus tapferer Mann,* dachte er, dann rannte er dorthin, wo die eigentliche Schlacht geschlagen wurde, und sah, daß der erste Schwung des Angriffs spürbar erlahmt war.

Wut verschleierte seinen Blick. Hoch schwang er seinen Speer über dem Kopf, während er brüllte: »Tut es mir nach, Männer. *Kämpft! Tötet sie alle!*«

Geschwächt schwankte Maya aus dem Zelt. Sie fühlte sich ganz leicht, schwerelos, als schwebe sie. In ihrer Rechten hielt sie den Mammutstein. Bilder gräßlichen Gemetzels boten sich ihr. Sie erblickte den verstümmelten Leichnam einer Frau, deren linker Arm an der Schulter abgetrennt worden war und die nur ein paar Fuß vor ihr auf dem Weg lag. Der fehlende Arm war nirgends zu sehen. Die Frau war bis hierher getaumelt und dann verblutet. Maya konnte die lange, glitzernde Blutspur sehen, die ihren Weg markierte.

Weiter unten, zur Lagermitte hin, lagen noch mehr Körper; aus einigen von ihnen ragten Speere. Anderen waren die Schädel zertrümmert worden. Einige bewegten sich noch, ihre Glieder zuckten wie in einem schlimmen Traum.

Nahe der Grube sah sie Speer mit dem Gesicht im Staub liegen, eine große Wunde im Rücken. Neben ihm saß Ratte, der mit schmerzverzerrtem Gesicht seine zerschmetterte Schulter hielt.

Vom letzten Kampfherd am Fuße der Hügel drangen Schreie herüber. Dorthin hatten die Bisonmenschen die letzten Überlebenden der Angreifer getrieben. Vor Mayas Augen fielen zwei weitere Mammutmänner; dann legten die anderen die Speere nieder, knieten sich hin und ergaben sich.

Eine Bewegung auf der Hügelspitze weckte ihre Aufmerksamkeit. Zwei Gestalten, schwarze Silhouetten vor dem blauen Himmel; die Erinnerung summte in ihrem Kopf. Der Stein in ihrer Hand fühlte sich heiß an. Sie erkannte sie beide. Geist und die schmächtige Gestalt seines Lehrlings, an den sie sich noch als Jungen erinnerte. Während sie noch hinaufblickte, hob

Karibu seinen Speer und winkte ihr zu. Erleichterung machte sich in ihr breit; Karibu war am Leben geblieben!

Alles, was sie aus ihrem Bewußtsein verbannt hatte, jede einzelne Erinnerung, die sie für immer verloren geglaubt hatte, war zurückgekehrt, als sie den Mammutstein in ihren Händen hielt. Sie war sich nicht sicher, ob sie deswegen dankbar sein sollte oder entsetzt. Doch mit der Sturzflut der Erinnerungen war die Angst zurückgekehrt – Angst um sich selbst, um das Mammutvolk, um Karibu – und um Wolf.

Drei Männer der Bisonleute stürmten zur Hügelspitze hinauf. Kurz darauf kamen sie den Hang wieder hinunter, mit ihren beiden Gefangenen, die sie mit Speeren vor sich her trieben.

Alle liefen ihnen entgegen. Auch die Frauen kamen hinter den Felsen hervor, hinter denen sie Schutz gesucht hatten, und versammelten sich, Stöcke schwenkend und Steine mit sich schleppend, um den überlebenden Feinden damit zu drohen. Maya sah zu dem dritten Pfahl hinüber und merkte, daß Wolf ihren Blick erwiderte.

Auch ihm war also nichts geschehen! Der Mutter sei Dank! Sie duckte sich wieder in das Zelt und trat wenig später mit einem kleinen Messer, das sie aus einem von Karibus Rucksäcken hervorgeholt hatte, wieder ins Freie. Männer, Frauen und Kinder scharten sich um die neuen Gefangenen, niemand schenkte den beiden an die Pfähle gefesselten mehr Beachtung. Maya hastete hinüber, das Messer an ihrem Oberschenkel versteckt. Den Mammutstein hielt sie fest umklammert, als sei er ein Teil von ihr selbst. Vielleicht war er es ja auch.

»Wolf!« flüsterte sie ihrem Bruder zu, als sie sich dem Pfahl näherte. Er sah ihr argwöhnisch entgegen. »Hab keine Angst! Ich schneide dich los!«

Schon begann sie, seine Fesseln zu durchtrennen. Erst die Schnüre um seine Knöchel, dann machte sie sich an denen um seine Handgelenke zu schaffen. »Lauf!« raunte sie ihm atemlos zu. »Sie sind jetzt abgelenkt, du kannst dich davonmachen.«

Seine dunklen Augen blickten traurig, als er den Kopf schüttelte. »Maya«, sagte er weich, »was hast du nur getan?«

Zwei Lederriemen hielten Wolf noch, als Maya spürte, wie

sich starke Finger um eins ihrer Handgelenke schlossen. »Ah.« Gebrochene Faust grinste, als er ihr das Messer entwand. »Eine Verräterin. Noch mehr Fleisch für den Gott.« Er grinste sie immer noch an, als sich Entsetzen auf ihrem Gesicht spiegelte. »Das ist gut«, belehrte er sie. »Denn er hat großen Hunger.«

KAPITEL NEUNZEHN

Flußlager des Bisonvolks: 17982 v. Chr.

»Du solltest nicht versuchen wegzulaufen«, sagte Karibu in seinem Zelt zu Maya. Er zuckte die Schultern. »Es würde nichts nützen.« Ein Gedanke fuhr ihm durch den Kopf. »Es gibt keinen Ort, an den du fliehen kannst«, fügte er hinzu und versuchte, seine Stimme ruhig klingen zu lassen.

In Wahrheit war er sehr besorgt. Nach der Schlacht hatte Faust Maya vor ihn gezerrt und ihm mitgeteilt, was sie zu tun versucht hatte. Er hatte Maya fesseln und bei den anderen Gefangenen lassen wollen, doch Karibu hatte versprochen, daß sie nicht fliehen würde.

Der Schamane hatte ihn mit einem stechenden Blick durchbohrt, hatte aber nachgegeben. Er hatte mehr Gefangene, als er eigentlich brauchte, und schon reiften Pläne vom größten aller Opfer in der Geschichte des Bisonvolkes in seinem Hirn.

Außerdem war Gebrochene Faust nicht dumm. Karibu war im Bisonvolk zu einem mächtigen Führer geworden. Viele von ihnen hatten ihn den wahnsinnigen Riesen, Speer, mit einem einzigen Stoß fällen sehen. Und es war Karibu gewesen, der die Jäger um sich geschart hatte, als das Bisonvolk die Schlacht zu verlieren drohte. Er hatte sich ins Getümmel gestürzt, links und rechts Schläge austeilend. Als alles vorüber war, hatte der gewaltige Jäger mindestens eine Handvoll Köpfe als Trophäen erbeutet, die er vor sein Zelt hängen konnte.

So hatte Faust also nur mit den Schultern gezuckt und gesagt: »Sieh zu, daß sie nicht wegläuft. Sie ist eine Verräterin, Karibu. Wir sprechen später darüber.« Dann hatte der Schamane sich abgewandt. Karibu hatte Maya an die Hand genommen und sie in sein Zelt geführt.

»Warum hast du das getan?« hatte er ihr zugezischt. »Faust wird jetzt versuchen, dich zu töten!«

Sie hatte ihn angestarrt. Zum erstenmal hatte er bemerkt, wie klar ihre Augen geworden waren. Eins grün, eins blau, hatten sie wie glatte Steine unter klarem, fließenden Wasser gefunkelt. »Er ist mein Bruder«, hatte sie schlicht erwidert. Und so hatte er erfahren, daß sie ihr Gedächtnis wiedergefunden hatte.

Nun, einen Tag später, grübelte Karibu über die unglückliche Lage nach, in die Maya sich gebracht hatte. Während er durchs Lager schritt, näherten sich ihm Männer und Frauen, um ein paar Worte an ihn zu richten oder einfach nur seine Schulter zu berühren. Kinder starrten ihn mit weitaufgerissenen Augen ehrfürchtig tuschelnd an.

Die Schlacht war für das Bisonvolk glimpflicher verlaufen, als Karibu gedacht hatte. Zwölf seines Stammes, darunter fünf Frauen, waren im ersten mörderischen Gemetzel umgekommen. In dem darauffolgenden Kampf waren noch einige Männer verwundet worden. Er wußte, daß einige von ihnen sterben würden. Er fürchtete, sein Freund Ratte werde einer von ihnen sein. Die Schulter des kleinen Mannes war eine zerschmetterte, blutige Masse zerbrochener Knochen und zerfetzten Fleisches. Faust machte Umschläge und sang magische Lieder, doch Ratte begann zu fiebern und zu delirieren. Karibu hatte schon andere in diesem Zustand gesehen. Keiner von ihnen hatte überlebt.

Auch unter den Gefangenen gab es Verletzte, und aneinandergefesselt boten sie ein Bild des Elends. Mehr als die Hälfte der Angreifer war umgekommen. Karibu vermutete, daß unten im Grünen Tal nur noch Frauen und Kinder zurückgeblieben waren. Das Tal wartete nur darauf, von ihnen, dem Bisonvolk, in Besitz genommen zu werden.

Der Gedanke bereitete ihm keine Freude, denn er wußte, daß auch der Einzug in das Grüne Tal Faust nicht zufriedenstellen würde. Sein Geltungshunger würde erst gestillt sein, wenn seine Machtstellung wieder gegenüber der Karibus gefestigt war. Er konnte es nicht zulassen, daß ein Rivale so stark wurde, wie Karibu es geworden war. Und Karibu wußte, wie der vernichtende Schlag gegen ihn geführt werden würde.

Durch Maya. Er erinnerte sich, wie er sich schon einmal dem Willen von Gebrochener Faust unterworfen hatte, und damals hatte ihn das seine geliebte Schwester gekostet.

Ja, er konnte sich nur zu gut vorstellen, wie Faust vorgehen würde. Die Frage war, wie er, Karibu, sich diesmal dazu stellen würde.

Was *konnte* er überhaupt tun?

Es gab eine Möglichkeit, doch die war so furchteinflößend, daß selbst Karibu, mächtigster der Jäger des Bisonvolkes, es kaum über sich bringen konnte, auch nur daran zu denken.

Statt dessen sagte er zu Maya: »Du erinnerst dich also an alles?«

Sie nickte. In den Falten ihres Überwurfs ruhte der Mammutstein, nah an ihrem Herzen geborgen. Sie hatte Karibu nichts darüber erzählt und hatte auch nicht verlauten lassen, wie der Anblick des Steins einen Blitz der Erinnerung durch ihr vernebelten Gehirn hatte zucken lassen. Sie wußte, daß er es nicht verstehen würde. Sie war sich nicht einmal sicher, ob sie selbst es ganz verstand.

Sie saß einfach da, eine schmächtige Frau, die Arme um die angezogenen Knie geschlungen, und fragte sich, was sie tun sollte. Sie wünschte, den Stein nie wiedergefunden zu haben – die quälenden Erinnerungen, die er geweckt hatte, hatten sie in der vergangenen Nacht in ihren Träumen verfolgt.

Nun erinnerte sie sich auch bei Tage an Blüte und Knospe; nicht nur an deren Tod, sondern auch an ihr Leben, daran, wie sie sie geliebt hatten. Sie erinnerte sich an Alten Zauber und an Alte Beere. Von den vieren war wohl nur noch Beere am Leben, doch Maya hatte Angst, die Gefangenen nach ihr zu fragen. Faust hatte eine Wache vor ihnen aufgestellt, und Karibu hatte Maya wissen lassen, daß es ihr untersagt sei, sich ihnen zu nähern.

Und so blieb sie in ihrem Zelt, tief in Gedanken versunken, und kämpfte mit der Verantwortung, der sie ihr Leben lang zu entfliehen versucht hatte.

»Du wirst das Volk des Mammuts retten«, hatte Alter Zauber

sie wissen lassen. *»Du bist die Große Mutter, die zu uns gekommen ist.«*

Ein Kind war sie damals gewesen, damals, vor Millionen von Jahren. Nun war sie eine Frau und mußte erkennen, daß es wohl unmöglich war, die Prophezeiung zu erfüllen. Karibu hatte ihr schließlich erzählt, was er bei seinem zweiten Besuch im Grünen Tal entdeckt hatte. »Ich glaube, daß alle ihre Männer hergekommen sind«, hatte er hinzugefügt. »Es sind nur noch ein paar von ihnen übrig, und die wird Faust gewiß töten.« Er hatte den Kopf mit dem langen, struppigen Haar geschüttelt und gesagt: »Dein Volk ist fast vernichtet, Maya. Der Gott der Schlangen ist allzeit hungrig.«

Sie begriff nicht ganz, was er meinte, doch sie konnte es erahnen. Etwas Schreckliches, etwas Tödliches erwartete die letzten jenes Stammes, der sie ausgestoßen hatte, für den sie jedoch immer noch eine Verantwortung empfand, der sie sich nicht mehr entziehen konnte.

Und Wolf. Sie erinnerte sich daran, wie er ihr kleine Geschenke und, wenn es ihm möglich gewesen war, Liebe und Zuneigung gegeben hatte. Nun kauerte er bei den anderen, denn Faust hatte befohlen, ihn loszubinden. Stein ebenso, doch der Mann, der einmal ihr Vater gewesen war, hatte tot in seinen Fesseln gehangen. Jemand hatte ihm mit einem Felsbrocken den Schädel zerschmettert.

»Du wirst das Volk des Mammuts retten!«

Das konnte man einem kleinen Mädchen, das nicht die geringste Ahnung hatte, was der alte Schamane da redete, leicht erzählen. Aber was war nun zu tun?

»Karibu«, sagte sie zärtlich, obwohl ihre Augen in einer weißglühenden Wildheit brannten, als sie sprach, und Karibu verspürte plötzlich und zum erstenmal einen Anflug von Furcht, »ich kann ihn nicht sterben lassen.«

Sie preßte ihre Knie fest zusammen und suchte seinen Blick. Er sah nicht die geringste Schwäche, nicht die geringsten Zweifel auf ihrem Gesicht. »Ich *werde* ihn nicht sterben lassen.«

Er seufzte. Sie war seine Frau. Die anderen kümmerten ihn

nicht. Nur um sie ging es ihm – und um das Kind, das sie in ihrem Leib trug.

»Nun gut, Maya«, sagte er schließlich. »Ich verstehe dich. Sie sind dein Volk. Doch du gehörst mir, und somit werde ich nicht zulassen, daß du stirbst.«

Ihre Blicke trafen und hielten sich fest. Als er schließlich den Blick abwandte, von der Unerschrockenheit und Entschlossenheit in ihren Augen erschüttert, glaubte er fast daran, daß sie einen Weg fingen würde.

Einen Weg für sie beide.

Geist kreuzte die Arme vor der Brust und stand nackt da, dem Schamanen des Bisonvolkes gegenüber. Gebrochene Faust, der alle Zeichen seiner Würde trug, starrte kalt zurück. Die beiden Männer waren allein in Fausts Geisterhaus – Geist hatte gewußt, daß er gerufen werden würde, und so war es auch geschehen, kurz nach Sonnenaufgang am zweiten Tage ihrer Gefangenschaft.

»Du bist der Schamane des anderen Volks«, stellte Faust fest.

Geist schüttelte den Kopf. Die Sprache des Bisonvolkes war ihm fremd. Er antwortete in seiner eigenen Sprache. »Ich verstehe nicht.«

Die beiden Männer sahen einander an. Schließlich seufzte Faust. »Sprichst du die Sprache der Geister?« fragte er in der Sprache, in der er sonst nur mit den Geistern in Verbindung trat, die alle Völker beherrschten.

Geists Augen weiteten sich, denn plötzlich vermochte er den anderen zu verstehen. »Ich spreche zu den Geistern in ihrer eigenen Sprache, ja.«

Nun lächelte Faust. Die Worte des anderen Schamanen entsprachen nicht dem, was er geantwortet hätte, aber er konnte sie verstehen. Er hatte schon befürchtet, auf die Hilfe von Karibus Frau angewiesen zu sein, doch das schien nun nicht mehr nötig. »Gut«, erwiderte er. Er deutete auf den Fellstapel vor seiner Feuerstelle. »Setz dich also.«

Geist, dessen Hände vor dem Körper gefesselt, dessen Füße

jedoch frei waren, nickte und hockte sich nieder. Kurz darauf tat Gebrochene Faust es ihm nach. Nachdem er sich niedergelassen hatte, nahm er sich einen Moment Zeit, um seine Gedanken zu sammeln. Er war sich seiner nicht ganz sicher, doch er glaubte, diesen fremden Schamanen, dessen beschattete Augen eine finstere Wut bargen, seinen Zwecken dienstbar machen zu können. Obwohl er zu Anfang beabsichtigt hatte, den Schamanen als ersten vor den Augen seiner Leute zu töten, um die Überlegenheit seiner Magie über die der anderen zu demonstrieren, wog er nun andere Möglichkeiten ab. Er zuckte insgeheim mit den Schultern. Wenn die Unterredung zu nichts führte, würde er seinen ursprünglichen Plan immer noch in die Tat umsetzen können.

»Wie nennt sich dein Volk?« begann er.

Geist erwog seinerseits, welche Vorteile ihm aus diesem Treffen erwachsen konnten. Ihre Völker mochten verfeindet sein, doch Schamanen waren Schamanen. Zwischen jenen, die mit den Geistern umgingen, gab es immer Gemeinsamkeiten.

»Mein Volk ist das Volk der Mammuts und das der Großen Mutter«, setzte Geist an.

Faust lauschte dem anderen mit großer Aufmerksamkeit. Als Geist zu Ende gesprochen hatte, nickte er förmlich. Er sagte: »Meine Geister sind stärker als deine. Der Geist der Lüfte, der über das Volk des Bisons herrscht, hat dir seine Macht offenbart, und meine Jäger haben gesehen, daß deine Zelte leer sind und viele deines Volkes tot. Die Männer, die noch leben, gehören mir. Dein Volk ist aller Macht beraubt. Was hast du dazu zu sagen, Schamane?«

Geist senkte das Haupt. Er fürchtete, daß Faust recht hatte. Nach Zaubers Tod hatten sich all seine Hoffnungen darauf, der Mächtigste eines mächtigen Volkes zu werden, zerstreut. *Fluch über die Frau! Siedieerhaßte* hatte ihre Schlacht gegen ihn am Ende doch gewonnen.

Und doch schenkte er Fausts Prahlerei über die Macht des Geistes der Lüfte keinen Glauben. Er hatte die Peitsche der Mutter gespürt, und er wußte, daß sie diesen plappernden Schamanen wie einen Strohhalm im Sturm zu knicken vermochte, wenn es sie danach gelüstete. Doch sie hatte ihre Macht gezügelt, um ihn, Geist, zu Fall zu bringen. Es kümmerte sie nicht, daß sie damit auch das ganze Mammutvolk in den Abgrund gestürzt hatte. Die Großen Geister waren launenhaft. Geist bezweifelte, daß sie viel auf das Wohlergehen ihrer Schutzbefohlenen gaben, wenn sie anderes im Sinn hatten.

Doch vielleicht gab es ja einen Ausweg, wenigstens sein eigenes Leben zu retten. Je mehr er darüber nachdachte, desto wahrscheinlicher erschien ihm dies. Er *lächelte* in sich hinein und sah auf. »Dein Geist der Lüfte hat nicht gesiegt«, sagte er mit sanfter Stimme. »Unsere Große Mutter hat uns verlassen... weil wir einen bösen Dämon in unserer Mitte beherbergt haben.« Er fuhr sich mit der Zunge über die Lippen, während Gebrochene Faust ihn stumm anstarrte.

»Ein Dämon hat uns vernichtet, und wird auch euch vernichten, es sei denn, du willst, daß ich ihn töte. Nur ich weiß, wie ich euch von dem Dämon befreien kann.«

Faust lachte, doch es war ein freudloses Lachen. »*Uns* von dem Dämon befreien, Schamane? Es gibt keinen Dämon im Volk des Bisons!«

»Oh, aber sicher doch«, entgegnete Geist. Er hatte sie zwar nicht gesehen, aber er *wußte*, daß sie hier war. Er konnte sie *riechen*. »Dieser Dämon heißt Maya«, fuhr er fort. »Und wie sie das Mammutvolk vernichtet hat, so wird sie auch den mächtigen Stamm des Geistes der Lüfte bedrohen. Und dich, Schamane. Sie wird selbst dich zerstören.«

Eine Weile senkte sich Schweigen über die beiden Männer. Dann sagte Gebrochene Faust, ohne eine innere Regung zu verraten: »Ich werde dir zuhören.«

Was er auch tat. Als Geist seine Erzählung beendet hatte, nickte Gebrochene Faust ein letztes Mal. Er schenkte den Worten des anderen wenig Glauben. Er hatte die Frau mit eigenen Augen gesehen und sie verfügte unmöglich über die Macht, die Geist ihr zusprach. Und doch fand er Gefallen an dem Plan des Schamanen, denn auch er, Faust, wollte Maya schließlich töten. Und das Beste von allem war, daß der feindliche Schamane selbst es für ihn erledigen würde – er würde sich die eigenen Hände nicht mit ihrem Blut besudeln.

Er jubilierte vor Entzücken, seine Stimme jedoch war ruhig, als er antwortete: »Wir haben die Frau, von der du sprichst. Vielleicht ist sie besessen. Ich habe merkwürdige Dinge an ihr bemerkt. Vielleicht lasse ich dich am Leben, wenn du wirklich das tun kannst, wozu du behauptest, in der Lage zu sein.«

Sein Blick wurde hart, als er weiter sprach. »Aber nur, wenn du sie vernichtest.« Er zuckte die Schultern. »Anderenfalls wirst du der erste sein, der den Hunger des Geistes der Lüfte stillt.«

Geist nickte. Er hatte nichts anderes erwartet.

In dieser Nacht hielt Karibu Maya ganz fest in seinen Armen. Draußen hatte das Dröhnen der Baumstammtrommeln eingesetzt, und schon stieg Rauch aus der Grube auf.

»Hörst du die Trommeln, Maya?« flüsterte er.

»Ja.« Ihre Stimme war sanft, so sanft. *Sie hat ja keine Ahnung,* dachte Karibu und erschauerte. Er erinnerte sich daran, wie er seiner schüchternen, vertrauensvollen Schwester die vergifteten Beeren gereicht hatte.

»Faust bereitet alles für das Opfer vor.« Er schwieg, weil er nicht weiterreden wollte. Die Entscheidung, die er bald würde treffen müssen, schwebte drohend über seinem Haupt.

Sie erwiderte nichts, kuschelte sich nur näher an ihn. Sie nahm eine seiner großen, schwieligen Hände und legte sie auf ihren warmen Bauch. Er bildete sich ein, die Bewegungen des Kindes spüren zu können.

Er seufzte. »Faust hat mir aufgetragen, dich am Morgen zur Grube zu bringen. Ich glaube, er will dich dann dem Geist der Lüfte opfern.«

Sie stellte die Frage, die er gefürchtet hatte. »Was wirst du tun, Karibu?«

Er schloß die Augen. »Ich weiß es nicht.«

Sie legte ihre kleine Hand über seine. »Mach dir keine Sorgen«, sagte sie. »Es wird alles gut werden.«

Aber nein, nichts wird gut werden, dachte er. *Was auch geschieht, es kann nie gut ausgehen.*

Als er zu schnarchen begann, wälzte Maya sich von ihm fort und legte sich auf den Rücken, blicklos ans Zeltdach starrend. Ganz langsam glitt ihre Hand zu dem Stein, der an ihrem Herzen ruhte. Als sie ihn berührte, verspürte sie einen winzigen Stich. Sie wußte, daß der Augenblick gekommen war.

Der Augenblick der Wahl.

Sie schloß die Augen und umfaßte den Mammutstein fester. Nach einer Weile beruhigte sich ihr Atem, und sie schlief ein.

Sie träumte.

Zunächst gab es nichts als Finsternis. Sie schritt durch eine Leere. Dann kam Licht, erst ein Funken, dann eine Flamme, dann ein Inferno.

Sie schritt durch das Licht und fand sich auf einer weiten Ebene wieder. In der Ferne rammten mächtige Gipfel ihre grauen Felsschultern in den Himmel. Sie ging weiter, auch wenn sie jetzt große Furcht hatte. Hier gab es nichts, was ihr angst machen sollte, doch mit jedem Schritt lastete die Furcht drückender auf ihr.

Es schien ihr, als sei sie schon tagelang gewandert, aber vielleicht war es auch nur eine kurze Weile. Die Zeit hier schien anderen Gesetzen zu gehorchen als in der Welt.

Dann erblickte sie sie, einen kleinen Fleck, schwer auszumachen in der weiten grünen Ferne. Beim Näherkommen konnte sie die einzelnen Gestalten erkennen. Eine Frau stand in vorderster Reihe. Hinter ihr ragte eine gewaltige Mammutmutter auf. Neben der Frau Mutter Löwe. Maya erkannte die Löwin wieder und lächelte.

Jetzt weiß ich, warum sie mich verschont hat, dachte sie.

Auch eine massige Bisonmutter war da, die mit den Hufen aufs Gras stapfte, eine Karibumutter und viele andere. Zitternd trat Maya näher. Als sie nur noch wenige Schritte entfernt war, blieb sie stehen.

Die Frau trat vor. Auch sie war Maya auf unerklärliche Weise vertraut. *Es sind ihre Augen,* fuhr es ihr durch den Kopf. *Sie sind wie meine, grün und blau.*

Graue Strähnen durchzogen das Haar der Frau, ihr Antlitz jedoch war das einer jungen Frau. Um ihren Hals hing an einem Lederriemen ein Mammutstein. Er sah ein ganz klein wenig anders aus als der, den Maya in ihrer Rechten umklammerte, doch sie wußte, daß beide von gleicher Hand gefertigt waren.

Die Lippen der Frau bewegten sich. Ihre Worte tönten wie ein entferntes Flüstern, unheilvoll. »Jetzt mußt du deine Wahl treffen, Tochter«, sagte sie.

Dann blieb sie schweigend stehen und wartete.

Alles wartet, dachte Maya. Selbst die Berge schienen sich gespannt vorzubeugen, um auf ihre Antwort zu lauschen.

Mein ganzes Leben lang habe ich mich dagegen gewehrt, dachte sie. *Ich bin davor weggelaufen, habe mich versteckt, habe so getan, als existiere es nicht. Als Zauber es mir erzählt hat, habe ich es verdrängt. Wenn ich davon geträumt habe, habe ich es beiseite gewischt. Und als der Stein zu mir kam, habe ich ihn meinem schlimmsten Feind gegeben. Und warum? Weil ich anders war und weil ich geliebt werden wollte. Ich wollte dazugehören. Und so habe ich gegen das gekämpft, was immer in mir war, und habe zu zerstören versucht, was mein war durch Geburtsrecht. Und schließlich, als die Qual und der Betrug unerträglich wurden, habe ich alles zu vergessen versucht.*

Weil ich Angst hatte.

Langsam holte sie die geschnitzte Figur aus ihrem Umhang. In dem seltsamen grauen Licht dieses Ortes – der, wie sie wohl wußte, nicht von dieser Welt war – glühte der Stein in einem warmen Gold. Sie legte ihn auf die geöffnete Handfläche.

Die Frau vor ihr sagte nichts. Es schien, als könne sie bis in alle Ewigkeit warten.

Das kann sie auch, durchfuhr es Maya in einem Geistesblitz. *Sie kann für immer warten, wenn es sein muß. Doch ich habe eine Wahl zu treffen, und das bald. Ich kann mich umdrehen und zurückgehen. Nichts wird dann geschehen, außer daß das Volk sterben wird und ich es nicht rette.*

Sie sah auf den Stein in ihrer Hand hinab und erinnerte sich. Ihr ganzes Leben zog an ihr vorüber: die Verletzungen, die Todesqualen, die Schläge und Zurückweisungen. Ihr eigener Vater hatte sich von ihr losgesagt. Der Schamane hatte sie fast getötet. Das Volk hatte sie aus seiner Mitte verstoßen.

Wähle.

Was schuldete sie ihnen, ihrem Volk, das ihr all das angetan hatte?

Wähle.

Als die Antwort schließlich gegeben wurde, schien sie ihr das Einfachste von der Welt zu sein. Sie schuldete ihnen das Leben, denn das war es, was sie ihr geschenkt hatten und was der Stein bedeutete. Er war Leben.

Ihre Schultern sanken vornüber, dann straffte sie sich, als sei soeben eine unsichtbare Last von ihr genommen worden. Sie trat vor, sank auf die Knie und hielt der Frau den Stein entgegen, die mit glühenden Augen auf ihn niederblickte.

Über sich sah Maya etwas Riesiges und Wolkenhaftes zusammenwachsen. Donner dröhnte in seinem Inneren. »Ich bin, die ich bin«, entgegnete Maya, und die Fesseln, die sie ihr Leben lang geknechtet hatten, fielen von ihr ab, als hätten sie nie existiert. Eine wilde Freude durchflutete sie. »Ich wähle dich, Mutter! Ich wähle das Leben!«

Über ihrem Kopf teilte ein Blitzschlag die schwarzen Wolken. Der Stein in ihrer Hand erglühte in eigenem Licht, antwortete. Maya hob den Blick zu der Frau und sagte: »Nimm mich, Große Mutter. Benutze mich nach deinem Willen.«

Sanft lächelnd streckte die Frau eine Hand aus und legte sie Maya ganz sacht aufs Haar. »Nicht ich«, sagte sie. *»Sie.«*

Und da endlich öffnete Maya ihre Augen und erblickte Sie-die-aus-den-wolken-herniedersteigt, Sie-mit-den-vielen-Namen, und sie streckte ihre mächtige Hand aus.

»Willkommen!« dröhnte der Donner. *»Willkommen zu Hause, Tochter, endlich!«* schrillte der Blitz.

»Willkommen!«

Die Sonne funkelte an einem Himmel, der die Farbe ruhigen Flußwassers hatte. Nur wenige dünne graue Rauchfähnchen stiegen von den schwelenden Kohlen empor, die den Boden der Opfergrube bedeckten. Neben der Grube lag das Flechtwerk, auf dem das Opfer über dem Feuer liegen würde. Karibu führte seine Frau aus seinem Zelt und blinzelte in die gleißende Sonne, die die Welt in ihr unbarmherziges Licht tauchte.

Das gesamte Bisonvolk war um den Schamanen versammelt, aus dessen häßlich aufgesperrtem Rachen Schlangenzähne ragten und Speichel troff. Selbst die Gefangenen sollten Zeugen des Rituals werden, gefesselt und von einer Gruppe starker Jäger bewacht.

Karibu zögerte einen Moment verunsichert, doch Maya sagte: »Komm, Gatte.« Und dann war sie es, die ihn zu seinem Erstaunen hinunter zu der brennenden Grube führte.

Das Volk machte schweigend eine Gasse vor ihnen auf. Die Trommelschläge steigerten sich zu einem Crescendo, um dann zu verstummen. Ihr Widerhall schien in der nun folgenden Stille zu klingen.

Maya, immer noch vor Karibu, blieb vor Gebrochener Faust stehen, starr und reglos blickte er sie an, und ein dünner Speichelfaden rann über sein Kinn. Ihr ruhiges Auftreten erregte seinen Zorn. Er hob die Rassel, die er in seiner Linken hielt, schüttelte sie vor ihrem Gesicht.

»Böser Geist!« schrie er. »Dämon, hebe dich hinweg!«

Sie schwieg, und Lächeln war milde, als schenke sie es einem Kind.

Er ließ die Rassel sinken, wandte sich zu den Wachen um und gab ihnen ein Zeichen. Sie führten Geist zu ihm. Der Schamane des anderen Volkes trug seinen Umhang aus Karibufell, ein weiteres Abzeichen seiner Würde indes hatte Faust ihm nicht gestattet. Er gedachte nicht, Geist mehr Autorität als unbedingt nötig zu geben.

»Kennst du diese Frau?« fragte Gebrochene Faust in der Sprache der Geister.

Maya verstand sie sehr wohl. Alter Zauber hatte ihr in ihrer

Kindheit die Worte beigebracht. Sie hatte sie nur bis zu diesem Moment vergessen.

»Sie ist ein Dämon!« erwiderte Geist. Er *lächelte* wieder, und selbst Faust zuckte vor dem offensichtlichen Wahnsinn zurück, der in diesem Lächeln lag. Er faßte den Entschluß, daß auch Geist geopfert werden würde, sobald er mit diesem Dämon fertig wäre.

»Du hast gesagt, du würdest den bösen Geist vernichten«, sang Faust. Er hob seine Rechte, in der er ein Messer hielt.

»Das werde ich tun«, entgegnete Geist. Maya spürte, wie Karibu sich an ihrer Seite versteifte. Seine Finger umklammerten einen gewaltigen Speer. Er hatte in dieser Nacht seine eigene Entscheidung getroffen, und Maya liebte ihn dafür. Doch sie legte ihm leicht die Hand auf die Schulter und schüttelte den Kopf.

Gebrochene Faust gab Geist das Messer. »Dann tu es!« heulte er und trat zurück, um dem anderen Schamanen Platz zu machen. Innerlich frohlockte er. Karibus Zusammenzucken war ihm nicht entgangen, doch der Zorn des Jägers würde Geist treffen, nicht ihn. Geist war die Bedrohung. Wie immer es auch ausgehen mochte, Faust konnte nur gewinnen. Wenn Karibu Geist das Leben nahm, hätte er das Opfer entweiht und müßte selbst sterben. Tat er es nicht, hätte Faust wieder einmal seine Macht über den großen Jäger bewiesen.

Faust grinste verzerrt, und die Schlangenkiefer in seinem Mund glänzten speichelfeucht auf. Er wartete darauf, daß die Dinge ihren Lauf nahmen.

Geist wog das Messer in seiner Hand. Er warf einen letzten flüchtigen Blick auf Gebrochene Faust, und dann packte ihn sein Wahnsinn. Seine Augen brannten wie glühende Kohlen, als er sich ihr zuwandte, *Ihrdieerhaßte*. Es war ein langer Weg gewesen, doch nun würde er sie vernichten. Der Triumph sang ein Lied der Vernichtung in seinen Adern, als er sich ihr näherte, das Messer in der erhobenen Hand.

Maya sah ihm reglos entgegen, und ein schwaches Lächeln lag auf ihren Lippen. Dann, Bruchteile von Sekunden, bevor Geist das Messer auf sie hinabsausen ließ, hob sie ihre rechte Hand, in der der Mammutstein pulsierte.

»Du willst ihn«, sagte sie sanft. »Dann nimm ihn.«

Geist erstarrte, den Arm über den Kopf erhoben. Lange Zeit rührte er sich nicht. Dann verwandelte sich sein Gesicht. Die Muskeln dort schienen einen Kampf gegeneinander auszufechten. Es schien, als wohnten Würmer unter seiner Haut, krümmten und schlängelten sich. Langsam sank sein Arm herab, obwohl das offenbar nicht willentlich geschah. Die Muskeln an Arm und Schulter spannten sich vor Anstrengung, als er versuchte, den Arm erhoben zu halten. Vergeblich. Tiefer und tiefer sank sein Arm, bis er ihn waagerecht ausgestreckt hielt. Dann fiel ihm das Messer aus den Fingern.

Maya sah fast betrübt aus, als sie den Mammutstein senkte, um Geists Fleisch damit zu berühren.

Geist kreischte.

Der Sturm brach los.

Später versuchte Karibu, den Sturm zu vergessen. Er war aus einem absolut klaren Himmel losgebrochen, aus dem Nichts, ein Tumult brodelnder schwarzer Wolken und heulender Winde und zischender Blitze, daß selbst er ins Wanken geraten war.

Die versammelte Menschenmenge hatte sich zerstreut, um Schutz zu suchen, doch Karibu hatte ausgehalten, fest auf seinen Speer gestützt. So kam es, daß nur er sah, was als nächstes geschah, und selbst er sah nicht *alles*.

Geist fühlte jedenfalls eine unerträgliche Hitze, die vom Mammutstein in seine Finger kroch, von dort seinen Arm hinauf zu seiner Schulter und von dort in die weiche graue Masse unter seiner Schädeldecke.

Dort richtete die Hitze Verheerendes an, verschmolz Teile, die nie, niemals hätten zusammenkommen dürfen.

Geist war genauso unfähig das, was nun passierte, anzuhalten, wie er nicht fähig war, zu fliegen. Langsam begannen Geists Muskeln vor Karibus entsetzten Augen, seinen Körper Stück für Stück auseinanderzureißen.

Als erstes bewegten sich seine Kiefer, seine Zähne fanden Fleisch und er biß sich die eigene Zunge ab. Beide Schultern renkten sich mit hörbarem Geräusch aus – und dann platzte sein rechtes Bein, als die langen Muskeln seiner Oberschenkel wild zuckten.

Sein Bauch wölbte sich vor, als sei er voller sich windender Schlangen. Sein Kopf schnellte in die eine Richtung, sein Haar in die entgegengesetzte. Trotz des Sturmgetöses konnte Karibu hören, wie die Knochen dort brachen. Geists Mund sprang auf, und seine abgebissene Zunge fiel heraus. Dann schließlich packte er mit beiden Händen an seine Brust und riß sie auf.

Maya stand reglos wie ein Felsen in der Brandung des Sturms und sah zu, wie ihr alter Feind sich selbst das Herz aus dem Leibe riß.

Dann fiel er zu Boden und lag auf dem Rücken, während leere, weitaufgerissene Augen in den Regen starrten. Karibu sah, wie kleine Tröpfchen auf seine Augäpfel trafen und wegspritzten wie Wasser von einem heißen Stein.

Gebrochene Faust stürmte vorwärts, die Finger zu Klauen gekrümmt. Der Wind steigerte sich zu einem Wirbelsturm und trieb Karibu zurück. Die Blitze zuckten so grell, daß sie ihn blendeten.

So sah er den Rest des Geschehens nicht. Kein lebendiger Mensch außer Maya sah ihn – und das war vermutlich auch gut so.

Es war nicht Gebrochene Faust, der sich in jenem Augenblick auf Maya stürzte. Die Furcht des Schamanen wäre zu groß gewesen, denn er hatte mehr als genug gesehen.

Geist hatte recht gehabt. Diese Frau war ein Dämon, dem die Stirn zu bieten er nicht den Mut gehabt hätte. Wäre er noch im Besitz seiner Kräfte gewesen, hätte er kehrtgemacht und wäre so weit weggelaufen, wie seine Beine ihn getragen hätten. Doch er war nicht im Besitz seiner Kräfte, denn sein Körper gehörte nicht mehr ihm selbst. Er-den-er-anbetete, war in ihn gefahren, um gegen die Frau zu kämpfen.

Maya wußte dies. Sie fühlte, wie die Welt in ihren Grundfesten erbebte, als der Geist der Lüfte sich Fausts Körper bemächtigte. Furcht durchbohrte ihr Herz, doch gleichzeitig überflutete sie ein gewaltiger Eifer. Hierfür lebte sie, für diesen Kampf.

Es ist so lange her, dachte sie und wußte zugleich, daß dieser Gedanke nicht der ihre war.

Sie reckte den Mammutstein in die Hölle aus Blitz und Donner, die sie umgab. »Ich nehme dich willig auf!« schrie sie. »Fahre jetzt in mich!«

Und mit unvorstellbarer Kraft erfüllte Sie-die-alles-gebar ihre Bitte.

Ah, ungehorsamer Sohn. So begegnen wir uns wieder.
Bist du etwa gekommen, um dich gegen Meinen Willen zu stellen?
Dann tue es
Hier und jetzt.
Dann beginne.

Maya trotzte den Unbilden, die sie umtosten. Sie spürte, daß ihre Füße fest auf der Erde hafteten, und aus der Erde floß eine Kraft in sie, die unermeßlich war.

Der Stein in ihrer Hand glühte in einem Licht, das selbst die grellen Blitze nicht zu übertreffen vermochten. Das Feuer in der Opfergrube hinter Gebrochener Faust flammte hell und lodernd auf, unberührt vom Regen, der in Strömen herniederfiel.

Sie sah die Schlangen, die in jenen Flammen tanzten.

Langsam, ganz langsam dann, begann Gebrochene Faust zurückzuweichen. Die Schlangenzähne fielen ihm aus dem Mund. Die Augen verdrehten sich, rollten in seinen Schädel zurück, so daß nur noch das Weiße sichtbar war. Seine Beine bewegten sich ohne sein Zutun.

Flirrende Lichttentakel gingen von dem Mammutstein aus. In Mayas Augen glichen sie tröstenden Fingern, die dem Schamanen auf sein letztes Bett halfen.

Schließlich stieg er in die Grube hinab, legte sich flach ausgestreckt auf die Kohlen, die Arme ausgebreitet. Nach einer Weile begannen seine Augäpfel in seinem kochenden Schädel zu schäumen.

Sie sah, wie sich ein schwerer Vorhang senkte, weiter, immer weiter.

Ganz unten.

Das Gefühl unerträglicher Spannung war fort, zusammen mit dem, was hinter jenem Vorhang verschwunden war. Mayas verkrampfte Muskeln lockerten sich. Ihre Hand, die immer noch den Mammutstein umklammert hielt, sank hinunter.

Nicht nur ihr Volk war gerettet, sondern alle Völker. Etwas war entschieden worden. Eine Zeitlang würde die Welt im Gleichgewicht sein. Und wie immer, wenn die Mächte eine Schlacht ausgefochten hatten, warfen sie ihre Werkzeuge fort.

Das Licht wich aus dem Stein.

Maya fiel auf die Knie, den durchdringenden Gestank von Gebrochener Fausts schmorendem Fleisch in der Nase. Sie registrierte kaum, daß der Sturm abrupt endete, wie er begonnen hatte, oder daß Karibu sie zärtlich aufhob und zurück in ihr Zelt trug.

Sie schlief einen Tag und eine Nacht und erwachte mit klarem Blick. Sie hatte keine Träume gehabt, nicht von dieser und nicht von der anderen Welt. Karibu war bei ihr, als sie erwachte, und seine Züge waren angespannt und besorgt.

»Geht es dir gut, Maya?«

Sie fuhr mit dem Finger über sein Antlitz und wußte, daß sie ihr Leben gemeinsam mit ihm verbringen würde. »Mir geht es gut«, sagte sie. Zum erstenmal spürte sie ihr Kind treten. »Und ihm auch«, fügte sie hinzu und führte seine Hand an ihren Bauch, damit auch er das neue Leben spüren konnte.

Ehrfürchtiges Staunen erfüllte ihn.

Maya lächelte. »Du wirst bald einen Sohn haben, Karibu.«

Seine Finger streichelten über ihren Leib. Und dann lächelten sie beide.

KAPITEL ZWANZIG

Das Grüne Tal: 17981 v. Chr.

Karibu saß auf einem Baumstumpf draußen vor seinem neuen Zelt im Lager nahe der hoch aufragenden Klippe, den Sohn auf seinen Knien.

»Ich glaube, er hat Hunger«, meinte er, als das Kind, nach Wolf benannt, heftig an seiner riesigen Fingerspitze saugte.

Maya nahm ein Stück Trockenfleisch, das sie zusammen mit Beeren zu einem Brei zerstampfte. »Hier«, sagte Maya, »gib ihm dies.«

Junger Wolf stieß ein fröhliches Krähen aus, als sein Vater ihm vorsichtig den Leckerbissen in den kleinen Mund schob. »Bald wird es Frühling werden«, sagte Karibu.

Maya nickte.

»Die Bisons werden sich sammeln.«

Sie nickte erneut. Sie wußte, was ihren Mann beschäftigte. Sie hatte es kommen sehen. Sie selbst fühlte in sich eine seltsame Rastlosigkeit.

»Wirst du eine Jagd anführen?«

Er schwieg eine Weile. Dann sagte er bedächtig: »Ich wünschte, ich könnte ihnen folgen.« *Da.* Er warf ihr einen flüchtigen Blick zu. *Nun war es gesagt.*

»Ihnen folgen?« fragte sie. »Du meinst, das Grüne Tal verlassen?«

Er sah auf den zu ihm hoch blickenden Sohn auf seinem Schoß hinab. »Dieses Kind ist zwar noch jung, aber gesund.« Er schwieg, hob dann seinen Kopf. »Wolf ist ein guter Häuptling«, sagte er.

Sie nickte. »Was ist mit den anderen?«

Karibu überlegte kurz. »Es werden nicht viele weiterziehen

wollen, schätze ich. Ratte würde gehen, und seine Frau auch. Ein paar andere vielleicht noch.« Er stieß einen tiefen Seufzer aus. »Aber die meisten werden bleiben wollen. Das hier ist ein wundervoller Ort, Maya. Er ist gut für das Volk.«

Maya hatte Ratte das Leben gerettet. Karibu hatte geglaubt, er werde sterben, doch Maya hatte Kräuter gesammelt und Arzneien gebraut, die den Geist der Hitze aus seiner Wunde vertrieben hatten. Der kleine Mann konnte den geschundenen Arm zwar nicht mehr gebrauchen, aber sein anderer Arm war immer noch stark und sein Verstand ohnehin so flink wie zuvor.

Ratte verehrte Karibus Frau. Sie lächelte, als sie daran dachte. Seit jenem schicksalhaften Tag im Flußlager des Bisonvolkes hatte sich viel geändert. Die überlebenden Mammutjäger waren ins Grüne Tal zurückgekehrt. Kurz darauf hatten sich die Menschen des Bisonvolkes ihnen angeschlossen und waren in die leeren Zelte unter dem Klippenüberhang gezogen.

Es würde allerdings noch geraume Zeit dauern, bis das Lager wieder so bevölkert sein würde, wie es einst gewesen war. »Ich weiß nicht, ob Bisamratte schon soweit ist«, gab sie zu bedenken.

»Er hat ein helles Köpfchen, das hast du doch selbst gesagt. Lernt er denn nicht, was du ihm beibringst?«

»O doch. Aber weißt du, es ist nicht leicht, aus einem kleinen Jungen einen Schamanen zu machen. Geist hat ihn nicht besonders viel gelehrt, fürchte ich. Er muß noch so viel lernen.«

In der Tat, dachte sie. Bis sie ihr Gedächtnis wiedererlangt hatte, hatte sie nie zu ermessen vermocht, wieviel sie selbst wirklich wußte. Wieviel Alter Zauber und Beere sie über die Jahre hinweg gelehrt hatten. All diese Wissenschätze an Bisamratte weiterzugeben, war manchmal ein aufreibendes Unterfangen. Nicht, daß er nicht begierig darauf zu sein schien, zu lernen, doch manchmal hinderte ihn dabei die ehrfürchtige Scheu, mit der er ihr beizeiten begegnete.

»Noch ein paar Monde«, sagte sie. »Dann ist er soweit.«

Karibu war immer noch in Gedanken versunken. »Maya . . .«, setzte er an, doch dann verlor sich seine Stimme.

»Was ist, Gatte?«

»Würdest du ... mit mir kommen, wenn ich von hier fortginge?«

Sie lächelte auf ihre Handarbeit hinab. »Ja, Karibu. Wenn du es wünscht, dann werde ich mit dir gehen.«

Er atmete tief aus, als sei eine schwere Last von ihm genommen worden. »Würdest du denn ... dein Volk nicht vermissen? Deinen Bruder? Alte Beere?«

»Natürlich würde ich sie vermissen, Gatte. Aber mein Volk, dein Volk, sie haben sich gewandelt. Sie sind ein Volk, ein Stamm geworden. Außerdem ist es manchmal etwas mühselig als eine auf Erden wandelnde Göttin zu gelten. Ich weiß nicht, ob ich es nicht doch vorziehen würde, ein böser Geist zu sein wie damals. Wenigstens hatten damals nicht alle Angst vor mir. Sie haßten mich nur. Das war ... einfacher. Jetzt erwarten sie von mir, daß ich all ihre Sorgen und Nöte von ihnen nehme, wenn sie damit zu mir kommen. Ich will hier nicht Schamanin sein. Das wollte ich nie, auch wenn ich vermute, daß Alter Zauber Pläne in diese Richtung hegte.«

Karibu hatte schweigend zugehört, und er verstand Maya. Auch er würde es vorziehen, sein Zelt wieder einfach nur mit seiner Frau zu teilen und nicht mit der ehrfurchtgebietenden Göttin, die Götter und Schamanen gleichermaßen inmitten eines wüsten Sturmes zerschmettert hatte, denn so wurde sie mittlerweile von allen gesehen.

Auch das, zu dem er allmählich wurde, gefiel Karibu nicht besonders. Die Schlacht am Fluß und die Pest hatten das Mammutvolk seiner stärksten Männer beraubt. Nur Wolf war von ihnen noch übrig; er war ein guter junger Mann, und sie waren schnell Freunde geworden. Doch selbst Wolf wandte sich in allem an den mächtigen Schwarzen Karibu, der Speer und eine Handvoll anderer erschlagen hatte.

Genausowenig, wie meine Frau gerne eine Göttin sein will, dachte Schwarzes Karibu, *bin ich gerne Häuptling. Ich will nur jagen und dem Bison folgen, wenn es südwärts donnert auf den endlos weiten Ebenen.*

»Ich weiß nicht, ob genug mitziehen würden«, räumte er

schließlich ein. »Und man braucht viele Männer dazu, um das Bison oder das Mammut zu erlegen.«

Maya legte ihre Arbeit beiseite. Sie streckte die Arme aus und hob Jungen Wolf auf ihren Schoß. Er war ein ewig lächelndes, zufriedenes Kind, und seine Augen waren die seines Vaters. Tiefe, dunkle braune Augen. Sie glaubte, daß er einmal ein stattlicher junger Mann werden würde.

»Vielleicht auch nicht«, erwiderte sie. »Laß mich darüber nachdenken.«

Karibu hatte sich inzwischen an diese rätselhaften Andeutungen gewöhnt. Vieles an seiner Frau war geheimnisvoll – und er hatte seine eigenen geheimen Erinnerungen an jenen Tag am Fluß. Er hatte gesehen, was er gesehen hatte, auch wenn er nie darüber sprach. Nicht einmal mit ihr.

»Ich suche deinen Bruder auf«, teilte er ihr mit. »Wir sollten darüber reden.«

Sie schüttelte das Baby sanft, und es jauchzte vor Vergnügen. »Das ist eine gute Idee«, ließ sie verlauten und fügte dann wie beiläufig hinzu: »Morgen werde ich einen Tag in den Wald gehen. Alte Beere wird sich um dein Essen kümmern.«

»Willst du, daß ich mitkomme? Bei den Felsen nahe des Taleinganges gibt es immer noch Löwen.«

Sie schüttelte den Kopf. »Kein Löwe wird mir etwas zuleide tun«, sagte sie.

Sie saß auf der sonnenüberfluteten Lichtung unter dem Baum, von dem Knospe hinabgestürzt, unter dem Blüte gestorben war, vor langer, langer Zeit. Sie summte vor sich hin und blickte gedankenverloren nach oben.

Einen Augenblick lang vielleicht träumte sie. Doch als sie erwachte, tanzten die Reste der Vision immer noch vor ihren Augen. Sie erinnerte sich daran, wie sich der Baum durchgebogen hatte, tiefer und immer tiefer, bis seine dichtbelaubte Spitze fast den Boden berührt hatte. Und daran, wie Mutter Löwe spuckend und fauchend heruntergefallen und der Baum zurückgeschnellt war, und sie in hohem Bogen durch die Luft geflogen war wie ein Vogel.

Sie kramte in ihrem Beutel und zog eine lange Schnur aus hart gegerbtem Leder heraus. Sie wußte nicht, warum sie sie mitgenommen hatte, aber irgendwie hatte sie es tun müssen. Sie suchte weiter und holte einen Fällstein, ein Messer und einen Schaber hervor. Immer noch summend stand sie auf und ging ein paar Schritte in den Wald hinein. Es gab hier viele junge biegsame Bäume, von denen sie sich einen aussuchen konnte.

Karibu stieß einen erstaunten Pfiff aus, als er die Saite an dem Langbogen vorschnellen ließ, den Maya aus dem Wald mitgebracht hatte. Er hatte keine Ahnung, wie sie darauf verfallen war, ihn anzufertigen, aber nichts, was Maya tat, konnte ihn noch überraschen.

Sie sagte, es sei ein Geschenk von Mutter Löwe.

Der Pfeil, den er abschoß, flog weit über den Zweiten See hinweg. Karibu hatte nicht gezielt – diese Fähigkeit hatte er sich noch nicht angeeignet –, doch der Pfeil durchbohrte durch reinen Zufall eine Ente, die auf der Seemitte vor sich hindümpelte.

Karibu ließ den Bogen sinken und griff nach einem zweiten Pfeil, um ihn sich genauer anzusehen. Maya hatte eine Spitze, kleiner als die eines Speeres, aus einem Stück gehauen und diese an einen langen, eingekerbten Stock gebunden.

Mit dieser Waffe würden selbst wenige Jäger keine Mühe haben, bei der Jagd zum Erfolg zu kommen. Wieder hob er seinen Bogen. Er wollte sicherstellen, daß er ihn im Ernstfall auch richtig benutzen konnte. Und der Ernstfall würde kommen. Der Sommer zog herauf.

Der Pfeil surrte, als er durch die Luft schwirrte. Karibu lächelte und bückte sich nach einem weiteren.

Im Hochsommer versammelte sich die kleine Schar am Eingang des Grünen Tals. Sie betrachteten eine Zeitlang schweigend den Sonnenaufgang, sprachen wenig.

Dann trat Wolf zu seiner Schwester, schlang die Arme um sie und drückte sie an sich. »Bist du dir auch völlig sicher?« fragte er.

Sie lächelte. »Ja.«

Er nickte und trat zurück. »Dann sei die Große Mutter mit euch.«

»Und mit dir«, gab sie zur Antwort. »Und das wird sie sein, Wolf. Sie liebt das Volk.«

Wolf versuchte zu lächeln. Es kostete ihn unendliche Mühe. »Ich liebe dich, Maya«, sagte er.

»Ich liebe dich auch, Bruder.«

Schweigend sahen sie einander an. Tränen schimmerten in Mayas Augen, doch es waren Tränen des Glücks. Alte Beere stapfte vor. Sie drückte Maya ein schweres Bündel in die Arme. »Laß deinen starken Mann das tragen«, sagte sie barsch. »Du wirst es brauchen. Kräuter, Gräser und anderes mehr.«

Maya ergriff das Bündel. »Ich danke dir, Beere. Du wirst mir fehlen.«

Die alte Frau blickte finster drein. Doch dann glätteten sich ihre Züge, und auf ihnen erschien das wärmste Lächeln, das Maya jemals an ihr gesehen hatte. »Lebe wohl, meine Tochter. Lebe wohl.«

Maya streichelte ihr zärtlich über die Wange. »Und du auch, Mutter. Du auch.«

Karibu rief etwas zu ihr herüber; er und Ratte überwachten das Beladen der Reisegestänge, auf denen sie ihre Habe transportieren würden. »Wir brechen am besten sofort auf, Maya. Wir werden uns beeilen müssen, wenn wir den Fluß vor Einbruch der Dämmerung erreichen wollen.«

Maya winkte ihm zu. Hinter der kleinen Schar erstreckten sich unendliche Weiten grünen Grases, das sanft in der leichten Brise wogte. Maya stellte sich vor, wie es sein würde, dort mehr Bisons zu sehen, als sie zu zählen vermochte.

»Wolf?«

»Ja, Maya?«

Sie griff in eine Falte ihres Überwurfs und holte den Mammutstein hervor. »Hier«, sagte sie. »Für deine Tochter. Sein Zuhause ist hier, bei ihr.«

Zitternd nahm Wolf den Stein in Empfang. »Bist du dir sicher?«

Sie nickte. Wolfs Tochter hatte ein grünes und ein blaues Auge.

»Sie ist noch so jung«, sagte Wolf.

»Das spielt keine Rolle. Wenn sie ihn braucht, wird sie wissen, wann die Zeit gekommen ist.«

Ein letztes Mal sah Wolf seine Schwester an, und sein starrer Blick versuchte jede Einzelheit ihrer Züge und ihrer Gestalt in sich aufzusaugen. Er fürchtete, daß er sie nie wieder sehen würde, und er sollte sich nicht irren.

Maya legte ihm die Hand auf die Schulter. »Und sag ihr dies: Wenn sie zur Großen Mutter heimgeht, muß der Stein mit ihrer Asche in der Erde begraben werden.«

Wolf nickte, obwohl er sie nicht verstand, denn was sie soeben geboten hatte, war eine neue Art, die Geister der Toten zur Mutter heimzuschicken. Er sagte zwar nichts, aber sie spürte, daß Fragen in ihm brannten. »Es ist alles gut«, sagte sie ihm. »Er wird wieder gebraucht werden. Später. Fürs erste ist seine Aufgabe wohl fast erfüllt.«

Sie umarmten sich ein letztes Mal, dann wandte Maya sich um.

Und so blieb sie Wolf in Erinnerung, ihr Antlitz der Steppe zugewandt, als sie zu ihrem Gatten trat und ganz langsam aus dem Leben des Volkes schritt, das sie berührt und für immer gewandelt hatte.

Er blickte ihr noch lange hinterher, bis sie und die anderen im Meer des sanft sich wiegenden Grases verschwunden waren, über das ihre Nachkommen ziehen und jeden Winkel des neuen Landes besiedeln würden.

»Komm, Beere«, sagte er, als sie seinen Blicken entschwunden waren, und nahm ihren Arm. »Laß uns heimgehen.«

So endete die lange Reise des Mammutsteins an diesem Morgen der neuen Welt.

ENDE